# Frank Delaney

Frank Delaney, écrivain, journaliste et animateur à la radio, est né en 1942 en Irlande. Son premier livre, *James Joyce's Odyssey* (1981), a été un best-seller au Royaume-Uni et en Irlande. Il a écrit de nombreux romans et récits, dont plusieurs ont paru en français. *Les Enfants de la nuit* (Le cherche midi, 2010) et *Les Enfants de la peur* (Le cherche midi, 2011) sont les deux premiers volumes de *La Tétralogie de la nuit*, consacrée à Nicholas Newman.

**Retrouver l'actualité de l'auteur sur**
**http://blog.frankdelaney.com**

# LES ENFANTS DE LA PEUR

FRANK DELANEY

# LES ENFANTS DE LA PEUR

*Traduit de l'anglais (Irlande)*
*par Hubert Tézenas*

CHERCHE MIDI

Titre original :
*PEARL*


ISBN : 978-2-266-21045-4

*In memoriam*
*Duncan Edwards*
*1936-1958*

*« Le profond chagrin que l'on éprouve à la perte de tout être cher découle du sentiment qu'il y a dans chaque individu quelque chose d'inexprimable, qui n'appartient qu'à lui et qui, de ce fait, est absolument et irrémédiablement perdu. »*

Arthur SCHOPENHAUER, 1851

# 1

Sitôt passé l'heure de notre rendez-vous, je sus que je ne le reverrais jamais. Je le sus à la peur qui me serrait la gorge. La peur est une émotion maligne : elle sait qui choisir. Elle sait quand, où et comment frapper, et avec quelles armes.

Il en va de même pour l'humiliation : je l'attendais dans un restaurant qui puait le pouvoir. On me fixait. Impossible de sauver la face dans un milieu aussi impitoyable.

Aucune attitude ne me tira d'affaire. Je regardai pensivement au loin. Je fis semblant de prendre des notes. Utilisant le menu comme un bouclier, je sélectionnai mon hors-d'œuvre et mon plat. Et revins sur ma décision. Viande, puis poisson, puis reviande – je changeai trois fois d'avis, chose que je déteste faire. *D'ailleurs*, songeai-je, *j'aurai tout oublié au moment du vrai choix*.

La carte des vins me procura un peu de plaisir. Je fis de mon mieux pour retrouver dans ma mémoire les noms des châteaux du haut Médoc, entre la pointe de Grave et Pauillac. Lui aurait plaidé en gloussant pour un margaux, moi pour un saint-estèphe. Oui, il aurait sans doute bu, c'était un vendredi. Mais cette bouteille ne fut jamais commandée.

Pas d'agenda sous la main, pas de dossier, pas de quoi dessiner : j'avais laissé ma serviette au vestiaire.

Un jus de tomate épicé.

Un verre d'eau.

Oh ! et tant pis, une coupe de champagne.

Et maintenant ? Attaquer mon repas seul ? Pour me retrouver couvert de honte à son arrivée ? « Ah ! Antony, toutes mes excuses, j'ai commencé sans toi. »

Je ne commandai pas non plus à manger.

Le maître d'hôtel me servit un amuse-gueule. Je demandai qu'on aille me chercher un journal à la réception de l'hôtel. Ma respiration ne s'apaisait pas : de temps à autre, je laissais échapper un petit hoquet, dont le spasme se propageait à mon estomac. Pourquoi était-il en retard ? Pourquoi avais-je si peur ? Parce qu'il était en retard ? Parce que Antony n'était jamais en retard ? Non, il y avait autre chose, je le sais aujourd'hui.

Morne journal : mon examen des cours de la Bourse ne révéla rien de spectaculaire depuis la veille en ce qui concernait mon portefeuille d'actions. Je lus le courrier des lecteurs, en particulier la lettre d'un confrère architecte décriant « la frénésie de nettoyage de nos vieux édifices publics ». Il reprenait un des arguments favoris des opposants à la restauration des peintures : « Nous sommes aussi, après tout, la somme de ce que nous accumulons. »

En effet. Personnellement, j'avais surtout accumulé de l'angoisse. Mais là c'était de la peur, une peur croissante.

À ma demande, le chauffeur de l'agence m'avait

déposé devant le Savoy côté fleuve, afin que je puisse flâner dans son joli labyrinthe de lambris.

Antony n'arrivait jamais en retard.

Était-il pris dans un embouteillage ?

Avait-il confirmé notre déjeuner ?

Oui. Il m'avait appelé la veille :

— Je t'invite.

— Pas question. C'est toi qui as payé la dernière fois.

— Laisse-moi t'inviter, Nicholas. J'ai une bonne raison.

— Tu as toujours une bonne raison, Antony.

— J'en ai vraiment une, cette fois-ci. Et même deux. J'ai une surprise pour toi. Et un service à te demander.

Je lui avais tenu tête et je m'étais personnellement occupé de passer la réservation.

On nous avait attribué une table dont je rêvais depuis longtemps, dans l'alignement exact de la porte d'entrée mais tout au fond, avec une vue panoramique sur la salle. Une position idéale pour repérer les épais cheveux blancs d'Antony à la seconde où il franchirait le seuil, de son pas à la fois vif et mesuré d'homme qui se savait âgé tout en se sentant jeune. Il arriverait côté Strand – la seule rue de Grande-Bretagne où les véhicules roulent à droite. Telles étaient mes pensées à une heure moins dix.

J'aimais bien nos déjeuners au Savoy ; j'arrivais toujours en avance, que ce soit lui ou moi qui paie la note. Cela me laissait le temps de souffler, de prendre la température de la salle, de la balayer des yeux à la recherche d'une éventuelle connaissance. Personne aujourd'hui sinon quelques couples un peu empruntés, une sinistre tablée d'hommes d'affaires, des Japonaises en émoi, une famille américaine typique avec ses enfants coiffés d'une casquette de base-ball, et un jeune politicien nerveux face à une dame d'un certain âge.

Dans l'esprit d'Antony, ces déjeuners du vendredi exigeaient que nous n'ayons rien d'urgent à faire ensuite. Nous parlions à bâtons rompus. Il appréciait de jouer un rôle de mentor et me faisait généreusement partager son savoir. Si le temps s'y prêtait, nous sortions marcher le long du fleuve après le repas, lui me prenant le bras chaque fois que le poids des ans se faisait un peu trop sentir. Il ne manquait jamais une occasion de déplorer, ni moi de lui reprocher sur le ton de la plaisanterie, son incapacité à acquérir ne fût-ce qu'un seul de ces terrains sur la Tamise qui avaient fait – « sous mes yeux, Nicholas » – la fortune de tous ses concurrents. Depuis le pont de Waterloo, il nous était possible de voir mon cône, mon cube et ma sphère se découper au loin sur l'horizon de la City. Il appelait cet immeuble « la Folie Newman », ce qui me faisait rire à chaque fois.

Une heure et demie. Antony mettait la ponctualité au tout premier rang des vertus. Sa place refroidissait : son verre, ses couverts, la nappe même semblaient devenus durs, hostiles. Mon humeur oscillait entre inquiétude, dépit et exaspération, et le nœud de mon estomac s'étendit à mes intestins.

Je devais une grande part de mon succès et de mon prestige à Antony. Il m'avait persuadé qu'être son architecte et investir en même temps des fonds dans ses opérations immobilières ne relevait pas du conflit d'intérêts. Son intelligence et sa gentillesse m'avaient rapporté gros.

J'avais en outre l'impression d'être son disciple et c'est ainsi, je le savais, qu'il voulait que j'envisage notre relation. Il lisait plus que moi, tâchait de m'amener à élargir ma vision. J'aimais aussi son côté frivole : chaque fois que j'arborais une chemise ou un costume neufs, il me bombardait de questions.

Je me rends compte aujourd'hui qu'il usait de son charme et de son exceptionnelle urbanité pour détourner l'attention de lui-même. Si je m'étais donné la peine d'y réfléchir, j'aurais constaté que je ne le connaissais que très superficiellement. Je ne voyais pas les choses aussi clairement à l'époque.

Deux heures et quart. J'avais vu large : il me restait du temps avant mon rendez-vous suivant, fixé à trois heures et quart juste au-dessus, dans une suite où je devais rencontrer un nouveau client.

Je tentai de me concentrer sur ce rendez-vous, en pure perte. Mon esprit s'y refusait. La faute à mes souvenirs, sans doute, à la somme de mes expériences, qui me soufflaient qu'une catastrophe avait eu lieu. Je me remis à scruter la salle, cherchant à distinguer par leur posture les gens qui allaient de l'avant et ceux qui se laissaient porter par les événements, mais je savais déjà que mon ami Antony Safft ne viendrait plus.

Un jeune chasseur apparut, et le maître d'hôtel lui indiqua ma table. L'explication, enfin.

Erreur. Le chasseur m'apportait un paquet.

— Monsieur Newman ?

— Oui.

Je signai le formulaire et reçus une petite boîte allongée, assez lourde. Perplexe, je l'ouvris. Elle contenait un cutter en inox flambant neuf, accompagné de ces mots : « Pour vous ». Un outil de professionnel.

— Ça ne peut pas être pour moi, lâchai-je – dans le vide.

Je lus l'accusé de réception. Si. L'envoi m'était clairement destiné : « M. Nicholas Newman, Savoy Grill, 13 heures. Table pour deux avec M. Safft. »

J'actionnai la molette crantée du cutter et vis jaillir la lame. La peur était désormais tapie dans ma main, froide et dangereuse comme un petit requin. Je rangeai le cutter dans sa boîte, réglai mon eau, mon jus de tomate et mon champagne, puis quittai le grill.

Encore une petite heure à tuer avant mon rendez-vous dans les étages. Quand je ressortis côté fleuve, il pleuvait, ce qui me parut agréable au début ; mais la pluie redoubla, et je dus abréger ma marche. Le petit paquet dans ma main était lourd, menaçant. Je ressortis le cutter, l'examinai : trop dur au toucher et bien plus froid que l'acier.

Ma secrétaire, Lemon, m'assura qu'elle n'avait reçu aucun appel pour annuler ce déjeuner. Elle téléphona au bureau d'Antony Safft et me rappela pour dire qu'il n'y était pas. Je n'avais pas son numéro personnel sur moi.

Le fleuve enflait avec la marée. En m'arrêtant pour le contempler, je me sentis gagné par une tristesse indéfinissable. Pour m'en débarrasser, je lançai le cutter et sa boîte dans les flots bruns. La pluie qui me cinglait les oreilles et mes crampes d'estomac me forcèrent à regagner l'hôtel. Plus tard, en me lavant les mains, j'eus la pénible sensation que mon visage dans le miroir me regardait d'infiniment loin.

# 2

Du haut de son crâne rasé à la pointe de ses célèbres pieds, Johann Pearl, petit et tout en muscles, brillait comme l'étoile qu'il était.

— J'ai bien peur que vous n'ayez devant vous le seul homme d'Angleterre qui ne connaisse rien au football, dis-je. Même à la télévision. C'est-à-dire que j'ai vu des bouts de…

— Je joue ailier, dit-il en me broyant la main.

— C'est tout juste si je sais ce que c'est qu'un ailier.

Il éclata de rire.

— On dit souvent que je suis capable de dribbler un défenseur sans regarder le ballon.

Son tee-shirt blanc aux armes du club de remise en forme Angelo Caroli, de Milan, se détachait sur sa peau noire.

— L'arrière sent que j'ai les yeux fixés sur lui, pas sur le ballon. À partir du moment où il cherche mon regard, je le tiens. Il a un mouvement de recul, et là je sais que c'est bon. Vous comprenez ? Les défenseurs ne devraient jamais reculer. S'ils savaient ça… Chaque fois qu'ils font un pas en arrière, ils m'ouvrent l'angle, vous comprenez ? Les grands sportifs n'ont pas la même vision que les gens normaux. Certains clignent moins souvent les yeux, d'autres ont un champ visuel plus large. Moi, j'ai les deux.

Il allait et venait en parlant, nu-pieds sur la moquette, dans son pantalon baggy en crêpe satin.

— Il n'y a que deux sortes de défenseurs, ceux qui regardent le ballon et ceux qui regardent mes jambes. Bon, comment est-ce que je vais vous appeler ? Je peux vous appeler Nicholas ? Je sais, vous êtes anglais et on vient de faire connaissance.

Encore un grand rire.

La suite donnait sur le fleuve. Le malaise que j'avais ressenti au déjeuner était en voie d'amélioration. L'accueil chaleureux de Pearl me paraissait de bon augure. Sa loquacité hilare révélait une forme de nervosité, ou en tout cas de timidité. Il parlait couramment l'anglais – tandis que nous autres, en Grande-Bretagne, ne connaissons rien au néerlandais.

— Vous êtes venu seul ? me demanda-t-il soudain, sur le ton de la surprise.

Ce fut à mon tour de sourire.

— Vous auriez voulu rencontrer plusieurs architectes ?

Sa mine déconcertée fut vite masquée par un nouveau rire.

— Bon, dit-il, je voudrais que vous me construisiez ce que j'appellerais une maison étable hollandaise. Votre secrétaire a un joli prénom. Lemon.

— C'est son vrai prénom. Elle vous l'a dit ? Elle le dit à tout le monde.

Histoire de papoter un peu. Il m'offrait le thé et le café.

— Elle a un drôle d'accent, non ?

— C'est une Jamaïquaine blanche. Elle dit « Ja-maï-a-qua ».

— Blanche ? Sans blague, fit-il en riant. Vous êtes marrant, man.

— Ah bon ?

Je craignis soudain de lui avoir manqué de respect. Il n'était pas loin, sentis-je, de me faire une réponse désagréable. M'étais-je montré raciste ? Il me semblait que non. Lemon *est* blanche et la plupart des Jamaïquains ne le sont pas. Pearl changea de sujet sans transition.

— Vous ne m'avez pas demandé comment je vous ai choisi. Il y a mille architectes à Londres. Plus de cinq mille en Grande-Bretagne. Pourquoi vous, Nicholas ?

Il venait de franchir allègrement, et sans y être convié, la frontière du « Nicholas ». Il semblait en outre sur le point de me faire un compliment, ce que je préférai éviter en lui posant à mon tour une question.

— D'où votre famille est-elle originaire ?

Mon agence m'avait forcé à accepter cette commande. « Vous êtes tous éblouis par sa célébrité », avais-je objecté. En ajoutant que nous n'avions pas besoin d'un projet résidentiel de plus, surtout s'il n'offrait pas la moindre possibilité d'innovation. Mes protestations étaient restées vaines. Et il n'aurait servi à rien que j'essaie de refiler la patate chaude à un de mes collaborateurs – le client exigeait d'avoir affaire à moi. « Prenez-le pour un compliment », s'étaient-ils tous moqués.

Je veux bien admettre que j'avais réagi de façon agressive : ce matin-là, un autre client nous avait annoncé qu'il ne voulait plus des quatre rampes en marbre que nous avions pourtant disposées avec une superbe géométrie dans sa cour intérieure – il préférait des marches.

Hal Callaghan, mon second à l'agence, avait étalé un des journaux du matin sur ma table :

— Johann Pearl. Son portrait. Signé Henry Winter, eh oui ! le journaliste sportif. Vous devriez y jeter un œil, chef. Ça vous situera le bonhomme. Vous savez quand même que c'est une superstar, j'imagine ?

Pourquoi le *Concerto pour violon en ré majeur* de Brahms ressemble-t-il tellement à *Don't Cry for Me, Argentina* ? Pourquoi, dans le même ordre d'idées, un des concertos pour cor de Mozart est-il si proche de l'*American Patrol* de Glenn Miller ? C'est poser la question à l'envers, bien sûr. Certaines des fenêtres que j'ai dessinées pour la fondation Holborn sont une référence directe à celles de la fondation Calouste Gulbenkian de Lisbonne, qui elles-mêmes sont une référence directe à celles du King's College de Cambridge. À moins que ? J'observai Johann Pearl. Mon petit doigt me disait que quelque chose, ici aussi, était posé à l'envers. Et qu'il valait mieux ne pas m'embarquer dans ce projet.

— Mon grand-père est né au Suriname, répondit-il. D'où le sang noir.

— Et le gène du sport ?

— Aucune idée. J'aurais pu devenir chef cuisinier. Mon père est un vrai cordon-bleu.

Un jeune homme innocent. Gai. Et pétillant d'intelligence.

— Quelle est votre position sur Le Corbusier ?

Ma stupeur dut se voir, car il ajouta :

— Vous ne vous êtes pas trop renseigné sur moi, on dirait. Mais pour quoi faire, après tout ? Je paie, ça suffit.

La mémoire me revint subitement : ce portrait de lui dans le *Daily Telegraph*.

— Oh ! si, je me suis renseigné. Le seul footballeur de ligue 1 diplômé de la Sorbonne. Un des deux ou trois à avoir fréquenté les bancs de l'université.

— Nous avions un maître de conférences qui était fan de « Corbu », comme il l'appelait.

— Je n'emploie jamais ce diminutif.

— Vous l'avez critiqué dans un article, Nicholas.

— Mais pas pour son utilisation de l'espace, me défendis-je.

— Hé ! man, je disais ça comme ça. Vous vous êtes plu à Cambridge ?

Je pouffai malgré moi.

— Vous, en revanche, vous êtes bien renseigné. Non, pas particulièrement. Si vous voulez tout savoir.

— Vous faisiez quoi, là-bas ?

C'était un jeune homme jovial. Aux mains étonnamment douces. Tout son corps rayonnait d'une santé qui semblait émaner d'un puissant noyau intérieur. Je sentais aussi en lui, de façon sous-jacente, une vibration intéressante qui se situait en dehors, ou peut-être en deçà de sa vivacité naturelle. Une vibration que je ne parvenais pas encore à définir.

— Ce que j'ai fait à Cambridge n'a rien à voir avec ce que vous devez savoir de moi. Et au cas où vous souhaiteriez encore changer d'avis, je ne connais rien au foot, comme je vous l'ai déjà dit.

— Je suis tombé dedans par hasard, fit-il avec un geste vague. J'ai découvert que j'étais doué. Mais je suis doué pour tous les sports. Ma carrière de footballeur sera courte – tant mieux, d'ailleurs, ce n'est pas une vie qui me fait rêver.

Il s'assit en tailleur sur le canapé face à moi, parfaitement maître de ses mouvements.

— C'est une Calabrese ? demandai-je en indiquant sa montre.

Il pouffa comme un gamin.

— Vous vous y connaissez, man.

— J'ai toujours rêvé d'en avoir une.

Il la retira de son poignet. Une fraction de seconde, j'eus peur qu'il n'insiste pour me l'offrir, à la manière d'un émir.

— Magnifique, dis-je.

— Ouais, hein ? J'y ai réfléchi à deux fois avant de me l'offrir.

— Qu'est-ce qui vous a plu en elle ?

— Regardez.

Il vint s'asseoir à côté de moi et me montra le mécanisme, qui semblait en suspens à l'intérieur du cadran turquoise.

— C'est exactement ce que j'essaie de faire, vous comprenez ? J'essaie de prendre appui sur l'air, de courir sans toucher terre, expliqua-t-il en effleurant la moquette de sa paume. On me paie tellement cher que je devrais en être capable.

— Ça vous gêne ? Tout cet argent, l'adulation ?

— L'a-du-la-tion, répéta-t-il, rêveur. Je lis beaucoup. Les autres… ne m'intéressent pas.

— Et les autres footballeurs, comment sont-ils ?

Il sourit à belles dents.

— Je ne me pose même pas la question. Du coup,

je n'ai pas à y répondre. Mais bon, ajouta-t-il, devinant mon préjugé, il y a plein de joueurs intelligents.

— Votre offre a mis mon agence en transe.

— Il faudra que je leur signe des autographes. Je pourrai y passer un de ces jours, Nicholas ? J'aime bien voir ce que font les autres. Enfin, pas tous.

Il avait les yeux écartés et une peau parfaite, ni mate ni grasse ; il ne se départait jamais de son sourire. Tout son être respirait la qualité – ses dents, ses pieds, ses biceps sous les manches courtes du tee-shirt ; et lorsqu'il se mettait en mouvement, jamais il n'effectuait un geste inutile, à l'instar du mécanisme de cette montre.

— Si je comprends bien, dis-je, le football est la nouvelle puissance mondiale.

— Vous avez pratiqué un sport ?

— La natation. J'étais assez bon. Au lycée. Pas à la fac.

— J'ai passé un sale quart d'heure le week-end dernier, Nicholas. Le coach m'a sorti parce qu'il me trouvait feignant. Si vous saviez ce qu'il m'a balancé ! Man !

Et il se remit à rire.

Mes réticences à son encontre avaient diminué d'un cran. Je l'observai avec indulgence, songeant qu'il devait avoir été bien agréable de tenir ce garçon dans ses bras quand il était petit. Mes réticences diminuèrent encore.

— Et vous l'avez été ? Feignant ?

Il incurva le pouce et l'index en arc de cercle.

— Un tout petit peu. Mais on me paie tellement cher qu'un tout petit peu feignant, c'est déjà trop.

Johann Pearl incarnait la fusion de deux qualités

voisines, l'immobilité et le mouvement perpétuel. J'avais souvent entendu dire que les grands sportifs donnaient l'impression de disposer d'un temps infini pour accomplir leurs actions. Chaque fois que ce jeune homme faisait un geste, la forme de son mouvement restait dans l'air.

— Venons-en au fait, proposai-je. Le compteur tourne.

Il me posa des questions. Je lui expliquai les règles liées à notre engagement – les pourcentages, les pénalités de retard pour les entrepreneurs, le dépôt du permis de construire.

— Et tâchez de ne pas changer d'avis trop souvent une fois le chantier lancé.

J'abordai ensuite la question des maquettes, lui demandai s'il en voulait une.

Il m'interrogea encore sur les délais, les matériaux, la conception du jardin. Puis il lâcha presque timidement, comme s'il craignait de m'offenser :

— Ce n'est pas le projet le plus original qu'on vous ait proposé, j'imagine ?

Je répondis d'un rire un peu gêné, en écartant les mains.

— Mais je pense qu'il vous plaira, poursuivit-il en retrouvant le sourire. Quand vous aurez vu la maison de mon enfance, vous comprendrez pourquoi je veux la même.

Je restai plus longtemps que prévu. Il me parla de sa vie – les déplacements de l'équipe, la salle de soins, le dur labeur de l'entraînement, le frisson du buteur, l'omniprésence des médias.

— Ça ne me dérange pas trop. En général, les autres sont gentils avec moi. Je devrais peut-être jouer plus souvent aux cartes avec eux, dit-il avec une pointe de gutturalité néerlandaise. J'aime qu'il y ait des défis à relever, j'aime gagner. Tout le monde sait que quand je marque, je me précipite pour frapper une deuxième fois dans le ballon à l'intérieur de la cage, de toutes mes forces. Et j'aime aussi perdre, parce que le plaisir de la victoire est encore plus grand la fois d'après.

— Il vous arrive d'être fatigué ? Épuisé ?

— Pas à cause du foot, c'est plutôt le reste qui m'épuise. La publicité. J'ai vendu plus de fromages à la télé hollandaise que je ne pourrai jamais en manger. Et ces millions de photos qu'on me demande tout le temps de faire... Mais bon, on a quand même une chance folle, c'est ce que je dis toujours aux gars qui tirent la tronche.

— Ah bon ? Les autres, vos coéquipiers ? Ils se plaignent ?

— Man ! Il y en a... Des vraies filles !

La bouche en cœur, il chassa de son front une mèche imaginaire, ce qui me fit rire.

Il m'expliqua qu'il ne pensait pas à son avenir parce qu'il n'en avait pas besoin – il possédait déjà largement de quoi vivre à son aise jusqu'à la fin de ses jours.

— J'ai investi dans la pierre : une maison au bord du Herengracht à Amsterdam, un appartement à Green Park que je loue à une ambassade, une maison dans les îles Vierges. Et maintenant cet horrible appart où j'habite pour être plus près du terrain d'entraînement. Beurk ! Enfin, je n'ai pas à me plaindre. Mais c'est peut-être l'heure pour vous d'aller boire un verre au pub, non ?

Je tenais toujours sa montre : elle indiquait cinq heures et demie. Je me levai d'un bond.

— Seigneur, non ! Excusez-moi, je vous ai pris tout votre après-midi.

— Pas de problème, c'était prévu comme ça.

— Où jouez-vous votre prochain match ?

— Vous ne connaissez vraiment rien au foot, man. On joue à Londres, c'est pour ça que je suis là. J'ai eu la permission exceptionnelle de passer la nuit dernière dans cet hôtel. Il faut maintenant que je rejoigne celui de l'équipe. Beurk !

Et il fit le geste de s'étrangler.

Je lui rendis sa montre et annonçai mon intention d'honorer le deuxième volet de mon engagement, déjà pris à ma place par mes zélés collaborateurs : j'étais censé retrouver Johann Pearl en Hollande le lundi suivant pour une visite guidée de la maison de son enfance.

# 3

Dehors, plus de chauffeur. Je composai le numéro de l'agence, puis celui de la voiture. Aucune réponse. Tout le monde avait regagné ses pénates.

Quand le chat n'est pas là... C'est dans les moments de ce genre que l'on prend la véritable mesure de son pouvoir et de son importance.

Le chauffeur de taxi ne desserra pas les dents, peut-être du fait de ma morosité. Plus vraisemblablement du fait de la sienne. Sloane Street étant toujours fermée pour travaux, je dus descendre au coin de la rue. Toutes les pièces de mon appartement s'allument dès que je franchis le seuil de l'entrée. Les jours comme celui-ci, je peux comprendre pourquoi : mon inquiétude était revenue.

J'appelai chez lui. Quelqu'un décrocha.

— Oui ?

— Est-ce que, euh, je pourrais parler à Antony Safft ?

— Qui est à l'appareil ?

Pour une raison bizarre, je raccrochai au lieu de répondre et m'assis. Le téléphone sonna presque aussitôt.

— Allô ?

— Vous venez d'appeler chez M. Saaaaft.

En étirant interminablement le *a*.

Je faillis répondre « Safft, pas Saaaaft », mais la surprise me nouait la langue ; je raccrochai une deuxième fois et laissai le combiné à côté de sa base. Une heure plus tard, je rappelai chez Antony.

— Oui ? lâcha la même voix.

Ce fut une soirée pénible, perturbante. Je me préparai un vague frichti froid, en oubliant de mettre de la musique. Mon humeur alternait entre l'inquiétude que m'inspirait l'absence d'Antony et la colère liée à la réception de ce cutter – forcément une méprise. L'envie me prit d'aller marcher un peu avant le dîner, mais je changeai d'avis. Je rappelai chez Antony ; la sonnerie, cette fois, s'égrena dans le vide.

Je réussis finalement à enregistrer au dictaphone quelques notes sur mon entretien avec Pearl et son projet de maison, puis je fis ma toilette du soir au son de Thelonious Monk. Le jet de la douche me mordit la peau : j'aurais mieux fait de prendre un bain. Il me semble que je fis un mauvais rêve, dont ma mémoire n'a retenu qu'un décor flou, à dominante jaune, et quelques animaux non identifiés galopant au grand air.

Le lendemain matin, mon chauffeur, Sean, était toujours aux abonnés absents. Je tentai de joindre Hal sans plus de succès. J'appelai le garage où ma voiture personnelle était en révision : personne ne pouvait me la ramener – « mais si vous voulez passer, nous sommes ouverts toute la journée ». Je renversai du café sur mes chaussures et mes chaussettes, ce qui m'obligea à en changer. L'angoisse du rendez-vous manqué de la veille me taraudait toujours. Je décidai de faire un saut chez Antony à Hampstead dès que j'aurais récupéré ma voiture au garage.

Il pleuvait dru sur Londres, donc pas l'ombre d'un taxi en vue : je fis vainement le pied de grue pendant une bonne demi-heure. Il fut un temps où cette ville appréciait d'être vide le samedi, comme Paris au mois d'août. À contrecœur, je me dirigeai vers la station Sloane Square. Je n'avais pas pris le métro depuis des années.

Vers le bas de Sloane Street, une tornade d'appréhension se déchaîna dans mon esprit. Un bruit de bottes marchant à l'unisson venait de s'élever juste derrière moi, presque sur mes talons. Je n'avais pas coutume en ce temps-là de regarder par-dessus mon épaule : je le fais aujourd'hui. Ces bottes allaient au même pas que moi, sans jamais chercher à me dépasser.

J'aurais dû me douter que ce piétinement ne présageait rien de bon. Les passants que je croisais jetaient des regards effrayés dans mon dos.

Lorsque je m'arrêtai au guichet pour prendre un ticket de métro, les bottes firent de même. J'entendais à présent des souffles, parfois un rire vulgaire. Les bottes dévalèrent bruyamment l'escalier dans mon sillage. Je les entendis me suivre sur le quai. Les gens s'écartaient. Elles firent halte en même temps que moi.

Sans doute y avait-il une part d'arrogance dans mon refus de me retourner : elle n'existe plus aujourd'hui. Je montai dans la rame, et le bruit cessa.

Tout se passe comme si les humains se haïssaient tous dans ce monde souterrain. Ils n'y établissent aucun contact, malgré la présence d'aisselles inconnues à quelques centimètres de leur visage : cette sorte d'intimité fait même du métro de Londres le dixième cercle de l'enfer. Il soumet à rude épreuve notre réserve coutumière. Tout y est source de difficulté. Prenez les convenances. Que fait-on quand l'espace se libère autour de soi et qu'on est toujours assis au même endroit qu'en montant – en l'occurrence à touche-touche avec un vieil Indien de forte corpulence ? Profondément absorbé dans des interrogations de cet ordre, je mis du temps à prendre conscience du silence inquiet qui s'était soudain abattu sur la voiture.

Il était trop tard. Suivant les regards des autres passagers, je remarquai enfin une grappe de têtes derrière la vitre de la cloison qui nous séparait du wagon suivant. On aurait dit un de ces portraits de groupe que les lycéens aiment prendre pour s'amuser dans les Photomaton – en se pressant les uns contre les autres pour être dans le cadre, avec en général un plaisantin dans le lot qui fait les oreilles d'âne. Sauf que ces visages-là étaient tous fixés sur moi. Je considérai les autres passagers puis me tournai de nouveau vers eux. Oui, moi. Aucun doute.

Je me mis à regarder dans le vide, droit devant. Il n'y avait personne en face de moi, je ne voyais que le mur noir du tunnel défiler à toute allure. À l'extrême limite de mon champ de vision, le groupe de ricaneurs était toujours en place. Des jeunes gens au crâne rasé, aux lèvres molles, qui me dévoraient des yeux en articulant à mon intention des paroles inaudibles. L'un d'eux était affublé d'une perruque afro et d'un faux nez à lunettes de farces et attrapes.

Je ne pense pas avoir le profil d'une victime. Je me suis posé la question. S'il a pu m'arriver à l'école de servir de souffre-douleur (mais pas trop longtemps), dans mon travail, en revanche, j'ai toujours bénéficié d'un succès critique notable. Demandez à *Modern Architecture*. Demandez au prince Charles. Demandez à *Vogue*, à *Tatler* ou au *Harper's*. Leur vision de moi est le reflet de ce que je crois être – quelqu'un qui vit pleinement la vie qu'il s'est construite.

Exemple, me voici en route pour récupérer ma Saab au garage où elle vient de subir sa première révision. Ce soir, de retour chez moi, je déciderai si oui ou non je m'achète un billet de théâtre et si je dîne en ville ensuite. Seul. Par choix. Ou si je me mitonne un petit dîner maison après avoir un peu dessiné, par exemple un croquis pour Pearl. La fonction de l'architecte, comme je le répète à tour de bras, est de résoudre des problèmes. Et je résous les miens au fur et à mesure de leur apparition.

Alors, Nicholas, résous donc celui-là. Pourquoi ces brutes affublées d'écharpes de supporters t'auraient-elles dans le collimateur ? Je sondai ma conscience. Aucun motif. Dommage que je n'aie pas mieux connu les lois qui régissent le hasard. Surpris et horrifié, je sentis un filet d'urine ruisseler sur mes cuisses : mon corps voyait venir le danger mieux que mon esprit.

Je les regardai de nouveau, bien en face. Ce contact visuel ne fit que décupler leur hargne – j'eus droit à des retroussements de babines et à de rageuses mimiques d'égorgement dans le cadre insonore de la vitre. Dans le film *Shoah*, on voit des travailleurs polonais parler dans un champ près d'Auschwitz. Un manœuvre au langage fruste raconte comment il faisait le geste de se trancher la gorge aux wagonnées de riches Juifs en manteau de fourrure qui lui lançaient en passant des saluts de la main. « On essayait de les prévenir », explique-t-il. Un frisson me parcourut l'échine, puis un autre, en quasi-synchronie avec les secousses de la rame.

Ouf massif à la station : les visages disparurent en bloc. Deux ou trois passagers me foudroyèrent du regard. Pas ma faute. Les autres poussaient des soupirs de soulagement, et la voix métallique débita avec une lenteur mortelle son avertissement rituel : « Attention – au – vide. » Les portières entamèrent leur fermeture en chuintant. Je jetai un nouveau coup d'œil à la vitre maléfique et m'assurai une fois de plus qu'il n'y avait plus personne derrière.

— HÉ ! HÉ ! beugla une voix.

Seigneur !

Ils se ruèrent sur moi. Je perdis mon petit reste de continence. Ils avaient fait semblant de quitter la rame et étaient remontés dans mon wagon.

Le meneur s'accroupit et planta ses coudes sur mes genoux. Il portait une perruque afro de guingois et un faux nez à lunettes qui brillait de mille feux.

— Ah ben ça, merde alors ! Hein ?

Je soutins son regard. Mon cerveau luttait contre la panique. « Garder son sang-froid », recommandent les experts du combat de rue. Je détournai la tête – pas facile quand quelqu'un vous postillonne dans le nez.

— Ah ouais ! tonna-t-il avec un monstrueux accent cockney. Merde alors !

Je lui jetai un coup d'œil furtif avant de me détourner encore. Que faire face à une telle terreur ?

— Je te parle ! Hé, toi !

— Moi ? fis-je, jouant bêtement la carte de la surprise.

Il éclata de rire, et tous les autres reprirent en chœur :

— Moi ? Mooooooiiiiiiiii ? Oooooh !

Le meneur leva une main et me caressa la joue.

— On est rasé de frais, hein ? Mignon. Trop mignon. Alors, on se promène ?

Sans me quitter des yeux, il lança aux autres :

— Hé ! les gars, venez voir si c'est pas mignon !

Ses acolytes s'accroupirent à leur tour et me lorgnèrent. J'eus un mouvement de recul : quoi d'autre ? Ils se mirent à me palper comme une tribu de sauvages. L'un d'eux me toucha le genou et le mollet. Un autre me tapota la rotule opposée comme pour tester mes réflexes.

— T'aurais dû prendre ton marteau, Oui-Oui, lui dit Afro. Les toubibs font ça avec un petit marteau, pas vrai ?

J'eus l'impression qu'il forçait son accent.

Ils me lâchèrent et, sans me quitter des yeux, entonnèrent un fredonnement interminable, une ignoble caricature du son qu'on émet en goûtant un mets délicieux.

— Mmmmmmmmmmmmmmmmmmmmmmmmmm !

Afro redressa le dos et passa du sarcasme à l'injonction.

— Juicy ! Ta spécialité ?

Juicy avait l'œil injecté de sang. Il éclata de rire, ce qui fit trembloter les plis de graisse de sa nuque.

— Découpeur et finisseur !

Tous s'esclaffèrent.

— Au service de Sa foutue Majesté la reine ! ajouta Juicy, dont le tee-shirt représentait un bouledogue furibond de bande dessinée. Découpeur et finisseur.

Ouais, v'là ce que j'suis ! Un putain de découpeur et un putain de finisseur !

Une vague de nausée me montait dans la gorge. Mon cuir chevelu était un marais de sueur. Et je ne pouvais rien faire d'autre que rester immobile.

— Sympa, la veste, fit Afro.

Je portais un veston croisé Hector Janolo, à mailles lâches.

— Sympa, hein, Juicy ?

Les doigts efféminés d'Afro frottèrent vigoureusement mon revers, comme s'ils y avaient trouvé de la colle. Tel un chien renifleur, il pencha la tête en avant et plaqua sa perruque contre mon visage. Elle empestait la bière éventée. Je l'aurais tué.

Afro se remit debout et fit un geste à Juicy :

— Sors-lui les nibs, qu'on voie ça.

La face du bouledogue se plissa encore plus quand Juicy sortit un cutter de sa poche. Le sang me monta aux joues. Un cutter. Mais je ne voyais pas le rapport. Pense au fleuve. Au cutter dans le fleuve. Où est Antony ? Antony adore le football. Mes pensées se succédaient sans suite. Comme un collier brisé. Des perles partout sur le sol.

Juicy tourna la molette crantée, et la lame apparut tel un croc flamboyant. Il se pencha vers moi et découpa tranquillement mon revers droit jusqu'à la taille. Je le regardai faire. C'est ce qu'il y a d'extraordinaire quand on est sous l'emprise de la terreur : on se voit subir tout ce qui nous arrive.

— Ouaip, fit Juicy. C'est pas de la merde, c'te veste.

Et il se moucha ostensiblement dans le lambeau qu'il venait de trancher.

Un gargouillis s'éleva quelque part entre ma gorge et mon nez. Je cherchai de l'aide du regard. Personne n'avait tiré le signal d'alarme : cela aurait provoqué l'arrêt de la rame. Pouvais-je continuer à endurer un tel supplice sans bouger ? L'ironie. L'ironie est-elle une arme ? *Elle ne risque pas d'éveiller ce qu'il y a de meilleur en moi*, pensai-je. Mon esprit pratique reprit le dessus : qu'allait-il couper après ? Juicy me tripota l'oreille. Van Gogh. Merde ! Et après mon oreille ? L'autre oreille ? Van Gogh entre dans un bar. « Je vous sers à boire ? » lance le barman. « J'ai déjà ce qu'il faut ici », répond Van Gogh. Seigneur ! Plutôt mourir. Mon souffle embuait mes lunettes. Je n'ai pas droit aux verres de contact, mes paupières sont trop près de mes orbites. En mon for intérieur, je sanglotais de peur. Mes lèvres tremblaient-elles ? Je ne sentais plus celle du haut.

D'un œil suppliant, je quémandai une nouvelle fois de l'aide autour de moi. Tous les passagers regardaient droit devant eux. Certains s'étaient levés, anticipant l'arrêt suivant. *Ma main au feu qu'ils avaient prévu de descendre plus loin*, pensai-je inutilement. Tous tanguaient au rythme des secousses de la rame.

— Écoutez, dis-je en tentant de me lever. Je n'ai pas l'intention de tolérer…

— Hep-hep-hep ! s'écria le meneur, sur un ton d'affectueuse indignation.

Reprenant sa position accroupie, il m'enfonça dans le ventre sa main large comme une pelle, et je fus contraint de me rasseoir. Il fit un pas en avant et se retrouva entre mes cuisses, là où seules les femmes ont en principe le droit d'aller.

— Hé ! lança-t-il aux autres.

Ils resserrèrent les rangs. Un vent glacé s'engouffra dans mes narines quand je les vis s'accroupir tous les six autour de moi, dans la travée exiguë qui séparait les rangées de sièges.

Ils se turent, et ce fut le moment le plus terrifiant de tous. Leur silence frappa les passagers de plein fouet. La jeune femme qui portait son enfant et une poussette pliée à la va-vite risqua un coup d'œil par-dessus son épaule en le sentant s'installer dans son dos. Deux écoliers détournèrent résolument la tête en se pressant l'un contre l'autre. Un homme efflanqué me regardait fixement, sans songer le moins du monde à intervenir. Juicy découpa mon second revers puis entailla ma veste à la hauteur de la poche intérieure, d'où il retira mon portefeuille. Il le tendit à Afro. Cette maudite rame n'en finissait pas de rouler.

Le vieil Indien assis à côté de moi voulut quitter son siège, mais Afro vrilla sur lui un index menaçant ; il se rassit.

— C'est une honte, dit l'Indien. Vous devriez avoir honte.

Je poussai un petit cri. Mais pas pour moi. Je ne crie jamais pour moi-même. Je criai pour l'Indien. Règle de survie numéro un : face à des animaux dangereux, ne jamais attirer l'attention sur soi. Il fallait qu'il se passe quelque chose. Les membres de la bande se consultèrent du regard, retrouvèrent le sourire et tournèrent tous lentement la tête vers mon voisin. L'éclairage de la voiture gagna soudain en intensité – signe que la station approchait. Toutes les stations du métro de Londres sont surélevées afin de ralentir les rames à l'arrivée et de leur donner un petit coup de pouce au départ.

D'autres informations superflues me traversèrent-elles l'esprit à ce moment-là ? Je l'ignore, car Afro aboya :

— Juicy ! Au nom de la reine et du pays !

La peur se déplace à la vitesse de la lumière, pas du son. D'un seul mouvement, Juicy lança le bras en avant juste devant mon visage, saisit le vieil Indien par les cheveux et ramena sa tête contre la mienne. La lame du cutter traça une ligne droite sanglante du haut en bas de son arête nasale. Parvenue à la partie molle, elle s'enfonça profondément, lui ouvrant le nez jusqu'aux narines.

Quelqu'un hurla. Ce n'était pas moi. Et pas non plus le vieil Indien. Il restait assis là, pissant le sang dans toutes les directions, sur sa chemise blanche, sur son anorak gris, sur ses mains, sur moi, sur mon visage, sur ma chemise blanche et mes chaussures, où je vis les gouttes briller comme des groseilles. Juicy écarta les bords de la plaie comme s'il voulait entrelarder le nez de mon voisin. La rame s'immobilisa. Ils lui avaient coupé le sifflet, si je puis me permettre, en moins de trois secondes.

— Allez, me dit Afro. On descend !

À aucun moment je n'avais pu bien voir ses yeux : le plexiglas de ses fausses lunettes était déformant.

La terreur me fit lever – j'essaierais par la suite de me faire accroire que je cherchais avant tout à éviter qu'ils ne s'acharnent sur le vieil Indien. Mon pantalon était chaud et trempé au niveau des cuisses. Par-dessus mon épaule, je vis les autres passagers commencer à venir en aide au blessé.

La sinistre phalange m'escorta rapidement hors de la rame. Ils m'encadraient, riant et plaisantant comme si je faisais partie de leur bande. Ils m'entraînèrent jusqu'au bout du quai bondé en me serrant de près et en frôlant les autres voyageurs.

Sur l'escalator, Oui-Oui se posta devant moi et un autre – Juicy – juste derrière, en faisant ce qu'il fallait pour que je sente son corps collé au mien. Oui-Oui me faisait face et m'envoyait son haleine dans les yeux. À un moment donné, sa boîte de bière me heurta le front avec un petit tintement métallique. Tous me fixaient en permanence. L'un d'eux, je ne me souviens plus duquel, attrapa l'arrière de ma cuisse entre le pouce et l'index et pinça de toutes ses forces. Tous les écoliers vous le diront, c'est là que ça fait le plus mal.

À l'extérieur de la station, nous nous mêlâmes à un flot de supporters encore relativement clairsemé, car il devait rester quelques heures avant le coup d'envoi. Après avoir marché un certain temps au pas comme des soldats, mes cerbères se détachèrent de ce flot nonchalant et m'entraînèrent dans une ruelle latérale. Cinquante mètres plus loin, Afro tapota le muret en brique d'un jardin.

— Mets-toi là, me dit-il.

J'obéis, et tous firent un pas en arrière.

— Jemima ! cria le meneur. Ta spécialité ?

— La photo, comme cet enfoiré de David Bailey, répondit le plus maigre de la bande – qui me paraissait aussi être le plus dangereux.

— Hé ! Ringo, vise un peu ça, dit Oui-Oui à Afro en lui montrant mes jambes.

Ils virent que je m'étais mouillé. Le soleil brillait. *Mon pantalon séchera vite.*

— Aïe ! le pauvre bébé, fit Juicy.

— Il a besoin d'être pomponné, décréta Jemima. Refaites-lui une beauté.

Afro/Ringo s'avança et me tapota les cheveux pour me recoiffer. Il m'enleva mes lunettes et lut la marque sur la branche : Cutler & Gross.

— De la grosse merde, ouais.

Il cracha sur les verres, les essuya d'un coup d'écharpe, puis me remit mes lunettes sur le nez. Je commençais à avoir peur qu'ils ne m'entendent gémir. Aucune échappatoire possible, j'avais vérifié. Et il n'y avait personne, pas l'ombre d'un homme, d'une femme ni d'un enfant dans les parages.

— Il est à toi, Jemima, dit Afro/Ringo en s'écartant.

Jemima vint se planter devant moi et étudia attentivement mon visage et ma tête. Ne sachant pas quelle horreur me guettait, je baissai le regard. Fallait-il feindre de tourner de l'œil ? Jemima fouilla dans sa poche, interminablement. Il finit par en extirper un petit appareil photo jetable et me mitrailla à bout portant, sous tous les angles. Il immortalisa l'intérieur de mes oreilles. Mon nez en contre-plongée. Mes yeux en gros plan. Après un dernier cliché, il se pencha en avant et m'embrassa sur la bouche, sa langue tentant de forcer le barrage de mes dents. Je faillis la lui mordre.

— Vous savez c'que j'pense ? J'pense qu'il est puceau, déclara Jemima en reculant d'un pas, puis en s'avançant de plus belle pour me flatter les testicules.

Ce geste suscita en moi deux peurs distinctes – qu'il ne me les écrabouille, et que mon corps ne réagisse malgré moi. Il se contenta de les tapoter d'un air approbateur, telle une putain une fois sa passe réglée.

Ils s'alignèrent à un pas de moi et me contemplèrent en silence. Personne d'autre ne nous voyait.

Une grosse camionnette blanche stoppa au coin de la rue. Afro/Ringo m'envoya un formidable coup de poing dans le ventre. Ils coururent tous les six jusqu'à la camionnette et sautèrent dedans. Elle disparut.

Plié en deux de douleur, je me penchai par-dessus le muret et fus pris d'un violent haut-le-cœur. Une fenêtre s'ouvrit non loin de là.

— Allez-vous-en d'ici ! glapit une femme. Espèce de dégueulasse !

Toujours pas de taxi dans les rues. J'étais sonné. Deux policiers en uniforme s'approchèrent.

— Il faut que je rentre chez moi, bredouillai-je. On m'a volé mon portefeuille.

Ils m'étudièrent avec suspicion.

— Chez vous ? Où est-ce ?

— À Chelsea. Knightsbridge, si on veut.

Un taxi arriva. Je montai dedans, et les policiers ne firent aucun effort pour m'en empêcher.

— Ouah ! Z'avez découché, mec ? s'esclaffa le chauffeur. Vous revenez de la guerre ou quoi ? J'espère que votre dame est du genre compréhensif !

Je pouvais comprendre sa réaction – le devant de ma veste pendouillait comme une guenille. Je me laissai aller en arrière sur la banquette, pressai les paupières et versai quelques larmes.

La vibration des rues montait jusque dans mon dos. Ma montre n'était plus là – même si je ne me rappelais pas qu'on me l'avait prise. Ils n'avaient pas touché à l'argent liquide que je transportais dans ma poche de pantalon.

Mon appartement ressemble à Fort Knox. Je claquai la porte derrière moi – une serrure à trois points de fabrication française, j'avais découvert ce système en travaillant pour un client du golfe Persique l'année précédente et j'avais fait installer le même chez moi. Au bord de l'évanouissement, je réussis à me traîner jusqu'à la salle de bains, où je vomis tripes et boyaux. Je tendis ensuite la main vers le téléphone posé sur une tablette au-dessus de la baignoire, et je dus m'y prendre à deux ou trois fois pour composer le 999.

# 4

Et maintenant ? Aucune idée. Me changer ? Mais peut-être auraient-ils besoin de me voir dans l'état où j'étais pour chercher des indices ? Prendre des photos ? Effectuer des prélèvements d'ADN ? Sur ma veste ? À l'entrejambe de mon pantalon, là où cette brute avait mis la main ? Il était peu probable que la police s'intéresse d'aussi près à mon cas.

J'avais la tête qui tournait. Me laver ? Non. Ne toucher à rien. N'est-ce pas ce qu'on disait ? Je devais rappeler Antony. Me calmer d'abord. J'étais attendu lundi en Hollande. Avais-je besoin d'un médecin ? Je voyais dans le miroir ma salle de bains entière, un éclatant contraste avec l'ignominie que je venais de subir. De l'acajou. Des chromes. Du verre. Des tomettes. De l'inox.

L'interphone bourdonna. Ils n'avaient pas traîné. Un constable en tenue, qui sortait d'un fourgon. Il entra, me toisa et demanda :

— Ça va, monsieur ?

— Je n'en sais rien.

— Vous avez besoin d'un médecin ?

— Je viens d'être agressé dans le métro.

— Vous pouvez me dire où, monsieur ?

— Dans une rame. C'est assez flou.

La sueur n'en finissait pas de ruisseler sur mon visage. Tous les actes de courage que j'aurais pu tenter se bousculaient dans mon esprit.

Il se détourna pour dire quelque chose dans son micro-cravate. L'interphone bourdonna de nouveau – deux inspecteurs.

— On a essayé de vous appeler, monsieur, dit l'un d'eux.

— Histoire de vous prévenir de notre arrivée.

— Sauf que ça sonnait occupé.

Ces deux-là avaient été bien formés : je commençais déjà à me sentir coupable.

— Je sais, soupirai-je. J'avais décroché mon téléphone.

— Vous ne devriez pas faire ça, monsieur, pas quand on essaie de vous aider.

Ils portaient tous deux un costume croisé quasi identique – couleur plomb ! Le plus jeune se mit à arpenter la pièce, soupesant ceci, examinant cela. Son binôme resta sur le seuil de la cuisine pendant que je préparais du café pour tout le monde.

— Allez-y doucement, monsieur, vous avez eu un choc. Détendez-vous, me recommanda gentiment le constable en observant ma veste en charpie. Ce sont ces types qui vous ont fait ça ?

Mon appartement grouille de flics, me hurla une voix intérieure.

— Je… je ne me suis pas changé. C'est-à-dire que je l'aurais bien fait, mais je me suis dit que vous auriez peut-être besoin de voir…

Je ne terminai pas ma phrase, certain qu'ils n'avaient d'yeux que pour mon pantalon souillé.

— C'est juste que… enfin, je veux dire… on ne sait pas trop quoi faire dans ces cas-là. Donc… je n'ai rien fait.

— Une preuve de bon sens, monsieur, commenta l'inspecteur d'âge mûr.

Le plus jeune, lui, n'était pas du genre à prendre des gants.

— Vous devez avoir entendu parler aux infos de cette affaire récente, hein, monsieur ? La bande qui s'attaque à des maisons de campagne ? On a fini par les coincer. Vous croyez qu'ils avaient votre adresse ?

Appel radio : le constable en tenue s'identifia et j'entendis une voix annoncer – tout le monde avait cessé de parler – qu'un incident voyageur s'était produit sur la ligne Nord. Un homme avait été agressé au cutter et l'ambulance était en route.

— Vous êtes blessé, monsieur ?

— Non, pas moi, un autre passager : ils lui ont coupé le nez. Et ils m'ont pris mon portefeuille.

Le constable sortit un calepin.

— Je ferais mieux de prendre quelques notes, monsieur. Si vous vous asseyiez ?

— On peut vous aider, offrit l'inspecteur d'âge mûr. Pour vos cartes de crédit, tout ça. Pensez à vérifier vos serrures, monsieur.

— Votre nom, monsieur, si vous le voulez bien, et votre adresse complète, votre date de naissance.

Lorsque l'adrénaline retombe, les idées ont tendance à se brouiller.

— Écoutez, vous allez devoir me redire vos noms, dis-je. Le choc. J'ai oublié.

Mes mains tremblaient, mais je parvins de justesse à ne pas renverser de café. Désespérant. Je répondis à toutes leurs questions.

— C'est vous, là ? fit le jeune, soulevant une photo de moi en compagnie du prince de Galles devant l'Allied Building. Ouais, c'est vous.

Il paraissait impressionné. Il ajouta tout à coup, comme si l'idée venait de lui traverser l'esprit :

— Si c'est une histoire de hooligans, ça va nous passer au-dessus de la tête.

Je leur fournis une description complète des faits, en commençant par les premiers bruits de bottes entendus sur Sloane Street.

— Blanches et bleues, dis-je. Oh ! oui. J'en suis certain. Des écharpes blanches et bleues.

Cette précision déclencha un échange de regards entendus.

À plusieurs reprises, je crus que ma voix allait se briser et devenir comme celle du petit émetteur noir du constable, qui continuait de nasiller.

Quand j'eus fini de répondre au constable, l'inspecteur d'âge mûr me déclara :

— Je crois que le mieux serait que vous passiez au poste pour qu'on refasse le point, monsieur.

— Quand ?

— Quand aurez-vous récupéré votre voiture ?

— Bon sang, ma voiture ! Vous voulez bien m'excuser ?

Je téléphonai au garage et tombai sur un type compatissant, auquel j'expliquai ma mésaventure.

— Il me la ramène dans l'heure, annonçai-je aux policiers en regagnant mon siège.

J'avais déjà eu l'occasion de découvrir ce trait de

ma personnalité : une tendance compulsive à vider mon sac devant les flics.

— Vous roulez en quoi ? s'enquit le jeune. En Rolls ? En Jag ?

— J'ai une Saab.

— Hmm. Bon design.

Un connaisseur, apparemment.

— Je vais maintenant vivre dans la terreur, leur dis-je à tous. Et s'ils m'attendent dehors, qu'est-ce que je ferai ? Est-ce que je vais seulement pouvoir ressortir ? Sans risquer ma vie, je veux dire ?

*Ils vont me prendre pour un hystérique complet*, pensai-je.

— Si on tient compte de l'élément foot, répondit l'inspecteur d'âge mûr, dont le visage intelligent m'était assez sympathique, vous devriez être tranquille. Ils vous ont probablement choisi au hasard. La faute à pas de chance, quoi.

— Ouah, tu parles ! s'exclama le jeune. Ils ont sûrement son adresse !

— Je signalerai le risque au central, monsieur, me dit le constable. Les patrouilles seront renforcées devant chez vous.

Je baissai les yeux sur ma veste en capilotade et mes chaussures aspergées de sang.

— Oui, fit l'inspecteur d'âge mûr. Ne jetez rien. Vous nous les apporterez.

— Vous pourriez peut-être prendre tout ça dès maintenant, suggérai-je, avide de me débarrasser des souillures du jour.

— Holà, pas question, impossible ! intervint le jeune. On est même pas sûrs de rester sur le coup !

Ils se replièrent tous ensemble. Sur le seuil, je demandai :

— Quelqu'un pourrait peut-être m'appeler ? Prendre ma déposition au téléphone ?

— Hop ! hop ! hop ! José, pas de ça ! lança le jeune inspecteur à son collègue.

Et, à moi :

— C'est pas comme ça que ça se passe, monsieur.

— Désolé, monsieur, confirma José. Je suis sûr qu'on trouvera un arrangement. Essayez donc de dormir un peu, voilà ce que je vous conseille.

Je restai longtemps assis en silence, prostré et pétrifié. Le représentant du garage arriva – le gérant en personne.

— Monsieur Newman… Je suis vraiment navré. J'espère que ça va.

Il alla jusqu'à me tapoter l'épaule, craignant sans doute que je ne le traîne en justice.

Après son départ, je me murai dans le silence. Je finis par me déshabiller, fourrai mes vêtements du jour dans un sac en plastique, comme me l'avaient suggéré les policiers, et pris un long, un très, très long bain.

Dans la baignoire, je fis le point sur ce que j'avais perdu avec mon portefeuille. Une seule carte de crédit. Quelques coups de fil me permirent de faire opposition sans sortir de l'eau. Le centre d'appels d'urgence de ma banque vérifia qu'aucune opération suspecte n'avait encore été effectuée avec ma carte. Bien. Je n'en portais jamais plus d'une sur moi, sauf quand je voyageais à l'étranger ; il n'y avait donc plus rien à craindre de ce côté-là.

Que m'avaient-ils pris d'autre ? Une liste de numéros utiles fournie par mon opérateur de téléphonie mobile. Ma carte de fidélité Harvey Nichols. J'appelai le magasin : rien à signaler jusqu'à maintenant, et je la fis aussitôt résilier. Ma carte de l'Executive Club de British Airways – parfaitement inutile de toute façon, à moins de voler trois cent soixante-cinq milles par mois sur des avions de la compagnie, et encore, seulement les mardis de pluie. Au diable la fidélité. Et hop ! résiliée.

— Il vous en faut une nouvelle, monsieur ? me demanda l'opératrice de British Airways.

— Sûrement pas.

Cela me fit du bien d'avoir une cible sur laquelle me défouler. J'éprouvai un embryon de soulagement en réalisant que mon adresse ne figurait nulle part dans mon portefeuille. Je rappelai chacun des interlocuteurs que je venais de joindre pour leur ordonner de ne communiquer sous aucun prétexte mes coordonnées à des tiers.

Des images de l'agression revinrent ensuite défiler sous mon crâne à la manière d'une bande-annonce. Je me dégoûtai moi-même en constatant que le souvenir de ces violences m'émoustillait. Sur ce, je m'assoupis inexplicablement.

# 5

Le froid me réveilla, le froid de l'eau du bain sur mes épaules. Aurais-je pu me noyer, en théorie ? Ma foi, j'étais toujours vivant. J'enfilai mon plus épais peignoir et mis en marche le chauffage central.

Ce soir-là, je ne mangeai que des tartines. Une nourriture de compensation. Pas de télé. Pourquoi ? Pour éviter d'avoir à subir la violence d'un documentaire ou d'un film. Ou d'un match de football, puisqu'on était samedi. Peut-être même celui auquel ces voyous allaient assister.

Je repris un bain deux heures plus tard. Cette fois, je ne passai pas un seul coup de fil. J'avais eu autrefois une pléiade de maîtresses. Dont certaines étaient mariées à des amis. Je les voyais clandestinement, bien sûr, sans qu'aucune connaisse l'existence des autres. Jusqu'au jour où j'avais largué toutes ces amarres en cessant simplement de les rappeler. Dans un bref élan de nostalgie, je regrettai de ne pouvoir me confier à l'une d'elles.

Appeler Elizabeth ? Non. Elle commençait à me fatiguer. De toute façon, je devais lui rendre visite la semaine suivante, en rentrant de Hollande. Depuis son départ de l'agence, j'avais l'impression que nous nous voyions plus que jamais.

Mystère de la vie : comment se fait-il que si un bain n'est pas bien dosé dès le départ, à la température idéale, l'adjonction de toute l'eau chaude ou froide du monde ne suffira pas à y remédier ? À débattre.

Ne pas oublier l'anniversaire d'Elizabeth. Son âge ? Elle ne risquait pas de me le dire.

Le Mogadon. La mélatonine. Et le reste. Tout cela était inutile. Je ne prenais plus rien. Soit je dormais, soit je ne dormais pas. Elle devait aller sur ses soixante-quinze ans. Le *Who's Who* ne donnait pas sa date de naissance.

Je ne dormis pas – ou plutôt je dormis sans dormir ; c'est pourquoi je fus debout dès sept heures, à me dire que je ferais aussi bien d'avancer d'une demi-journée mon départ pour la Hollande : je me sentirais plus en sécurité là-bas.

Faire mes bagages avec soin m'a toujours aidé à maintenir ma vie en ordre. Je possédais trois tailles de sac de voyage ; j'optai pour le moyen et suspendis une veste de rechange à l'arrière de ma voiture. Le temps était superbe et, grâce au ciel, il n'y avait personne devant mon immeuble, à l'exception d'une voiture de police assez ostensiblement stationnée au bout de la rue. Les flics ne s'étaient pas donné la peine de me rappeler la veille au soir. Je les avais pourtant prévenus que je partais voir un client en Hollande.

Mon ignorance du football les avait laissés pantois.

— C'était quel match, m'sieur ? Je veux dire, vous pouvez nous dire où ça se jouait ?

À l'agence, les autres passent leur temps à parler football. Le foot, le foot, le foot. Assis dans ma voiture, je posai ma tempe contre la vitre. Cela m'aida à retrouver mon calme et à reprendre contact avec la réalité.

Qui suis-je ? Quand j'ai le moral en berne, je tente de m'évaluer. Je ne dis pas que j'y réussis, mais je le fais, c'est déjà ça. Pas fantastiquement bien, mais tout de même mieux que la plupart des gens que je connais. Eux vivent sans jamais se remettre en question. Je sais qu'ils m'envient : ils me le disent. Ils voient en moi un homme chaque jour un peu plus riche, libre de toute responsabilité familiale. « Ton nom est encore sur la liste, Nicholas, à ce que je vois », me serinent-ils. Des meilleurs partis. Des grosses fortunes. Des personnages les plus influents.

Que répondre ? Je souris. Tout cela ne ressemble pas à ce que je suis à l'intérieur.

Sur Brompton Road, je repérai dans mon rétroviseur une voiture blanche, à quelque distance. Elle était toujours là quand je pris l'autoroute M4. Y serait-elle encore quand je basculerais sur la M25 après Heathrow ? N'étais-je pas en train de devenir parano ? Carrant les épaules, je m'efforçai de poursuivre calmement ma méditation sur moi-même. Tout en gardant un œil sur mes trois rétroviseurs.

*Du moment que je travaille tous les jours*, pensai-je, *ma survie est assurée*. Du moment que je dessine – ou que j'ai des dessins à regarder – tous les jours. Si j'ai cela, je peux supporter le reste. La solitude. Les raids éclairs de cette sensation d'abandon. Je peux supporter l'ennui, l'enlisement dans le terre à terre – les services, l'infrastructure, la réglementation, la planification. Ces choses-là m'aident à définir ma vie intérieure et extérieure ; elles me donnent un cadre et des points de repère.

Les services ? J'en utilisais toute une palette – de mes chaussures fabriquées sur mesure aux soins spécifiques que me prodiguait mon coiffeur, en passant par le ménage de mon appartement.

La voiture blanche était toujours là. Si je levais un peu le pied ?

Mon infrastructure – véhicule, habitation, moyens de communication – avait la forme voulue par moi. La réglementation ? Ma vie était soumise à toutes sortes de lois – ma constitution personnelle. Des interdits : ne jamais boire seul, m'abstenir de toute activité sexuelle pendant tant de temps, ne jamais me montrer ivre à autrui, pas de poudre blanche dans les narines, pas de pilules, rien de ce genre, je n'ai jamais été là-dedans. D'accord, on peut dire que j'étais frustré.

Je ne voyais plus la voiture blanche. Me suivait-elle encore ? Ou avait-elle emprunté un autre itinéraire pour me devancer ? La planification ? Je sais toujours exactement ce que je ferai et où je serai un an à l'avance. Toujours. Mon besoin de contrôle est tel que si je décidais de tenir un journal, je pourrais l'intituler *Les Annales de Nicholas Newman*. Tant il est vrai que je n'ai toujours pas surmonté ma fixation à ce stade.

Sur la M25, une autre voiture blanche me dépassa puis se rabattit juste devant moi. Une filature par-devant ? Comme dans certains films ? Calme-toi, mon vieux, calme-toi. Je me touchai le nez. Ce pauvre monsieur. Le vieil Indien. Ou peut-être Pakistanais. Il devait approcher des soixante-dix ans, dans le calme et la dignité.

Le soleil flamboyait dans le ciel laiteux de

Folkestone. L'accès à la navette du tunnel sous la Manche était pris d'assaut. Dans la queue, derrière moi, je dénombrai trois voitures blanches. Ridicule. Calme-toi.

Les hautes falaises du nord de Calais m'avaient toujours semblé ouvertes, accueillantes. J'avais vu un jour à la télévision trois historiens présenter leur vision de la débâcle de Dunkerque. L'un d'eux, féru de stratégie militaire, y voyait une opération de repli plutôt bien menée. Le deuxième, socialiste, un nouvel exemple de ce que les soldats n'étaient que de la chair à canon. Et le plus politique des trois, une occasion manquée pour Hitler : Adolf avait rêvé de faire d'Oxford sa capitale.

Ce fut alors que l'idée de vengeance s'insinua dans mon esprit. *Voilà ce qu'il me faut*, pensai-je, *une vengeance*. Si ces voyous se font prendre, je supplierai les flics de me laisser passer quelques minutes seul avec celui qui a lacéré ma veste, ou avec celui qui m'a pris en photo, ou avec le meneur à perruque afro. N'importe lequel fera l'affaire.

Mon radiotéléphone sonna. Réponds, bon sang. Les héros des films à suspense ne le font jamais, ils préfèrent laisser sonner plusieurs fois.

— Nicholas Newman ? fit une voix d'homme, au souffle nasal très marqué.

— Oui.

Clic. Mon correspondant avait raccroché. Seigneur !

J'étais en Belgique. Au sud-ouest d'Ostende, sur une route côtière, roulant vers Bruges et la frontière néerlandaise. Le téléphone se remit à sonner et cette fois je décrochai immédiatement, pour l'effet de surprise. La même voix, le même souffle :

— Allô, monsieur Newman ? Ici le commissariat de Battersea.

— C'est vous qui venez d'appeler ?

— Oui, monsieur. Vous utilisez un téléphone portable, si je ne m'abuse ?

— Je suis à l'étranger.

— Oui, monsieur. On m'a dit que vous alliez en Hollande ?

— Exact. À Noordwijk aan Zee. C'est au nord de La Haye. Via Anvers.

Encore cette tendance à tout déballer face à un policier.

— D'accord. Vous rentrez quand, monsieur ?

— Quelqu'un veut me voir ?

— Oui, monsieur, peut-être bien. Pour tout vous dire, nous risquons d'avoir besoin de votre aide. Ce monsieur dans le métro… il est mort dans la nuit, son cœur a lâché.

Et, après une courte pause :

— Il n'a vraiment pas eu de chance. Et de votre côté, monsieur ? Pas trop de dégâts ?

— Je suis encore sous le choc.

Je grimaçai. Mon nez me démangeait furieusement.

— Oui, monsieur. Tâchez d'être prudent.

— Je pense être de retour à Londres jeudi matin.

Il inspira bruyamment.

— Pas avant ?

— Je serai rentré en Angleterre avant, mais j'ai une visite de chantier à faire mercredi. Dans le Wiltshire. Allô ? Je suis en train de vous perdre. La couverture doit être mauvaise.

— Et là, monsieur, vous m'entendez ? Haaaa-lô ? Haaaa-lô ?

Mon portable produisit un bip-bip-bip. Je l'avais perdu.

Mort par entrelardement du nez. Une nouveauté. Un ami dépressif m'a raconté qu'il lui arrivait de circuler dans San Francisco en pariant avec lui-même sur le temps qu'il réussirait à rouler les paupières closes. *Le moment est-il venu pour moi de tenter ma chance ?* m'interrogeai-je. Mort. Son sang sur mes chaussures. Pas sur mes mains. Ressaisis-toi, Nicholas. Pauvre homme. Pauvre, pauvre homme.

Superbe après-midi. Je bouillais d'envie de les tuer. De fouler aux pieds leurs crânes rasés. De les écorcher au couteau. Je me fis mal aux gencives à force de serrer les dents. Direction La Haye, puis Noordwijk. J'étais seul. Je conduisais seul. Les paysages à l'huile, les routes impeccables bordées de pistes cyclables et les familles néerlandaises lavées de frais en pleine balade du dimanche, voilà qui allait sûrement me mettre du baume au cœur. Je vis bientôt poudroyer des dunes sous le soleil d'octobre.

Je laissai ma voiture sur un parking de plage, gravis les grossières marches en bois menant au sommet d'une dune et embrassai du regard la mer du Nord. Des gens se doraient au soleil, certains tout nus : à croire que la masse des terres continentales maintenait ce pays au chaud. Je m'avançai jusqu'au bord de l'eau. Assise sur le sable à ma gauche, une fille massive à forte poitrine de paysanne me vit marcher vers elle et leva les bras pour arranger sa chevelure.

La mer s'étalait devant moi. J'aurais aimé qu'elle m'offre une métaphore ou une image de ma vie. Peut-être fut-ce le cas. Le calme avant la tempête, ce genre de chose. Non, j'avais trop d'imagination. N'importe quoi, Nicholas. J'avais mené une bonne partie de mon existence sous le signe du contrôle et de la détermination – et de la solitude affective.

Du haut des dunes, je repérai l'enseigne fixée sur la toiture en tuiles de l'hôtel où j'avais réservé – De Witte Raaf. Johann Pearl devait m'y rejoindre le lendemain : « Mieux vaut l'appeler Le Corbeau Blanc », m'avait-il dit. La mer scintillait, et mon humeur oscillait entre la paix de cette lumière et les tourments que je voyais se profiler à l'horizon. Antony Safft ne répondait pas au téléphone. Un homme venait de mourir dans le métro.

Je pris possession de ma chambre, dormis jusqu'à six heures du soir et ressortis pour une longue marche sur le sentier des dunes, jusqu'à sept heures. Je consacrai la demi-heure suivante à essayer de joindre tous les partenaires d'affaires d'Antony Safft que je connaissais, mais je n'eus droit qu'à des voix enregistrées et m'abstins de laisser des messages. D'ailleurs, je me serais sans doute senti ridicule si j'avais réussi à parler à quelqu'un. Devais-je encore rappeler le domicile d'Antony ? Je décidai de botter en touche.

Je dînai à huit heures, choisis un sublime vin du Rhin pour accompagner ma truite saumonée de la mer du Nord et dormis ensuite du sommeil des ivrognes – et des gens frappés d'horreur.

# 6

Lundi matin : j'appelai l'agence au saut du lit, mais – le chat étant toujours absent – personne ne décrocha avant neuf heures, dix heures locales. Je relatai à Hal Callaghan l'incident du métro.

— Mais garde ça pour toi, d'accord ?

— Les fumiers ! Ces types n'ont rien à voir avec des supporters, chef, ni avec le sport que j'adore. Au fait, ça s'est bien passé avec la Perle Noire ?

— J'ai préparé un compte rendu. Antony Safft a appelé ?

— Non.

— Il m'a fait faux bond vendredi.

Hal émit un claquement de langue.

— Ouais, Lemon m'a dit ça. Je vais me renseigner. Je vous rappelle, chef ?

Je sentis mon appréhension revenir à la charge.

— Sur mon portable. J'ai besoin de savoir s'il marche ici.

Hal me recontacta quelques minutes plus tard.

— C'est bizarre, chef. Je viens d'appeler son bureau, et j'ai eu droit à une réponse franchement évasive. Une femme à qui je n'avais jamais parlé.

Un ange passa sur la ligne.

— Ça pourrait être n'importe qui, j'imagine, finit par ajouter Hal. Mais bon, Antony Safft dirige sa boîte avec une précision d'horloger. Ça va comme vous voulez, chef ?

Je marmonnai une vague réponse.

Je consacrai les deux heures suivantes à travailler dans ma chambre sur une rénovation intérieure, l'immeuble du Duchess Group. Hal s'obstinait à me donner du « chef ». Curieux, cette distance qu'il y avait entre nous. Je détestais le mot « patron », et il n'était pas assez à l'aise avec moi pour m'appeler « Nicholas », contrairement aux autres. Hal me bombardait sans cesse d'informations, me parlait trop rapidement des problèmes. Il n'avait aucun pouvoir sur moi. D'où me venait cette impression persistante qu'il cherchait à en acquérir ?

À midi et demi, j'allai attendre Pearl derrière une des baies vitrées du salon de l'hôtel. Dix minutes plus tard, sa Z3 rouge descendit en grondant l'allée sableuse. Soit la rumeur de sa venue l'avait précédé, soit les mégastars émettaient des rayons lumineux. Deux garçons lui demandèrent des autographes pendant qu'il traversait à pied le parking. Idem pour le jeune portier. Une réceptionniste vint se dandiner devant lui, réclamant un baiser.

Je l'observai. D'humeur égale avec tout le monde. Impossible d'ignorer sa prestance physique. Il me salua comme s'il m'adorait, moi qui deux semaines plus tôt n'avais jamais entendu parler de lui. Cette veste lui avait coûté minimum deux mille livres.

— Votre voyage s'est bien passé ? Vous avez eu le temps de vous reposer ? D'abord le déjeuner, et après la maison ? Ça fait vraiment plaisir de vous revoir, Nicholas.

Son enthousiasme était tellement sincère que nous échangeâmes une deuxième poignée de main.

Les traumatismes sont comme les rages de dents. Ils reviennent vous harceler. L'appréhension me submergea de nouveau. L'espace d'une fraction de seconde, je vis le sang de mon passé éclabousser les murs du hall. L'envie me reprit de leur trancher la gorge. De sentir gicler leur sang. D'entrechoquer leurs crânes rasés jusqu'à ce qu'ils virent au bleu. Stop, Nicholas, STOP !

Pearl considéra les tables de la terrasse.

— Il fait assez doux pour déjeuner dehors.

— Pas pour moi, dis-je. Je suis un animal à sang froid.

Si seulement c'était vrai ! Je n'aurais pas été traumatisé. Ni aussi effrayé de l'absence d'un ami. Je regardai autour de moi. J'aurais cent fois préféré déjeuner en compagnie de quelqu'un à qui je puisse parler de mon agression dans le métro. Ou de mes inquiétudes pour Antony. Les lambris de cette salle à manger étaient en frêne massif, pas en contrecollé. Le visage d'Antony surgit soudain dans mon champ de vision, comme une apparition. La voix de Pearl me parvenait de très loin. Je repris mes esprits.

— J'espère que vous ne vous attendez pas à de la haute cuisine, Nicholas. C'est une station balnéaire. Vous êtes déjà descendu dans cet hôtel de Los Angeles dont tout le monde parle, le Bellagio ?

— De Las Vegas, vous voulez dire. Je connais un des architectes. Je dois y aller prochainement. Et le Bellagio originel, vous connaissez ? Sur le lac de Côme ?

— C'est bien ?

— Vous auriez de bonnes chances d'y entendre une soprano répéter sur son balcon. Les divas de Milan le fréquentent toutes. Non merci, je ne bois jamais quand je conduis.

— Votre chambre est confortable ?

— Oui. Oui, merci.

Je l'observai de plus près, et son élégance me surprit. Je faisais de mon mieux pour empêcher ma main de trembler.

— Vous n'avez pas chômé, on dirait, risquai-je en indiquant une contusion juste au-dessus de son œil gauche, peu visible sur sa peau noire.

— Un choc aérien, répondit-il en souriant. Marcel Desailly a la tête dure. Mais il est sympa.

— Vous avez des amis ? Parmi vos collègues, je veux dire ? En Angleterre ?

— Oui et non. J'ai besoin de m'installer. Les Italiens de Chelsea sont marrants. J'aime assez Roberto Di Matteo. C'est lui qui parle le mieux anglais.

— Et ils cherchent tous à amener leur maison d'enfance dans leurs bagages ?

Façon pour moi d'entrer en douceur dans le vif du sujet. Ma remarque le fit rire.

— Il me faut une maison. Il me faut cette maison-là. Pas cet horrible appart néo je ne sais pas quoi. Vous allez vite comprendre pourquoi, Nicholas, oh ! oui, vous allez comprendre. Mon projet va vous capturer.

— Vous voulez peut-être dire « captiver » ?

Il rit encore. Je le sentais néanmoins un peu agacé

par la façon dont je venais de suggérer qu'il manquait d'originalité.

— Nous n'avons pas encore parlé de votre femme, repris-je. En matière d'architecture résidentielle, il me semble pourtant que…

— Ma petite amie. C'est une Anglaise, Nicholas. Mais elle… elle… elle ne s'intéresse pas aux maisons.

— L'autre jour, vous m'avez parlé de votre « vision ». Du projet, je veux dire. Comment résumeriez-vous vos besoins ?

— J'ai besoin de me sentir très protégé.

Il me parla de son enfance dans une ferme de l'arrière-pays.

— On produisait des légumes et des fleurs pour des hôtels, des épiceries dont mon père était le fournisseur attitré. Surtout à Haarlem. Et à Leyde, la ville universitaire. Plus un ou deux clients à Amsterdam. Mais ce n'était pas toujours facile. Mon père ne trouvait jamais ses produits assez bons pour les grandes villes, et c'était dur pour lui parce que son grand-père, dans le temps, avait fourni tout Amsterdam. Enfin, jusqu'à la guerre. Mais ce n'était pas la même ville qu'aujourd'hui.

Une ombre d'embarras glissa sur ses traits. Il se ressaisit aussitôt.

— Ça s'est plutôt bien passé pour nous. C'est vrai. On avait une maison de plage pas loin d'ici, à Scheveningen. La ferme s'est agrandie, on a acheté d'autres terres, et mes frères fournissent maintenant plusieurs hôtels d'Amsterdam. On a même un contrat avec les diplomates de La Haye.

Il aspira fortement le H de « La Haye » : chassez le naturel, il revient au galop.

— Votre parcours est assez inhabituel.

— Pas pour moi, évidemment, répondit-il en souriant.

On nous apporta les plats.

— Et pour ma maison ? demanda-t-il. Comment ça va se passer ?

— Je passerai sur le site avant de rentrer à Londres. J'ai déjà les plans du cadastre. Vous voulez les voir ? Les relevés sont en cours.

— Il y en a pour combien de temps, Nicholas ?

— Vu que vous avez demandé que les choses aillent vite et que vous êtes prêt à payer pour, je dirais environ quatre mois. La structure est en bois. Ça aide.

— C'est aussi ce que m'a dit votre ami de l'agence, Hal, c'est ça ? Quatre mois. Je l'aime bien, lui aussi, il a été très sympa.

— Il est totalement fan de vous.

— Il faut que vous veniez me voir jouer. Histoire de voir si vous aussi, vous pouvez devenir fan. D'accord ?

Fan d'un gamin de vingt-trois ans ? Certainement pas.

— Qu'est-ce que vous aimez ? demandai-je. Dans la vie, j'entends ?

Il pouvait être fort utile de poser ces questions en apparence insignifiantes à un client – elles étaient souvent source d'idées.

— Les amis, répondit-il. Je veux une maison très confortable, où je pourrai avoir mes amis autour de moi.

Notre repas se situa quelque part entre le correct et le très bon, voire excellent sur le plan des légumes. Il eut lieu dans une ambiance agréable, même si nous fûmes dérangés à un moment donné.

Son portable sonna. Il me pria de l'excuser et prit l'appel. Il écouta d'abord, puis parla.

— Non. Impossible, man. Je ne peux pas.

Il rempocha son téléphone avec un imperceptible frisson. De colère ? De peur ?

— Un journaliste, me dit-il.

Les stars du foot frissonnent-elles quand un journaliste les appelle ? Peut-être. Ce qui est sûr, c'est qu'il lui fallut une poignée de secondes pour retrouver sa contenance et me demander :

— C'est la première fois que vous avez un client noir ?

— Pourquoi cette question ?

— Hé ! ne vous inquiétez pas, Nicholas. Je me disais juste que vous n'étiez peut-être pas du genre à…

— Est-ce que j'aurais accepté de travailler pour vous ?

Je sentis une rougeur glaciale que je connaissais bien me monter au visage.

— Oh ! je ne sais pas, un footballeur connu, le prestige, ce genre de choses… Vous savez bien : ma maison sera montrée dans la presse, à la télévision, ça peut vous faire un gros coup de pub. Vous employez beaucoup de Noirs à l'agence ?

Je réussis à ne pas sursauter.

— Ce n'est pas comme ça que…

— Est-ce que vous m'aimez bien ? demanda-t-il en me fixant de ses grands yeux.

— Je vous connais à peine, répondis-je sèchement. Et ça ne se fait pas de demander aux gens s'ils vous aiment bien.

Ce jeune homme n'avait-il donc aucune limite ?

— Pourquoi ? Je ne vois pas ce qu'il y a de mal à ça.

— Je suis anglais.

— J'ai deux yeux, vous deux couilles. Vous êtes vivant.

Je me hérissai encore un peu plus.

— Ça vous est déjà arrivé ? Que des gens vous demandent si vous les aimez bien ?

— Non. Les gens sont trop coincés, Nicholas. Mais s'ils me posaient la question, je répondrais.

Il me tapota l'avant-bras, et la chaleur de ce geste me dégela. Je ramenai la conversation sur l'affaire qui nous intéressait. Le déjeuner s'acheva dans la décontraction.

Chaque fois que je m'attaque à un projet résidentiel, la première question qui me vient à l'esprit est celle de la pente du toit. Quel est cet acteur célèbre pour aborder tous ses rôles en étudiant le style de chaussures de son personnage ? Alec Guinness ? Ralph Richardson ? Ou peut-être même Harrison Ford ? C'est presque devenu un cliché. Chez moi, la pente du toit a la même fonction. Traverser en voiture certains pays étrangers est pour moi une source d'inspiration inépuisable. Une journée de route entre Calais et le Midi me donne à voir six pentes de toit très différentes. Il y a les toits pointus comme des aiguilles de la côte Nord, puis ceux plus amples de la Picardie, qui s'adoucissent jusqu'à céder la place aux charpentes normandes, lesquelles s'abaissent ensuite petit à petit pour aboutir aux pentes très douces, purement romaines, de la Provence. Mais le toit d'une ferme hollandaise ? « Haut » et « carré » furent les premiers qualificatifs qui me vinrent à l'esprit.

Mon cœur fit un bond quand je vis la maison familiale de Pearl. Énorme, telle fut ma première réaction : c'était un bâtiment haut de quinze mètres, recouvert sur tout son pourtour de bardeaux blancs ; avec un soubassement en brique et de longues frises en faïence de Delft au-dessus des portes et des fenêtres. Le toit était élevé, large, abrupt, soutenu par des pignons à angle droit : un toit accueillant, paternel. Oui, haut et carré.

Les plus grands charmes de cette maison se dissimulaient à l'intérieur. Elle était construite, pour l'essentiel, à l'intérieur d'une étable. Les soirs d'hiver, des vaches et des chevaux devaient passer la tête au-dessus des portillons de leurs enclos, lesquels donnaient sur une cuisine salle à manger aussi spacieuse qu'accueillante. Je me vis montant l'escalier pour aller dormir dans une chambre à poutres apparentes, juste au-dessus des reniflements étouffés du bétail. Et j'en eus l'eau à la bouche.

J'étais complètement pris de court. La maison de Pearl réveilla en moi une tempête de sentiments douloureux, des sentiments de perte, de manque, d'affection disparue que je fis de mon mieux pour refouler.

Il m'observait, guettant ma réaction. Il me tapota de nouveau l'avant-bras.

— Ah ! Quand même, un peu d'émotion ! s'exclama-t-il joyeusement. J'ai un tas de trucs à vous dire sur cette maison. Des trucs sympas.

J'en avais des picotements. J'adorais ces carreaux de Delft bleu et blanc qu'on retrouvait partout, y compris dans l'étable. J'adorais l'ingénieux fonctionnement des portes : celles de l'étable ouvraient comme il se devait sur l'extérieur côté façade, mais c'était le contraire pour celles qui donnaient sur la partie habitable – principalement sur la cuisine salle à manger – de sorte que même un petit enfant aurait pu ramener une vache capricieuse dans son enclos et refermer ensuite le portillon sur elle. J'adorais le foin qu'on apercevait depuis les fauteuils proches de la vaste et superbe cheminée carrelée. Laissai-je échapper un rire de ravissement ? Non, ce n'est pas mon genre – mais j'aurais pu.

Mme Pearl, sa mère, nous accueillit. Le baiser du jeune homme à celle qui l'avait mis au monde fut accueilli, me sembla-t-il, avec froideur : tout juste si elle ne détourna pas la joue. La structure carrée de son corps n'était pas sans rappeler celle de la maison. Elle nous mena à la table, sur laquelle attendait un grand pichet bleu du chocolat chaud le plus délicieusement amer qu'il m'ait été donné de boire.

— Elle le met en poudre elle-même, m'expliqua Johann. Je ne sais pas ce qu'elle y ajoute pour l'empêcher de se grumeler quand on verse le lait. Voici mon frère Sebastiaan. Mon père est à Amsterdam. Il regrette de ne pas avoir pu se libérer.

La mère s'excusa, et Sebastiaan prit le relais. Il était moins noir de peau que Johann. Je m'interrogeai un instant sur cette énigme génétique : leur mère était blonde. Une fille, peut-être une employée, vint nous servir une énorme tarte aux groseilles.

Mme Pearl revint. Elle avait légèrement modifié sa coiffure et s'était mise un peu de fard à joues. Le bouton du haut de son corsage était maintenant défait. Elle me redemanda mon nom et insista pour que je l'appelle Elma.

Johann lui témoignait une profonde tendresse, qu'elle avait du mal à lui rendre. Idem pour Sebastiaan : je sens mieux que personne quand quelqu'un est sur la réserve. Y avait-il du différend familial dans l'air ? *Ah ! l'argent*, songeai-je en regardant alentour. Sauf que non, cette famille-là n'avait pas besoin de soutien financier. Sa prospérité était évidente, profonde et ancienne.

— Ma maison en Angleterre sera comme celle-ci, maman. Exactement.

Elle ne montra pas d'enthousiasme. Sebastiaan non plus.

Sentant s'installer un malaise général, voire une certaine forme de ressentiment, je demandai :

— Depuis combien de temps votre famille vit-elle ici ?

— Nos ancêtres ont dû l'abandonner pendant cent ans, répondit la mère. Ils l'avaient perdue après un mariage en temps de guerre, une alliance compliquée. Mais elle a fini par revenir dans la famille.

Elle regardait plus mes yeux que ma bouche.

Je n'eus pas le temps de demander : « Hitler ? »

— En 1811, ajouta-t-elle.

Je fis le calcul à haute voix.

— Donc, si votre famille l'a perdue en 1711...

— 1710. Il y a eu une grave querelle et aussi des questions militaires.

— Dois-je comprendre que cette ferme était déjà bien établie en 1710 ?

Sebastiaan et Johann restaient muets.

— On dit que Vermeer a dormi ici. Plus d'une fois.

— Elle est pourtant... comme neuve.

— Un tableau de Pieter de Hooch, *La Mère*, a été peint ici. Regardez, c'est cette porte, et là l'endroit où on voit la petite fille tournée vers le soleil. Vous voyez ce carrelage noir et blanc, sur le sol ? C'est le même, non ?

— Le tableau est dans un musée à Berlin, m'expliqua Pearl. On l'a en carte postale.

— On fait de petits travaux d'entretien tous les ans, dit Sebastiaan.

J'observais ces trois êtres liés par des sentiments asymétriques. Elma me fixait droit dans les yeux, avec une franchise presque brutale ; peut-être Johann tenait-il d'elle sa liberté vis-à-vis des limites d'autrui. Il était temps de changer de sujet.

— Vous employez beaucoup de monde ?

Sebastiaan se chargea de répondre.

— En ce moment, cinquante. Ça monte et ça descend selon les saisons. Bientôt, en plein hiver, on ne sera plus que trente. On passera ensuite à quatre-vingts pendant un temps, puis à cent.

Leur anglais était plus guttural que celui de Johann ; ils eurent néanmoins l'exquise courtoisie de ne jamais se parler dans leur langue en ma présence.

— Il faut que vous voyiez tout le reste, déclara Johann.

— Si ça ne dérange pas, fis-je d'une voix hésitante, en cherchant les yeux de sa mère.

— Commencez donc par la grande salle de bains, répondit-elle sans regarder son fils. C'est très typique.

Je me levai et mis le cap sur l'escalier, presque une échelle.

— Non, non, lâcha-t-elle. C'est en bas.

Elle me précéda. Derrière moi, les frères eurent un échange de mots que je n'entendis pas.

Franchissant une porte en bois dont le panneau était orné de quatre carreaux de faïence, j'entrai à sa suite dans une pièce gigantesque, aussi grande que la cuisine que nous venions de quitter. Trois longues et hautes baignoires étaient alignées le long d'un mur, certainement depuis des siècles et aujourd'hui reliées à une tuyauterie moderne qui traversait le carrelage. Les anciennes bouches d'évacuation, aux bords tapissés de céramique blanc et bleu, étaient intactes.

— Splendide ! m'exclamai-je, sincèrement émerveillé.

— Autrefois, dit Johann en entrant à son tour, on prenait tous notre bain ensemble ici.

Il chercha dans le regard des autres un signe d'approbation et de plaisir – en vain. Dans le cercle familial, la plupart de ses phrases finissaient par un point d'interrogation. Je me demandai s'ils étaient jaloux de lui.

Le mur opposé supportait une rangée de six énormes lavabos en céramique bleu et blanc, à larges bords plats. Toute la surface restante était couverte d'étagères et de portemanteaux en bois auxquels étaient accrochés des peignoirs. Une énorme cheminée occupait l'essentiel du troisième mur.

Sebastiaan et Johann discutaient près de la porte.

— C'est vraiment magnifique, dis-je.

Elma s'immobilisa devant moi et, très bas, me glissa :

— Johann a besoin d'aide. Il refuse de nous écouter.

La complainte typique d'une mère ? Voyant son grand gaillard de fils pris dans le tourbillon d'une vie cent fois plus intense que tout ce qu'elle aurait pu imaginer pour lui ? Ou autre chose ?

— Vous ferez attention à lui ? insista-t-elle, toujours sans regarder ses fils.

Je n'eus pas besoin de répondre, car Sebastiaan venait de s'en aller, plié en deux pour franchir le seuil bas, pendant que Johann nous rejoignait d'un bond.

— Je veux exactement la même salle de bains, Nicholas.

Sa mère lui témoigna soudain une bienveillance inattendue. Il me fallut un certain temps pour mettre le doigt sur la raison de ce changement : l'absence de Sebastiaan.

Nous quittâmes la salle de bains pour grimper à l'étage. Dans la chambre de Johann, une grosse vache en peluche noir et blanc trônait sur le lit.

— Je vous présente Sonja, me dit-il avec un grand sourire.

— La presse people est au courant ?

Ma plaisanterie les fit rire.

L'ambiance de la chambre parentale était chargée d'érotisme. Elma me la fit arpenter de long en large avant de m'introduire dans le dressing attenant, où des dessous plus qu'affriolants étaient jetés sur le dossier d'une chaise. Nous passâmes ensuite tous les trois un certain temps la tête levée, à admirer les poutres. Johann entendit Sebastiaan l'appeler et s'éloigna vers la porte. Elma me guida jusqu'au profond renfoncement de la fenêtre et resta immobile tout près de moi – comme c'était le cas depuis le début de la visite. Dehors, au-delà des dunes, les brisants de la mer du Nord rougeoyaient comme du corail sous les feux du couchant.

# 7

Le lendemain, je rentrai au pays en voiture, via le nord de la France. Peut-être pas tranquillement mais sans me presser et sans incident. Près de Malo-les-Bains, je dénichai chez un antiquaire un bol ancien en faïence de Quimper, hélas ébréché. Je tentai de joindre le bureau d'Antony depuis ma voiture et eus droit à un message enregistré. « Vous êtes bien chez Safft S.A. Nos bureaux sont actuellement fermés. »

Cela ne fit que me conforter dans mes pensées morbides. Antony avait eu soit un accident, soit une attaque cardiaque. Je ne savais rien de son état de santé. À la réflexion, je me rendais compte que c'était un homme auréolé de mystère. Ma connaissance de sa vie privée se limitait à quelques impressions : je ne savais quasiment rien de concret sur lui. Sa maison ne révélait pas grand-chose – n'importe qui aurait pu avoir les mêmes livres. Aucune photo de famille, uniquement des images-trophées, comme chez moi : Antony posant en compagnie de personnages influents ou célèbres. L'objet qui m'avait le plus impressionné chez lui était exposé dans son bureau : une vieille plaque en bois sur laquelle s'estompaient peu à peu deux mots gravés, « Souviens-toi ».

— Je t'expliquerai un jour, m'avait-il dit.

Ce à quoi j'avais rétorqué en plaisantant :

— C'est un pense-bête, ou il faudra quand même que je te rappelle de m'en parler ?

Il n'avait pas souri. Je n'y avais plus repensé. Et les explications n'étaient jamais venues.

Une douleur inattendue avait surgi dans la partie de ma nuque que ces brutes avaient malmenée samedi en me tirant par les cheveux. Loin de s'être apaisé, mon fantasme de vengeance semblait avoir pris racine au plus profond de moi. Je rappelai le commissariat.

— Comment ça, personne n'a été interrogé ? Je croyais que tous les hooligans étaient fichés !

— C'est Scotland Yard qui gère ça, monsieur.

— Qui, à Scotland Yard ?

— J'ai bien peur de ne pas pouvoir vous répondre, monsieur, mais ils vous contacteront s'ils souhaitent vous parler.

— Et ma déposition ? Je la fais quand ?

— Je ne peux pas vous dire, monsieur.

Conduire finit par me détendre, comme toujours. Je devais juste faire attention à ne pas écraser les pédales quand je me voyais rouant ces salopards de coups de pied au visage ou dans les côtes.

Une maison magnifique, mais… quelle inquiétude chez sa mère ! Elma Pearl… Pas mes affaires. Je ne m'étais jamais senti le moindre instinct parental. Son image me poursuivait. Il fut un temps où j'aurais peut-être sauté sur l'occasion. « Dites à votre mari que vous allez voir une amie à Amsterdam. » Une pensée sacrilège, que je me reprochai aussitôt : cette indiscipline-là m'avait jadis mené dans le mur.

Pour faire diversion, je concentrai mes pensées sur

Elizabeth. Non, elle n'avait pas soixante-quinze ans, impossible. Mais si. Ressentait-elle les effets de l'âge ? Cela faisait quelques mois qu'elle faisait montre de bizarres sautes d'humeur. Elle passait encore plus vite qu'auparavant de la décontraction à l'énervement, souvent en plein dîner. Si j'en croyais mon expérience, soit elle m'en voulait de quelque chose, soit elle avait une idée derrière la tête. J'étais incapable de trancher, et ça me faisait une belle jambe. Encore une pensée digne de réprimande – quel égoïsme de ma part de prendre mon ancienne patronne de si haut maintenant qu'elle n'était plus en mesure d'apporter sa pierre à l'édifice de mes ambitions ! Ce soir, mon comportement avec elle serait irréprochable. Il le fallait. Depuis combien de temps nous connaissions-nous ? Je me souvenais d'au moins deux fastueuses soirées d'anniversaire, espacées de dix ans. Cette chère Elizabeth. Faircombe, toujours aussi splendide et accueillant. Pas moyen de me souvenir si elle avait modifié quoi que ce soit.

— Cher Nicholas, quel plaisir de te revoir !

Et comme d'habitude, la soirée s'annonçait sous les meilleurs auspices.

Des flammes grondaient dans toutes les cheminées du manoir. N'apprendrais-je donc jamais rien ? Elizabeth n'était jamais aussi accueillante que lorsqu'elle désirait ardemment quelque chose. Della, sa gouvernante, était toujours aussi maternelle. À la stupeur générale, elle s'était mariée l'année précédente, à soixante ans passés. Mais au lieu de quitter Elizabeth comme celle-ci le redoutait, elle lui avait apporté un homme à tout faire en la personne de son mari. D'où ces flambées.

— Il me coûte une fortune, mentit Elizabeth (qui était une des femmes les plus riches du sud de l'Angleterre : Faircombe, avec ses cent cinquante hectares de terres aux portes de Londres, appartenait à sa famille depuis 1710). Della lui a ordonné d'allumer ces feux dès qu'elle a su que tu devais passer.

— Il est comment ?

Bien que nous fussions à des kilomètres de toute oreille indiscrète, je m'étais senti obligé de murmurer. Nous faisions face à la cheminée, et Elizabeth me tenait le bras.

— Oh ! je ne te l'ai pas dit ? Il ne parle pas. Il est muet.

— Hein ? !

— Hmm-hmm. Parfait pour Della. Il ne peut pas l'engueuler. Il ne peut pas lui poser de questions. Il ne peut pas répondre. Ça me rappelle cette vieille blague sur l'épouse idéale, tiens : une nymphomane sourde-muette vivant au-dessus d'un pub !

— Elizabeth, tu devrais éviter ce genre de plaisanterie.

— Je sais ! C'est affreux, n'est-ce pas ? Dans ce climat de politiquement correct, je ne sais plus où me situer. Et toi, trésor, comment vas-tu ? J'ai appris par l'agence que tu étais en déplacement.

— Pourquoi est-ce que tu m'as sonné ?

Je m'en étais toujours mieux tiré face à Elizabeth en allant droit au but. Comme toujours, elle esquiva. Elle n'était pas du genre à abattre ses cartes *illico*.

— Ce que tu peux être bête ! Qu'est-ce qui me vaut le plaisir de ta visite ?

— Permets-moi de te rappeler que tu m'as invité. Dis donc, tu as jardiné, toi. Je te trouve rayonnante.

— Le paradis. Le bonheur. Le jardinage est la nouvelle extase sexuelle.

Elle nous servit un verre d'un vin épouvantable. Peut-être bulgare, ou peut-être du Nouveau Monde. Heureusement qu'elle le servait avec parcimonie – toujours aussi pingre.

Nous nous assîmes.

— Les affaires marchent ? me demanda-t-elle comme toujours.

— De mieux en mieux, fis-je d'un ton blasé. Plus de clients, donc plus d'ennuis.

Elle arborait ses couleurs du soir habituelles – pantalon noir et corsage blanc à col pelle à tarte. Sa silhouette anguleuse mettait en valeur tout ce qu'elle enfilait.

— Tu t'es fait couper les cheveux, Elizabeth.

— Oh ! ça te plaît ?

— Beaucoup.

— Une coupe « Bastille », comme ils disent. De mon temps, on appelait ça « à la française ». Je ne sais pas pourquoi ils se sentent obligés de tout rebaptiser.

— J'aime beaucoup. Ça te rajeunit.

— J'ai l'impression d'avoir cinquante ans. Ça pose problème. Je ne me sens pas dans la peau d'une femme de mon âge. C'est profondément déprimant.

Je connaissais Elizabeth depuis près de vingt ans. Elle m'avait embauché. Elle m'avait lancé. Elle m'avait fait. À deux reprises, sur cette période, elle avait commis de graves erreurs de jugement qui avaient failli lui coûter l'agence. Sa troisième erreur – plus personnelle que professionnelle – avait failli me coûter la vie.

Suite à cela, elle avait pris sa retraite et m'avait offert en cadeau – ou à titre de dédommagement – ses parts de l'agence, en bloc. Techniquement parlant, je les lui avais rachetées. Sauf qu'elle me les avait cédées pour la modique somme d'une livre et cinquante pence, en soulignant qu'en anciennes livres sterling cela faisait trente shillings, donc trente pièces d'argent. Elle était persuadée de m'avoir trahi. Un crime de cette ampleur – s'il avait existé – était quelque chose qu'Elizabeth Naomi Mackinnon Bentley ne supportait pas d'avoir commis.

Je promenai un regard circulaire sur la pièce. Deux Matisse, un grand et un petit ; un Rouault ; un Douanier Rousseau à côté d'une œuvre de jeunesse de Chagall – une huile sur planche, sublime. Un Lavery. Un Orpen. Un Roderic O'Conor. Je remarquai un espace vacant sur un des murs.

— Où est ton Braque, Elizabeth ?

Pas de réponse. Je ne connaissais aucun être humain aussi maître de soi qu'Elizabeth. Comme elle, je m'absorbai dans la contemplation des flammes. Dix ou douze minutes plus tard, depuis les profondeurs du couloir dallé de pierres, Della nous convoqua à dîner dans la pénombre de la salle à manger.

— Il paraît que tu as un client noir, lâcha soudain Elizabeth en se levant. Tu as changé de discours.

Elle me prit le bras et m'entraîna vers la salle à manger. La lumière du couloir s'échappait par les fenêtres, inondant la pelouse. J'ignorai sa remarque et la forçai à s'arrêter pour contempler la nuit.

— Tu as toujours cette renarde dans ton jardin ? Je me souviens de ses petits.

Le même vin nous poursuivit jusqu'à la table, mais nous mangeâmes divinement. Je bus beaucoup d'eau. À deux reprises pendant l'entrée – un velouté de carottes à la noix de coco – elle me scruta intensément. Ses doigts tambourinaient sur la table, et je vis qu'elle m'épiait pendant que je regardais ailleurs. Quelle mouche la piquait ?

Changeant de nouveau d'humeur, elle retrouva soudain le plaisir du partage.

— Tu es au courant pour Elise Banchory ?

— Non.

— Un de ses anciens domestiques, je crois – ou Dieu sait quel vaurien avec qui elle a eu une aventure dans le passé –, l'a photographiée nue. Et ça va sortir dans la presse.

— Diable. C'est affreux.

— Pas le moins du monde. Elle est excitée comme une puce. Elle me l'a dit au téléphone : « Au moins, ça rappellera à ma garce de sœur à quel point j'étais bien roulée ! » Le journal l'a appelée pour lui demander de confirmer qu'il s'agissait bien d'elle sur les photos, et elle a répondu qu'elle ne pouvait pas se prononcer sur quelque chose qu'elle n'avait jamais vu. Là-dessus, elle a demandé qu'on lui envoie un double de la série, en disant qu'elle ne les connaissait pas et qu'elle serait ravie de les avoir. Ils s'attendaient à la trouver folle de rage. Je ne serais pas tellement surprise qu'elle ait monté le coup elle-même.

— Pas mal, comme stratagème.

— Tu restes dormir, n'est-ce pas ?

— Oui. Qu'est-ce que tu deviens, à part ça ? Tu ne passes pas tout ton temps à jardiner, quand même. Si ? Je m'attendais plutôt à ce que tu écrives tes mémoires.

— Non. Trop de souvenirs. Et tous ceux qui ont vécu le moindre petit événement inattendu se sentent obligés d'écrire leurs mémoires. Au fait, j'ai un nouveau voisin absolument charmant. Je t'ai déjà parlé du commandant Lloyd ?

— Il te fait la cour, Elizabeth ?

Elle pouffa. Les icebergs de tout à l'heure commençaient à s'éloigner dans le courant.

— Je lui ai fait quelques dessins, c'est tout. Il envisage une extension assez importante de son rez-de-chaussée. C'est une grosse baraque 1900. Lui aussi est jardinier. Pauvre homme, sa femme fait de l'artériosclérose.

— Elizabeth ! Jamais je n'aurais cru ça de toi !

Je la taquinai sur le fait qu'elle n'avait jamais accepté de demandes de particuliers du temps où elle dirigeait l'agence. Elle nous avait toujours apporté un flot ininterrompu de commandes publiques.

— Au moins, riposta-t-elle, il n'est pas footballeur. Je ne suis pas tombée aussi bas que ça.

— Il a le béguin pour toi ?

J'avais moi aussi besoin de faire couler un peu de sang.

— Non, Nicholas. Simplement, je me suis aperçue que je ne pouvais pas m'empêcher de dessiner. Ni de penser à dessiner. Pourquoi viens-tu me parler de béguin ? fit-elle, passant à la vitesse supérieure. Tu ne serais pas tombé amoureux toi-même, par hasard ?

— Non, Elizabeth.

— On ne t'a jamais demandé si tu étais homo ? De nos jours, les gens croient ça de tous les célibataires. Hommes ou femmes.

Elle n'ajouta rien. Sa colère était palpable. Elle ne supportait pas de ne pas avoir le dessus.

— C'est de la grande cuisine, félicitai-je.

J'exagérais à peine : un rôti d'agneau accompagné

de chou rouge cuit au four et de pommes de terre à la menthe.

— C'était une sauce hollandaise ? demandai-je à Della pendant qu'elle débarrassait.

— Et pourquoi pas ? se défendit celle-ci.

Elle revint peu après avec un cake au chocolat.

— Tu te souviens de notre voyage à Arezzo ?

— Ah ! la *Madone* de Piero..., sourit Elizabeth. Un vrai poème, non ? Cette robe rouge à Sansepolcro. Dommage que la *Résurrection* ait été cachée sous une bâche.

Elle se replia de nouveau dans le silence. J'aurais bien évoqué nos autres voyages ensemble – Delhi, Jérusalem, Budapest – mais son expression glaciale m'en dissuada.

Ainsi se termina la soirée – un plateau de fromages, une eau-de-vie, et au lit. Il y avait un téléviseur dans la chambre d'amis d'Elizabeth. Comme elle était située au fin fond du manoir, loin de tout, j'y regardai un film jusqu'à une heure avancée de la nuit et finis par m'endormir devant.

Je me réveillai ivre de fatigue et descendis prendre mon petit déjeuner dans la véranda. Son nouvel ami arriva – le fameux commandant, un homme vif et légèrement pontifiant, peut-être timide. Il sirota un petit café et ils se mirent à parler jardin. Il était raide dingue d'Elizabeth, qui accumulait les minauderies : j'avais du mal à la supporter dans ces cas-là. Dick, le nouveau mari de Della, nous apporta la presse du matin – il avait au bas mot quinze ans de moins que son épouse.

— Tu ne m'avais pas dit qu'il était plus jeune qu'elle, glissai-je à Elizabeth.

— Il n'y a pas de mal à ça ! Et ce n'est pas la peine de chuchoter, il est sourd.

Le commandant se garda d'intervenir – ou bien je ne l'entendis pas, car Elizabeth s'écria tout à coup en agitant son journal :

— Ho ! Ho ! regarde-moi ça ! J'en étais sûre et certaine, je ne l'ai jamais senti, celui-là ! Regarde. Qu'est-ce que je te disais, Nicholas !

— Tu m'avais dit quoi ?

— Cet ami à toi, tu sais bien, le faux cul. En tout cas, moi, je le trouvais faux cul.

— Tu trouves à peu près tous mes amis faux culs.

— Eh bien, celui-là fait maintenant partie des ex-faux culs !

Elle me mit le *Daily Mail* sous le nez. Quand le titre « Tué » m'explosa à la figure, je me dis que, bien sûr, le mot « assassiné » était trop long et trop compliqué pour une manchette de tabloïd ; tel fut le mécanisme de défense qui me permit de faire face à la photo d'Antony Safft. Mes mains se tendirent au ralenti vers le journal.

— Tiens, il était plus vieux que moi, commenta-t-elle. Pas trop mal conservé, cela étant.

Quand ? *Quand ?* Cette question-là m'assaillit avant toutes les autres. Quand avait-il été tué ? Je parcourus frénétiquement l'article :

« La police n'a fourni que très peu de détails, sinon pour évoquer un crime particulièrement odieux et l'absence de piste sérieuse. »

Je sautai quelques lignes :

« … ce week-end. Ses collaborateurs ont commencé à s'inquiéter lundi après-midi en apprenant qu'il avait manqué un deuxième déjeuner consécutif… »

Elizabeth pérorait toujours, mais ses paroles me parvenaient de très, très loin.

— Il s'habillait trop bien… limite dandy… Je ne vois vraiment pas ce que tu lui trouvais… Je n'ai jamais aimé les hommes dont les cheveux font des vagues, et les siens me faisaient penser à un accordéon…

Une odeur d'eau croupie montée de ma tasse de café m'envahit les narines. J'étais tellement tétanisé que je n'exprimai probablement pas grand-chose d'autre qu'une immense surprise. Le commandant crut bon d'amener la conversation sur le sujet du meurtre :

— C'était quand même autre chose dans le temps, lâcha-t-il. On s'entretuait décemment.

Elizabeth se fendit d'un frisson théâtral.

— J'ai toujours trouvé insoutenable l'idée qu'un meurtre puisse avoir été commis non loin de moi, dit-elle. Ma mère aussi. C'est une peur très ancrée dans la famille.

*Merci à toi, Elizabeth*, pensai-je. Leur bavardage ne tarda pas à se porter sur autre chose – Winston Churchill, comme ce devait être souvent le cas. Je me levai. Il fallait que je m'en aille. J'avais besoin d'être seul.

— Oooh ! s'exclama-t-elle dans le vestibule, mais tu as un nouveau sac de voyage ! Nicholas est un obsédé de la valise, expliqua-t-elle au commandant.

Elizabeth avait la fâcheuse manie d'adresser des remarques désobligeantes à ses amis devant tout le monde.

Je m'abstins de répondre. J'avais trop peur que ma voix ne déraille.

# 8

Pour surmonter un choc, rien de tel qu'une activité exigeant de la concentration. C'est ce qu'on m'a appris à l'école. Le trajet de Faircombe à Andover peut s'effectuer soit par une succession de petites routes de campagne aussi charmantes que tortueuses, soit en ligne droite sur le réseau autoroutier. J'optai pour la campagne, pour m'obliger à rester concentré. Au bout d'une heure, je fis halte pour téléphoner à l'agence.

Lemon était déjà au courant.

— Vous voulez que je vous garde les journaux ?

— Passez-moi Hal, s'il vous plaît.

— Putain, chef ! Vous parlez d'une histoire !

— Qu'est-ce qu'on sait, Hal ?

— Rien de plus que ce qu'il y a dans la presse. J'ai essayé de joindre son bureau, mais ils ont laissé le répondeur.

Je réfléchis un instant.

— Tu as le journal sous les yeux ?

— Qu'est-ce que vous voulez savoir ?

— La date et l'heure de sa mort.

— Oui. Bien sûr. Nom de Dieu, chef, je n'y avais

même pas pensé ! Ce n'est pas trop le moment de rigoler avec les alibis, j'imagine.

— Le nom du commissariat en charge de l'enquête est cité ?

La dureté de mon ton lui fit l'effet d'une douche froide.

— Euh, oui, chef. C'est Hampstead.

Il me donna le numéro, que je composai sur-le-champ.

— Il va falloir rappeler plus tard, déclara une voix de femme. Demandez l'inspecteur principal Hurst. Souhaitez-vous lui laisser un message ?

— Oui. C'est au sujet de l'affaire Safft. Non. Ou plutôt si, c'est ça, Safft. Je devais déjeuner avec lui vendredi, mais il ne s'est pas présenté. Au Savoy. Oui, l'hôtel Savoy – le grill. À treize heures. Non, pas un mot, et ce n'est pas son genre.

Dans ce cas, répondit-elle, l'inspecteur principal voudrait certainement m'entendre. Je m'abstins de mentionner la mystérieuse voix qui avait décroché le téléphone personnel d'Antony. Après avoir activé le kit mains libres de mon portable, je me remis à rouler vers Stonehenge sur une route bordée de hautes haies, aussi lentement qu'un corbillard.

Une fourgonnette était en train de quitter le terrain champêtre où se dresserait bientôt la nouvelle maison de Johann Pearl. *Sûrement les géomètres*, pensai-je : un ruban rouge et blanc marquait les limites de la propriété de Pearl. Mes idées se brouillaient de nouveau ; malgré la douleur qui me taraudait la nuque, je fis un gros effort de concentration.

La Perle Noire m'avait confié avoir choisi ce site

« pour ses ondes positives. Et puis j'aime bien toutes ces histoires, la Table ronde et le reste ».

À ma connaissance – mais je m'étais bien gardé de le lui dire – aucun lien historique n'avait jamais été établi entre le roi Arthur et Stonehenge. Une des plus jolies vues d'Angleterre se déployait sous mes yeux : il pourrait voir les mégalithes, tout en bas, depuis ses fenêtres et sa terrasse.

Mon portable sonna.

— Vous êtes où, chef ? me demanda Hal.

— À Stonehenge. Sur le chantier de Pearl.

— Un putain de génie, dit-il. Il a marqué samedi, je n'ai toujours pas compris comment il a fait son coup, j'étais au stade. Dans un angle ultra fermé, dix, quinze degrés maxi, il a dribblé trois mecs et il est revenu de la ligne de fond. Je le déteste, ce petit enfoiré, ajouta-t-il en riant. Au fait, le flic vous a appelé ? L'inspecteur Hurst ?

— Non. C'est moi qui ai cherché à le joindre.

— Il ne va pas tarder à vous contacter, je me suis dit qu'il valait mieux vous prévenir.

Continue à travailler. Reste concentré. *Continue à travailler !*

Pour moi, tout le plaisir d'un chantier découle de ses problèmes. Orientation sud-ouest : excellent. Relief ? Le géomètre m'avait dit que la pente existante était exploitable. La conserver et construire en s'y adaptant. Un ennui soudain m'accabla, signe de forte tension émotionnelle. Il s'abattait en général sur moi pendant les activités liées à mon métier que j'aimais le plus. N'accepte jamais un projet quand le client sait exactement ce qu'il veut et surtout quand il t'apporte un modèle à recopier, me disait mon ennui. Pourquoi ne s'était-il pas contenté d'engager un maître d'œuvre, bon sang ?

Garde les idées claires. Reste concentré. Évalue les distances. Trois cents mètres – la terrasse partirait de là. Jusqu'au bosquet du fond. Trois cents mètres : note ça. Pearl voulait récupérer le bois des arbres du bosquet. Des hêtres. Quelques bouleaux. Les arbres pouvaient-ils être classés ? Il voulait faire faire des lambris avec. Pas en quatre mois, aucune chance. Quatre mois ? Eh bien, il était prêt à payer ce qu'il fallait pour. Je posai mon carnet sur une plaquette de l'agence. Texte rédigé par mes soins après le départ d'Elizabeth. Elle n'avait jamais voulu entendre parler de ce genre de publicité.

« L'agence Bentley & Newman se définit essentiellement par un modernisme teinté d'une forte sensibilité Renaissance. » Qu'est-ce que ce baratin pouvait bien vouloir dire ? Une « forte sensibilité Renaissance » ? On pouvait mettre n'importe quoi là-dedans, de Mantegna à… à qui donc ? Helmut Jahn ? « Cerisiers », écrivis-je. Il y avait aussi des cerisiers dans ce bosquet, ce devait être un ancien verger. Ils allaient abattre la cerisaie. Un, deux, trois. Et encore trois. Douze cerisiers au total. Tchekhov. Fallait-il les lui signaler ? Ne déciderait-il pas de tout abattre ? Peut-être valait-il mieux ne pas lui parler de ces arbres. Ou lui dire qu'ils étaient classés. Que s'est-il passé, Antony ? Que t'est-il arrivé ? Que t'a-t-on fait, mon cher ami ?

« Nos précédentes réalisations incluent une gare ferroviaire aux murs intérieurs ornés de tapisseries évoquant l'histoire des chemins de fer, ainsi qu'une église en pleine City de Londres dont les lignes s'inspirent de Wren et de Hawksmoor, mais dont la décoration intérieure est composée de chromes minimalistes. » Pourquoi m'étais-je embarqué dans ce projet ? Excellente question.

— Il faudra que je vous présente ma petite amie, m'avait dit Johann Pearl pendant que nous revenions vers Le Corbeau Blanc.

De ce côté-ci, très joli plateau ; oui, nous en avions tenu compte. Un dallage en pierre de York, de récupération. Une terrasse surélevée. « Avec quelque chose à exposer dessus », m'avait-il précisé. Il avait les moyens de s'offrir une sculpture d'Anthony Caro – lui en faire acheter une, donc. Jouer les mécènes avec l'argent de ma clientèle ? Je passais mon temps à ça.

Mon portable se remit à sonner. Stonehenge se découpait au loin, adouci par le soleil bas. N'était-il pas un peu jeune pour apprécier cette vue ? Ses fans ne risquaient-ils pas de vandaliser les mégalithes ? Ou ses amis ?

Je tâchais toujours de jeter quelques mots sur mon carnet après avoir rencontré un client pour la première fois. Des adjectifs censés résumer le personnage, comme « tyrannique », « con », « rapiat », « flamboyant », ou « intrusif ». À propos de Johann Pearl, j'avais noté « guilleret ».

— Allô ?

— Monsieur Newman ?

— Oui.

— Hurst.

— Ah ! oui. Inspecteur principal Hurst, je présume.

— J'aimerais vous parler, monsieur.

— Bien sûr. Je ferai tout ce que je peux pour vous aider.

— Ça va au-delà de la simple routine, monsieur.

Pour que les choses soient claires, je vous demanderai ce que vous savez sur ses amis et ses relations d'affaires, ce genre de choses.

Une voix monocorde, mais cultivée.

— Je suis actuellement dans le Wiltshire, inspecteur, mais je rentre à Londres juste après.

— Comme vous devez vous en douter, on a pas mal de pain sur la planche, mais si vous pouviez me passer un coup de fil, disons, demain ?

— Si ça vous arrange…

— On sera un peu plus organisés à ce moment-là. Je suis désolé que vous soyez son ami.

Curieuse formulation. À peine eus-je le temps de me faire cette réflexion qu'il rectifia le tir en ajoutant :

— Ce que je voulais dire, c'est que je suis désolé que vous ayez perdu un ami.

— Oui. C'était quelqu'un de très bien.

— J'ai cru le comprendre, monsieur.

— Inspecteur, j'aurais une question à vous poser.

— Si je peux y répondre, monsieur.

— Le moment du décès. On peut le déterminer précisément, de nos jours ?

— Très. Le médecin légiste dit qu'il n'a pas survécu plus de quelques minutes à l'agression. Le cœur a lâché. Ce qui nous permet de situer le décès entre treize heures quinze et treize heures trente, vendredi dernier.

— L'agression a donc eu lieu à… ?

— Vers treize heures, je dirais. Ou treize heures dix. Vous étiez déjà à table, monsieur. Comme je le disais, je suis sincèrement désolé.

Ils avaient vérifié mon emploi du temps ! Un frisson me parcourut l'échine.

Je rappelai l'agence. Hal, qui n'avait jamais brillé par ses facultés d'attention, était déjà passé à autre chose.

— Vous avez lu la page sports, chef ?

— Bien sûr que non.

— Notre client fait parler de lui. La Juventus et l'Inter de Milan se l'arrachent. Les deux à la fois. Ils lui promettent le soleil, la lune et quelques planètes…

— J'ai pourtant cru l'entendre dire qu'il avait joué à… Milan, c'est ça ?

— L'Inter. C'est vrai, et ils veulent le récupérer. S'il y va, ce sera le plus gros transfert de l'histoire. On parle de chiffres stratosphériques.

— Je trouve ça indécent. Où en est-on du projet ?

— Ça avance, chef. Le Patrimoine ne fera pas d'histoires. C'était le plus gros obstacle.

Je fermai les paupières. Antony me manquait déjà. Étrange sensation. Mes deux parents étaient morts. Mon seul frère aussi. Mais cet homme-là me manquait davantage qu'eux – du moins me semblait-il.

— Et à la une ?

— L'*Evening Standard* vient de sortir. Il n'est question que d'Antony Soft, sur deux pages. On y parle même de nous, chef, ou plutôt de vous. Une putain de boucherie. Avec mutilations et tout le bazar. D'après le légiste, seul un détraqué a pu lui faire ça. Il s'est acharné sur ce pauvre petit vieux.

— Safft, corrigeai-je, ravalant ma colère. Il s'appelait Safft, Hal. Pas « Soft ».

Sur la A303, la circulation s'intensifia à l'approche de Stonehenge. Je ne me souvenais plus du nombre de tumulus découverts sur place, mais ce site avait dû être un énorme cimetière préhistorique. On envisageait une déviation souterraine. Creuser puis recouvrir ? Pas très enthousiasmant, mais c'était la meilleure solution techniquement réalisable. Je n'avais jamais cru que les dolmens étaient en eux-mêmes des symboles religieux. Je les voyais plutôt comme les vestiges d'un édifice couvert, d'un temple.

La douleur me poursuivit jusqu'à Londres. « Vous venez d'appeler chez Antony Saaaaft. » Mais ce n'était pas la voix d'Antony. Un détraqué. Des mutilations. Un psychopathe ?

Il n'y a jamais d'embouteillages quand on en aurait besoin. J'aspirais de tout cœur à être ralenti, et je ralliai Cadogan Gardens bien trop tôt à mon goût. Quand je conduis, j'ai besoin de me sentir maître de moi. Mon visage et ma nuque me faisaient toujours mal. J'avais une envie folle de me venger. De venger aussi Antony ? Seigneur !

Les *Vêpres* de Rachmaninov. Suffiraient-elles à me consoler ? Un petit soutien, mais pas grand-chose. Rien. Rien du tout. En mon for intérieur, je pleurais à chaudes larmes. J'allai dans la salle de bains m'étudier dans le miroir, cherchant au fond de mes yeux quelque indice, quelque lointaine vérité errante, susceptibles de m'aider à recoller les morceaux de ma vie. Non. En guise de réconfort, un bol de chocolat en poudre hollandais, sorti d'une haute et fine boîte rouge. Pas aussi bon que… que celui de la mère de Pearl. Ce chocolat me donna envie de vomir. Comment s'appelait-elle ? Elma. C'était ça. Quand j'ouvris le réfrigérateur pour y prendre une bouteille d'eau, la vue de la nourriture aggrava ma nausée.

Le téléphone sonna et c'était Johann Pearl, toujours à Noordwijk. Mais en larmes.

— Qu'est-ce que je peux dire ? balbutia-t-il avec un accent à couper au couteau. Je ne connaîtrai jamais de meilleure personne que lui. Si vous saviez comme il a été bon avec moi !

J'étais abasourdi.

— Mais… vous connaissiez Antony ?

— Vous vous souvenez que je vous ai demandé si vous étiez venu seul ? Vendredi dernier, quand on s'est rencontrés au Savoy ? Je m'attendais à ce qu'il soit là aussi, il voulait nous présenter personnellement, vous comprenez ? Je savais que vous deviez déjeuner ensemble. C'est pour ça que j'ai été surpris, mais je n'ai pas osé vous expliquer que c'était Antony qui m'avait adressé à vous, il tenait à vous le dire lui-même. Si vous saviez ce qu'il me disait de vous, tout le bien qu'il pensait de vous ! Alors que, de votre côté, vous n'avez jamais su ce qu'il pensait de moi, et maintenant c'est trop tard, c'est fini, je ne le saurai jamais, c'était l'homme le plus merveilleux de la terre…

Le chagrin détermine l'âge de celui qui l'éprouve – et cet astre flamboyant n'était qu'un petit garçon.

— Il m'a donné plus d'amour que mon père, oh ! man, qu'est-ce que je vais faire ? Je n'ai plus personne à qui parler de ça, comment je vais faire ?…

Antony Safft était fou de football. Voilà au moins une chose qui semblait cohérente, aussi laissai-je Johann Pearl parler longtemps, tout le temps qu'il voulut. Il avait soif de détails, il voulait absolument partager notre savoir. Cette conversation devint notre veillée mortuaire d'Antony.

— Je l'ai rencontré dans le cadre d'une opération immobilière, dis-je. Nous nous sommes tout de suite très bien entendus, et il m'a rappelé dès le lendemain en disant : « Je sais que vous savez dessiner parce que j'ai vu vos réalisations, et j'ai décidé de vous confier tous mes projets à partir d'aujourd'hui. » C'était le meilleur client que j'aie jamais eu, sur tous les plans.

— Quand il était au stade et que je marquais, dit Pearl, ce qui est arrivé plein de fois, il m'attendait après la partie s'il savait que j'étais libre – c'est comme ça qu'on s'est connus, dans les bureaux du club – et ensuite, au dîner, il me reparlait de tous les matchs où un joueur du club avait marqué à la même minute que moi. Oh ! Nicholas, c'était le grand-père de mes rêves !

— Je n'ai jamais connu d'autre homme ayant à ce point la mémoire des détails.

Nous évoquâmes la générosité d'Antony, son bon goût – surtout en matière de chaussures, précisa Pearl ; son caractère anxieux ; son talent pour tenir une salle en haleine (il m'avait appris à surmonter – ou à feindre de surmonter – mon manque d'assurance). Parler nous fit du bien à l'un comme à l'autre, même si Pearl raviva mon trouble à la fin de notre conversation en disant :

— Ma vie craint vraiment, man, et je ne sais pas pourquoi. Elle devrait être géniale.

Je m'abstins de lui faire remarquer que la mienne ne me semblait pas franchement merveilleuse.

L'obscurité était là depuis belle lurette. Je ne voulus rien manger : je n'aspirais à rien d'autre qu'à l'immobilité et au silence. Je me déshabillai et, renonçant à mon long bain rituel, je me mis directement au lit ; et là, sans m'en rendre compte, je glissai vers le sommeil avec la certitude que mes sentiments, le lendemain, me feraient toujours mal… mal… mal…

# 9

Le lendemain, donc, après m'être réveillé tremblant d'effroi, avec des bleus à l'âme comme au corps, je retournai à l'agence. Mes yeux piquaient après une nuit de sommeil chaotique, auquel avaient fini par m'arracher les bruyants échos de rêves dont je ne me rappelais que des bribes. Dans l'un d'eux j'avais vu passer un autobus, un autobus vert et crème à impériale découverte ; les passagers étaient des gens que je connaissais tout en ne les connaissant pas. Dans un autre, un avion à la flamboyante carlingue argentée volait en rase-mottes, mais sans me menacer ; l'instant suivant, je me retrouvais à l'intérieur en train de regarder par le hublot.

La caresse du rasoir électrique raviva mes douleurs au visage. N'ayant toujours pas réussi à nouer ma cravate au bout de trois tentatives, je troquai ma chemise contre un polo à manches longues.

Je ne m'étais absenté que trois jours, qui semblaient pour moi une éternité. J'ai toujours eu du mal à reprendre le collier, ce qui explique que je ne m'accorde jamais de longues vacances. Le courrier s'accumule ; l'humeur de mes collaborateurs se dégrade ;

je suis leur point de repère, et ils deviennent moins performants en mon absence.

À mon retour, je suis régulièrement exaspéré de découvrir que quelqu'un s'est servi de ma table à dessin. J'ai beau le dire sur tous les tons et manifester on ne peut plus clairement mon déplaisir, c'est chaque fois la même chose. Le pire étant que j'ai l'impression de n'avoir pas grand-chose à y redire. Puisque nous manquons à la fois d'espace et de matériel et que je ne suis pas prêt à investir pour agrandir l'agence ni l'installer ailleurs, au nom de quoi pourrais-je me plaindre ? Du moins ont-ils la courtoisie de laisser ma table libre le matin de mon retour. Telles étaient mes pensées lorsque je franchis le seuil ce matin-là.

À huit heures et demie, une femme que je n'avais jamais vue était debout devant ma table à dessin. Elle tenait à la main un de mes crayons et, le haut du corps penché en avant, dessinait quelque chose. Je m'arrêtai pour l'observer. Elle avait gardé son long manteau gris, ainsi qu'une écharpe à chevrons argentée. Très jolies chaussures – françaises ? italiennes ? – à talons hauts et semelles compensées. Je m'approchai. M'avait-elle vu ? Elle n'en montra rien.

— Puis-je vous aider ? lançai-je.

— Vous pouvez, répondit-elle sans lever la tête.

— Et en quoi ? Savez-vous, au fait, que ceci est ma table à dessin ?

— Vous me posez deux questions, il y aura donc deux réponses. *Primo*, vous pouvez m'aider en me confiant le poste correspondant à l'annonce. *Secundo*, je sais que c'est votre table à dessin.

Alors seulement, elle se redressa et me fit face.

Une pimbêche ? Peut-être. Peut-être pas.

La mémoire me revint tout à coup. Trois entretiens d'embauche prévus aujourd'hui, un architecte et deux dessinateurs.

— Comment êtes-vous entrée ?

— J'avais rendez-vous à neuf heures, et une femme de ménage m'a ouvert.

— Vous êtes très en avance, observai-je, contrarié.

— D'une heure au moins. J'ai horreur d'être en retard, c'est presque pathologique.

Avait-elle lu un portrait de moi quelque part ? Notre chasseur de têtes l'avait-il avertie que je ne supportais pas le manque de ponctualité ? Je déposai ma mallette et jetai un coup d'œil à ce qu'elle venait de dessiner sur ma table.

— Qu'est-ce que c'est ?

— Quelque chose que j'ai raté dans mon dernier projet. Ça continue de me turlupiner.

Encore un bon point. J'avais déclaré dans je ne sais quelle interview que j'accordais plus d'attention à mes échecs qu'à mes succès. Quand on ne sait pas quoi dire, rien de tel que de se réfugier derrière un cliché.

— Le succès est fait à quatre-vingt-quinze pour cent d'échecs, déclarai-je. Où travailliez-vous jusqu'ici ?

— À Santa Monica. En Californie.

— Oh ? Et pourquoi êtes-vous partie ?

— Tout ce soleil, ça devenait lassant. J'aime les climats changeants.

— Il y a de bons architectes, là-bas. Vous étiez dans quelle agence ?

— Gehry. J'ai aussi passé du temps chez Moore, Ruble & Yudell.

— Je connais Charles Moore. Et j'ai rencontré

Frank Gehry. Mais je n'irais pas jusqu'à dire que je le connais.

— Frank O. Gehry, sourit-elle, appuyant sur le « O ». Les Américains sont plus tatillons que nous là-dessus. Cette maison, ajouta-t-elle en indiquant son croquis, était destinée à un génie de l'informatique.

Je m'abstins de l'interroger sur la nature de son erreur.

— Voici donc votre fameuse démocratie ? ajouta-t-elle, avec un geste ample censé souligner le fait que ma table à dessin se trouvait dans la même salle que toutes les autres.

Mes collaborateurs commençaient à arriver.

— Voulez-vous un café ? proposai-je. Je crois que nous ferions mieux de passer dans mon bureau personnel.

La femme de ménage avait changé l'eau de ma cafetière Alessi.

— Je suis un peu gêné, avouai-je. J'étais absent ces derniers jours, et je ne sais pas si nous avons prévu de recevoir d'autres candidats pour ce poste.

— Deux autres.

— Comment le savez-vous ?

— C'est le chasseur de têtes qui me l'a dit.

Je fronçai les sourcils malgré moi.

— Il n'est pas censé vous donner ce genre d'information.

— Il est adorable.

— Vous savez visiblement qui je suis. Peut-être pourriez-vous me dire un peu qui vous êtes ?

— Je m'appelle Mary Strait. Je suis née ici. À Kensington. Études secondaires au Cheltenham Ladies' College, puis entrée à Cambridge à dix-sept ans.

Ensuite, j'ai fait une année de troisième cycle à la London School of Economics. Plus une autre au Massachusetts Institute of Technology. J'ai pris mon premier poste dans la foulée. Je vous ai apporté un CV.

— Vous n'avez travaillé que pour ces deux agences ?

— Que pour ces deux-là.

— Vous avez pris votre petit déjeuner ? demandai-je, ouvrant mon miniréfrigérateur pour en sortir une salade de fruits et du pain de seigle.

— Je n'en prends jamais.

Comme tous les matins, la table était mise sur mon bureau : napperon, serviette, couverts.

— Vous permettez ?

— Bien sûr, fit-elle en tirant une chaise pour s'asseoir face à moi.

Elle ne semblait absolument pas nerveuse. Je discutai une heure avec elle, jusqu'à ce que Lemon m'appelle sur l'interphone :

— Westminster. Rendez-vous avec le client à dix heures et demie. Sur le chantier, d'accord ?

— Hal est là ?

Il nous rejoignit.

— Hal, je te présente Mary Strait.

Je ponctuai ma phrase d'un hochement de tête convenu entre nous, signe que la décision était déjà prise. J'avais confiance en mon instinct.

Hal cacha bien son dépit. Je me souvins trop tard que je lui avais promis de ne plus embaucher personne sans prendre son avis et celui des autres.

— Excellentes références, dit-il à Mary en lui serrant la main. Les meilleures que j'aie vues depuis des années, pour être franc.

— Dois-je en déduire que… ?

— Un café ? suggéra-t-il, s'apercevant que j'avais oublié de la servir.

— Désolé, dis-je.

Elle me remercia d'un geste nonchalant. En voilà une qui n'avait pas peur du regard des hommes.

— Quand pouvez-vous commencer ? demandai-je, en m'efforçant de ne pas trop paraître la brusquer. Je veux dire, seriez-vous libre dès maintenant ? J'ai besoin d'un coup de main immédiat sur le projet Horseferry, ajoutai-je en me tournant vers Hal.

— On ne chôme pas, ici, expliqua celui-ci à Mary.

Encore une façon indirecte de me reprocher de l'avoir mis devant le fait accompli.

— Il ne pleut plus ? fis-je.

Lemon entra. Je me chargeai des présentations.

— La voiture est en bas, dit Lemon, à qui la nouvelle venue n'avait manifestement pas l'heur de plaire.

— Puis-je vous demander où sont les toilettes ? s'enquit Mary Strait.

Lemon l'y conduisit.

— Au moins, me dit Hal dès que nous fûmes seuls, vous ne risquez pas de craquer pour elle.

Je lui décochai un coup d'œil acerbe. Apparemment, il était toujours vexé.

— Ben quoi, chef ? OK, elle a de gros nichons, mais ce n'est quand même pas la bombe du… ? Oups !

Sans doute ma réprobation se vit-elle.

— Écoute, lui dis-je, qu'est-ce que tu dirais de prendre ta revanche tout de suite ? À toi d'engager le dessinateur. Et pardon de t'avoir court-circuité.

— Pas de souci. C'était la meilleure du lot. Sur

le papier, en tout cas. Je suppose que je ferais mieux d'annuler les autres entretiens.

— Bonne idée.

Quand Mary Strait reparut sur le seuil, je me surpris à sourire.

— Vous nous laissez encore une minute ? lui demandai-je.

Hal referma la porte dès qu'elle fut ressortie, se retourna vers moi, et, chose rarissime, m'appela par mon prénom :

— Nicholas… Antony Safft. C'est épouvantable. Je sais que vous l'aimiez énormément.

Il s'était appliqué à bien prononcer « Safft ».

— Épouvantable, soufflai-je.

Cette gravité inhabituelle chez lui me permit de me rendre compte à quel point j'étais bouleversé.

— J'ai rappelé son bureau, reprit Hal, et ça ne répond toujours pas. On leur a donc envoyé des fleurs, en demandant sur le carton à être prévenus en cas de cérémonie funèbre.

— Les obsèques sont déjà prévues ?

— Je n'arrive pas à le savoir, chef. J'imagine qu'il y aura une enquête du coroner.

— La presse s'est jetée dessus ?

— Le meurtre fait les gros titres à peu près partout. Pareil à la télé.

— Qui aurait pu vouloir tuer Antony ? Les salauds !

— Ou *le* salaud, chef. Au singulier. Et ce flic, tiens, qu'est-ce qu'il vous en a dit ?

— Que c'est arrivé pile à l'heure où nous étions censés nous retrouver pour déjeuner.

— Meeerde ! s'écria-t-il avec une grimace de compassion. Au fait, vous savez que c'est Safft qui nous avait recommandés à Pearl ? Il m'avait fait promettre de ne pas vous en parler, il voulait vous l'annoncer lui-même.

— Je sais. Je viens de l'apprendre.

Dans la voiture, je demandai à Mary Strait s'il lui était déjà arrivé d'être engagée aussi rapidement.

— Oui. Les deux fois.

— Que savez-vous de nous ?

— Alors, ça y est, j'ai le poste ?

— Oh, pardon ! Vous aviez l'impression d'être encore en entretien d'embauche ? Bienvenue chez Bentley & Newman, Mary.

L'idée m'effleura à cet instant qu'elle n'était peut-être pas tellement plus jeune que moi.

— Il me semble que je vous connais mieux que votre agence, dit-elle.

Je ris.

— Vous n'avez plus besoin de me flatter.

— Nous sommes venus à quatre de Californie pour voir l'immeuble de la Macedonia Trust. Le cône, le cube, et cetera. Quel genre de client était-ce ?

— Nous l'avions surnommé le Killionnaire. Le projet ne semblait pas du tout l'intéresser. Mais quand le gros œuvre a été terminé, il s'est enfin manifesté et m'a confié qu'il était venu visiter le chantier presque chaque semaine depuis le début de la construction.

Assise à l'arrière de la voiture, toujours aussi sûre d'elle, elle me laissa entrevoir la moitié d'une cuisse.

— Vous connaissez d'autres réalisations de l'agence ?

Son manteau était un Donna Karan, j'aperçus l'étiquette lorsqu'elle l'ouvrit. Elle avait les yeux légèrement surlignés de noir. Ses cheveux devaient lui poser problème, supputai-je, tant ils étaient épais. Pas de boucles d'oreilles, pas la moindre bague au doigt.

— Les principales. La verrerie de Bruxelles. Les magasins Claude Arro.

— Et ?

— Et quoi ? Vous voulez savoir si elles me plaisent ? Je suis là, non ?

Très, très sûre d'elle.

— Quels autres architectes appréciez-vous ?

— Pas grand monde. Ici, Denis Sloan. John Outram. Foster, bien sûr. Et, je suppose, Richard Rogers. Il fait du bruit pour nous tous. Il y a aussi un type assez intéressant à Tucson – Riley. J'ai envisagé de rejoindre son agence. Et j'ai failli envoyer un CV à Giorgio Grassi.

L'envie me démangeait de lui demander ce qui l'avait attirée chez nous, mais je me retins.

— Vous avez travaillé sur la maison de Bill Gates ?

— Non.

— Sur Bilbao ?

— Non.

— Ah ? Je croyais que tout le monde avait planché dessus.

Elle décroisa ses jambes et laissa ses cuisses imperceptiblement écartées. J'eus un réflexe idiot :

— Vous êtes libre pour le déjeuner ? Ce serait pratique pour vous briefer, m'empressai-je d'ajouter. Sur ce qui vous attend.

— D'accord.

En arrivant au rendez-vous de chantier, je la présentai comme « notre nouvelle architecte ». Personne ne la remarqua vraiment jusqu'à ce qu'elle se manifeste pour la première fois. La réunion s'était ouverte dans un climat tendu. J'étais contrarié de voir que le directeur des services de l'urbanisme n'avait pas daigné se déplacer, préférant m'envoyer le plus inexpérimenté de ses deux adjoints. Les autres étaient contrariés de me voir contrarié. Mais les deux interventions de Mary modifièrent le climat : elle s'exprimait avec beaucoup de fluidité, ce qui donnait le sentiment qu'elle tenait compte de toutes les positions.

Je n'aurais su dire exactement ce qui leur fit si forte impression. Le flux régulier de ses longues phrases ? Ou la surprenante autorité de sa voix, le calme de son ton ? À mon avis, cela tint surtout à la façon dont elle martela trois ou quatre fois l'expression « tout simplement ».

Si sa première prise de parole les adoucit, la seconde les piqua au vif.

— Je me suis renseignée sur les délais d'attribution de permis, et je constate avec horreur qu'ils sont en moyenne quatre fois plus longs qu'outre-Atlantique, ce qui en dit long sur l'efficacité de la gestion des fonds publics en Grande-Bretagne.

L'expression clé, ici, était « avec horreur ». Comme « tout simplement » quelques minutes auparavant. Je les sentis tous intimidés.

*Il y avait quelque chose d'Elizabeth chez elle*, songeai-je : *la franchise, la spontanéité, même s'il lui manquait la verve sensuelle de mon ex-patronne*.

Nous déjeunâmes tôt. J'avais choisi le Shepherd's, sans doute pour la tester : le Shepherd's était l'endroit idéal pour croiser des personnalités – quelquefois un ministre, presque toujours un groupe de bruyants parlementaires.

— Je n'étais pas venue ici depuis des lustres, dit-elle.

— Oh ?

J'étais un peu déçu : je comptais l'épater et la provoquer.

— Un ex, lâcha-t-elle du bout des lèvres.

— Vous avez rompu ?

— Encore heureux.

Elle fit une pause, le temps de prendre une décision.

— Député. Et violeur, me confia-t-elle à mi-voix. Aujourd'hui ministre.

— Si vous avez besoin de trouver un logement, des meubles ou autre, l'agence est là pour vous aider.

Nous abordâmes toutes sortes de sujets. De temps à autre, lorsqu'elle me livrait spontanément une information ou une opinion personnelle, son regard plongeait tout au fond du mien. Contrairement à mes habitudes de midi, je commandai du vin – un mercurey blanc. Elle but plus de la moitié de la bouteille : je mis cela sur le compte du stress. L'alcool la détendit. Ses deux mamelons pointaient sous son corsage : pas désagréable du tout à regarder.

Elle me posa des questions. J'y répondis. Je lui posai des questions. Elle y répondit. Son éducation était excellente. Elle allait au bout de ses pensées sans digression intempestive ; ses phrases étaient un modèle de concision et d'exactitude.

Nous revînmes à l'agence à deux heures et demie.

— Un très long rendez-vous de chantier, commenta Lemon.

— Nous avons déjeuné.

Je la priai de conduire Mary Strait à son nouveau poste de travail et de lui faire visiter les locaux.

— Hal est en entretien avec un dessinateur, me dit Lemon.

Elle portait une chemise d'homme et une cravate à l'effigie de Vil le Coyote. Tout l'après-midi, j'eus l'impression de voir cette cravate danser sous mes yeux.

Hal finit par venir me trouver.

— Ah ! chef. Encore une fois, je suis vraiment navré pour Antony Safft. Je veux dire, si moi j'accuse le coup, qu'est-ce que ça doit être pour vous ! Avec Pam, on a passé un temps fou à parler de ça hier soir. Elle a acheté tous les journaux quand je lui ai appris la nouvelle. Si vous voulez y jeter un œil…

— Il faut que je file au commissariat, les policiers veulent que je leur dise tout ce que je sais. On avait un dossier sur lui ?

Certains de nos clients faisaient l'objet d'un dossier de presse, où nous conservions tous les articles susceptibles de nous être utiles. Hal avait adjoint plusieurs coupures toutes fraîches à celui d'Antony.

— Qu'est-ce que c'est que cette histoire ? ! m'écriai-je. Antony était homosexuel ? Tu savais ça, toi ? Moi pas !

Bon sang ! Comment avais-je pu passer à côté ? Il ne le criait pas sur les toits, mais il ne s'en était apparemment jamais caché non plus.

— Pédé comme un sac à dos, dit Hal, toujours aussi lourd.

## 10

L'inspecteur principal Hurst m'attendait au commissariat de Savile Row : j'avais proposé Hampstead. Dans la voiture, je feuilletai le dossier de presse d'Antony, mais la lecture des articles me déprima. J'avais recherché et apprécié la compagnie de cet homme sans jamais tenir compte des trente ans qui nous séparaient. En m'éclairant de sa rigueur intellectuelle et de son expérience, il avait élargi ma vision. Antony était bien le seul homme chez qui la tendresse m'apparaissait comme une qualité précieuse. Je commençais à éprouver les premiers remords du deuil véritable. Ainsi qu'une rage dirigée contre moi-même, ou plutôt contre l'égocentrisme qui m'avait empêché de m'interroger sur son style de vie. Non. Je mens. Cette rage-là, c'est aujourd'hui que je l'éprouve. En ce temps-là, je ne disposais pas des mécanismes affectifs adéquats.

Je sursautai en apercevant dans la rue quelqu'un qui lui ressemblait : même démarche, même masse de cheveux blancs. Antony ne parlait jamais de sa famille. J'avais la gorge sèche. Je gardais toujours des pastilles à sucer dans la voiture de l'agence, mais quelqu'un avait fini la boîte et ne s'était pas donné la peine de la remplacer – quel culot.

Mes mains tremblaient. Le choc ? Le doute ? La perte d'une figure paternelle ? Non, j'étais un suspect né – telle était en tout cas la perception que j'avais de moi-même – et je me demandais pourquoi, malgré toutes leurs assurances, les policiers continuaient de m'inclure dans leur réflexion autour du meurtre d'Antony. J'étais « dans la course », comme ils disaient. Un cutter. Antony mort. Les larmes de Pearl. Mon agression dans le métro. Il fallait que je me sorte de ce carrousel infernal.

— Ne vous garez pas ici ! aboya une voix métallique.

Je regardai à travers la vitre : personne en vue.

— Vous serez arrêté si vous ne partez pas ! reprit la voix. Vous bloquez le passage de véhicules de police !

J'aurais voulu rétorquer qu'il fallait bien que je descende de voiture car j'étais justement convoqué par la police, mais il n'y avait personne pour m'entendre, sinon un petit haut-parleur Tannoy encastré à bonne hauteur dans le mur.

— Je répète ! Ne vous garez pas ici !

— D'accord, d'accord.

Je sautai sur le trottoir et fis signe à mon chauffeur de déguerpir. Une jeune policière en tenue était plantée sur le seuil du commissariat. Je lui montrai le haut-parleur.

— C'est ça, la police à visage humain ?

Elle me répondit d'une voix sèche comme de l'amadou :

— Si vous avez une réclamation, demandez le formulaire au comptoir.

J'entrai.

— Vous épelez ça comment ? me demanda le préposé de l'accueil.

— N-E-W-M-A-N.

— Prénom ?

— Nicholas.

— Ça s'écrit ?

— N-I-C-H-O-L-A-S.

— Et vous êtes ici pour parler à ?

— L'inspecteur principal Hurst.

Une porte s'ouvrit avec un bourdonnement électrique.

— Deuxième à droite.

Je trouvai l'inspecteur principal Hurst seul, debout devant un bureau nu, un dossier sous le bras.

— Bonjour, dit-il en me gratifiant d'une poignée de main ferme. Merci d'être passé.

— Bonjour.

Je soutins froidement son regard. Je n'étais pas d'humeur à me répandre en amabilités.

— On s'est parlé au téléphone. Au sujet de votre ami, M. Antony Safft. Je vous présente mes condoléances.

— Oui.

— Asseyez-vous, je vous prie. Voulez-vous un café ?

Enfin un flic civilisé. La trentaine. Entré dans la police après des études supérieures – difficile de ne pas se demander s'il avait assez d'expérience.

Je manque parfois de résolution. Oubliant d'un seul coup mes réticences, j'ouvris la bouche et cédai à une incontrôlable logorrhée.

— Antony Safft. Français d'origine. Avocat de formation. Il vivait à Londres depuis la guerre. Spécialiste de la reconstruction sur des sites détruits par les bombes. Premières armes à Plymouth. S'est toujours plaint de ce que les gros cartels de promoteurs lui barraient l'accès de Londres. Il a beaucoup construit à Liverpool et Coventry. Toujours sur des terrains bombardés. Toujours. Jusqu'au jour où il a décidé de céder lui aussi à la nouvelle tendance en créant des centres commerciaux. D'abord au Canada, grâce à sa maîtrise du français. Canary Wharf lui a échappé de peu. Au profit d'une agence canadienne, un comble d'ironie. Il leur en a voulu à mort. Il n'a jamais digéré. Il a acheté la moitié des terrains autour de Leeds-Bradford, quelques-uns à Chester. Nous lui avons construit quatre centres commerciaux dans le nord et les Midlands. Entre autres. Plus trois immeubles résidentiels derrière le Tower Bridge. Une zone industrielle et commerciale à Hounslow. Et le complexe de Hyde Park, c'est encore lui.

— Comment se fait-il que vous lui ayez téléphoné vendredi soir ? Vous cherchiez à savoir pourquoi il ne s'était pas présenté au déjeuner, peut-être ?

— C'est vous qui avez décroché ? lâchai-je en le dévisageant. Non, ce n'était pas votre voix. Je suppose que vous m'avez retrouvé grâce à son relevé ?

— Comment ça, ce n'était pas ma voix ?

— Quelqu'un a répondu.

— Quelle heure était-il, monsieur Newman ?

— Le relevé vous le dira. Entre six heures un quart et six heures et demie. Et j'ai réessayé plus tard.

— Quel genre de voix ?

— Un homme. Il m'a rappelé.

— Je vous demande pardon ?

— Inspecteur, dis-je, en faisant de mon mieux pour masquer mon impatience – ou était-ce de la patience ? J'ai téléphoné à Antony Safft, vous venez de le dire, pour lui demander pourquoi il m'avait posé un lapin. Ça ne lui ressemblait absolument pas, et je me faisais du souci. Cet homme m'a répondu. Je lui ai raccroché au nez, je ne sais pas pourquoi. Il m'a tout de suite rappelé. J'imagine que le téléphone d'Antony est équipé d'un lecteur d'appel. Ou alors, il a composé le 1471.

L'inspecteur principal Hurst prit quelques notes rapides.

— Et vous dites que vous avez réessayé ?

— Deux fois. D'abord vers sept heures et demie – là encore, cet homme a pris mon appel et j'ai raccroché – et ensuite vers vingt-deux heures trente. Cette fois, personne n'a répondu.

— Que pourriez-vous nous dire de sa voix ?

— C'était une voix normale. Je me souviens juste d'une légère faute de prononciation, mais presque tout le monde écorchait le nom d'Antony.

L'inspecteur principal cessa d'écrire et parcourut son dossier. Il ressemblait plus à un cadre dirigeant qu'à un flic.

— Comment vous entendiez-vous avec lui, monsieur Newman ?

— Très bien.

— Accrochez-vous, me dit-il d'une voix presque douce. Les circonstances du crime sont plutôt... déplaisantes.

Un hurlement muet résonna soudain sous mon crâne. Non, non, non, pas question, je ne veux rien entendre ! Gardez les détails pour vous ! Bouclez-la, d'accord ? Comme d'habitude, mon visage ne montra rien de cette tempête intérieure. Mais le dossier de presse d'Antony, que j'avais posé en équilibre précaire sur un coin du bureau, tomba par terre.

L'inspecteur principal Hurst ne broncha pas ; il attendit que je me redresse sur ma chaise après l'avoir ramassé, les traits congestionnés par l'afflux de sang à ma tête.

— Il faut bien que je vous le dise, monsieur Newman. M. Safft a été égorgé. D'une oreille à l'autre. Son membre viril a été tranché. Et on lui a fait une grande incision en triangle au niveau des fesses.

Je dus grogner, ou gémir, car je n'entendis pas la question suivante.

— Vous dites ?

— Étiez-vous vraiment proches ? répéta-t-il.

— C'était… c'était un homme d'une gentillesse exceptionnelle. Si vous me demandez si je suis homosexuel, la réponse est non.

— Ce que j'ai besoin de savoir, c'est s'il avait des ennemis dans son entourage.

— Je ne sais pas, répondis-je avec une spontanéité quasi puérile. La première chose qui me vient à l'esprit, c'est que je ne vois pas comment quelqu'un qui connaissait Antony aurait pu le tuer de façon aussi abjecte.

— Intéressant, fit-il en notant quelques mots. J'ai lu le procès-verbal de votre agression dans le métro, au fait. Ça fait froid dans le dos.

— Les choses sont au point mort de ce côté-là. Quand est-ce que je vais enfin pouvoir en parler à quelqu'un ?

— Mes collègues vous contacteront. Le vieux monsieur est décédé, vous le savez ?

— Un triangle, dis-je, presque pour moi-même. Hitler obligeait les homosexuels à porter un triangle rose. Un cutter. Ils ont fait ça avec un cutter ?

Le hooligan qui m'avait pétri l'entrejambe le samedi fit soudain irruption dans mes pensées. Hurst me vit grimacer, serrer les genoux par réflexe.

— Un cutter, monsieur Newman ? Comme ceux qui servent à poser les moquettes, vous voulez dire ?

— Oui. De type professionnel.

Je lui parlai de mon mystérieux colis et lui demandai ce qu'il en pensait.

L'inspecteur principal Hurst se renversa sur son siège et regarda par la fenêtre. Les cafés demandés n'étaient toujours pas là. Il les réclama par l'interphone, en m'expliquant qu'il était incapable de réfléchir sans café.

— Voyez-vous une raison pour laquelle quelqu'un pourrait chercher à vous intimider ? Ou à intimider vos amis ?

— Vous pensez au métro ?

— Vous avez vous-même suggéré qu'il pourrait y avoir un lien, non ? Un facteur commun ?

— J'ai dit ça, moi ?

Un silence pesant s'abattit. Il le brisa.

— Je suis obligé de vous poser la question, monsieur Newman. Consommez-vous de la drogue ?

— Non. Ça n'a jamais été mon truc.

— Avez-vous des dettes ? Des dettes significatives, je veux dire.

— Non. Vous pouvez vérifier auprès de ma banque.

— Inutile. Des clients d'un genre inhabituel ?

— Pas au sens où vous l'entendez. Les compagnies pétrolières ne menacent pas leurs architectes. Pas plus que les banques, les aéroports, les chaînes de supermarchés, les librairies ou les maisons de couture.

Mon ton sarcastique le fit sourire.

J'avais toujours sur moi les coordonnées de tous mes clients du moment. Cette liste notée en pattes de mouche couvrait le recto et le verso d'une fiche quadrillée que je gardais dans mon calepin. Fallait-il la lui lire à haute voix ? Oui. L'impressionner. Il m'écouta, de marbre, et dit :

— Je suppose qu'on peut parler de valeurs sûres. Vous venez de citer trente-deux clients, monsieur. Les particuliers. C'est de ce côté-là qu'il va falloir chercher. Même si de nos jours… L'espionnage industriel existe-t-il dans votre branche ?

— Un peu. Mais nous ne sommes pas aussi touchés que les sociétés informatiques, par exemple. Ou l'industrie des composants.

— Revenons à vos clients particuliers, monsieur Newman. Pourriez-vous m'en dire un peu plus long à leur sujet ?

— Antonia Spey. Extension de maison, à Highgate. Sexagénaire. Riche. Versée dans les bonnes œuvres. L'humanitaire. Veuve d'un diplomate. Des rentes, aussi. Flambeuse.

Ma liste étant chronologique et non alphabétique, je l'actualisais à peu près tous les mois en la recopiant sur une nouvelle fiche.

— Billy et Bredy Cleland. Galerie d'art. Sur Bond Street, et ils habitent au-dessus. Hallucinant. Plus personne ne fait ça, de nos jours.

L'inspecteur attendit.

— George Pennant. Saint-Tropez. Enfin, Le Lavandou. Maison neuve. Assureur milliardaire. Hors circuit, je crois qu'il a revendu à Direct Call.

— Ma voiture est assurée chez eux, marmonna Hurst.

— Johann Pearl. Footballeur. Étranger. Première ligne. Quarante mille livres par semaine, plus un pourcentage sur les droits – considérables – de son transfert. Ne me demandez pas comment ça fonctionne. Vient de s'acheter un terrain à bâtir dans le Wiltshire.

Il ne se donna même pas la peine de venir tourner autour de cet hameçon-là.

— Et en voici deux autres. Là encore, c'est du résidentiel. Gerry Nolan, l'hôtelier. Il s'est payé une grosse baraque à Bournemouth et nous a demandé de la désosser entièrement tout en préservant l'extérieur. On est en train d'abattre les cloisons. Et Olivia Mossley, une pointure de la City, mariée à un type qui rêve d'être homme au foyer, je crois que c'est un ancien acteur. Elle vient de claquer trois quarts de million pour lui offrir un ancien hangar à Camden, en bordure de canal. Ils ont une grosse péniche amarrée là-bas et ils veulent que l'ensemble soit « mis en interface », comme ils disent.

Je posai mon calepin relié de cuir sur la table, devant moi.

— Ce sont vos clients personnels ? Ou ceux de l'agence ?

— En général, c'est moi qu'ils demandent. Mais ils ont aussi l'agence : les plans sont réalisés par d'autres, je me charge essentiellement des corrections et de la présentation, c'est-à-dire que je jette un coup d'œil aux derniers dessins avant chaque rendez-vous, je rectifie tout ce qui me paraît insuffisant, et, quand le projet est prêt à cent pour cent, c'est moi qui le présente au client.

— Et ce footballeur ?

— Pearl. Johann Pearl. Néerlandais. Métis.

— Ouais, je connais. Superbe joueur. Ailier, quelquefois milieu. Très rapide. La Perle Noire, dit l'inspecteur principal Hurst, en se délectant de chaque syllabe comme s'il venait de trouver la lumière. La Perle Noire. C'est quel genre de bonhomme ? Que savez-vous de lui ?

— Seulement qu'il veut que je lui dessine une maison.

— Un international néerlandais. Ces footballeurs peuvent avoir de mauvaises habitudes. Et vous avez été attaqué par des hooligans.

— Oui.

— Coïncidence ? Allez savoir. J'ai eu un instructeur qui disait : « La coïncidence est l'ennemi naturel du flic. »

— J'ai le sentiment que ce garçon est une rareté, il a de l'instruction, de la culture…

— Une perle de culture ?

Il n'avait pas pu résister. Je poursuivis :

— Il a une licence. Ce qui, je crois, le situe assez nettement au-dessus de la majorité des footballeurs.

— Comme les flics diplômés, vous voulez dire ?

C'était dit sur le ton de la plaisanterie, mais je sentis que l'inspecteur principal Hurst cherchait à me parler de lui-même. Je ne répondis pas.

— Il est homo ? me demanda-t-il. Pearl ?

— Il a une petite amie, lâchai-je avec un sourire pincé. Est-ce que ça fait de lui un hétéro ? Je n'ai pas de petite amie. C'est pour cette raison que vous m'avez demandé si j'étais homo ? Et vous-même, inspecteur ?

Hurst prit sa revanche sur-le-champ.

— Vous ne m'avez pas dit que Pearl vous avait été envoyé par M. Safft.

Peut-être le rouge me monta-t-il au front.

— C'est vrai. Oui, en effet.

— Mais vous ne l'avez mentionné à aucun moment, si ?

— J'y serais certainement venu.

— Je l'espère, monsieur.

L'inspecteur principal Hurst devint un tout petit peu plus solennel au moment d'aborder ce qui constituait pour lui le plat de résistance, la mort d'Antony. Nous reprîmes tout depuis le début. Il n'en sortit pas grand-chose de neuf. Tout juste ajoutai-je quelques détails à ma description d'Antony : l'orangerie-atelier de son jardin à Hampstead, sa fabuleuse hospitalité, son refus opiniâtre d'introduire en Bourse sa richissime société de promotion.

— Que savez-vous de sa famille ?

— Je ne saurais même pas vous dire s'il avait des parents vivants.

— Il laisse un neveu.

Antony ne m'en avait jamais parlé. Bizarre.

— Un jeune avocat français, dit Hurst. Il s'appelle Philippe Safft. Spécialisé dans la traque des criminels de guerre. Il a fait l'objet de nombreuses menaces. Comme son oncle.

Révélation sur révélation.

— Des menaces ? Mais… Antony était inoffensif.

— N'empêche, fit Hurst en haussant les épaules.

Il s'était plaint de menaces téléphoniques. Ces deux derniers mois.

— La traque des criminels de guerre. Des anciens nazis, vous voulez dire ?

— Il y a des chances.

— Pensez au triangle.

— Quelqu'un y pensera, monsieur. Si nécessaire.

Ma volubilité s'était tarie. Je me contentai ensuite de répondre aux questions de Hurst plutôt que de lui donner des informations spontanées. Je lui fournis quelques détails supplémentaires sur la vie d'Antony et évoquai certaines personnes rencontrées soit lors de soirées chez lui, soit à son bureau – des hommes qui, étant donné le nombre de fois où je les avais vus en sa compagnie et tout le bien qu'il m'avait dit d'eux, pouvaient avoir été ses amants.

Alors, soudain, l'envie me prit de fondre en larmes. Je me retins, bien sûr.

Hurst n'avait plus rien à dire mais semblait rechigner à me laisser partir. Il finit tout de même par se lever.

— Je tenais à vous rencontrer pour essayer de mieux cerner votre ami, vous comprenez, monsieur Newman. Était-il du genre à se faire des ennemis ?

— Nous nous en faisons tous.

— J'aimerais que vous réfléchissiez à la question suivante, monsieur. D'où lui venait son argent ?

— Il le gagnait. Je vous l'ai dit. La promotion immobilière.

— Certes, monsieur Newman, mais il faut bien commencer quelque part. Il est possible que j'aie besoin de vous revoir, si cela ne vous dérange pas.

— Je ne vois pas ce que je pourrais vous dire de plus.

— Nous nous intéressons à son passé financier.

— Je ne sais presque rien là-dessus.

Je me souviens encore de l'étrange regard qu'il me jeta.

# 11

Mon chauffeur repassa pour la énième fois devant le commissariat : il tournait depuis une demi-heure. Une fois dans la voiture, j'appelai Hal.

— C'est moi.

— Ça s'est passé comment ?

— Brillamment. L'énigme a été élucidée en trois coups de cuiller à pot. Sherlock Einstein.

— Bref, ils n'ont rien ? Putain, chef, ils font chier.

— Ils s'intéressent aux finances d'Antony. Dis-moi, Hal, à combien s'élevait notre chiffre d'affaires avec Safft S.A. ? Tout compris ?

— Il va falloir que je regarde, mais… ça représente un gros paquet. Rien qu'en honoraires, sur les cinq dernières années, je dirais douze ou quinze millions. Dix chantiers majeurs… ouais, ça pourrait même faire plus.

— Dix ? Tant que ça ?

— N'oubliez pas Shrewsbury. Et Ludlow. Faites le compte, chef : si on prend pour base notre fourchette habituelle de pourcentages, on peut estimer que sa boîte a dû engranger entre quatre et six cents millions sur la même période.

— C'est à peu près ce que je pensais.
— Vous avez appris quelque chose ?
— Rien d'agréable. À part qu'il avait un neveu.
— Au fait, Lemon a un message pour vous. Urgent. Un notaire.
J'appelai Lemon.
— Un certain Me Lewison cherche à vous joindre, dit-elle.
— Qui est-ce ?
— Il appartient à une étude de notaires et il dit que c'est de la plus haute importance, il veut vous voir dès aujourd'hui.
— Où ça ?
— Ils sont sur Bruton Street.
— Je suis à deux pas.
Me Lewison prit immédiatement mon appel.
— Monsieur Newman, je suis chargé de la succession de feu Antony Safft. Pouvons-nous nous rencontrer ?
— Quand ?
— Le plus tôt possible.
— Je suis quasiment à votre porte.
Tout régler en un jour. Cela me laisserait ensuite le temps de penser à Antony. La moindre des choses.
Me Lewison possédait un impressionnant toupet de cheveux roux et, sentis-je, un caractère résolument acariâtre.
— Ceci doit vous paraître très peu orthodoxe, monsieur Newman, mais la police nous a priés de rester discrets. Je dirais même qu'elle nous y oblige.
— Ah ? Et qu'est-ce que je viens faire là-dedans ?
Un grand miroir était accroché sur le mur perpendi-

culaire au bureau de Me Lewison. Celui-ci le regardait souvent.

— Tenez, fit-il en me tendant une feuille de papier. Ce courrier a été écrit jeudi dernier, posté vendredi matin. C'est tout ce que j'ai le droit de vous montrer à ce stade.

*Cher Maître Lewison,*

*Vous trouverez ci-joint mon testament, comme convenu. Merci de m'avoir éclairé sur le fait que le témoin d'un testament ne peut pas en être aussi le bénéficiaire, à la différence de l'exécuteur.*

*Au cas où un événement fâcheux viendrait à causer mon décès prématuré, il me semble important que les deux exécuteurs choisis par mes soins, mon neveu Philippe et mon ami et architecte Nicholas Newman, se rencontrent dans les plus brefs délais. Aucun d'eux n'est encore informé de ce choix ; j'ai l'intention d'en faire part dès demain à M. Newman, et j'espère voir mon neveu la semaine prochaine.*

*Bien sincèrement,*
*Antony Safft*

— Je ne sais pas quoi dire.

— Permettez-moi de vous donner un bon conseil, monsieur Newman. Il s'applique à la base aux affaires judiciaires, mais je le crois valable en toutes circonstances. Quand on ne sait pas quoi dire, on ne dit rien.

— Je suppose que nous allons devoir exaucer sa demande. Avez-vous contacté son neveu ?

— Il est bouleversé. Comme vous devez l'être. J'ai lu dans la presse que vous étiez censé déjeuner avec…

— Antony avait effectivement parlé d'une nouvelle à m'annoncer.

Me Lewison me reprit la lettre des mains et, après un nouveau coup d'œil à son miroir :

— Son neveu arrive ce soir. Il doit descendre au Brown's et m'appeler demain matin. Il lui faudra se rendre au domicile du défunt. Et procéder à son identification officielle.

— Je lui laisserai un mot à la réception du Brown's. Je vous serais reconnaissant de lui dire de consulter ses messages.

— Bien sûr, s'empressa d'acquiescer Me Lewison.

Les notaires aiment toujours rendre service, surtout quand il y a de fortes sommes en jeu, ce qui était assurément le cas avec le testament d'Antony.

— Au fait, ajouta-t-il, nous avons dans notre équipe un authentique champion des valeurs mobilières. Et je suppose que vous avez entendu parler de nos compétences en matière d'actes de cession ?

Il se retourna pour attraper une brochure sur papier glacé vantant les mérites de son étude et me la tendit.

— Oh ! merci. Et maintenant, qu'est-ce qui va se passer ?

— Dans les affaires de meurtre, la police a tendance à tout bloquer. Son testament est ici, mais je ne peux le révéler à personne.

À peine eus-je rejoint l'agence, toujours sous le coup des rebondissements du jour, que Lemon vint à ma rencontre.

— Miss Bentley est ici.

— Elizabeth ? Où ça ?

— Elle est en train de discuter avec la nouvelle architecte. Elles se connaissent ?

— Je ne crois pas. Pourquoi cette question ?

— Elles sont comme cul et chemise.

Les antennes de Lemon étaient parfois précieuses.

— Merci, dis-je d'un ton sombre.

Cette nouvelle ne m'emballait pas. Hal, qui avait entendu notre échange, me parut un peu déboussolé quand je le fis venir.

— Ferme la porte, dis-je.

Il s'exécuta.

— Écoute, je vais sans doute être obligé de consacrer un peu de temps au neveu d'Antony Safft.

Sous ma houlette, Hal était passé du stade de dessinateur novice à celui d'architecte ultra qualifié, presque malgré lui. Il n'avait aucune envie de reprendre des études, se trouvait très heureux entre son rôle de simple gratteur et Pam, ses fils et le football, mais c'était un génie des questions techniques et notre meilleur négociateur auprès des décideurs de l'urbanisme. Elizabeth ne l'avait jamais aimé.

— Miss Bentley est dans la place, dis-je.

— Lemon m'a prévenu. Avec notre nouvelle star, ricana Hal.

— Lâche-la un peu, d'accord ? Je veux dire : ça fait à peine quelques heures qu'elle travaille pour nous.

— J'essaie, chef. Mais j'ai du mal.

— Envoie-la-moi.

Elle arriva. Au lieu de m'en tenir à mon intention initiale, qui était de lui demander ce que voulait Elizabeth et comment elles avaient fait connaissance, je lui posai presque sans m'en rendre compte la question qui tue :

— Vous êtes libre pour dîner demain soir ? Je crois qu'on sera vendredi, même si je ne crois plus en grand-chose.

Elle se campa face à moi, les jambes légèrement écartées.

— Oui, répondit-elle, sur un ton suggérant qu'elle acceptait cette invitation comme la suite naturelle des événements.

Hal revint peu après.

— Miss Bentley est repartie.

— Repartie ?

— Ouaip.

— C'est bien, ou c'est mal ? Qu'elle soit repartie sans me dire un mot, je veux dire ?

Aucun bureau n'est exempt de problèmes politiques. Certaines agences d'architecture en souffrent énormément. J'avais réglé la question en devenant actionnaire majoritaire. La vie est déjà assez compliquée comme ça.

Hal souleva un nouveau lièvre.

— À propos de cette avance, chef, c'est fait. J'ai appelé la banque moi-même.

— Ça va trop vite pour moi, Hal. Quelle avance ?

— Pour miss Strait. Elle m'a dit que vous aviez donné votre feu vert.

Je me forçai à rester en terrain neutre.

— Combien ?

— Deux mille.

— Tu les as déduits de sa paie ? Ou c'est quelque chose que tu fais tous les jours ?

À aucun moment Mary Strait et moi n'avions parlé argent. C'était parfaitement inutile – elle connaissait le montant de son salaire, le chasseur de têtes le lui avait annoncé. Elle ne m'avait pas non plus demandé d'avance. Ou étais-je tellement perturbé que mon cerveau ne parvenait plus à enregistrer des informations aussi simples ? Je n'avais pas encore digéré les implications de la lettre d'Antony.

En nage, j'ôtai ma veste. Il n'y avait plus trace du déjeuner dans mon estomac. Une faim inexplicable me tenaillait. Lemon m'apporta un sandwich et un pamplemousse, mit une serviette à chauffer sur le radiateur puis me la tendit pour que je me tamponne le visage et la nuque.

Je reçus plusieurs coups de fil, dont un de la secrétaire de Me Lewison. Philippe Safft pouvait me rencontrer au Brown's le lendemain soir – vendredi – à dix-huit heures ; il devrait partir à l'aéroport une heure plus tard. Je dus ensuite me pencher à nouveau sur les plans de Johann Pearl : j'avais rendez-vous avec lui aussi le lendemain.

Vers dix-sept heures, la fatigue finit par l'emporter sur tout le reste. Je tentai d'y résister en rédigeant une liste de tout ce qui s'était passé et de tout ce qui me restait à faire, mais je finis par déchirer la feuille. La soirée à venir m'aiderait peut-être à recharger mes batteries – Hal nous avait obtenu par l'agence deux billets pour aller voir jouer la Perle Noire. Pourquoi ne pouvait-il jamais m'annoncer ce genre de nouvelle sans donner l'impression qu'il cherchait à être félicité ?

# 12

Le chauffeur nous déposa à cent mètres de l'entrée de la tribune d'honneur. Premières impressions : une foule compacte et mouvante d'êtres humains à la verticale, des épaules, des jambes, des têtes. Régulièrement, une nouvelle vague s'engouffrait dans le stade. Tout ce monde savait où il allait. Beaucoup chantaient, plaisantaient. Chaque fois qu'une femelle passable entrait dans leur champ de vision, certains scandaient : « Ce soir on va voir tes nichons ! »

Ces gens, majoritairement des hommes, marchaient à plus ou moins grands pas, plastronnaient et juraient, braillaient, mangeaient, buvaient, jouaient des coudes à l'entrée des toilettes ou des travées. Nous empruntâmes une galerie à ciel ouvert suspendue vingt-cinq mètres au-dessus du sol, construite avec un béton aussi dense que celui des bunkers de la défense côtière. Le flot humain était ample, rapide et brutal, à la fois fervent, compact et détendu.

Il fallait être brave pour faire halte et se laisser contourner par les vagues. Des enfants revêtus d'écharpes, de cocardes, de badges et de maillots sur lesquels étaient floqués un numéro et un nom de joueur galopaient, trottinaient et se chamaillaient, les joues cramoisies d'excitation.

Cette foule avait la puissance d'un Picasso. En même temps chahuteuse, amicale et d'une mortelle gravité ; joviale, agressive et distante ; tumultueuse et réfléchie, voire pensive – un vrai rêve d'anthropologue.

J'avais l'impression d'être un intrus : je ne connaissais pas leurs codes. Il émanait de la multitude une unité, un sentiment d'appartenance au lieu et à l'événement qu'aucun profane ne pouvait déchiffrer. Et malgré cela, je me délectais de ce spectacle. Il me faisait oublier ma détresse.

— Allons prendre nos places, dit Hal. Si on passe devant tout le monde après le coup d'envoi, on va s'en prendre plein la gueule.

J'aurais aimé qu'il renonce à sa manie de se curer les dents avec un coin de carte postale.

Je fus surpris par les petites dimensions de la pelouse émeraude qui s'étalait tout en bas et par la pente des gradins, tellement abrupte que je fus obligé de prendre garde à mon équilibre. Les sièges étaient attachés les uns aux autres d'une manière qu'aucun architecte digne de ce nom n'autoriserait plus aujourd'hui. Hal m'ouvrit la voie. À ma droite étaient assis deux hommes à bonnet de laine, mangeant des hamburgers.

— Ça va, vieux, me fit l'un d'eux alors que je m'excusais de lui avoir frôlé la jambe.

— Assis, merde ! me lança un spectateur hargneux de la rangée suivante.

Je m'assis.

— Connard, lâcha-t-il d'un air satisfait.

Le fantasme de vengeance qu'avait fait naître en moi

l'incident du métro revint me titiller. Je dus crisper les mains sur mes genoux pour me calmer.

Un gigantesque écran de télévision occupait l'un des angles du stade. Des pom-pom girls se trémoussaient sur la pelouse. Un animateur braillait dans son micro.

— Ça vous en bouche un coin, hein, chef ? me cria Hal.

Il avait immédiatement adopté l'argot des fans : gouailleur, énergique, insolent.

L'ambiance monta d'un cran dans les tribunes. Pendant que l'animateur redoublait de vociférations, les joueurs sortirent à la queue leu leu, incroyablement jeunes et scintillants, auréolés de reflets cinématographiques.

*Des gladiateurs*, pensai-je.

Ils accélérèrent quand le public les vit. Je cherchai des yeux la Perle Noire. Il apparut parmi les derniers de l'équipe, sautillant nonchalamment, bavardant et jetant des sourires par-dessus son épaule. Son visage luisant semblait enduit de graisse ; il devait aussi s'être huilé les cheveux – ils avaient des reflets d'ébène laquée. Après quelques étirements et contorsions, il piqua un bref sprint ; on aurait dit une petite machine noire.

Je maintins mon attention fixée sur lui pendant plusieurs minutes. Était-ce bien le jeunot que j'avais vu quémander en vain l'approbation de sa mère ? Qui m'avait ouvert au téléphone les vannes d'un cœur incohérent, pleurant à chaudes larmes la mort de notre ami commun ?

Les joueurs s'éparpillèrent, s'échauffèrent. Un peloton de photographes accroupis les fit poser en équipe.

Ils rompirent rapidement les rangs et se partagèrent les ballons.

La Perle Noire se mit à jongler des deux pieds. Il me paraissait plus trapu en tenue de footballeur et incroyablement musclé, bien que certains de ses partenaires soient plus petits que lui. Même un ignorant comme moi était capable de sentir sa puissance, sa maîtrise du ballon. Il échangea quelques passes techniques avec un autre joueur du genou de l'un à la tête de l'autre, et vice versa. À la fin de la troisième série, la Perle Noire s'éloigna avec indolence vers un but, balle au pied.

*Les lois de la physique*, pensai-je en voyant son tir se fracasser contre la barre transversale avec une telle force que le ballon vola vingt mètres en sens inverse avant de rebondir.

D'étranges onomatopées s'élevèrent alors – elles provenaient du virage près duquel la Perle Noire poursuivait sa démonstration.

— Ces bruits, dis-je à Hal. Qu'est-ce que c'est ?

— La délicatesse naturelle du supporter anglais. Ils poussent des cris de singe. Avant, ils balançaient des bananes.

— Pourquoi ?

— La Perle *Noire*.

Je me mis à compter.

— Mais il y a… huit joueurs noirs sur le green.

— Ouais, mais lui est étranger. Le terrain, au fait.

— Le terrain ?

— Oui. Le green, c'est au golf.

— Ah !

S'ensuivirent quelques formalités. L'arbitre, les juges de touche, l'échange de fanions en soie, les poignées de main. Le tirage au sort me rappela les matchs de cricket auxquels j'avais participé à l'école – mon unique expérience d'un sport collectif quel qu'il soit. Le sport relève un peu trop de la mise à nu pour mon goût. Quand on n'est pas bon, tout le monde le voit. Alors que j'ai toujours eu besoin d'un temps de réflexion pour réussir ce que j'entreprends.

La Perle Noire, dont le short et le maillot étaient frappés du numéro 16, alla se poster au bord du terrain, prêt à jouer le long de la ligne de touche.

— C'est parti, dit Hal.

Un joueur fit rouler la balle en dehors de l'énorme cercle qui marquait le centre du terrain. Un autre l'envoya quelques mètres devant Pearl, qui se mit à courir derrière. Sans contrôle, il expédia le ballon dans les airs au-dessus du vaste rectangle tracé à la craie devant la cage du gardien.

— Une touche de balle, dit Hal. Je le hais, ce petit enfoiré ! C'est ce qui s'appelle la classe, chef, il la met où il veut en une seule touche.

Le jeu revint dans notre direction puis se déplaça ici et là, un peu partout sur la pelouse. Je me penchai en avant, fasciné.

Au bout de cinq ou six minutes d'observation, je glissai à l'oreille de Hal, en entendant à peine ma voix dans le vacarme ambiant :

— C'est une question d'espace, non ? J'ai l'impression qu'il s'agit avant tout de prendre l'avantage en occupant l'espace. Celui qui a l'espace a l'avantage. Et l'avantage, c'est le pouvoir. Bref, l'espace est synonyme de pouvoir.

Comme en architecture, faillis-je ajouter, mais mon

système d'alarme intérieur produisit une image de Hal en train de me traiter de snob et je retins ma langue.

— Si on veut, dit-il avec un vague hochement de tête. Il y a de ça.

Je trouvais tout cela passionnant. Les rampes de projecteurs intensifiaient ma sensation d'être au théâtre. Une part de moi craignait que des bagarres au couteau n'éclatent dans toutes les travées. Ce ne fut pas le cas.

Une interrogation nouvelle me vint à l'esprit. Pourquoi, autour d'un jeu aussi superbement exigeant et varié, y avait-il de la violence chez certains spectateurs ? Parce qu'ils étaient incapables de le pratiquer eux-mêmes ? Non, sûrement pas. Mais n'auraient-ils pas dû tous être aussi absorbés que moi ? Voire plus, étant donné leur connaissance et leur allégeance passionnée à ce sport ?

Cette interrogation en amena une autre – sur le rapport entre élégance et violence. De l'élégance pour laquelle je m'étais battu toute ma vie avait surgi une violence aussi atroce qu'inexplicable. Et Antony, qui possédait plus d'élégance naturelle que la grande majorité des hommes de ma connaissance, venait de mourir de mort violente. Comme il me manquait à présent ! Il adorait le football et m'avait souvent invité à des matchs. Je n'y étais jamais allé.

L'éclairage rendait l'aire de jeu lumineuse. Pearl captait les regards à chacun de ses mouvements. Il faisait montre d'une qualité annexe essentielle – il savait éviter les blessures. À deux ou trois reprises, je grimaçai en voyant avec quelle brutalité le chargeaient les défenseurs adverses.

— Cela fait partie du jeu ? demandai-je à Hal. D'éviter les mauvais coups ?

— Ouais. Il pourrait vous en remontrer sur ce plan-là, s'esclaffa-t-il avec des reniflements exaspérants.

Des tirs en diagonale, des « centres » qui voyageaient parfois sur trente, quarante ou même cinquante mètres pouvaient renverser en une seconde le rapport de force. Priver l'adversaire de ballon le plus longtemps possible : j'appris que cela s'appelait la « possession ». Savoir anticiper la passe suivante en allant se mettre en position favorable quand on n'avait pas le ballon :

— Le jeu sans ballon, expliqua Hal. La marque des grands. Vous devriez voir certains Brésiliens.

Ce sport était affaire de style, il y avait de la beauté dans tous ces enchaînements. Des droites, des angles, des courbes magnifiques. Je ne voyais rien ici qui pût suggérer pourquoi un jeu aussi splendide déclenchait autant de sauvagerie.

— Ils paraissent tous intelligents, lançai-je à Hal. Et je sais que Pearl l'est.

— Nan. Ils sont intelligents sur le terrain. Pearl, c'est différent. Presque aucun n'a son niveau d'instruction. Les autres s'en foutent. Des innocents, voilà ce qu'ils sont. Je veux dire, bien sûr, il y a les déconneurs, les sniffeurs de coke et les pochetrons. Mais la grande majorité ne s'intéresse qu'aux trucs habituels, comme le tout dernier modèle de Ferrari.

— Qui est-ce ? demandai-je en indiquant un homme en costume et manteau fauve, qui se rongeait les ongles le long de la touche.

— L'entraîneur. L'homme le plus intéressant sur la pelouse. Aussi dur que les couilles d'un jockey.

Tout à coup, Hal se leva d'un bond. La foule autour de moi se mit à rugir et à trépigner.

— Qu'est-ce qui s'est passé ?

L'homme assis à ma droite répondit :

— C'est toujours pareil quand on reçoit cette équipe à la con. Des brutes.

— Le goal, intervint son voisin. Vous voyez ?

Un des gardiens, tout de satin vert vêtu, trottinait vers le centre du terrain en se tenant la tête.

— Une pièce, je parie.

— Putains de sauvages ! s'emporta l'autre. Ils savent pas se comporter, ces connards. Ils ont aucun principe. C'est une honte, merde, voilà ce que c'est. Je te leur couperais la bite, moi !

— Vous voulez dire que quelqu'un dans le public a lancé une pièce de monnaie et que cette pièce a atteint le gardien à la tête ? demandai-je, histoire de m'assurer que j'avais bien compris.

Le plus énervé des deux se tourna vers moi.

— Vous vous foutez de notre gueule ou quoi ?

Son ton était si agressif que j'eus un mouvement de recul.

— Vous êtes déjà venu au stade ? me lança l'autre.

L'honnêteté me parut être la meilleure politique.

— Non.

Suite à quoi je basculai sur la voie de la malhonnêteté pure en ajoutant :

— J'ai passé mon enfance à l'étranger.

— Eh ben retournes-y, connard ! fit l'énervé. Y en a des tas qu'aimeraient être à ta place !

Les hooligans sévissaient-ils aussi dans les tribunes ? Vu le profil de mon voisin immédiat, la question se posait. Son langage m'épouvanta, moi qui ne suis pourtant pas bégueule. Ma théorie de l'obscénité comme baromètre du dégoût de soi venait d'en prendre un sérieux coup.

Le soulèvement de la foule n'alla pas plus loin. Des policiers en tenue traînèrent de force un supporter vers la sortie. L'arbitre attendait à distance respectable que le jeu puisse enfin reprendre. Deux minutes plus tard, Johann Pearl marqua un but tellement beau que l'étendue de mon ignorance ne m'empêcha pas de l'apprécier à sa juste valeur. Je l'ai revu un nombre incalculable de fois dans ma tête.

Après une passe redoublée avec un coéquipier – un « une-deux », selon Hal – il glissa le ballon entre les jambes d'un défenseur – apparemment un « petit pont ». Sur ce, il décocha un tir puissant à ras de terre de vingt mètres environ, dans un angle fermé. Le ballon rebondit exactement là où il fallait pour que le gardien ne puisse pas le capter. Je ressentis un plaisir fou à voir trembler les filets.

Pearl suivit le ballon à l'intérieur de la cage et shoota de nouveau dedans, comme pour signer son exploit. Puis il enfouit son visage dans les mailles du filet à la manière d'une dame à voilette. Mon voisin partit dans une tempête d'insultes. Quelqu'un lança un projectile qui heurta la pelouse à quelques mètres de Pearl. La foule se mit à huer. Par la suite, chaque fois qu'il touchait le ballon, trois ou quatre adversaires se précipitaient sur lui. Ce surcroît d'attention libéra ses partenaires : son équipe marqua trois autres buts. Pearl fut à l'origine d'au moins l'un d'eux. Il s'échappa avec le ballon sur l'aile suite à un dégagement de son gardien. Deux arrières s'interposèrent. Il fit passer le cuir d'un pied sur l'autre, le ramena en arrière en le faisant rouler sous ses crampons, se livra à une série de feintes de corps dignes d'un boxeur, penchant le buste à droite, puis à gauche, puis de nouveau à droite, et fila entre les défenseurs. Il courut sur une vingtaine de mètres, le ballon littéralement collé au pied, avant de l'expédier d'une pichenette au-dessus de la tête du dernier défenseur en direction d'un autre joueur noir de son équipe, qui d'un coup de tête aussi puissant qu'un tir trompa le gardien adverse.

— Voilà pourquoi on appelle le foot le « beau jeu », me glissa Hal à l'oreille.

Les joueurs s'embrassèrent et exécutèrent une petite gigue énigmatique, pour le plus grand bonheur de leurs supporters.

Nous ne bougeâmes pas de notre siège à la mi-temps. Au milieu de la seconde période, mon voisin mal embouché s'éclipsa. Le rythme et l'intérêt du match déclinèrent. Près de la fin, je vis même bâiller Hal.

Pendant que nous quittions le stade, il me demanda :

— Alors, chef ? Vous en avez pensé quoi ?

— Euh, moi qui m'interrogeais sur le pourquoi de toute cette frénésie…

— Facile. Les gens n'ont pas le moral, et le foot leur en met plein la vue. J'ai vu plusieurs fois des trucs à couper le souffle, chef. Le gardien de l'Atletico de Madrid contre Chelsea, tiens, je l'ai vu un jour voler dans les airs comme un oiseau, sans déconner, chef ! Sur une balle haute, à trente mètres, Jimmy Greaves au sommet de son art, un tir en pivot de l'extérieur du pied. Pan ! Et voilà l'Espingouin qui s'envole comme un faucon. De la pure poésie.

— Oui.

— Ça vous a remonté le moral, au moins ?

Il pencha le buste en avant, avide de savoir.

— J'ai compris quelque chose.

— Et qu'est-ce que vous avez pensé de notre client ? Pearl ?

— Il me semble que c'est un superbe joueur. Bon, je n'y connais pas grand-chose, mais il a du style, non ?

— Et comment. Le petit enfoiré !

Je regagnai mon appartement en pensant à Mary Strait. Et au métro. Et à Antony. Où était son cadavre ? Dans je ne sais quelle morgue glaciale. Je m'en voulais encore de ne pas l'avoir pleinement percé à jour. Le sac en plastique contenant mes vêtements du métro m'accueillit dans l'entrée. La fatigue était en train de me rattraper.

L'interphone bourdonna. À cette heure-ci ?

C'était un de mes voisins.

— On vous a livré quelque chose, j'ai gardé ça pour vous.

Des fleurs – et au milieu de l'énorme masse de roses, je découvris un mot sans signature : « Bon courage ».

Je laissai tomber le bouquet par terre, comme s'il était empoisonné. Un cutter et des fleurs.

J'appelai les renseignements pour avoir le numéro du commissariat de Hampstead, mais je tombai sur le standard et quelqu'un m'expliqua que je ne pourrais pas joindre l'inspecteur principal Hurst avant le lendemain matin.

Je ne voyais d'ailleurs pas trop ce qu'il pourrait répondre à la question qui me hantait : Pourquoi moi ?

# 13

Je fus debout dès six heures le lendemain matin et – toujours la concentration – me lançai dans un marathon d'activités. Histoire de tenir ma peur à distance en empruntant mon issue de secours favorite : le travail. Les débauches d'énergie ne sont jamais gratuites. Je demandai à Lemon de raconter que j'étais à l'étranger et ne pris aucun appel, hormis ceux que je jugeais essentiels.

Celui de l'inspecteur principal Hurst, par exemple. Il voulait m'informer des progrès de l'enquête. En résumé, c'était le néant. Je lui demandai s'il y avait du nouveau concernant le métro. Deuxième néant. Je me sentis gagné par la mélancolie pendant ce peu probant échange. Une mélancolie teintée d'effroi – rien de bon.

Je lui parlai des fleurs, mais il ne parut pas intéressé.

— Ce genre d'erreur arrive souvent, monsieur Newman.

— Mais des fleurs *et* un cutter ?

— Il y a plus de bévues que de complots en ce bas monde.

Je fis le point avec Lemon sur les projets que je suivais personnellement.

— Où en est-on du permis de construire dans le Wiltshire ?

— Il reste un seul obstacle à lever. L'Office national des eaux et forêts veut savoir si la rivière qui coule dans le coin a déjà inondé ces prés. Si la réponse est non, le permis sera accordé.

— Hal a vu les entrepreneurs ?

— Je crois.

— Dites-lui de mettre le paquet sur les pénalités de retard.

Ensuite, retour dans les bras de ma vieille ennemie, de ma vieille amie – la dépression, la vraie. Avec un grand D. Je restai assis seul dans mon bureau, sombre et renfermé. Porte close. Pas de déjeuner. Pas de dessin, pas de lecture, pas de musique. Vers trois heures de l'après-midi, je sortis marcher jusqu'à Knightsbridge. L'exode du vendredi était déjà entamé. Je poussai la porte d'un Harvey Nichols désert, n'y trouvai rien d'attirant, envisageai brièvement de m'acheter une nouvelle paire de chaussures Oliver Sweeney mais n'en eus pas le courage. Je revins au travail en me sermonnant, en m'exhortant à continuer de fuir le passé. Je ne m'étais jamais aperçu qu'Antony était homosexuel. Trop coupé des autres. Ou trop déprimé pour regarder autour de moi, trop inerte. Réveille-toi. Voilà que je tremblais. Des sentiments brisés menaçaient de me rattraper. Je les combattis.

L'idée de demander de l'aide m'effleura. Mais j'y suis réticent par nature. Je m'aide moi-même. Tout seul, comme un grand. Vraiment ? Que m'arrivait-il ? Intérieurement, c'est-à-dire. J'étais dans une impasse totale. Soit je regardais plus loin que le bout de mon nez, ce qui m'obligerait à affronter ce que je voyais.

Soit je ne regardais pas, et les événements ne se gêneraient pas pour me tomber dessus. Avais-je le choix ? Pas du tout. Ce type d'impasse m'avait souvent mené à adopter une ligne de conduite qui provoquait imparablement d'énormes dégâts.

Les coucheries sans fin. Les faux-semblants. Les émotions feintes. J'aimais être le jouet de femmes avides d'argent et de prestige, mais je n'aimais ça que dans la mesure où je pouvais lire la déception sur leur visage quand je les rejetais. Cette pensée sadique réveilla en moi l'écho d'une ancienne terreur. Résister à la dépression. Peut-être le « beau jeu » si cher à Hal pouvait-il… ?

À l'agence, Lemon et Hal avaient découpé une masse d'articles relatifs au football. Nous faisions cela pour les clients éminents, histoire de leur montrer que nous pensions à eux. L'ampleur de leur revue de presse me sidéra, à croire que le football se jouait sur des hectares de papier journal.

Je m'enfonçai volontiers dans ce territoire inconnu. Les coupes de cheveux, les contrats publicitaires, les petites amies, les bolides qu'ils conduisaient, la nourriture qu'ils mangeaient – la folie du football n'épargnait aucun des cinq sens. Approbation et désapprobation. « À quarante mille livres par semaine, il aurait tort de se priver. » L'ampleur du phénomène me surprit. Moi dont le travail consiste à capter l'esprit du temps, j'étais totalement passé à côté de cette déferlante, je ne m'étais pas donné la peine d'y regarder d'un peu plus près. Moi qui me tenais informé de tout ce qui concernait la musique, les galeries d'art, le cinéma, les courants littéraires, comment avais-je pu rater ça ? Affaire de snobisme, sans doute. Ma mère décrivait le football comme un « sport de gentlemen pratiqué par des voyous ». (Et le rugby comme un « sport de voyous pratiqué par des gentlemen » : j'ai longtemps cru que la phrase était d'elle.)

Mon intérêt s'éveilla vite. Pearl suffisait à le justifier. En feuilletant les articles, je vis un boulevard s'ouvrir devant moi. Je n'avais qu'à suivre le flot immense de la classe moyenne. La couverture de presse incluait des interviews d'anthropologues étudiant ce « retour au tribal », d'historiens qui voyaient dans le football un substitut de la guerre, de femmes intelligentes parlant d'excitation sexuelle, d'universitaires soucieux d'intellectualiser le facteur héroïque. J'allais me joindre à tous ceux qui suivaient le foot par effet de mode plutôt que par vraie passion. Et puisque l'aristocratie s'encanaillait dans les buvettes, il n'y avait aucune raison que je n'y goûte pas aussi. Le football était devenu un attribut culturel fastueux, cool et politiquement correct.

Parfait pour un architecte. Mon métier aussi consiste à exploiter l'espace avec élégance et dans le but d'obtenir des avantages concrets. Et ces entraîneurs de football parlaient en salle de presse de la façon dont leurs joueurs « s'exprimaient ». Un talent rare combiné à de l'élitisme donne toujours un résultat prétentieux, ce que je pouvais comprendre, n'étant moi-même pas exempt de vanité comme tous les créatifs. Heureusement qu'il y avait Hal. Si je lui tenais ce type de discours, je pouvais être sûr qu'il répondrait : « Ouais, bon, c'est vraiment de la connerie ! » Mais vanité mise à part, je sentis en lisant ces articles le vent pousser vers moi un peu de la fascination qu'exerçait le « beau jeu ».

# 14

Pearl arriva avec un quart d'heure d'avance, un peu moins sûr de lui en terrain inconnu. Lemon lui demanda un autographe.

La timidité avait tendance à le rendre silencieux. Hal nous rejoignit, avec une de ces entrées en matière aussi vulgaires qu'inutiles dont il avait le secret.

— Vous aviez quel âge en juillet 1982 ?

— Neuf ans, je crois, répondit Pearl. Ou huit.

— Brésil-Italie ? À Barcelone ?

— Ah oui !

— Paolo Rossi. C'est à cause de lui que je vous demande ça. On vous l'a déjà dit ? On vous a sûrement déjà comparé à Paolo Rossi, non ?

— Ouais. Un journaliste italien, ou peut-être français. C'est mon père qui me l'a dit.

— Vous avez le même style que Rossi, enchaîna Hal. Lui aussi revenait frapper la balle dans les filets quand il marquait, il se jetait dans la cage et shootait encore trois ou quatre fois. Je l'ai vu contre le Celtic. Vous avez déjà joué contre le Celtic ?

— Non, les Rangers.

— C’est kif-kif. Je parie que vous avez senti votre douleur, hein ?

— Je la sens à chaque match.

— Comment vous faites pour supporter tous ces trajets dans le car du club ? Pourquoi est-ce qu’ils ne vous laissent pas voyager par vos propres moyens ?

J’intervins :

— Je veux bien qu’on continue à parler football, mais le compteur tourne.

Nous passâmes plus d’une heure à étudier les plans. La lucidité de Pearl m’impressionna.

— Vous voulez vraiment des vaches à l’intérieur, qui vous regarderont manger dans la cuisine ? demanda Hal. Vous seriez obligé de jouer les fermiers.

— Je veux que les portes intérieures de l’étable donnent sur la cuisine, répondit Pearl. Je me disais que vous pourriez peut-être commander quelques animaux empaillés ou sculptés à un artiste. Ou des affiches, ajouta-t-il, rayonnant de plaisir. Je ferai asseoir mes amis à table, avec toutes ces portes fermées. Et à ce moment-là, je les ouvrirai. Ça va les scier.

Je l’observai une fois de plus. Pas vraiment mature. De toute évidence au sommet de sa forme physique. Maître de lui dans ses moindres gestes. D’humeur égale. Solaire. Intellectuellement vif. Rien d’un macho. Il se lancerait sans doute dans les affaires dans un domaine intéressant après avoir raccroché les crampons. Genre ? Une galerie d’art, la pub, ou l’industrie musicale.

— Et la toiture ? s’enquit-il.

— En vraies tuiles de Delft, répondis-je en lui montrant le devis du fournisseur. Les échantillons arrivent dans la semaine.

À cinq heures et quart, je lui offris une bière.

— Je peux vous demander un service, Nicholas ?

— Certainement.

— Ça vous dérange si je ne salue pas le reste de votre équipe aujourd'hui ? Je suis encore secoué. À cause d'Antony.

— Bien sûr. On va descendre par l'escalier. C'est difficile, au fait ? D'être aussi célèbre ?

— Oui. Pas sur le continent, mais ici, c'est vraiment…

Il s'arrêta. Il ne voulait pas paraître critique.

— Violent ?

— Les gens d'ici prennent le foot très à cœur.

J'en vins au fait.

— Vous avez parlé aux enquêteurs ? De mon côté, il a fallu que j'aille les trouver.

— Ils m'ont téléphoné. Antony a été tellement bon avec moi, man !

Je crus voir briller une larme au fond de ses yeux.

Hal revint avec mes croquis, interrompant l'échange. Pearl siffla en voyant l'épaisseur de la liasse.

— Je travaille sur votre projet chez moi, expliquai-je.

— Vous auriez dû voir George Best quand il était au top, glissa Hal à Pearl.

— Ce mec avait un nom génial, dit Pearl, retrouvant aussitôt le sourire. Mais le mien n'est pas mal non plus, il ressemble à « Pelé ». En français, « Pearl » s'écrit P-E-R-L-E. Je n'aurais plus qu'à enlever le R.

*Exit* Hal, émerveillé.

Sur le seuil de l'immeuble, Pearl et moi échangeâmes une poignée de main.

— Nicholas, dit-il, vous allez devoir m'appeler Johann, je suis trop jeune pour être un « monsieur ».

— Je suis d'accord. Je vous ai vu jouer hier soir.

— Vous y étiez ? dit-il en riant. On a passé une soirée tranquille.

Déjà, des passants commençaient à lui lancer des coups d'œil.

# 15

Je jetai un coup d'œil à ma montre. Six heures moins le quart : encore trois quarts d'heure à tirer avant mon rendez-vous avec Philippe Safft au Brown's. Hal m'annonça à l'interphone que l'assemblée générale de l'agence prévue pour le lendemain matin était annulée. Trop de monde sur nos chantiers en cours. Je vérifiai l'état d'avancement de plusieurs d'entre eux sur l'ordinateur : sur un total de onze projets, neuf entreprises semblaient bien parties pour se voir infliger des pénalités de retard. Je me renversai sur mon siège et joignis les mains comme un prêtre pour les empêcher de trembler.

Par les rues vides et froides, je rejoignis le Brown's sans encombre. Sur place, en revanche, aucun signe de Philippe Safft. *Le pauvre*, pensai-je, *comment lui demander d'être à l'heure ?* Identifier le corps – l'horreur. Après avoir arpenté le hall un certain temps, je décidai de me renseigner. Peut-être Philippe Safft avait-il reporté sa venue.

— Il y a un message pour vous, m'annonça le portier. De la part de ce monsieur français.

— Où est-il ?

— Il est parti vers sept heures, monsieur, il a dit qu'il avait un avion à prendre.

— Sept heures ? Mais… ?

Ma montre affichait sept heures moins vingt-cinq.

— Quelle heure est-il ?

— Ma foi, monsieur, répondit-il avec la distinction qui seyait à un portier d'hôtel de luxe, il est… dix-neuf heures vingt-trois.

— Meeeeerde !

Masquant de mon mieux mon désarroi, j'allai chercher le message à la réception : « Voici mon numéro. Téléphonez-moi SVP pour parler de cette affreuse tragédie. Philippe Safft. » Sa signature était plus chamarrée qu'un régiment à la parade.

— Il paraît que c'est la mode de faire attendre les dames, lança une voix dans mon dos.

Seigneur ! Mon dîner avec Mary Strait ! Avais-je pu l'oublier ? Oui.

— Je suis infiniment désolé. Cette satanée montre m'a laissé tomber.

— Oh ! je n'ai quasiment pas attendu. Un très bel homme a laissé un message pour vous. J'ai failli l'accoster pour lui dire que je devais vous retrouver ici.

— On prend un verre ?

— Ça vous fera du bien. Vous avez l'air… je ne vous connais pas assez pour dire de quoi vous avez l'air, mais…

— Anéanti ? Perplexe ? Déçu ? Frustré ? Assoiffé ? Sean était-il encore à l'agence quand vous en êtes partie ?

— Sean ? Qui est Sean ?

— Le chauffeur.

— C'est lui qui m'a déposée.

Je ne bougeai pas un cil. Tu n'as pas à prendre cette voiture, me retins-je de lui dire, elle est pour moi.

J'appelai Sean sur son portable, le fis revenir au Brown's, lui confiai mes clés et le priai de ramener ma voiture chez moi. Tout en parlant au téléphone, je réfléchis à ce que je devais dire à Mary.

— Sean, la voiture de l'agence… Vous n'êtes pas censée en faire un usage aussi libre.

Elle encaissa.

— Excusez-moi. C'est juste que… eh bien, comme c'était vous et que je ne voulais surtout pas être en retard… j'ai pensé que je pouvais me le permettre.

— Bon. Je ne voudrais pas passer pour un tyran.

Le serveur attendait.

— Un gin tonic, dit-elle.

Elle le siffla en cinq minutes.

Sean revint : il avait fait le nécessaire pour ma voiture.

Mary se pencha en avant et appuya légèrement sur la pointe de mon col de chemise pour le remettre sous ma veste.

— Alors ? fit-elle. Vous étiez quoi ?

— Comment ça, j'étais quoi ?

J'eus un mal fou à rester poli : je ne supporte pas qu'on me tripote, et certaines femmes tripotent trop.

— Anéanti ? Perplexe ? Déçu ? Frustré ? Assoiffé ? récita-t-elle.

— Je suis un peu à côté de la plaque. Excusez-moi.

Il était grand temps que je me ressaisisse. Tout me dépassait. Je descendis précipitamment aux « Messieurs ». Je m'étudiai dans un des miroirs fixés sur le marbre brun. Mary avait raison. J'étais décomposé.

Je me plantai devant un urinoir. Ma vessie était

pleine, je le savais, mais rien ne vint. Je me plantai devant un lavabo et éclaboussai copieusement mon pantalon d'eau chaude. On allait croire que je m'étais pissé dessus. Je jurai à haute voix.

— Puis-je vous aider, monsieur ?

Je n'avais pas vu la dame pipi.

— Personne ne peut m'aider, soupirai-je, en lui fourrant une livre dans la main pour soulager ma conscience.

Et c'était vrai. À qui pouvais-je me confier ? Ironie de la chose : Antony, lui, m'aurait écouté. Il aurait eu une solution à me suggérer. Il ne me restait plus qu'à remonter et à rassembler mes forces en vue de cette soirée dont j'avais été stupidement l'instigateur.

— Votre verre est vide, observai-je en faisant signe au serveur.

— Et vous avez besoin d'en boire un autre, répondit-elle en poussant le mien.

— Alors ? Que pensez-vous de notre planning ?

— Chargé.

— Vous trouvez ?

J'étais passé en pilotage automatique, en espérant que cela marcherait.

— Vous ne seriez pas plutôt en train d'essayer de deviner ce que je pense de l'agence ?

Le pilotage automatique, ce soir, ne marchait pas.

— L'agence ? Oh ! rien à foutre.

Elle recula sur son siège, légèrement penchée.

— Désolé, marmonnai-je. Je sais que j'ai l'air à cran, mais j'ai des raisons de l'être.

Cet aveu la fit d'abord sourire, puis froncer les sourcils.

— Quelque chose ne va pas ? Enfin, si ça ne me

regarde pas, dites-le-moi. Mais je vous trouve différent de l'homme qui m'a engagée hier.

— Hier ?

— Oui. Hier.

— Bon sang ! Il me semble que ça fait…

Elle portait une large écharpe en velours dévoré verte, à petites franges, splendide. Réussissant à prendre sur moi, je la complimentai sur cette écharpe et lui présentai mes excuses.

— Il vient d'y avoir un drame affreux. Hal vous en a peut-être parlé.

— Ce client ? Le promoteur ? Mais… ça ne remet pas en cause votre collaboration avec sa société, si ? Ne leur avez-vous pas toujours donné satisfaction ?

— C'était aussi un ami. Et il m'a choisi comme exécuteur testamentaire.

— Il vous impose des conditions ?

— Des conditions ?

— Est-ce qu'on attend de vous quelque chose de spécifique ? Ça se voit de plus en plus couramment dans les successions américaines, on vous demande de construire un musée en Arizona, ou ce genre-là.

— Je ne sais pas encore. Il y a un autre exécuteur, l'homme que vous avez vu ici tout à l'heure. C'était son neveu. Un avocat français.

— Le bel homme à la chemise rayée ?

— Ça fait une semaine, dis-je tristement. Une semaine aujourd'hui qu'il est mort.

Pendant que nous nous dirigions vers le Wheeler's, je m'efforçai de recenser les diverses voix de ma bande-son intérieure. L'une d'elles me parlait de Philippe Safft et me reprochait d'avoir manqué notre rendez-vous. Une autre avait pour thème Johann Pearl et le football. L'excitation. L'envie d'en voir davantage. Une troisième déplorait amèrement qu'Antony ait fait de moi son exécuteur… et m'accusait d'être un ingrat. Une autre parlait de l'agence. La situation n'avait jamais été aussi bonne. Il était temps de lever le pied. Boucler le projet Pearl. M'offrir de belles vacances. Partir aux Antilles. Ou aux Seychelles. Ou sur la côte mexicaine. Ou ailleurs. Louer un palazzo vénitien. Ne serait-ce que le temps d'un week-end. Mais avec qui ? La solitude, Nicholas – n'est-ce pas la source de tous tes maux ? murmurait la plus redoutable de mes voix intérieures. Oh ! la ferme !

Une autre m'incitait à m'interroger sur Mary Strait, à me prononcer à son sujet. Qu'est-ce que tu penses d'elle ? Est-ce que tu la trouves sympathique ? Es-tu prêt à lui faire des confidences ? Cette même voix me conseillait de ne pas lui en dire trop et, surtout, de lui souhaiter le bonsoir à la sortie du restaurant, dès que je lui aurais trouvé un taxi. Ce fut elle qui me poussa à demander à Mary :

— Où habitez-vous, au fait ?

— À l'extérieur de Londres, dit-elle avec une moue.

— À l'extérieur de Londres ? répétai-je, à peu près aussi surpris que si elle m'avait répondu : « Dans une autre galaxie. »

— En attendant d'avoir trouvé un appartement. Chez ma tante. En grande banlieue.

Nous gravîmes l'étroit escalier. Elle cachait bien ses hanches sous une jupe évasée.

Pourquoi voudrais-tu te confier à elle ? insistait ma voix intérieure. C'est une employée. Pourquoi ?

— Vous aimez le poisson ?

— Pas trop, répondit-elle en s'asseyant.

— Merde, si j'avais su !

Une nouvelle question me traversa l'esprit : Qu'est-ce qui t'a pris de jurer devant cette femme, toi qui ne jures jamais ?

— J'ai failli vous le dire quand vous avez parlé du Wheeler's, mais laissez-moi tout de même regarder la carte. J'aime bien le homard. Vous comptez ça comme du poisson ?

— N'est-ce pas censé vous faire tomber enceinte ? risquai-je, encore une fois au mépris de tous mes principes.

— Je n'ai jamais entendu dire que le homard avait ce pouvoir-là, mais ce serait une agréable façon d'y arriver.

Son roulement d'yeux m'agaça autant que sa réponse. Et maintenant ? Saisir au bond son « agréable façon d'y arriver » pour amener la conversation sur le terrain sexuel ? Ou l'ignorer et passer pour un puritain ? Dans un cas comme dans l'autre, ce round était perdu d'avance.

Si je disais : « Oh ! j'en connais d'encore plus agréables », cela risquait de sonner comme une invitation plutôt lourde.

Si je disais : « Ah bon ? Les autres façons ne le sont pas ? », elle me trouverait sûrement minaudier.

Et si je ne faisais ni ne disais rien, je lui apparaîtrais comme un homme déçu des choses du sexe. J'étais d'ailleurs prêt à parier qu'elle avait déjà évoqué mon statut de célibataire avec les autres femmes de l'agence – ne m'avait-elle pas laissé entendre pendant notre déjeuner qu'elle en savait long sur moi ?

Je restai silencieux, en l'observant attentivement. Elle n'était pas aussi quelconque que je l'avais cru de prime abord. Cela n'enlevait rien à la froideur qui la caractérisait sur un certain plan ; elle pouvait certainement virer en deux temps, trois mouvements à la féministe sûre de son bon droit et imprégnée de politiquement correct à la californienne. Et elle avait sans doute pour objectif de gagner insidieusement mon affection.

Les grands menus à couverture verte nous furent apportés.

— Je peux, pour le homard ? demanda-t-elle. C'est très cher, j'imagine.

J'en restai pantois. C'était la première fois depuis une décennie au moins qu'une femme que j'invitais au restaurant s'interrogeait sur le prix des plats.

— Vous devriez en prendre aussi, dit-elle. Après tout ce que vous avez enduré, vous avez bien droit à un petit plaisir. Et je suis sûre que personne ne verrait d'inconvénient à ce que vous ôtiez votre veste.

— Je préfère la garder. Soit, va pour le homard.

Et je me carrai sur mon siège, attendant que la soirée commence pour de bon.

Elle regarda alentour.

— J'aime bien les endroits de ce genre, dit-elle, qui défendent les valeurs traditionnelles. Ils m'aident à croire que l'Ancien Monde ne disparaît pas trop vite.

— On ne vous demandera pas souvent de reproduire des faïences édouardiennes chez Bentley & Newman.

Elle me forçait à jouer un personnage déplaisant. Pour arrondir les angles, j'ajoutai :

— Parlons plutôt de vous. De la vie « hors de Londres ». C'est bien ?

— Ma vie est chaotique. J'ai l'impression d'être incapable de m'organiser, que ce soit sur le plan des finances, du logement, du transport ou du reste. Et je vous dois des excuses.

— Pour ?

— Un mensonge que j'ai fait.

Et nous n'avions pas encore déplié nos serviettes !

— Ah oui !

— Vous êtes au courant ? lâcha-t-elle, le rose aux joues.

— Cette avance sur salaire ?

Elle m'a laissé formuler l'aveu à sa place, remarquai-je. Après m'avoir déjà désarçonné à trois reprises – avec son dégoût du poisson, le prix du homard et les valeurs traditionnelles.

Hélas, telle est ma nature. Je vois ces choses, mais je ne parviens jamais à y changer quoi que ce soit. Au lieu de me défendre, je succombe.

— Je n'aurais pas dû, dit-elle. Simplement, je n'ai pas encore pu fermer mon compte en banque de Santa Monica. J'ai dû laisser de l'argent dessus pour régler quelques factures en retard.

— Ce n'est pas bien grave. Et maintenant ? Le problème est réglé ?

— Oui, merci. Cette avance m'a énormément aidée.

Je goûtai le meursault. Elle étudia l'étiquette.

— Il n'y a rien de meilleur, dit-elle. Ça fait du bien de reboire du vin français.

Était-elle informée de mon opposition quasi violente aux vins dits « du Nouveau Monde » ? Ou plus rusée qu'un chat de gouttière ? Ou simplement sincère ?

— Vous cherchez un appartement à Londres ?

— En théorie. J'en ai visité un à Belsize Park. Et un autre à Primrose Hill.

— Ça peut prendre du temps.

Ce ne devait pas être facile pour elle. Mais j'avais trop souffert ces dix derniers jours pour pouvoir me focaliser sur autre chose que les événements clés. Mon rendez-vous manqué avec Philippe Safft venait de faire déborder le vase. Je bus un verre de vin, tellement vite que son goût me monta au nez ; j'en bus un autre. Et Mary Strait ne se fit pas prier pour m'imiter.

La serveuse me couvrait d'attentions excessives. Je marmonnai quelque chose dans ma barbe après son départ.

— Oh ! allez ! fit Mary Strait en souriant. Vous devez bien savoir pourquoi elle est comme ça.

Je sentis le sang me monter au front. Elle suggéra de nouveau que je tombe la veste ; je refusai.

Les beignets au poisson furent servis. J'ai oublié leur goût. La deuxième bouteille de meursault arriva peu après. Puis le homard. À ce stade, je lui avais déjà parlé de mon agression dans le métro, d'Antony, du cutter et des fleurs anonymes.

— Tout ça est sûrement lié, déclara-t-elle. Les coïncidences n'existent pas.

Je remarquai une tache infime sur un de ses iris.

— Personne n'a encore fait le lien.

Soudain, comme cela peut m'arriver, j'en eus assez de parler de moi et la pressai de questions. Elle fit montre d'une franchise inattendue.

— Je dépense plus que je ne gagne. Je laisse traîner mes vêtements partout, il me faut des heures pour mettre la main sur une culotte. Pire encore, je ne sais jamais ce qui est à la mode.

Lorsqu'une femme a des vues sur moi, elle glisse une allusion sexuelle dans la conversation dans les dix premières minutes. Le mot « culotte » a surgi au bout de huit ou neuf minutes, estimai-je. Dans les temps. Je répondis :

— Le gris. Le gris est le nouveau noir. C'est ce qu'on dit.

— Comment se fait-il que vous soyez aussi fantastiquement organisé ?

— C'est l'idée que vous vous faites de moi ?

— Il n'y a pas un objet hors de sa place dans votre bureau, et Lemon m'a confié qu'elle osait à peine y entrer de peur de « désordonner » quelque chose, comme elle dit.

*Un mauvais point pour Lemon*, songea la part la plus vile de moi-même. *Parler de moi en ces termes !*

— Soit je suis maniaque, soit c'est une discipline que j'ai acquise. À mon avis, il y a un peu des deux. Ce dont je suis certain, c'est que ça me fait gagner du temps. Je sais toujours où trouver les choses. Mais il m'a fallu une éternité pour en arriver là.

Encore du meursault. Pour elle, pour moi. Le homard était délicieux : j'adore ce restaurant.

— Je sais que vous n'êtes pas marié, donc je ne vais pas faire l'innocente. Mais ne croyez-vous pas qu'il serait un peu plus difficile d'être aussi organisé si vous aviez une femme ?

— Ma foi… bien malin qui saurait le dire.

— Vous ne vous engagez pas trop.

— Je ne suis pas du genre à m'engager. C'est ce qui explique que je ne sois pas marié, non ?

— Pourquoi vous attirez-vous autant d'épreuves dans la vie ? Je me souviens de cet horrible drame dont j'ai entendu parler dans la presse il y a quelques années.

— Oh ! vous vous dites : « Il ne s'est jamais marié

parce que sa petite amie a été assassinée » ? Vous faites fausse route.

Il n'était pas question que j'évoque mon passé. Y compris avec moi-même.

— C'est quand même une question intéressante, non ? insista-t-elle. Vous mesurez combien ?

— Encore une question intéressante ?

— Un mètre quatre-vingt-dix, à mon avis.

— Pas loin. Et ça signifie sûrement quelque chose. Surtout pour vous qui arrivez tout droit de Californie, où on ne parle plus que de thérapies brèves – Freud est apparemment devenu ringard – et où tout est sujet à interprétation. Vous vous dites : « Ce type mesure presque un mètre quatre-vingt-dix, il est sûrement complexé par sa taille, donc il a fait de son corps une cible. »

— Vous êtes bien trop sur la défensive, fit-elle, radoucie.

Je n'avais pas l'habitude d'être cuisiné et je ne trouvais pas cela agréable. Allez, encore un coup de meursault. Je regardai sa bouche, elle, la mienne.

— Vous avez dit « trop sur la défensive ». Pourquoi « trop » ?

— Posez-vous plutôt cette question vous-même. À tout point de vue, vous avez vécu cette semaine des événements extraordinaires. Dignes d'Hollywood. Un ami proche a été tué au moment où il aurait dû déjeuner avec vous.

— Assassiné. Massacré, plutôt. N'est-ce pas comme ça qu'on dirait à Hollywood ? Sauvagement massacré ?

Elle ne se laissa pas démonter.

— Et vous, dit-elle, vous acceptez ce fait sans sourciller. Le lendemain après-midi, vous êtes agressé par des hooligans. Quelqu'un vous envoie des cadeaux on ne peut plus déplaisants. Et vous restez les bras croisés, à hausser les épaules. Comment un esprit aussi organisé que le vôtre peut-il ne pas chercher à assembler toutes les pièces ?

À ma grande surprise, elle fondit brusquement en larmes, leva les mains et balbutia :

— Je suis allée trop loin. C'est toujours pareil, je parle trop. Je vous demande pardon, ce doit être le vin.

S'il y a une chose que je déteste, ce sont les femmes qui pleurent – surtout si elles pleurent dans un lieu public où elles sont en ma compagnie. Odieux. Je ne connais pas un homme qui puisse supporter ça.

— Je reviens, dis-je en me levant précipitamment.

Je faillis emporter la nappe dans ma fuite éperdue vers les toilettes.

À mon retour, elle avait remis de l'ordre dans son rimmel.

— Je suis désolée. Tout ça me paraît tellement effroyable… Je n'ai jamais rien vécu qui puisse se comparer à ces horreurs qui vous arrivent.

— Il n'y a effectivement pas de quoi se réjouir.

— Je trouve… je trouve qu'être confronté au meurtre… même indirectement… est une expérience absolument atroce. Je ne connais rien d'aussi perturbant. C'était la plus grande hantise de ma mère.

Le calme revint. La fin du repas se déroula dans une ambiance animée, chaleureuse ; je lui racontai des histoires de clients, elle des anecdotes liées à son expérience californienne. Tout juste y eut-il une petite ombre au tableau quand je dis :

— Elizabeth Bentley est passée à l'agence.

— Et elle revient lundi. Je lui ai demandé son avis sur le projet Horseferry.

Les poils de ma nuque se hérissèrent.

— Elizabeth ne travaille plus à l'agence. Elle a pris sa retraite. Elle m'a vendu ses parts.

— Je sais, je sais, répondit-elle.

Son ton se voulait conciliant. Je décidai de suivre son exemple et demandai avec un brin de brusquerie :

— Bon, vous prenez quoi ? Armagnac, calva ou cognac ?

Elle eut un infime mouvement de recul.

Je me réveillai dans mon lit à quatre heures du matin. Trois bouteilles de vin. Cinq armagnacs chacun. Mary Strait respirait bruyamment auprès de moi, le dos nu, blanc, bombé. La nuit donne et la nuit prend. Autour de moi, le maelström tournait de plus en plus vite.

# 16

Il faut un rien de temps pour affaiblir sa position. J'aurais pu invoquer le caractère exceptionnel des circonstances. La tension émotionnelle. Le besoin de retrouver un peu de foi en mon corps. À quoi m'auraient servi ces excuses ? Il ne me restait qu'une seule sortie possible, par le haut – c'est-à-dire en essayant de retrouver un minimum de décence.

Donc, le samedi matin, après le café et avec tact, je mis Mary Strait dans un taxi à destination de l'agence, où elle disait avoir laissé ses affaires. Poussé par la faiblesse de ma position vis-à-vis d'elle et la culpabilité que m'inspirait cette rechute dans mes vieux travers, j'eus l'imprudence de dire qu'elle pouvait revenir si tel était son souhait : elle revint.

Je téléphonai ensuite à Philippe Safft pour lui présenter mes excuses.

— Que dire ? J'implore votre pardon. Je suis encore sous le choc, et… j'ai rencontré d'autres difficultés.

Il souhaitait me voir. Il jugeait cela indispensable, mais il n'avait pas prévu de revenir à Londres. Poussé par la faiblesse de ma position vis-à-vis de lui, j'offris de me déplacer en France.

— Dans ce cas, répondit-il dans un anglais parfait, vous serait-il possible de prendre un vol pour Bordeaux ?

— Cela me paraît tout à fait faisable.

— J'aimerais vous rencontrer là où Antoine aurait voulu que nous nous rencontrions.

— Bien sûr.

— Vous connaissez Oradour-sur-Glane ?

— Ma foi, non.

Le village d'origine de leur famille, supposai-je.

— Ah !, je vois.

Il me donna quelques indications de trajet. Je me souviens d'avoir regretté que nous ne nous retrouvions pas du côté de Montpellier ni de Marseille, deux villes dont les aéroports internationaux, malgré leur taille modeste, sont des modèles du genre.

Les jours suivants marquèrent pour moi une période d'intense concentration, avec des moments où la vie me sembla même redevenue quasi normale.

L'enquête sur le métro n'avançait pas, et personne ne se manifesta pour me demander d'affiner mes déclarations ; silence radio aussi du côté des enquêteurs chargés du meurtre d'Antony Safft. Les plans du projet Pearl, en revanche, progressaient à vitesse grand V. Trois métreurs partirent en Hollande relever les cotes précises de la ferme. Du lundi au jeudi, je consacrai toutes mes soirées à honorer des engagements de longue date qui me firent rentrer chez moi à une heure tardive et dormir ensuite comme une souche. Je ne vis pas une seule fois Mary Strait et ne fis aucun effort pour la voir.

Le vendredi matin, je louai une voiture à l'aéroport de Bordeaux et suivis à la lettre l'itinéraire de Philippe Safft. Au nord-est de Libourne, après avoir passé Mussidan, puis Sourzac, je fus arrêté par un incident hors du commun. Eussé-je été superstitieux, j'y aurais sans doute vu un présage. Un motard roulant trop vite dans une forte descente à l'entrée d'un village perdit le contrôle de son engin et heurta une borne kilométrique. Sous mes yeux, il fut projeté dans les airs et, cinq mètres au-dessus du sol, vola tel un homme obus sur une trentaine de mètres. Il atterrit dans un arbre.

Les occupants du camion et des deux voitures qui me précédaient virent aussi ce qui s'était passé. Idem pour ceux d'un fourgon de gendarmerie stationné dans la rue principale du village. Tout le monde s'arrêta pour secourir la victime. Le temps pour moi de m'approcher à pied, un gendarme était déjà immobile au pied de l'arbre et, la tête levée, parlait au motard. Il escalada le tronc comme il put, se hissa et s'accrocha aux branches, puis se laissa retomber au sol, suivi avec une relative agilité par le motard.

Celui-ci semblait indemne. Un médecin arriva. Les gendarmes aidèrent le motard à retirer son casque, son blouson et son pantalon de cuir ; dessous, il était en survêtement.

Il ne portait aucune trace de l'accident : pas un bleu, pas une égratignure, pas une bosse, rien. Quelques exclamations émerveillées fusèrent.

Flanqué de deux gendarmes, le jeune homme repartit vers sa moto détruite. Je demandai à un autre gendarme s'ils comptaient le mettre en garde à vue. Il secoua la tête en m'expliquant que le motard venait de recevoir une bonne leçon.

Le ciel s'ouvrit. Cette partie de la France est un pays de merveilleux nuages. Ils s'effacèrent avec lenteur, ne laissant derrière eux qu'une longue traîne de gaze blanchâtre, pendant que je remontais vers Périgueux, toujours plus loin dans la France profonde. À Sarliac-sur-l'Isle, je quittai la compagnie de la rivière pour me colleter aux camions de la N21. Quelque part entre Thiviers et Châlus, je m'arrêtai pour manger un sandwich et fis ma deuxième rencontre insolite de cette journée décidément pas comme les autres.

La patronne du bar, une petite dame quadragénaire, me demanda pour engager la conversation si j'étais allemand.

— Non, répliquai-je sèchement en français. Anglais.

Sentant que sa question m'avait vexé, elle tenta d'arranger les choses en s'enquérant de ma destination.

— Un village près de Limoges. Oradour-sur-Glane.

Son sourire se désagrégea.

— Mon père m'a emmenée à Oradour, dit-elle en me fixant dans le blanc des yeux.

— Je viens de perdre un ami très cher – français – dans des circonstances tragiques. Je vais là-bas pour rencontrer sa famille.

— Ce que je trouve le plus triste, c'est que c'était autrefois un lieu saint. Un lieu de repos et de prière pour les pèlerins. Un oratoire.

Ah oui ! – *Oradour*.

Elle s'éloigna avec une moue de regret.

C'est donc avec une certaine perplexité, outre l'appréhension qui me tenaillait déjà, que j'entamai le tronçon final de mon voyage. Je réussis à venir à bout du périphérique de Limoges. Combien de villes en France s'appellent Beauvais ? Les verdoyantes collines du Limousin se succédaient.

Mary Strait fit irruption dans mon esprit. Elle avait

de nouveau dormi chez moi le samedi soir, après un dîner sous les chérubins dorés et le plafond bleu roi de l'Arlésienne. Un convoi de police me dépassa en trombe à Chambéret, encadrant un fourgon de prisonniers. Au total, nous l'avions fait… quatre fois, non, cinq en comptant celle du samedi après-midi, par terre. Elle me brouillait les idées.

Le premier panneau indiquant Oradour était accompagné de la mention « Village martyr ». Pourquoi Philippe Safft tenait-il tant à me rencontrer dans un sanctuaire voué à je ne sais quelle figure héroïque de type Jeanne d'Arc ou autre ? « Après Verneuil, m'avait-il dit, quittez la nationale et prenez la D9. »

Elle savait où j'étais et elle savait pourquoi. Je n'aurais jamais dû le lui dire. Alors pourquoi étais-je en train de composer son numéro sur le clavier de mon portable ? Le ciel était uniformément bleu. N'importe quel prétexte ferait l'affaire.

Notre nouveau standard me permit de la joindre directement sur son poste.

— Bentley & Newman, dit Mary Strait.

— C'est moi.

— Oh ! bonjour.

— Vous pouvez parler ?

Grotesque : je m'adressais à une de mes employées.

— Ne quittez pas.

Je l'entendis congédier quelqu'un. Quand elle revint en ligne, sa voix était plus chaleureuse, plus détendue.

— Coucou, murmura-t-elle. Où êtes-vous ?

Comment pouvait-elle avoir oublié ?

— Près de Limoges.

— Il pleut, ici.

— Il est une heure et demie. Vous n'allez pas déjeuner ?

— C'est déjà fait.

Faisait-elle partie de ces gens qui donnent systématiquement l'impression d'être nerveux au téléphone ?

— Tout va bien ? demandai-je.

— Ce serait plutôt à moi de vous demander ça. Je me faisais du souci.

Seigneur !

— Je suis dans les temps, répondis-je, sur un ton dont je sentis moi-même l'hésitation. J'ai rendez-vous à trois heures.

La culpabilité. Voilà ce qui me poussait à l'appeler : je ne lui avais pas dit un mot de la semaine.

— Vous êtes toujours là, Nicholas ?

— Oui. Oui, je suis là.

— Vous pouvez noter le numéro du portable que je viens de m'acheter ?

— Pas vraiment.

— Je n'ai pas encore eu l'occasion de vous le dire. J'ai passé un excellent week-end.

— Ça paraît déjà loin, esquivai-je.

— Vous êtes un merveilleux… amant.

L'espace d'une fraction de seconde, j'avais entretenu l'espoir qu'elle ne prononcerait pas ce mot.

— Il fait un temps superbe, en France. Les gens déjeunent dehors. *Al fresco*, comme on dit en Italie.

— Vous avez l'air nerveux.

N'y avait-il aucun moyen de tenir cette femme à distance ? Elle avait gémi sous mes coups de reins. L'accueil chaleureux de son corps avait annihilé une part de ma cruauté. Pendant que je la serrais dans mes bras, mon absence de sentiments – pour quiconque – m'avait fait mal. Et sans doute à elle aussi.

— J'imagine qu'il ne vous serait pas possible de vous libérer pour demain, dis-je, presque sans m'entendre. Il y a un vol d'Air France dans la matinée. Je peux vous prendre un billet. Heathrow, terminal 1. Je viendrai vous chercher à Bordeaux.

— D'accord, répondit-elle.

Après avoir raccroché, je lui réservai au téléphone une place dans l'avion du lendemain matin – et n'appréciai qu'à moitié le réconfort que cela me procura.

De plus en plus perturbé, je traversai un paysage parsemé d'étangs, de bouleaux clairsemés et de jolies fermes. Un panneau indicateur se distinguait de tous les autres, qui portaient de simples noms comme « Veyrac » et « Nieul », « Cieux » et « Saint-Junien ». Alors que celui-là disait : « Oradour-sur-Glane, Village martyr ».

Je dépassai une station-service, arrivai à un carrefour et bifurquai à angle aigu sur la droite, quittant la départementale qui se poursuivait en direction d'une lointaine colline. Après avoir roulé sous un alignement d'arbres aux ombres sévères, j'arrivai devant un portail. Sur le mur qui l'entourait, je vis une plaque commémorative portant l'inscription : « Souviens-toi ». Ce fut comme si je venais de pénétrer dans l'antre de la Terreur, et je compris sur-le-champ que je n'oublierais jamais cet endroit. Il était trois heures pile. Pendant que je garais ma voiture le long du mur, Philippe Safft vint vers moi.

Il ressemblait à son oncle, petit, élégant, robuste. Élégamment vêtu, comme pour un enterrement. Tout dans son attitude trahissait une indéniable envie de m'apprécier.

Après nos salutations – il pressa ma main entre les siennes –, je lui renouvelai mes excuses.

— C'est vraiment idiot de ma part. Ma montre… il a fallu qu'elle me lâche ce jour-là !

— Ce n'est pas grave. Je sais tout le bien qu'Antoine disait de vous. Nous sommes là pour accomplir ses volontés.

— Votre oncle me manquera énormément. C'est affreux.

— Je me suis permis d'amener ma compagne, Claire. Elle est anglaise. Il peut arriver que le chagrin me brouille un peu les idées et que je doive parler en français. Elle nous rejoindra sous peu.

Nous restâmes un moment immobiles, face au portail. Je n'avais pas encore osé regarder au-delà. J'avais tout juste une sensation de pignons en ruine, de murs déchiquetés. Dans quoi avais-je mis les pieds ? Je levai les yeux sur l'inscription.

— « Souviens-toi », lus-je.

— Oui. « Souviens-toi ». Avez-vous déjà vu ces mots quelque part ?

Je me creusai la cervelle.

— Oui.

Je ne me sentais pas prêt à lui dire que cette phrase s'était promenée quelquefois dans ma bande-son depuis la mort d'Antony.

— Chez Antoine, c'est ça ? Oui, bien sûr.

— Il possédait une réplique de cette plaque.

— Non. Il possédait l'original. Il a même payé très cher pour l'avoir, et les gens d'ici l'ont immédiatement remplacée par une autre. C'était sa manière à lui de faire un don.

— Un don.

Ce n'était pas une question, mais mon ton appelait une réaction. Personne n'avait franchi ce portail dans un sens ni dans l'autre depuis que nous étions devant. Deux ou trois voitures étaient garées à proximité. Emplissant mes poumons d'un air qui me parut à la fois doux et glacé, j'eus la pénible sensation d'être au seuil d'un énorme cimetière. Je mourais d'envie de prendre mes jambes à mon cou.

Philippe m'observait.

— Et vous dites que vous n'avez jamais entendu parler d'Oradour-sur-Glane ?

— Non.

— Antoine n'y a jamais fait allusion ?

— Pas une fois.

— Vous ne savez rien ? Vous ne savez pas à quoi vous attendre ?

— À quoi dois-je m'attendre ?

Toute cette affaire me plaisait de moins en moins.

— Venez. Avant de faire le tour complet du village, je vais vous montrer l'endroit dont me parlait le plus souvent Antoine.

Nous passâmes le portail. Un oiseau s'envola. Un autre sautillait sur le sol. Je n'en entendais aucun chanter. Je marchais au côté de Philippe sans regarder ni à droite ni à gauche. Je me sentais environné de ténèbres et de dévastation. Un homme comme moi n'avait rien à faire ici.

Philippe prit une longueur d'avance, tourna à gauche et stoppa.

— Je ne saurais vous dire ce qui l'émouvait ici plus

qu'ailleurs. Parce que – vous vous en rendrez bientôt compte – comment choisir ? Ce qui est sûr, c'est que cet endroit avait pour lui une signification particulière.

Il m'indiqua une plaque commémorative fixée à l'angle de la rue :

ICI
Lieu de supplice, un groupe d'hommes
fut massacré et brûlé par les Allemands.
Recueillez-vous.

Là encore, j'obéis à l'injonction. Je me recueillis, immobile.

— « Massacré et brûlé », murmurai-je. Ils ne mâchent pas leurs mots. « Par les Allemands. » Dans mon pays, on se serait réfugié derrière un euphémisme militaire.

— Les euphémismes n'ont pas leur place à Oradour, dit Philippe. Laissez-moi vous montrer deux choses.

Il fit demi-tour et alla s'accroupir un peu plus loin.

— La mitrailleuse devait être ici. Regardez. On voit les impacts en arc de cercle de la rafale.

Il m'indiqua une série de petits trous dans le mur, plus ou moins larges ; ils s'incurvaient jusqu'à une hauteur d'un mètre cinquante environ.

— Venez, mon ami.

Il revint vers moi, me prit la main et, malgré mon mouvement de recul, introduisit mon index dans chacun des orifices de balle.

— Ici, il n'y a aucun doute à avoir. « Recueillez-vous », scanda-t-il d'une voix douce, mais fervente. « Souviens-toi ».

J'étais en passe de perdre mon sang-froid. Histoire

de reprendre le dessus, je cherchai quelque chose à dire sur le courage des Français pour ce qui était d'assumer leurs convictions, quand nous autres Anglais nous contentions de garder à tout prix notre bon vieux flegme. Mais Philippe posa les mains sur mes épaules, me retourna et dit :

— Et maintenant, regardez.

Sur le mur qui se dressait derrière nous, à l'opposé de l'endroit où le « groupe d'hommes » avait trouvé la mort, grimpait une glycine, nue en cette fin d'automne.

— Chaque année, me dit-il, elle refleurit.

Il guida ma main et me fit toucher ses vrilles.

Une grande femme apparut au bout de la rue.

— Voici Claire, me dit Philippe.

# 17

En un sens, j'étais tombé dans une embuscade. Je luttais pour ne pas perdre pied, cherchant dans mon esprit une catégorie mentale au sein de laquelle classer Oradour-sur-Glane. Avec certaines cités romaines, peut-être, ou ce cimetière submergé par la mer que j'avais vu un jour en Irlande.

Aucune chance : les Français ont tenu à ce qu'Oradour marque à jamais tous ceux qui s'y rendent. Ils ont catalogué les lieux pierre par pierre. Plus essentiel encore, ils les ont catalogués heure par heure, minute par minute.

Pourquoi nous ?

Ils ont reconstitué l'itinéraire à travers leur campagne ondulante et fertile de cette lie des forces armées allemandes, la Waffen SS.

Pourquoi Oradour ?

Ils ont fouillé leur conscience en cherchant une réponse et n'en ont pas trouvé d'autre que la fatalité la plus aveugle.

Pourquoi nous, pourquoi notre village, pourquoi en si grand nombre et avec une telle cruauté ? demandent-ils. Six cent quarante-deux. Hommes, femmes et enfants.

Pour résister à mon incompétence émotionnelle, j'ai tendance à me reposer sur les faits. Si quelqu'un pleure devant moi la mort soudaine d'un être cher, je m'enquiers de la cause du décès. Philippe me parla abondamment des événements d'Oradour pendant que nous nous dirigions vers le haut du village pour entamer notre effrayante visite. Je m'efforçai tout en l'écoutant de condenser et de mémoriser les faits, histoire de les mettre à distance.

En juin 1944, une division blindée SS connue sous le nom de « Das Reich », qui après avoir combattu sur le front russe s'était regroupée à Valence-d'Agen, dans le sud-ouest de la France, fut appelée en Normandie pour aider à repousser les Alliés. Sa mise en mouvement fut lente et douloureuse : les nouvelles du débarquement avaient ravivé les énergies de la résistance française. Par exemple, la brigade Hermann Goering – une unité de la Das Reich – resta bloquée une quinzaine de jours dans une petite localité.

Près de Limoges, des maquisards capturèrent un officier de la Das Reich, le commandant Kampfe. Il réussit à leur échapper, mais fut repris et exécuté. En représailles, les SS se livrèrent à une campagne de répression sanglante – pendaisons, incendies, exécutions sommaires. Des soldats abattirent des hommes et des femmes en train de travailler dans les champs ; des Français furent tués chez eux ou sur le pas de leur porte ; d'autres furent pendus sur la place de leur village.

Le commandant Kampfe appartenait au 4$^{e}$ régiment, appelé « Der Führer ». Sur instruction du général Lammerding, ce régiment atteignit la ville de Tulle, à une centaine de kilomètres au sud d'Oradour, le 7 juin.

Tulle venait d'être libérée par le maquis local et Lammerding avait ordre de la reprendre. Ses hommes arrêtèrent plus de deux cents otages. Quatre-vingt-dix-neuf d'entre eux furent pendus dans les rues de la ville. Tous les autres furent chargés dans des trains à destination des camps de la mort.

Ce soir-là, le général Lammerding et le commandant Diekmann, du 1er bataillon, se réunirent avec deux autres officiers, un lieutenant et un capitaine, à l'hôtel de ville de Saint-Junien, à une quinzaine de kilomètres d'Oradour. Ayant appris par des habitants que deux mille maquisards en armes encerclaient la ville, les Allemands ne tentèrent rien à Saint-Junien.

Après le dîner, les hommes de troupe apprirent qu'une opération significative aurait lieu « quelque part sur la route des Panzers » dans la journée du lendemain, le samedi 10 juin. Tous les officiers allemands furent consignés pour la nuit dans une grande salle de l'école locale – à l'exception des quatre qui poursuivaient leur réunion préparatoire.

Leur choix se porta sur Oradour-sur-Glane dans la nuit. Parce qu'ils connaissaient la réputation de tranquillité du bourg, selon les villageois. Vers midi, la 3e compagnie du régiment Der Führer, sous les ordres du capitaine Otto Kahn, fut transférée à Saint-Junien. Elle était équipée de deux chars lourds et de plusieurs camions transportant entre cent et deux cents hommes.

— Ces soldats avaient en moyenne dix-neuf ou vingt ans, me dit Philippe. Le plus vieux des officiers en avait vingt-cinq.

— À peu près comme des footballeurs, risquai-je.

Philippe ne parut pas surpris par ma remarque.

— En effet. C'est quelque chose qui attristait particulièrement mon oncle.

Leur armement incluait des mitrailleuses lourdes, des fusils-mitrailleurs et une très forte quantité de grenades et d'explosifs.

— Les hommes de la colonne attendaient assis en silence, reprit Philippe, dont la prononciation avait tendance à se franciser au fil des phrases. Personne n'avait dit aux hommes de quoi il retournait ni où ils allaient. Jusqu'au moment où le commandant Diekmann et le lieutenant Barth ont longé les rangs à bord d'une voiture d'état-major en hurlant : « Aujourd'hui vous allez voir du sang ! Aujourd'hui vous allez voir du sang ! » La colonne a quitté Saint-Junien.

Philippe psalmodiait son récit comme un hymne. J'ai découvert depuis qu'il connaissait par cœur tous les documents historiques officiels.

— Où sont ces hommes aujourd'hui ? demandai-je. Où est Diekmann ?

— Ce salopard est mort, intervint Claire, qui semblait aussi indignée que moi. Tué au combat un peu plus tard.

Hormis pour me dire bonjour, c'était la première fois qu'elle m'adressait la parole.

Philippe nous entraîna vers un deuxième portail, tout en haut de la rue, un autre point de départ. Il grommelait dans sa barbe et marchait trop vite pour nous.

Claire se tourna vers moi.

— Je vous prie par avance de m'excuser.

Très grande. Sa voix me rappelait quelqu'un, mais qui ? S'était-elle cassé le nez autrefois ? Et malgré cela un beau profil, lisse et régulier.

— Vous excuser ?

— Vous allez sûrement me trouver grossière. La première fois que Philippe m'a amenée ici, j'ai trouvé ça insoutenable. Maintenant, j'insulte à haute voix ; c'est le seul moyen que j'ai trouvé pour me protéger.

Impossible de me souvenir à qui sa façon de parler me faisait penser, mais chacun de ses mots avait une résonance particulière. À Judi Dench dans ses films de jeunesse, peut-être ? Philippe, par ailleurs si élégant, si sûr de lui et de son autorité, semblait avoir une confiance absolue en cette femme à la fois brusque et chaleureuse.

— Ce cher Antony, reprit Claire. C'est très dur pour nous deux. Je suppose que Philippe vous a dit comment nous nous sommes rencontrés.

— Il n'en a pas eu le temps. C'est de ma faute, j'ai manqué notre rendez-vous à Londres.

Elle hésita une fraction de seconde avant de lâcher :

— Nous adorions Antony.

Son hésitation m'intrigua. Philippe se retourna vers elle et lui prit les deux mains. Je ne trouvai rien à ajouter.

— Et maintenant, dit Philippe, je vais vous montrer tout Oradour.

— Je resterai peut-être un peu en retrait, me prévint Claire. Même si j'ai déjà entendu tout ça, je suis encore… je continue de…

Elle ne termina pas sa phrase. Et n'alla pas non plus se mettre à l'écart. Elle portait des bagues à trois doigts de chaque main – des bagues incrustées de corail ou de grenats, des anneaux d'argent plus ou moins épais, une émeraude, un diamant. Lesquelles mettait-elle pour le plaisir, lesquelles par allégeance ?

Philippe nous indiqua d'un geste ample le paysage

qui s'étalait sous nos yeux. Nous avions fait demi-tour et étions face à la rue que nous venions de monter.

— C'était un après-midi ensoleillé, dit-il. Les jeunes du village discutaient pour préparer le match de football du lendemain. Contre un village voisin, avec lequel ils entretenaient des rapports de rivalité très exacerbés mais assez naturels. Ce samedi-là, à Oradour, était jour de vaccination. C'était aussi le jour de la distribution des rations. En particulier de la ration de tabac.

Avalant péniblement ma salive, je regardai enfin autour de moi et vis une mer de maisons détruites, de poutres calcinées, de murs noircis. Les câbles que les Allemands avaient sectionnés pour couper Oradour du monde pendouillaient encore dans les rues. Mon dos me fit tout à coup un mal de chien : l'ergonomie de ma voiture de location laissait à désirer.

Philippe nous indiqua une palissade à quelques mètres.

— Ici a été retrouvé le corps d'un homme démembré. Il s'était affalé contre cette palissade après avoir été criblé de balles, et ils ont noué les rênes d'un cheval autour de son bras. Pour s'amuser.

— L'humour nazi, gronda Claire. Ils étaient réputés pour ça. Très spirituels, les SS.

Même un sourd aurait perçu son ironie. Elle croisa mon regard, et je me souviens d'avoir remarqué ses lèvres.

— Ils ont mis une heure et demie à rassembler la population, poursuivit Philippe. Les soldats ont arraché des vieillards à leur lit, des hommes à leur atelier. Et après les avoir réunis, ils les ont de nouveau divisés. C'est ainsi qu'à seize heures pile, au signal donné par l'explosion d'une grenade, les Allemands ont commencé à tuer. Ils ne se sont pas contentés d'exécuter les hommes. Chaque fois que c'était possible, ils leur ont tiré dans les jambes, pour pouvoir ensuite les brûler vifs. Car c'est ce qu'ils ont fait : ils ont empilé du bois de chauffage, des broussailles et autres matériaux combustibles au-dessus de l'amas de victimes, et ils y ont mis le feu avec du kérosène et des allumettes.

Nous passâmes devant un mur sur lequel était toujours collée une petite frise de carreaux en faïence blanc et bleu. Venaient-ils de Delft ?

— Et quand cela a été fait, ils ont mis le feu à tous les bâtiments du village, soit un total de trois cent vingt-huit, dont cent vingt-trois habitations, quarante étables et quatre écoles.

— Et quand cela a été fait, ils ont pillé tout ce qu'ils pouvaient dans les maisons et les commerces, en abattant au passage tous les animaux de compagnie qu'ils rencontraient. La plupart des chats survivants se sont réfugiés dans une maison. Ils y ont été retrouvés après le départ des Allemands, attendant que quelqu'un les nourrisse.

Claire prit le relais.

— Et quand cela a été fait, murmura-t-elle d'une voix vibrante de haine, ces fumiers de nazis n'en sont pas restés là. Ils ont essayé d'enterrer tous les cadavres dans le cimetière local. Leur plan n'a pas fonctionné – les pauvres corps se disloquaient. Ils sont donc partis, en embarquant toute la volaille et tous les animaux comestibles qu'ils trouvaient. Voilà ce qui s'est passé à Oradour-sur-Glane.

Elle écarta les mains, en panne de mots. Ses ongles étaient impeccablement vernis en rose.

Nous atteignîmes le bureau de poste. J'avais vu des ruines de cuisines, de chambres à coucher, de salons. Mon œil avait salué la compétence des bâtisseurs d'antan. J'avais constaté que leurs solides pignons étaient restés debout, même si toutes les charpentes du village avaient été si furieusement incendiées qu'à l'église (comme je le découvrirais bientôt) la cloche avait fondu. Sous l'effet de la chaleur. La cloche était silencieuse dans les airs. De qui était ce poème, déjà ?

— Arrêtez-vous, dit Philippe.

Je m'arrêtai.

— Regardez, dit-il.

Je regardai.

Insupportable. J'avais devant moi le joli bureau de poste de la rue Desourteaux, avec ses deux boîtes aux lettres jumelles sagement encastrées dans le mur sous une fenêtre à voûte. Les douces volutes Art déco qui rythmaient la façade avaient un petit parfum Belle Époque. Et ces arbres, c'était quoi ? Des pins sylvestres, supputai-je – il ne me restait d'ailleurs plus qu'à supputer car j'avais détourné la tête. Pourquoi avais-je détourné la tête ? Parce que j'étais incapable d'affronter la vue de l'objet vers lequel Philippe Safft dardait l'index : une plaque murale disant « Léon Faure – Architecte ».

Était-ce l'homme qui avait construit ce bureau de poste ? Léon Faure avait-il péri dans les flammes ? Claire tenait à la main la liste de toutes les victimes d'Oradour, mais je n'osai pas lui poser la question.

Je sais ce qu'il avait dû ressentir, ce Léon Faure, lorsqu'il avait dessiné ces volutes. « Bon, s'était-il dit, cette façade risque de paraître assez ordinaire. Et les responsables de la poste ne voudront pas qu'on leur fasse dépenser de l'argent pour une ornementation sophistiquée. Pas plus qu'ils n'apprécieront d'être mis devant le fait accompli. Mais cette façade a besoin d'un petit quelque chose, d'un peu de vie. Alors pourquoi pas des volutes ? Je ferai passer la pilule en leur disant que l'idée m'est venue sur le tard. Je dirai que ça ne leur coûtera pas grand-chose, ces petites moulures. Plus tard, tout le monde en sera très fier et les responsables de la poste s'en attribueront le mérite, mais ce n'est pas grave. »

Peut-être les avait-il dessinées chez lui un dimanche après-midi, ou bien un soir pendant que Mme Faure tricotait à ses côtés ? Qu'avait pensé Léon Faure quand il avait entendu dire, ou vu de ses yeux, ce qu'on avait fait de son bureau de poste d'Oradour, au bord de la Glane ?

— La meilleure chose que de Gaulle ait faite pendant la guerre, me dit Claire. Il est venu ici en 1945, et il a décrété que pas une pierre ne serait déplacée. Il faut que tout reste en l'état pour toujours, a-t-il dit. Oh ! et une information qui devrait vous intéresser : tous les bâtiments du nouveau village d'Oradour – c'est par là – sont peints en gris. En signe de deuil.

Incongrûment, mon portable sonna.

— Il y a aussi un vol pour Bordeaux ce soir, dit la voix. Je peux changer la réservation.

— Oh ! oui, je vous en prie, répondis-je avec trop d'enthousiasme.

Toutes mes défenses étaient au tapis.

# 18

Si vous êtes déprimé, précipitez-vous à Oradour. Vous n'aurez plus jamais aucune raison de l'être après avoir vu les fourneaux difformes, les bicyclettes enchevêtrées, les machines à coudre carbonisées, les carreaux de faïence ornant les manteaux de cheminée, les carcasses de voitures dans les rues (délestées de leurs pneus par les SS), les fenêtres, les étagères, les portes, les lits, autour desquels Philippe m'a montré des traces de grenades incendiaires, les vases envahis par la rouille, l'impact et la patine de l'inhumanité.

Nous nous tenons immobiles au milieu de la rue.

— Regardez, dit Philippe en m'indiquant une construction robuste. La maison Dupic. La dernière à avoir brûlé. Vous savez pourquoi ?

Il adresse un signe de tête à Claire, qui ouvre un livre de poche avec un phénix rouge sang en couverture, tellement usé que ses pages se détachent – l'histoire d'Oradour :

*Il y avait, à Oradour, une maison particulièrement bien approvisionnée en vivres et munie, dit-on, d'une bonne cave. C'était la maison de M. Dupic, marchand drapier. Dans le magasin étaient stockées de grandes quantités de tissus. Les Allemands réservèrent à cette maison un traitement particulier : ils l'épargnèrent lors de l'incendie général et n'y mirent le feu que le lendemain matin. C'est qu'il fallait le temps d'en opérer méthodiquement le pillage ; il fallait aussi conserver pour la nuit un poste de garde confortable. Car tous les Allemands ne quittèrent pas Oradour dans la soirée du 10 : après le départ du gros du détachement, on en vit encore s'affairer au milieu des décombres ou inspecter les abords du village, dont l'accès restait interdit. Ce petit nombre de soldats ne devait repartir que le dimanche matin, vers onze heures. N'était-il pas nécessaire, en effet, de détruire certaines des preuves les plus accablantes de leurs crimes ? Leur responsabilité risquant d'être engagée après la guerre, il fallait prendre quelques précautions.*

Elle tourne la page, saute un paragraphe.

— *Il est hors de doute que...*

Elle s'interrompt dès les premiers mots. Une rougeur apparaît sur ses joues. Elle reprend :

— *Il est hors de doute que cette maison avait été, au cours de la nuit, le théâtre d'une véritable orgie. M. Moreau, maire délégué d'Oradour, a pu retrouver les restes de vingt à vingt-cinq bouteilles de champagne.*

La voix de Claire tremble imperceptiblement de rage. Je ne sais plus où regarder. Je baisse les yeux, je les lève, j'observe les ruines de la maison de M. Dupic. Pas de toit dont je pourrais étudier la pente avec plaisir. Elle me voit fixer les murs, s'approche de moi et dit :

— Les premiers témoins à s'aventurer ici sont venus des villages voisins ou de ces fermes, plus haut. L'un d'eux, un paysan, a remarqué que le ciel grouillait d'hirondelles. Elles volaient partout, sans savoir où aller. Leurs nids sous les avant-toits avaient tous brûlé.

Lentement, nous nous remettons en marche. J'ai découvert un moyen – une astuce – pour me protéger de ce qui m'est intolérable. Je tire, entre mon cœur et le monde, entre mon cerveau et ce à quoi je fais face, un rideau d'épais feutre gris. Le réel continue de me parvenir, mais les faits les plus affreux doivent attendre que je choisisse d'écarter les pans de ce rideau pour être admis. De feutre gris. D'épais feutre gris. Sinistre. Mais doux et rassurant.

— Ils ont massacré des groupes d'hommes en six endroits différents, enchaîne Philippe, presque sur le ton d'un guide pour touristes. Ici, sur notre droite, nous l'avons vu tout à l'heure, c'était le chai Denis. Et là-bas, la remise Beaulieu. M. Beaulieu était maréchal-ferrant. M. Denis était le marchand de vins de la ville. Une trentaine de personnes ont été abattues en chacun de ces six endroits, parfois le double, surtout des hommes : ils avaient été séparés des femmes et des enfants, dont nous évoquerons le destin plus tard. Il y a eu aussi des massacres dans la grange du boulanger, celle de l'hôtel Milord et dans deux garages.

J'entrouvre légèrement mon rideau de feutre gris.

— Ces soldats, dis-je. Ils étaient vraiment tout jeunes ?

Philippe hausse les épaules.

— Weber, dix-huit ans. Hohninger, dix-sept. Hermann Frenzel, dix-sept. Boos, le sergent, avait dix-neuf ans. Il était entré dans les Jeunesses hitlériennes à treize ans. Il y a eu un procès à Bordeaux après la guerre, et plusieurs de ses coaccusés ont témoigné contre Boos, affirmant l'avoir vu tirer sur deux femmes. Antoine a suivi le procès en tant qu'observateur volontaire. Boos a tout nié en bloc jusqu'à ce que soit abordé le sujet de ce bâtiment, là-bas.

— Qu'est-ce que c'est ?

Nous stoppons net au milieu de la rue, au milieu du bourg. Philippe tend le doigt.

— Le sergent Boos a été questionné. C'était la boulangerie. Boos a d'abord nié y avoir fait quoi que ce soit. Puis un greffier – Antoine m'a raconté qu'il avait assisté de ses yeux à ce moment – a apporté une pièce à conviction à l'audience. Un poêle venant de la boulangerie, qu'on emplissait de braises pour faire cuire le pain. Un bébé de huit semaines avait été placé à l'intérieur et brûlé vif. Le sergent Boos a pâli en revoyant ce poêle.

Claire se tourne vers moi et murmure :

— Vous n'êtes pas obligé de parler. Vous n'êtes même pas obligé de penser.

Mais on ne peut plus arrêter Philippe.

— Un autre des accusés, un jeune Alsacien nommé Daul, a dit avoir vu Boos participer à l'exécution de trente personnes. Et il a ajouté cette chose affreuse, il a dit : « Ils se sont occupés des mourants au pistolet. »

— Occupés…

Claire et moi répétons le mot à l'unisson.

Je referme les pans de mon rideau de feutre gris et, suivant le conseil de Claire, je ne dis rien, car je n'ai rien à dire et j'ignore ce que je ressens. Ma vision quitte mon corps, s'élève au-dessus de moi et, de là-haut, je nous regarde, deux hommes et une femme, quelque part en France sous un ciel d'automne sans aucun nuage. À quoi ressemblons-nous ? À trois amis en promenade pour l'après-midi sur un site historique.

Mais il suffit d'un instant pour que ma question initiale, obsédante, me ramène sur terre.

— L'âge des soldats, dis-je. C'est ce qui me trouble le plus.

— Aussi jeunes que des footballeurs, répond Philippe. Antoine l'a toujours dit.

Pearl serait-il capable de tuer ? Les Waffen SS ne ressemblent-ils pas plutôt aux hooligans du métro ?

— Ils ont tué toute l'équipe de foot du village, dit Claire.

Encore un coup de massue pour moi. Nous reprenons lentement notre marche. Un petit groupe et un couple arpentent aussi le village martyr d'Oradour-sur-Glane. Le soleil d'octobre va bientôt chavirer à l'ouest.

Philippe m'a déjà montré l'hôtel de ville, le terminus du tramway de Limoges, une école. Claire m'indique la maison de « Mme Reignier, dentiste », où l'on voit ce qu'il reste du fauteuil sur lequel Mme Reignier se penchait avec sa roulette. Portes et fenêtres sont béantes.

Encore une école. Un chapelier, un restaurant, un salon de coiffure, un…

C'est alors que j'entreprends de dresser mentalement la liste des commerces dont a besoin un petit bourg. Je ne suis pas en terrain inconnu car, comme bon nombre d'enfants de ma génération, j'ai reçu jadis à Noël une ville miniature en jouet avec tous ses commerces. Il se pourrait que ce type de jouet ait dû sa popularité à l'effort de reconstruction imposé par la guerre, et je l'ai toujours secrètement considéré comme la source première de mon intérêt pour l'architecture.

Cette ville s'appelait « Mytown » et était vendue dans une boîte en carton dont les motifs peints ressemblaient à des briques. Elle était dotée d'une grand-rue avec un pub, le King's Head, la boucherie de M. Lamb, une boulangerie et un fabricant de chandelles. Il y avait des maisons, des arbres, et tout un ensemble de petites figurines que je pouvais faire déambuler ici ou là. Comme les trains électriques, Mytown pouvait être agrandie, et mon installation, au bout de quelques années (avec l'aide de mes parents et en y consacrant une bonne partie de mon argent de poche), a fini par occuper une place considérable dans le grenier familial de notre ferme du Herefordshire.

À partir du collège, j'ai commencé à avoir honte d'être vu jouant à ce genre de jeu, mais j'ai néanmoins continué de me glisser là-haut pour réorganiser les maisons, les boutiques, les piétons, les petites voitures et l'autobus. L'église faisait ma fierté et ma joie.

Le clocher de l'église d'Oradour-sur-Glane se dresse à présent devant nous. Une voix s'élève, toute proche. C'est Claire. Elle lit :

*Bichaud, Maria, née Deserces : gantière, 43 ans.*
*Desourteaux, Paul : commerçant, 39 ans.*
*Desourteaux, Jacques : médecin, 38 ans.*
*Desourteaux, Anne-Marie : 12 ans.*
*Desourteaux, Geneviève : 9 ans.*
*Doire, Jean-Baptiste : sourcier, 69 ans.*

Une pensée m'assaille : un sourcier ? Les Romains employaient les sourciers locaux et les traitaient avec égard, sans jamais les asservir.

*Doire, Marcelle : couturière, 17 ans.*
*Doutre, Martial : charpentier, 51 ans.*
*Doutre, Charles : charpentier, 18 ans.*

Doutre, père et fils. Charpentiers. Un mot qui signifiait autrefois « charron ». Claire me regarde, sent que je suis à la limite de ce que je puis supporter et interrompt sa liste officielle de pères, fils, filles, mères, vieilles demoiselles, jeunes filles et jeunes gens partis en fumée – et nous retombons tous trois dans le silence.

Je traverse seul la rue, pour faire diversion, et je découvre autre chose : les vestiges d'une pompe à essence, frappée du sigle BP. Il y a aussi devant moi une voiture, une de ces vieilles tractions avant Citroën dans lesquelles circulent en général les commissaires de police dans les films français de cette époque-là.

Philippe aura sûrement un commentaire à faire à ce sujet. Et en effet, le voilà qui me rejoint.

— C'est – c'était – la voiture du Dr Jacques Desourteaux. Le fils du maire. Le docteur est revenu au bourg après une visite à domicile et a découvert toute la population rassemblée sur la place du Champ-de-Foire, sous la menace de six mitrailleuses SS. Il a vu son père, le maire, en train de parlementer avec un officier allemand par l'entremise d'un interprète. Il a vu le boulanger, comme d'habitude torse nu et couvert de farine. Le boulanger s'est approché de l'officier et a demandé s'il pouvait retourner à sa boulangerie parce qu'il avait encore des pâtisseries au four. Ces excellents soldats de la Waffen SS lui ont assuré en riant qu'ils s'en occuperaient.

Je promène une main sur la voiture du Dr Desourteaux

– pourquoi ? Dans l'espoir qu'elle me portera chance ? Une étrange forme de chance ? Ou peut-être est-ce la peur qui me pousse à caresser ainsi le métal – la peur que cela ne se reproduise. Ma conscience me harcèle.

— Je vous prie de m'excuser un instant.

Je m'éloigne, luttant pour refouler des images que je ne pourrai pas effacer en changeant de chaîne comme les soirs où la Bosnie, la Tchétchénie ou l'Albanie font irruption chez moi.

Mon problème est le suivant : même s'il est légitime que je m'accuse de ne pas vouloir savoir, cette réaction-là ne résiste jamais chez moi à la première occasion qui se présente d'accroître mon bien-être, ma prospérité ou mon succès. Et cependant mon attitude est la porte ouverte au retour en force de toutes les abominations. Je revois les six jeunes hooligans accroupis devant moi dans le métro. Je vois les jeunes soldats allemands accroupis derrière leurs mitrailleuses…

À quelque distance, j'aperçois un bâtiment de forme étrange. J'y entre et, descendant un escalier, je découvre peu après un monde souterrain, un mausolée récent truffé de débris de cette effroyable journée. Des cartes d'identité, des photographies d'identité, des jouets, des bagues, des souvenirs du club de football, une multitude d'objets sauvés des cendres. Je passe un moment devant chaque présentoir puis je m'échappe, remontant les marches abruptes en levant le visage vers le soleil comme l'aveugle que je voudrais être.

Je vois devant moi le cimetière du village mais je suis incapable de le regarder en face. Sur la route qui le borde, j'entends des vociférations : un cycliste et le chauffeur d'une camionnette à l'arrêt se querellent violemment. Le cycliste est osseux, et ses jambes musclées tremblent de colère. Sans avoir obtenu réparation, il repart en gesticulant.

Je reviens vers la traction avant du Dr Desourteaux. Philippe et Claire sont lancés dans une grave discussion. À trois heures de l'après-midi, les Allemands ordonnent aux hommes amassés sur ce champ de foire de faire face au mur auquel ils tournaient jusque-là le dos. Les femmes et les enfants, qui ont été séparés d'eux, sont conduits à l'église ; la plupart des habitants d'Oradour, hommes compris, croient qu'on les emmène hors du village.

Philippe vient à ma rencontre, s'arrête et lève les yeux sur moi. Claire est nettement plus grande que lui – de combien ? Dix, douze centimètres ? Elle est presque de ma taille, et ses longues jambes de cavalière accentuent le côté élancé de sa silhouette.

— Mon ami, dit Philippe en me posant une main sur le bras, je vous sens ému.

— La station-service. BP. British Petroleum, vous avez vu ?

Il ignore ma remarque.

— Le pire reste à venir. Nous allons maintenant à l'église. Il est presque quatre heures, ajoute-t-il en consultant sa montre. L'heure où c'est arrivé.

Philippe reprend son récit : pendant que près de deux cents hommes restent à attendre sur le champ de foire, quatre cents femmes et enfants sont emmenés à l'église. Puis les hommes sont divisés en six groupes et escortés de force vers les six lieux de massacre qu'il m'a déjà montrés. Ils sont ensuite exécutés et les granges, les garages et le chai sont incendiés.

Il y a quelque part un village, je crois que c'est en

Irlande du Nord, qui a perdu tous ses hommes dans la Somme.

Nous faisons halte devant l'église. Je demande si le crucifix de mission visible à l'extérieur est un ornement commémoratif, et je m'entends répondre qu'il a été épargné par les flammes. À quatre heures pile, Philippe nous précède dans l'église.

Elle sent la suie. C'est le premier détail que je perçois – une odeur de suie, une suie vieille de plus d'un demi-siècle. Je remarque ensuite trois autres choses. À côté de nous, sur la droite, gît une grosse masse informe de métal gris : la cloche fondue qui s'est écrasée au sol. Silencieuse dans les airs. Le temps était ailleurs. Je fouille dans mes vieux rudiments de physique. À quelle température se situe le point de fusion du bronze ? Impossible de m'en souvenir. MacNeice. C'est un poème de Louis MacNeice. Le temps était ailleurs et elle était ici.

Un autre objet informe m'apparaît alors, mais je m'aperçois vite qu'il ne l'est pas tant que ça : c'est un landau d'enfant, ou plutôt ce qu'il en reste ; le bébé qui l'occupait le samedi 10 juin 1944 n'a pas eu droit à sa chance. Ni peut-être même à une prière ?

*Souviens-toi.*

Dans la foulée, je remarque quelque chose qui pourrait être le symbole d'Oradour. Une ironie cruelle pousse mon cerveau à associer un mot allemand, *leitmotiv*, aux arcs de cercle créés par les rafales de la mitrailleuse lourde lorsqu'ils ont fini par en lever le canon pour tirer plus haut que les jambes. Les murs de l'église sont criblés de ce leitmotiv. L'envie me prend d'aller toucher les impacts, mais je m'abstiens.

Philippe s'éloigne à grands pas puis stoppe près de l'autel.

— Ici, deux soldats allemands ont déposé une grande caisse. Il y avait des cordons qui en sortaient et qui traînaient derrière. Deux autres soldats attendaient là-bas, ajoute-t-il en désignant la porte de l'église, le fusil en travers de la poitrine comme ceci (il mime), les jambes écartées comme cela. L'un d'eux a allumé les cordons reliés à la caisse – des mèches, en fait. La caisse a explosé, libérant une épaisse fumée. Paniqués, les gens se sont mis à courir en tous sens, pour échapper à l'asphyxie. Les soldats ont ouvert le feu, à la fois depuis l'intérieur et depuis l'extérieur de l'église. Tout le monde a été abattu. Les deux ou trois qui se sont relevés de la montagne de corps ont été achevés soit à coups de crosse, soit d'une balle de pistolet.

— Vous qui avez la notion de l'espace et des volumes, Nicholas, me demande Claire, combien de personnes peuvent tenir ici ?

Je regarde la nef en essayant de calculer. C'est la première fois qu'elle m'appelle par mon prénom.

— Pendant la messe ? Avec des bancs ? Deux cent quatre-vingts personnes assises. Peut-être trois cents. Maximum.

— Quatre cents, dit Philippe. Quatre cents âmes innocentes. Après un interminable déluge de balles, les Allemands ont apporté du bois de chauffage et renversé les confessionnaux à coups de pied, ici et là-bas, pour augmenter la quantité de combustible. Puis ils ont répandu du kérosène partout, sur ces femmes et ces enfants qui, souvenez-vous, n'étaient pas morts pour la plupart mais seulement blessés aux jambes. Après les avoir recouverts de fagots, ils ont jeté des allumettes et des grenades. Il y a eu encore quelques rafales assourdissantes, et ils se sont retirés en verrouillant l'église en feu.

Cette fois, c'en est trop.

Je referme hermétiquement les pans du rideau de feutre gris, d'abord sur mon cœur, puis sur mon esprit.

Mais à l'instant où je pivote sur moi-même pour quitter cette église, un ultime détail me saute aux yeux. Sur le retable de l'autel, le visage du Christ a été arraché par une balle nazie.

# 19

Il n'y a pas grand-chose que l'on puisse faire ni dire sereinement après un après-midi comme celui-là. Philippe et Claire reprirent leur voiture, moi la mienne, et nous partîmes en convoi vers Limoges. Ils finirent par tourner à gauche au milieu d'une campagne boisée, puis encore à gauche. Quelques minutes plus tard, nous arrivions dans un des hameaux les plus charmants qu'il m'ait été donné de voir, en pleine forêt.

La cour intérieure de l'auberge, Le Chantecler Rouge, était dotée d'une horloge – rappel instantané de mon enfance dans le Herefordshire. Reviviscence instantanée d'un homme, un inconnu en uniforme, venu joyeusement chercher maman et repartant avec elle en voiture pour l'après-midi. Reviviscence instantanée de mon père nous demandant à son retour d'une voix vide : « Vous avez vu votre mère, récemment ? », et de Kim me rossant peu après parce que j'avais eu la bêtise de décrire son visiteur.

Cinq heures. Philippe et Claire attendirent que je me sois garé, et nous pénétrâmes ensemble dans l'auberge. Un feu crépitait dans la salle de bar ; le patron, nommé Claude, salua Philippe, qu'il connaissait déjà.

Des verres furent apportés, sans qu'on nous demande notre avis : un marc de Bourgogne, soyeux comme une amande.

— Ça fait du bien, soupirai-je.

— Il faut que tu manges, dit Claire à Philippe. (Et, s'adressant à moi :) Il est diabétique.

— C'est compliqué ?

J'avais été, sinon grossier, du moins abrupt à Oradour, mais je me sentais maintenant d'humeur un peu plus légère car j'avais des questions à poser. Et les réponses allaient m'aider à expliquer, peut-être même à éliminer la violence de ma vie récente. À mon retour à Londres, je coopérerais dans toute la mesure de mes moyens à l'enquête de police, je m'investirais pleinement dans la préparation des funérailles, je mènerais à bien mon contrat avec Johann Pearl et je tirerais au clair les questions concernant l'entourage d'Antony Safft, après quoi il ne me resterait plus qu'à tourner la page et à ouvrir un nouveau chapitre de ma vie.

Avec Mary Strait ? Dieu tout-puissant ! Avec quelqu'un d'autre ? Non. Pas « quelqu'un », pas « n'importe qui ». J'avais déjà donné, n'est-ce pas ce qu'on dit ?

Comme il fallait s'y attendre, je regrettais à présent d'avoir invité Mary Strait à me rejoindre à Bordeaux. Rapide coup d'œil à ma montre. Pouvais-je encore tout annuler ? Je m'excusai, sortis dans la cour. Au milieu de ces bois, mon portable ne capta aucun réseau. Je revins, contrarié.

— Est-il trop tôt, me demanda Philippe, pour évoquer vos impressions ?

— Je doute que le mot « impressions » soit approprié.

— Aucun mot n'est approprié, mon ami.

Je compris à cet instant ce qui m'agaçait chez lui depuis notre rencontre : sa façon de m'appeler « mon ami ».

— Je parlerais plutôt de stupéfaction, intervint Claire. C'est ce que j'ai ressenti la première fois. Et que je continue plus ou moins à ressentir. L'échelle du crime est stupéfiante.

Elle avait des lèvres superbes, juste assez charnues dans leur partie centrale.

— L'échelle, oui, opinai-je.

— Le niveau de cruauté est stupéfiant. La barbarie du plan d'ensemble – stupéfiante. *Idem* pour l'attitude implacable, l'absence totale de compassion des soldats SS. Le mot « stupéfiant » lui-même ne suffit pas, vous voyez ?

Elle laissa ses doigts descendre le long de son cou. Ma mère aussi faisait ce geste. Le marc m'échauffait la poitrine et le cerveau.

— Ils n'ont rien ressenti, ces soldats ? Y en a-t-il qui sont revenus à Oradour ? Par la suite, je veux dire ? En touristes ?

Je n'aurais jamais dû employer ce mot : je le compris en le prononçant. Mais quelque part, à Oradour, j'avais perdu quelque chose. Un mécanisme interne, utile, avait laissé échapper un boulon ou un écrou.

Claire tressaillit. Philippe regarda au fond de son verre, puis répéta :

— En *touristes* ?

J'étais confus. Il le sentit et s'engouffra dans la brèche.

— Vous êtes peut-être plus proche de la vérité que vous ne le souhaiteriez, mon cher Nicholas. Vingt et un hommes ont été jugés à Bordeaux. Tous ont reconnu avoir participé à l'opération d'Oradour. Antoine m'a raconté qu'à un moment le juge avait demandé à ceux qui éprouvaient du remords, de la culpabilité ou du chagrin de se lever. Savez-vous, mon ami, combien l'ont fait ? (Il tendit le pouce, l'index et le majeur.) C'est tout. Trois. Un pour deux cents victimes. Alors, il se pourrait bien que « touristes » soit le mot juste.

J'avais envie de rentrer sous terre.

— Peut-être que certains jours d'été, reprit-il, s'échauffant de plus en plus, une voiture immatriculée en Allemagne s'arrête ici pour déjeuner et qu'après le dessert, en consultant une carte routière, un des occupants de cette voiture, un vieux monsieur – mais finalement pas si vieux que ça, hein, Hermann Frenzel n'a après tout que soixante-dix ans – ce vieux monsieur déclare à ses amis : « J'ai combattu ici pendant la guerre. Une opération difficile, nous faisions face à des milliers de terroristes. Mais nous avons gagné. » Et peut-être qu'il leur raconte ensuite la belle victoire militaire qu'il a remportée à Oradour. Des « touristes », oui. Ce mot fait partie des possibilités.

— Et comment s'en sont-ils tirés ? demandai-je, histoire de me rattraper.

— À bon compte. Plus ils étaient gradés, moins ils ont été condamnés. C'était la croisade d'Antoine. Il s'est démené pendant des années pour obtenir que le général – Lammerding – soit jugé pour crimes de guerre. Mais l'homme a coulé des jours heureux jusqu'à la fin. À Düsseldorf, où il était ingénieur en génie civil, et où il est mort il n'y a pas si longtemps. Sans avoir été inquiété.

Sur un geste de Claire, le patron arriva. Philippe

l'informa qu'ils resteraient dîner ce soir-là et lui demanda de nous servir un en-cas dès maintenant, car je devais partir à Bordeaux.

— Vous pourriez peut-être revenir dormir ici avec votre amie, me suggéra Claire. Les chambres sont correctes.

Soit. Nous savourâmes de sublimes tartines au foie gras en sirotant un deuxième marc. Jusque-là, nous n'avions pas encore évoqué notre responsabilité commune en ce qui concernait la succession d'Antony. Le sujet méritait pourtant notre attention : son patrimoine devait être colossal.

Il faut dire que l'équilibre de nos relations avait changé. Je sentais Philippe plus réservé vis-à-vis de moi. Il était en train de faire le point, de repenser sa stratégie. J'avais l'impression qu'il ne savait rien de ce qui m'était arrivé mais qu'il avait néanmoins l'intuition de quelque chose.

— Au fait, demandai-je, comment Antony en est-il venu à s'intéresser à Oradour ?

— Notre famille est originaire d'ici, répondit Philippe. Nous sommes des Limousins de vieille souche.

— D'où l'intérêt d'Antony. Je présume qu'il était… que vous êtes juifs.

Ce fut Claire qui répondit.

— Antony nous a toujours dit que la guerre lui avait appris à refuser d'« être » quoi que ce soit. Trop de gens ont perdu la vie à cause de ce qu'ils étaient.

— Toute la famille vivait ici au moment d'Oradour ?

— Non. Ma mère, oui. Antoine, lui, était à Londres.

— Il a appris la nouvelle à la BBC, renchérit Claire.

— Il n'y a pas eu qu'Oradour, vous savez. Il y a

eu Putten aux Pays-Bas, et aussi des villages en Biélorussie. Des villes entières en Pologne, en Tchécoslovaquie. Vous devez avoir entendu parler de Lidice.

— Non, désolé.

— Mais Oradour est un cas particulier. Un cas d'école, disait Antoine. En s'empressant d'ajouter que c'était la seule plaisanterie qu'il s'autorisait à faire sur Oradour.

— Je le reconnais bien là.

— Vous étiez vraiment proche de lui ? me demanda Claire.

— Jusqu'à quel point peut-on être proche de quelqu'un ? Disons qu'il m'a montré une bonne partie de ce qu'il était. Surtout sur le plan professionnel, même si notre amitié a fini par dépasser largement ce cadre. Je l'appréciais beaucoup.

Malgré toute mon affection pour Antony, je me surpris à chercher dans ma tête un moyen d'échapper à mes devoirs. Pouvait-on refuser d'être exécuteur testamentaire ? Tous mes mécanismes de défense se mirent en branle. Le mot « ennui » ne traduit sans doute pas tout à fait le sentiment qui m'envahit à ce moment-là, mais disons que je fus une fois de plus rattrapé par une lassitude familière, née de mon désir de fuir pour retrouver la paix et le confort de ma vie bien ordonnée. Et aussi par la culpabilité que ce désir de fuite ne manquait jamais de provoquer.

Je décidai de lutter contre moi-même. Non. Témoigne au moins à Antony cette marque de respect. Malgré l'intuition, issue d'une région de mon esprit que je crois fiable, qui me soufflait en parallèle que Philippe Safft m'avait fait venir à Oradour pour une raison inexprimée, dépassant largement le respect des volontés de son oncle. Mon ennui se manifeste aussi quand on me demande de m'engager à faire des choses que je n'ai pas envie de faire.

Au fil des ans, même si je reste assez peu compétent en la matière, j'ai plus ou moins appris à manier le silence. Il a de nombreux usages, et je restai donc muet un bon moment. Puis, inspirant profondément :

— Combien de temps d'ici à Bordeaux ? De nuit ?

Le patron, Claude, fut consulté. Cent soixante-dix kilomètres, mais sur de la bonne route. Nous convînmes de nous retrouver tous pour le dîner. Avant mon départ, Claude me montra ma chambre, vaste et douillette. Il y avait des œillets partout, sur le papier peint, le canapé et le couvre-lit.

# 20

Rouler de nuit m'enchante, surtout en France. Les rangées d'arbres napoléoniennes, qui dessinent parfois des nefs d'église, défilent plus majestueusement dans le noir. Une ou deux fois je remarquai une vieille camionnette, Renault, Citroën ou Peugeot, stationnée entre deux arbres, penchant légèrement côté champs.

J'aime bien, aussi, cette habitude qu'ont les Français de blanchir les troncs pour en faire d'aimables balises. Étaient-ce des platanes ? Des bouleaux, des peupliers ?

Ce charmant parcours allait être mon dernier bon moment de la soirée. L'avion de Mary Strait atterrit à l'heure, mais elle eut toutes les peines du monde à retrouver ses bagages sur le carrousel.

— En voilà un, me dit-elle enfin.

Mais une Française vint *illico* me l'arracher des mains. Nous patientâmes – il le fallait bien – jusqu'à ce qu'il ne reste plus sur le tapis roulant que deux sacs de voyage identiques, ne ressemblant à aucun de ceux que j'avais vus défiler jusque-là. Je reconnus des Pullers, une excellente marque américaine.

— C'est à vous ?

— Oui.

— Les deux ?

— Oui.

Elle s'était jetée à mon cou à l'instant de nos retrouvailles, ce que je n'avais pas apprécié. Je savais qu'elle avait senti mon mouvement de recul – et qu'elle n'avait pas apprécié non plus.

Nous reprîmes ensemble la route de l'auberge, mais le trajet de retour fut entaché, de mon point de vue, par trois contrariétés. *Primo*, Mary Strait me lança de but en blanc :

— J'ai découvert que je vais recevoir des actions de la société. C'est bien comme ça qu'on dit ? Des actions ?

— On parle plutôt d'intéressement, rétorquai-je, moins sèchement que je ne l'aurais voulu. Ou de participation.

Parler affaires étant parfois très utile pour garder ses distances, je me hâtai d'ajouter :

— Tout employé qui quitte l'agence doit restituer cette participation, sans contrepartie. Ses parts ne sont acquises qu'au bout de dix ans. C'est une forme de prime à la fidélité. Mais l'intéressement a aussi un usage concret, en ce sens qu'il donne un droit de vote à l'assemblée générale de l'agence. Je précise que je détiens cinquante-cinq pour cent des parts, dis-je avec autorité.

— Ce droit de vote ne sert pas à grand-chose, ironisa-t-elle.

— Je ne m'oppose jamais à une conviction générale vigoureusement exprimée.

— Ça ne vous empêche pas de renvoyer qui vous voulez, si ?

Je fis de mon mieux pour ne pas paraître sur la défensive.

— Une entreprise se doit d'être flexible. Nous ne renvoyons personne à la légère.

Qu'est-ce qui lui prenait d'amener la conversation sur ce terrain-là ? Ma deuxième contrariété survint sur ces entrefaites, quand je lui demandai :

— Et qui vous a parlé de ça ?

— Elizabeth.

Sirènes et klaxons sous mon crâne.

— Vous l'avez vue quand ?

— J'ai déjeuné avec elle aujourd'hui.

Bon Dieu ! Maudite Elizabeth ! Du calme, Nicholas.

— Je vois. Et ça s'est fait comment ?

*C'est la deuxième fois en une semaine qu'elles se voient*, pensai-je.

Un hameau – Les Moulins – arriva. Et s'en fut.

— Elle était à l'agence. Elle m'a dit que son déjeuner était annulé. Nous sommes allées à la trattoria du coin.

La tentation m'effleura de lui demander si elle avait posé des questions à mon sujet.

— J'ai beaucoup d'admiration pour Elizabeth, dis-je.

À la périphérie de mon champ de vision, le profil de Mary Strait se découpait dans le halo luminescent du tableau de bord. Son nez trop épaté, sa mâchoire trop longue.

— Elle m'a demandé si j'avais couché avec vous.

— Cette chère Elizabeth, lâchai-je avec un rire forcé. La petite coquine.

— J'ai répondu oui.

Impossible de me prendre la tête entre les mains : je conduisais. C'était à peu près la pire nouvelle qu'on puisse m'annoncer.

— Vous… vous avez… répondu… oui ? Seigneur !

— C'est la vérité, non ?

Je résistai à mon envie de l'insulter.

— Elizabeth est parfois un tout petit peu… indiscrète, dis-je.

— Je ne savais pas que c'était un secret. Vous auriez dû me prévenir.

*Tu aurais pu t'en douter, pauvre conne*, hurla une voix intérieure.

— Ce n'est pas grave, dis-je.

Au moment même où je prononçais ces mots, je compris que j'étais pris au piège quoi que je fasse ; elle ne laissa pas filer l'occasion.

— Ça vous fait honte ? interrogea-t-elle.

— Dieu du ciel, non, protestai-je, changeant frénétiquement mon fusil d'épaule. C'est juste que… je dois être prudent. La politique de l'agence, vous comprenez.

— On ne couche pas avec le personnel, c'est ça ?

— Non. Ce n'est pas ça.

*Sors de cette bagnole et disparais*, cria ma voix intérieure. *Une fois pour toutes !*

— Qu'est-ce qu'Elizabeth vous a demandé d'autre ?

— Si c'était sérieux. Combien de fois on s'était vus. Si on continuait à se voir.

— Il va falloir que je l'appelle.

Alors que la question qui me brûlait les lèvres était : Sait-elle que vous êtes venue passer le week-end ici ?

— C'est elle qui était à côté de moi quand vous m'avez téléphoné. Elle m'a chargée de vous transmettre ses amitiés. Oh ! et elle nous demande de lui rapporter des *marrons glacés*[1].

C'était de pire en pire.

1. En français dans le texte. (Toutes les notes sont du traducteur.)

— Elle adore la France, soupirai-je. Et il se pourrait bien qu'elle m'adore aussi, c'est pour ça qu'elle parle autant de moi.

— Je ne vous le fais pas dire.

— J'ai été son protégé.

Comprendre : Que vous a-t-elle dit d'autre ?

— Elle m'a demandé de ne pas vous en parler.

Tu m'étonnes !

— On se connaît depuis, euh, au moins vingt ans.

Les premiers panneaux indiquant Limoges. Un trafic au ralenti depuis quelques kilomètres. La police. Un accident. Des voitures blanches, une ambulance, des visages blêmes sur le bas-côté, des gyrophares couleur safran.

— Et elle m'a souhaité de ne pas souffrir.

— Oh ? Bien sûr, Elizabeth est très mère poule.

Traduction : Pourquoi est-ce qu'elle vous a dit un truc pareil, cette vieille garce venimeuse ?

— Elle a ajouté que vous aviez des antécédents.

Encore un rire faux.

— Oh ! sacrée Elizabeth ! Des antécédents ?

— Ce sont ses mots. Pas les miens. Mais je remarque que vous ne me demandez pas ce qu'elle entendait par là.

— Est-ce que son voisin… est-ce qu'il lui tourne autour ? Je lui ai posé la question, mais elle n'a pas voulu me répondre.

Règle numéro un quand on veut changer de sujet : tendre le doigt dans une autre direction.

— Non, je crois que c'est juste un voisin.

Mary tenta de ramener ses jambes sous elle sur le siège passager, en vain.

Quand nous atteignîmes enfin Le Chantecler Rouge,

un pesant silence régnait depuis longtemps dans l'auto. Je bouillais intérieurement, car je voyais déjà comment Elizabeth allait exploiter la situation. Ce fut alors que survint ma troisième contrariété.

— Ah ! ah ! fit Mary Strait en découvrant l'auberge. Le Chantecler Rouge. Je sens que mon grand coq va bien s'occuper de sa poule, cette nuit…

Je sais bien qu'elle cherchait juste à détendre l'atmosphère, mais je jugeai ce commentaire trop cru après la journée que je venais de vivre. Trop cru aussi dans la bouche d'une femme pour me donner envie de continuer à la fréquenter. Mais je suis suffisamment bien élevé, suffisamment bourgeois pour ne pas laver mon linge sale en public, et le temps pour moi de la conduire à l'intérieur du restaurant et de la présenter à Philippe et à Claire, nous souriions tous deux comme les meilleurs amis du monde.

## 21

Devant la grande table ronde qui nous attendait près de l'âtre, Claude baisa la main de Mary. Les autres clients étaient déjà bien avancés dans leur repas.

Philippe déploya des trésors de bonnes manières et couvrit d'attentions la nouvelle venue, qui ne bouda pas son plaisir. Claire et lui firent comme s'ils n'avaient pas encore étudié la carte. J'optai pour un potage aux légumes, suivi d'un confit de canard qui s'avéra parfait. Nous bûmes du graves, blanc puis rouge : un excellent petit château-de-fieuzal pour le rouge.

— J'imagine, Mary, que Nicholas vous a déjà tout dit d'Oradour, dit Philippe.

— Non. Nous ne nous connaissons pas depuis très longtemps.

Claire en prit bonne note, et je sentis qu'elle était consciente de mon malaise. Qui augmenta encore quand j'entendis Mary Strait s'écrier :

— J'adore tous ces petits bleds perdus de France !

— Nicholas a sûrement voulu ménager Mary en l'amenant d'abord ici, dit Philippe à Claire, avant de se tourner de nouveau vers Mary. Mais vous êtes tout de même au courant pour mon oncle ?

— J'ai cru comprendre qu'il est… décédé.

— Mon oncle a été assassiné il y a quelques semaines. Nous sommes ici pour honorer sa mémoire. Il se trouve qu'un village de la région a été victime des pires atrocités nazies, et mon oncle s'est beaucoup investi dans son histoire. Ce village s'appelle Oradour. Oradour-sur-Glane. Du nom de la petite rivière qui y coule, la Glane.

Philippe s'arrêta là. Son talent d'avocat lui permettait de donner l'impression qu'il en avait fini de son récit tout en invitant son interlocuteur à le questionner. Mary Strait tomba dans le panneau.

— Vous dites qu'il s'est « beaucoup investi », mais… que pouvait-il faire ? Tout était fini, non ?

Claire, impassible, observait. Éprouvait-elle du dégoût à voir Mary Strait ainsi manipulée ? Ou étais-je le seul à me rendre compte que Philippe la menait par le bout du nez ?

— J'entends par là que mon oncle a participé au procès des soldats allemands accusés. Ceux qui ont été arrêtés après la fin des hostilités. Il a aussi tenté d'intervenir dans un procès pour crimes de guerre à Berlin. Mais on l'en a empêché.

Il remettait ça : une réponse en apparence ferme, et cependant la porte restait ouverte. Mary Strait s'y engouffra.

— Qu'aurait-il pu faire ? Que voulait-il faire ?

— Il était persuadé, à juste titre, qu'un certain nombre d'auteurs du massacre avaient échappé à la justice. Je sais qu'il a poursuivi pendant des années le général qui a monté l'opération, Lammerding. Ils se sont même rencontrés. Mais Lammerding est mort avant qu'Antoine ait réussi à faire monter suffisamment la pression internationale. C'était très différent il y a vingt ans. Les choses se sont améliorées. La dernière fois que je lui ai parlé, il était sur la piste d'un autre ancien officier nazi. Il m'a confié qu'il espérait ne pas mourir avant de lui avoir mis la main dessus.

Mary Strait lui tendit la perche qu'il attendait.

— Vous pourriez peut-être reprendre le flambeau ?

— Pour ça, répondit Philippe, il me faudrait un allié.

Il ne me regarda pas. C'était inutile : Mary Strait s'en chargea pour lui.

— Vous pourriez peut-être l'aider ? me suggéra-t-elle.

— Non. Je suis architecte, pas…

— Mais ce serait fantastique, non ? !

— Bien sûr, mais… je n'y connais rien, et…

— Vous ne croyez pas que ce serait rendre un merveilleux service à votre ami mort ?

J'hésitai.

— Vous ne croyez pas qu'il vous a fait un immense cadeau en vous offrant le privilège de vous engager dans un combat aussi important pour l'humanité ? Pour l'histoire ?

Mes hésitations redoublèrent.

— Vous ne croyez pas que c'est une question d'honneur ? Que c'est quelque chose que vous devez faire ?

Le message sous-jacent était clair : vos affaires sont florissantes, je travaille pour vous, j'ai vu votre appartement, tout le monde sait que vous roulez sur l'or, vous n'avez aucune autre responsabilité.

Et, en guise de bouquet final :

— Vous ne croyez pas que ça vous apporterait un formidable épanouissement ?

Et vous, riposta mon cerveau, vous ne croyez pas qu'il serait grand temps que vous la fermiez ?

— Je ne ferais rien de bon, objectai-je mollement.

Elle contre-attaqua.

— Peut-être est-ce pour ça qu'il vous a désignés tous les deux comme exécuteurs ? Pour que vous poursuiviez son œuvre ?

— Nous n'avons même pas vu son testament, marmonnai-je.

Philippe restait muet ; Claire dissimula son embarras comme elle put.

Mary continua sur sa lancée.

— Qu'est-ce qu'on sait de cet officier ? Comme c'est excitant ! Si ça se trouve, c'est un politicien allemand archi connu ! Vous vous rappelez tout ce battage autour de, euh, comment s'appelait-il, déjà ? Cet Autrichien ?

— Kurt Waldheim, répondit Philippe. Mais nous ne savons même pas comment cet homme s'appelle. Ni où il vit. Rien. Pourtant, quand on pense à ce qu'il a fait…

— Son nom est peut-être cité dans le testament, suggéra Mary.

— Non, dit Philippe.

Comment pouvait-il le savoir ? Je m'abstins de formuler cette question – ce n'était pas le moment. Je demandai à la place :

— Sait-on si quelqu'un a réussi à l'approcher ?

— Antoine, fit Philippe avec un haussement d'épaules.

— Mince, s'exclama Mary Strait, c'est sûrement pour ça qu'il a été tué !

— Il a été tué par un barbare néonazi, contrai-je, péremptoire. Tous les indices le prouvent.

— Quels indices ?

Elle avait très peu bu. Philippe lui avait tapé dans l'œil, cela se voyait. *Je te la laisse*, lâcha une voix muette dans les coulisses de mon cerveau.

— La façon dont il a été tué, dis-je. Les violences infligées à son corps.

Claire se raidit.

*Merde*, pensai-je. *Elle ne savait pas*.

Malgré l'évidente nervosité de Philippe, Mary Strait enfonça le clou.

— Quelles violences ?

Je m'en voulais. Je n'aurais jamais dû parler de ça. Mais comment aurais-je pu deviner que Philippe avait caché des choses à Claire ?

Il reprit très vite la situation en main. Comme après ma question sur les « touristes » (que je continuais de regretter), il me punit en esquivant mon regard.

— Antoine a été mutilé, répondit-il. Son assassin – ses assassins – ont gravé un symbole dans sa chair.

Claire laissa tomber ses couverts dans son assiette et se cacha le visage entre les mains. Mary Strait nous regarda l'un après l'autre.

— Un symbole ?

— Un triangle, dis-je.

— La marque des homosexuels sous le régime nazi, compléta Philippe.

— Quelle horreur ! s'exclama Mary.

— La police pense que c'est une affaire de mœurs liée au milieu gay, mentis-je. Un *crime passionnel*[1].

1. En français dans le texte.

Le mouvement de mes émotions était si violent ce soir-là que je ne me contrôlais presque plus. Ce n'est pas une excuse, c'est un fait. Claire quitta la table.

Philippe allait se lever pour la suivre, mais Mary Strait le devança :

— J'y vais.

# 22

Ce motif-là est récurrent. Chaque fois que je suis sous pression, je provoque des dégâts. Mais quand il me reste un tant soit peu de lucidité, je suis en général capable de me répandre en excuses.

— Je suis sincèrement désolé, Philippe. Pardonnez-moi.

Il leva la main et m'offrit la possibilité de dévoiler des sentiments que je cache d'ordinaire :

— Vous n'avez pas l'air bien, mon ami. Je me trompe ?

— Non.

— Pas bien du tout. C'est Oradour.

— On peut difficilement rester indifférent, dis-je d'un ton que j'aurais voulu détaché. Mais il y a aussi autre chose.

— Quoi donc, mon ami ?

— Antony, pour commencer. Je n'avais pas mesuré à quel point je tenais à lui. À quel point sa perte m'accable.

Nous nous repliâmes un moment dans le silence, et le réconfort rare d'un deuil partagé.

— Il y a autre chose. Je suis terrifié. À juste titre.

Il me jeta un regard de feu.

— Terrifié ? Par quoi, mon ami ?

— Je dois vous demander de n'en parler à personne. Pas même à Claire. J'ai besoin de votre avis.

Je lui dévidai mon odieuse litanie – le cutter, les hooligans, les fleurs. Jusque-là, j'avais contraint mon esprit à nier toute relation entre ces faits. Sans doute craignais-je que leur logique ne me saute à la figure : comment aurais-je pu l'affronter ? Je terminai en parlant de Johann Pearl.

Ma peur s'amplifia à mesure que je m'écoutais parler – tous ces incidents étaient des ramifications du meurtre d'Antony Safft. Pas étonnant que mes valeurs en aient pris un sérieux coup récemment. Depuis un certain temps, en effet, j'avais choisi le célibat comme mode de vie. La raison qui m'avait vraisemblablement poussé à garder Mary Strait chez moi le week-end dernier m'apparut soudain avec la clarté d'une évidence : j'avais trop peur d'être assassiné pour rester seul.

Depuis la mort d'Antony, et plus encore depuis les sinistres événements qui lui avaient succédé, j'avais réduit une part de mon cerveau au silence. Prends tes désirs pour des réalités, me disais-je. Persuade-toi que tu ne cours aucun danger, et il ne pourra rien t'arriver.

J'étais allé plus loin encore dans l'esquive. Si j'avais accepté de venir à Oradour, c'était avant tout pour quitter Londres. Jusqu'où peut aller la malhonnêteté d'un homme vis-à-vis de lui-même ?

— Écoutez, dis-je à Philippe, je suis ici pour de mauvaises raisons. Si j'ai accepté de vous rejoindre à Oradour, ça n'a rien à voir avec Antony. Ni même avec l'envie de me faire pardonner notre rendez-vous manqué. Je suis venu parce que j'étais trop terrifié pour rester dans mon pays.

Mes yeux s'embuèrent de larmes.

Je quittai la table et sortis marcher dans la nuit. Le ciel était limpide et profond comme un axiome. Pas de lune, tout juste la poussière brute de mille milliards d'étoiles.

Il me rattrapa.

— Il y a de quoi être terrifié, se contenta-t-il de dire.

Je passai un certain temps à faire les cent pas. *Dans un vieux film*, pensai-je, *le héros s'allumerait une cigarette*. Au fin fond de la voûte céleste, les lumières rouges d'un avion clignotaient placidement. Sa trajectoire suggérait au minimum l'Italie ; son altitude, Venise ou au-delà, peut-être Athènes, Istanbul. J'aurais aimé être à bord.

À l'intérieur, les femmes avaient regagné la table. Je passai aux toilettes vérifier l'état de ma mine et de mes yeux. Dans le couloir, je demandai à Claude-le-patron s'il avait une chambre séparée pour Mary Strait. Ses épaules et ses traits s'affaissèrent dans une attitude de regret. Sans doute crut-il que nous nous étions disputés. J'eus l'impression que même si cette chambre avait existé, il m'aurait répondu non en pensant bien faire. C'est dire le niveau de paranoïa où j'étais rendu.

Notre repas se poursuivit sur un mode différent. Nous parlâmes peinture, cinéma, musique, Europe. Puis, comme cela arrive fréquemment, la conversation se scinda en deux. Philippe et Mary continuèrent de bavarder ensemble : il lui parla de son cabinet d'avocats à Rouen, de sa maison sur la Seine à Jumièges. Claire et moi nous découvrîmes pendant ce temps un certain nombre de relations communes : nous échangeâmes des nouvelles, des souvenirs.

La contemplation de son visage m'empêchait de l'écouter vraiment. Comme celui de ma mère, il fonctionnait plus par phases que par expressions : sa physionomie changeait perpétuellement. Lorsqu'elle faisait le geste de lever la main vers son cou, c'est toute la courbe de son sein gauche qui m'apparaissait.

Le moment du coucher arriva.

— On se retrouve au petit déjeuner ? me proposa Philippe. À huit heures et demie ?

Il se tourna vers Claire avant d'ajouter :

— J'ai des choses à lui dire, tu le sais bien.

Peu après, Mary Strait et moi nous retrouvâmes une fois de plus face à face dans une chambre. Elle s'était déjà déshabillée et m'inondait de bavardages. J'invoquai un besoin urgent. De ses bagages ouverts s'échappait un flot de chaussures, de sous-vêtements et de cosmétiques répandus à même le sol de la salle de bains. Je dus enjamber un certain nombre de ces épaves pour atteindre les toilettes. Elle n'avait pas vidé le lavabo. Sur le carrelage traînaient plusieurs rondelles de coton imbibées de maquillage, de vernis à ongles et de Dieu sait quoi. J'étais debout devant les W-C quand j'entendis qu'elle essayait d'ouvrir la porte verrouillée.

— Je suis aux toilettes, lançai-je.

Pas de « pardon », ni rien de ce genre. Quand je regagnai la chambre, elle farfouillait à quatre pattes dans son capharnaüm. Nue.

— Saloperie de verres de contact, maugréa-t-elle.

Elle me parut aussi vulnérable qu'une enfant.

Elle passa à son tour dans la salle de bains, mais

sans fermer la porte. Je profitai de l'occasion pour sauter dans le lit. Heureusement, j'avais apporté une de mes chemises de nuit américaines Longjohn. Quand elle revint, j'avais éteint la lumière.

— Vous dormez ? chuchota-t-elle.

Je répondis d'un faux grognement ensommeillé. Elle éteignit sa propre lampe de chevet, puis lança un bras dans ma direction. Je l'entendis bientôt ronfler.

J'ai honte de ne pas avoir résisté d'emblée à Mary Strait. Je n'ai jamais trop su m'y prendre avec la honte. Elle fait partie des émotions que j'ai tendance à esquiver d'un brusque coup de volant mental. Après ma première nuit avec elle – je ne la connaissais que depuis deux jours, au nom du ciel ! – je m'étais également réfugié dans la salle de bains de mon appartement pour tenter de surmonter ma déception. Seule consolation, ce reniement massif de mes règles de vie me confirmait que j'étais sous pression.

Cette conclusion m'avait calmé. J'étais même parvenu à lui apporter un café au lit le matin. En revanche, il m'avait été impossible de participer à son tendre babillage. Elle souhaitait revenir sur les émotions de la nuit – en détail. J'avais fini par m'occuper de son corps, de nouveau, pour l'empêcher de parler de nous.

Et qu'avais-je fait ensuite ? Je l'avais encouragée à rester chez moi pour le week-end. « Oh ! man ! », comme aurait dit la Perle Noire.

Notre chambre ne fut jamais plongée dans le noir complet. L'enseigne lumineuse de l'auberge clignotait quelque part, et son halo rougeoyant caressait les épaules nues de Mary Strait. Le nœud qui m'étranglait ne s'était-il pas imperceptiblement desserré ? Je le croyais. Parler de ma peur à Philippe m'avait apporté un embryon de soulagement. Lui comprenait les situations de cet ordre. C'était un avocat criminel avide de justice, perpétuellement confronté à l'horreur : non seulement il en traquait les agents, mais sa famille venait une fois de plus d'en être victime.

L'idée me vint en outre qu'Oradour donnait tout leur sens objectif aux événements récents. Un lieu permet de définir des perspectives, des proportions. Cela confirmait le pire – des forces abominables cherchaient à m'atteindre. Peut-être allais-je devoir les combattre.

Dans mon égoïsme, je n'avais pas demandé à Philippe s'il avait lui aussi reçu des menaces. Mais était-ce de l'égoïsme ? Ou y avait-il quelque chose qui me retenait de le faire ? Je sentais qu'il ne me disait pas tout. Désir de me ménager ou manipulation ? Il faudrait que je lui pose la question.

Le moulin de mes angoisses tournait toujours à plein. Je ne me sentais maître de rien. Quelque chose d'atroce s'était emparé de moi et refusait de me lâcher. Mais comment cette chose, ou ses agents, auraient-ils pu savoir qu'ils ne risquaient rien à me laisser tranquille ? Comment cette violence aurait-elle pu deviner que je ne menaçais pas sa source ? Que je n'avais aucune envie de la menacer ?

*Comment le faire savoir ?*

Cette pensée me poussa à tenter de mettre un nom sur ce qui m'arrivait. Dans quoi m'étais-je laissé embarquer ? Un complot ? Un complexe ? Mon vieil ami le Dr Pankratikos m'avait un jour expliqué ce qui, psychologiquement parlant, constituait un complexe :

— C'est un système d'affects, Nicholas, en général centré sur une personne. Le plus souvent un parent. Et j'ai l'habitude de comparer cela à un cube. Un cube doté d'un grand nombre d'éléments colorés. Comme le Rubik's Cube. Chaque élément a lui-même la forme d'un cube. Mais tout en faisant partie du cube, il n'est pas le cube en soi. Supposons, Nicholas, que vous ayez un complexe paternel : cela vous pousserait sans doute à être un employeur à la fois médiocre et dur, un homme dépendant de la bonne opinion de ses aînés tout en étant enclin à se rebeller contre l'autorité. Si vous aviez un complexe maternel, vous seriez peut-être un homme qui hait les femmes mais ne peut pas se passer d'elles. Qui les idéalise mais aime aussi les battre, faire preuve de cruauté, de sadisme. Qui les poursuit avidement et les laisse tomber dès qu'il a capté leur affection. Qui croit les aimer mais ne parvient pas à comprendre pourquoi elles le déçoivent en permanence. Dans ces cas-là, les couleurs du cube sont mélangées.

Je n'avais jamais posé au Dr Pankratikos la question qui me brûlait les lèvres. J'avais trop peur qu'il ne réponde : « Chez vous, Nicholas, il y a les deux : le paternel et le maternel. »

Et voilà qu'un « complexe » meurtrier, impersonnel, s'était emparé de moi. Aucune analyse au monde n'aurait pu l'éliminer. La violence dont j'étais la cible me semblait aussi précise qu'implacable. Je redoutais – et pressentais – l'existence d'un pouvoir central.

Quand mes questions sont plus nombreuses que mes réponses, j'essaie de gagner du temps en attendant de pouvoir me faire aider. J'allais prendre le petit déjeuner avec Philippe : peut-être cela me permettrait-il d'éclaircir certains points. Quant à l'épineux problème qui venait de s'endormir à côté de moi…

Ferme les yeux, Nicholas. Les pignons noirs d'Oradour. Lorsque je pense au mal que je me donne pour que mes clients puissent vivre avec style et dans le confort… Il y a quelque chose de particulièrement odieux dans le viol d'une maison… Endors-toi, Nicholas.

En glissant vers le sommeil, je compris sur quel sujet il me restait à questionner ma compagne de lit. Elizabeth. Il me faudrait aussi envisager les conséquences de cette liaison. Elizabeth était au courant. Et savait que nous passions le week-end en France.

Elizabeth avait deux possibilités. Soit elle se servirait de ce qu'elle avait appris pour me prouver qu'elle continuait de très bien connaître ma vie. Soit elle exercerait des représailles, par jalousie. Son âge et l'absence de tout épisode sexuel dans nos relations pourtant anciennes ne feraient rien pour calmer le jeu.

Je ne fermai pas l'œil de la nuit.

## 23

Superbe matin : des faisceaux lumineux jaune citron transperçaient le voile de nuage. De ma fenêtre, je voyais la condensation des voitures stationnées en bas. La seule place vacante, libérée depuis peu, dessinait un rectangle sombre. Pas de givre cette nuit-là.

Un petit chien marron trottait avec détermination au bord de la route. En face, juste à côté de l'entrée d'un long chemin privatif, une femme déjà vêtue de pied en cap ouvrit la porte de sa maison et huma l'air matinal. Elle marcha jusqu'à un abri de jardin, jeta un coup d'œil à l'intérieur et regagna son domicile. Le chien marron la regarda, frétilla un peu de la queue puis reprit sa promenade. Autour du long toit de la ferme visible tout au bout du chemin, des oiseaux planaient dans le ciel.

Au loin, une voiture descendit de la colline. Elle ralentit à l'approche du Chantecler Rouge, sans doute un voyageur bien informé venant prendre son petit déjeuner ici. Il y avait deux hommes à son bord, dont un en chemise à carreaux ; ils cherchaient des yeux une place de parking. À moins que ? Non. Ils devaient avoir changé d'avis.

Parvenue à la sortie du parking, la voiture stoppa, fit marche arrière et passa en revue tous les véhicules stationnés. Après avoir marqué un temps d'arrêt devant la place libre qui séparait ma voiture de celle de Philippe, elle repartit pour de bon. J'avais repéré un restaurant routier un peu plus loin la veille. Peut-être s'étaient-ils décidés pour un petit déjeuner moins onéreux.

Après un bain discret, je me faufilai hors de la chambre et sortis prendre l'air. Rien de plus revigorant que les odeurs de la France rurale : de pain, de ferme, de café, de bas-côté.

Philippe arriva au moment où j'ouvrais *Le Monde*. Il me serra la main.

— Avez-vous bien dormi, Nicholas ?

— Non. Et vous ?

— Pas du tout.

J'abordai bille en tête le sujet dont j'avais désespérément besoin de parler. Pour faire bonne figure, je commençai par lui demander s'il était lui-même en danger.

— J'ai reçu des menaces, Nicholas. Je suis suivi. On m'a lancé deux fois un couteau. Une bombe a été désamorcée sur mon perron. Je dois changer régulièrement d'adresse. C'est le schéma classique. Plus on se rapproche de l'ennemi qu'on poursuit, plus il devient agressif.

— Et dans mon cas ? Vous pensez que tout est lié ?

— Oui. Mais je ne sais pas comment. J'entends par là que je ne saurais pas vous dire où les fils se rejoignent. Si Antoine a perturbé leurs plans…

Son attitude avait quelque chose de fuyant, mais

peut-être était-ce juste de l'embarras. Je lui posai la question tant redoutée.

— Vous croyez que je suis en danger ?

Il s'accorda un long moment de réflexion.

— Il y a trois réponses possibles à cette question. Non. Oui. Et peut-être. Nous devons écarter le « non », car il est clair que vous rencontrez des difficultés. Par conséquent, nous pouvons aussi écarter le « peut-être ». Ce qui ne laisse que le « oui ». C'est en tout cas mon point de vue.

— Bref, j'ai un gros problème sur les bras.

— Je le crains, mon ami.

— Mais voyez-vous le même que moi ?

Il était rapide à la détente.

— Au cas où Antoine aurait découvert quelque chose, vous n'avez aucun moyen de dire à ces gens que vous ne vous intéressez pas à eux, c'est ça ? J'y ai réfléchi. Même si vous vous payiez une pleine page à la une du *Monde* ou du *Guardian*, ils pourraient décider de ne pas vous croire. Surtout quand on sait de quoi ils sont capables.

— « Ces gens »... vous savez qui ils sont ?

Il hésita.

— Comme je vous l'ai dit hier soir, je crois qu'il y a un ancien officier d'Oradour dans le lot. Encore vivant. Mais j'ignore son identité.

— Vous avez des indices ? C'est lui, le coupable ?

— Je n'en sais rien. Peut-être sont-ils plusieurs. Savez-vous qu'ils se retrouvaient pour une commémoration annuelle ? Les anciens SS d'Oradour ?

— C'est horrible... mais ça ne me surprend pas.

Nous mangeâmes en silence. Cette conversation me laissait un goût d'inachevé, un peu comme quand le double fond d'une caisse de prestidigitateur tombe accidentellement.

— Savez-vous comment le croissant a été inventé ? finit par demander Philippe.

— Vous êtes comme votre oncle. C'est exactement le genre de question qu'il sortait au débotté.

Flatté, il poursuivit :

— Pendant le siège de Vienne, en 1683, ce sont des boulangers qui ont alerté les défenseurs de la ville que les Turcs préparaient une attaque surprise. L'assaut a été repoussé, le moral des troupes turques s'est effondré et le siège a été levé. À titre de récompense, on a offert aux boulangers le privilège de créer une pâtisserie ayant la forme de l'emblème ottoman : le croissant.

Le café était délicieux.

— Il faut que je vous dise quelque chose, ajouta Philippe, voyant que je ne répondais pas. J'ai tellement hésité à vous en parler que cela m'a empêché de dormir.

Je regrettai sur-le-champ qu'il n'ait pas choisi de se taire.

— Ces cadeaux que vous avez reçus… Hitler en envoyait toujours à ceux qu'il s'apprêtait à exécuter. Il tenait cette habitude de Mussolini.

— Et ?

— Une vieille ruse toscane, je crois. Et le cadeau a toujours un rapport avec l'exécution projetée.

— Où voulez-vous en venir ? ripostai-je assez grossièrement, une fois de plus gagné par la peur.

— Les policiers m'ont dit qu'Antoine avait reçu un cutter par la poste. Et des fleurs.

Ses yeux étaient de plus en plus noirs. J'imbibai copieusement mon croissant de café.

Un peu plus tard, il me demanda :

— Vous retournez à Oradour ?

— Je ne m'en sens pas la force.

— Je comprends. Mais votre… compagne, Mary ? Que souhaite-t-elle faire ?

— Elle voudra sûrement voir ça, répondis-je d'une voix morne.

— Ah ! les affaires du cœur, sourit Philippe.

— J'ai bien peur qu'il ne s'agisse plutôt d'une affaire de portefeuille.

Sa mine redevint grave.

— Mon portefeuille, précisai-je.

Sa gravité s'accentua encore : j'avais froissé son sens des convenances. Allons bon ! Sachant qu'on pouvait se faire pardonner une faute en s'excusant d'une autre, j'ajoutai aussitôt :

— Je regrette sincèrement d'avoir fait de la peine à Claire hier soir.

— Ce n'est pas grave, mon ami. Elle m'en a un peu voulu de ne pas lui avoir tout dit. Ce n'était pas une bonne idée de vouloir autant la protéger.

— C'est tout à votre honneur.

— Le sens de l'honneur fait partie des valeurs auxquelles je crois.

Gêné par le tour que prenait la conversation, je dis la première chose qui me passait par la tête et fus moi-même surpris par les mots qui sortirent de ma bouche :

— J'ai vu une voiture passer ici tout à l'heure. Il y avait deux hommes à bord. Ils se sont arrêtés un instant pour observer votre auto et la mienne. J'ai cru qu'ils venaient petit-déjeuner ici.

— J'aurais dû vous prévenir, Nicholas. Ce sont sûrement mes associés. Ils venaient juste vérifier que tout va bien. Je suis obligé de prendre certaines précautions.

— J'aimerais pouvoir en prendre aussi.

Il marqua une pause – une pause d'avocat, destinée à capter à cent pour cent mon attention.

— Il y a une solution.

— Ah ?

— Vous pourriez renoncer à votre rôle d'exécuteur. C'est peut-être le nœud qui relie tous ces fils, non ?

— Ça changerait quelque chose ?

— Laissez-moi porter ce fardeau. Il s'agit de ma famille, après tout.

— Ne vous retrouveriez-vous pas très… exposé ?

— Je bénéficie d'un système de protection. Et je supporte mal de vous voir en danger à cause d'une affaire qui concerne ma famille.

Claire nous rejoignit sur ces entrefaites. Nous nous levâmes pour l'accueillir. Elle contourna la table et me gratifia d'une accolade inattendue.

— Je me suis conduite comme un bébé, hier soir.

Le sommeil était encore inscrit sur ses traits.

— Et moi comme un malappris.

— Quel est ce mot ? s'enquit Philippe.

Nous partîmes dans une digression linguistique. Une heure plus tard, nous nous levions de nouveau pour saluer l'arrivée d'une Mary Strait fort peu loquace.

Le ciel se dégagea. Quand tout le monde eut pris son petit déjeuner, nous mîmes au point le programme du jour. Philippe et Claire emmèneraient Mary à Oradour et me retrouveraient au Chantecler pour un déjeuner tardif.

— Ça ne vous pose pas de problème ? fit Claire. De rester seul ?

Ce qui me gênait surtout, c'était de savoir que Mary allait visiter Oradour.

— Il y a une petite église très connue à une vingtaine de minutes d'ici, me dit Philippe. Saint-Gilles. Elle faisait autrefois partie d'un monastère. Suivez la direction de Limoges. Je suis sûr qu'elle vous plaira, Nicholas. Je dirais même que c'est à ne pas manquer.

Ils s'en allèrent peu après. Mary Strait avait l'œil chargé de reproches et en rajouta des tonnes au moment de m'embrasser. J'eus ensuite le bonheur suprême de déguster seul un café et un croissant.

Ravi de quitter le chaos de notre chambre, je réservai une table de quatre pour le déjeuner, chargeai mes bagages dans ma voiture et mis le cap sur Saint-Gilles. Mes pensées se bousculaient. L'idée qu'Antony ait pu recevoir lui aussi un cutter et des fleurs refusait cependant de se fixer dans mon esprit. Esquive ? Plutôt déni.

Je m'interrogeai sur Mary Strait et sur le meilleur moyen de m'en dépêtrer. De limiter les dégâts. Et d'empêcher qu'une telle erreur ne se reproduise. Je pouvais me comprendre. Poussé à bout par une succession d'événements tous plus effrayants les uns que les autres, j'avais recherché un peu de réconfort. Sauf que je l'avais recherché là où il ne fallait pas. Mal joué. Elizabeth et Mary Strait. Seigneur ! Oserais-je interroger mon répondeur téléphonique ? Oui, car un homme averti en vaut deux. *Dixit* mon père. Que m'aurait-il conseillé, lui ? Aucune idée. Il ne m'avait pas donné un seul conseil de ma vie. Ni de la sienne.

Pour quelqu'un d'aussi ascétique, Elizabeth était capable d'effusions stupéfiantes.

— Nicholas chéri ! Qu'est-ce que j'entends ? Il y a de l'amour dans l'air ? Ma foi, c'est une très gentille fille, et j'espère que ça va bien se passer. Elle a l'air très amoureuse de toi. Fais-moi signe à votre retour. Il faut qu'on déjeune tous les trois. Tu me pardonneras si j'attends encore un peu pour vous inviter tous les deux à dîner.

Que faire, que faire ? Le panneau « Saint-Gilles, église du XIIe siècle » m'aida à oublier mon désarroi. Il me fit aussi prendre conscience d'un autre dilemme, beaucoup plus vaste, auquel je faisais face.

J'étais pris pour cible par des gens qui ignoraient que je n'étais pas une menace pour eux. Et qui, si j'avais été capable de le leur faire savoir, n'en auraient peut-être tenu aucun compte. Comment résoudre ce problème ? Je me sentais tel un canard coincé au fond d'un tonneau qui voit les fusils des chasseurs au-dessus de lui.

Creuse-toi les méninges. Se pouvait-il qu'Antony m'ait donné un jour une information susceptible de faire de moi un danger pour ses ennemis ? Qu'il m'ait présenté à quelqu'un ? Ou que j'aie fait pour lui quelque chose de nature à suggérer que je disposais d'informations que je n'étais pas censé avoir ? Avais-je commis dans le cadre d'un de nos contrats un acte qui méritait de me valoir d'aussi féroces agressions ? « Ils » ne pouvaient tout de même pas me haïr pour la seule raison que j'engrangeais de jolis bénéfices, si ? Mes affaires n'avaient rien d'anormal.

La campagne était sublime dans cette lumière d'azur et d'or. Au-dessus des prés, derrière une double rangée de trembles, je vis briller quelques toits. Une petite croix dorée captait le soleil. Et si les agressions ne cessaient pas ? Et si elles empiraient ? Je pourrais toujours venir vivre en France. Me lancer dans l'architecture de restauration, ici ou en Italie, comme j'en avais souvent rêvé. Gare ta voiture, Nicholas, et chasse ces pensées.

Le village de Saint-Gilles s'avéra charmant. Exceptionnellement bien préservé : il paraît que la pierre d'ici contient un schiste argileux qui lui assure un surcroît de durabilité. Les petits visages qui ornent les corniches sont encore tellement nets qu'ils auraient pu être sculptés il y a quatre-vingts ans et non huit siècles.

Dans cette partie de la France, certains bâtisseurs continuent d'utiliser un remède issu de la sagesse populaire : entourez votre maison d'un chemin de sable, et votre bois de charpente ne sera jamais vermoulu. Une large ceinture de sable cernait l'église de Saint-Gilles. Et je ne vis pas la moindre trace de vermine dans les panneaux de bois de la porte.

Six colonnes de part et d'autre de la nef. Ces chapiteaux-là n'avaient jamais été touchés par d'autres mains que celles de leurs maçons. Une volée d'étroites marches de pierre, parfaitement incurvées, s'élevait jusqu'à une sorte de niche voûtée de la taille d'un homme. Ce ne fut qu'une fois là-haut que j'en compris la fonction. Une fenêtre taillée en oblique dans le mur offrait une jolie vue sur une pièce d'eau. Les feux du soleil levant rebondissaient-ils sur sa surface avant de toucher cette vitre ?

Je rendis silencieusement hommage au génie de l'architecte ou de l'abbé qui avait eu cette idée. Par la fenêtre, je vis une voiture approcher sur la petite route

– c'était la même qui avait inspecté tout à l'heure le parking du Chantecler Rouge.

Encore une manifestation de la diligence de Philippe ? Sa présence aurait dû m'apporter du réconfort, mais pas grand-chose ne parvenait à me réconforter ces temps-ci. Et un tel degré de sollicitude m'étonnait tout de même de sa part.

Alors que j'étais planté devant l'autel, la porte s'ouvrit et ils entrèrent. Je me retournai vers eux et souris. L'homme à la chemise à carreaux m'adressa un petit signe de la main. L'autre portait une écharpe de supporter de football : bien vu, Philippe. Ils se postèrent de part et d'autre du haut bénitier de pierre.

Au moment où je refermais mon carnet, ils ressortirent. Un bruit de moteur s'éleva peu après, et ils s'en furent. Je glissai un billet de cent francs dans un tronc puis allumai un cierge pour Antony Safft. Non pas que je croie à quoi que ce soit, mais Antony, comme moi, adorait la lumière.

Dehors, une curiosité : une courte rampe, pentue comme un toboggan et bordée de murs hauts de trois mètres, dévalait jusqu'à la pièce d'eau. Tiens, tiens… Ce bassin avait-il été conçu comme une espèce d'annexe de l'église ? Le mur, en tout cas, datait de la même époque. Le vestige de quelque rite local ? Une bénédiction des eaux ? Une cérémonie d'été au bord du lac ? Il faudrait que je me renseigne sur la liturgie de Saint-Gilles.

Un panonceau explicatif, au bord du chemin, parlait d'un lac sans fond. Ben voyons. Et d'un poisson géant. Qui avait dévoré un tas de gens avant que saint Gilles le bénisse. Par la suite, chaque fois que saint Gilles était remonté dans sa barque, le poisson l'avait suivi et « lui avait apporté » une bonne pêche. Vraiment ? J'aime bien les histoires de poissons ; j'en connais une autre, celle du poisson qui avait un joyau dans le ventre.

On aurait pu lancer une chaloupe à l'eau sur ce chemin. Peut-être était-ce d'ailleurs sa fonction. En tout cas, pour étudier l'aspect extérieur de ma fenêtre oblique, il fallait que je descende au bord du lac. Ce ne fut qu'une fois en bas de la rampe que je me rendis compte qu'il était entièrement cerné par un haut mur d'enceinte. Bâti dans la même pierre que l'église, il accentuait le « cercle parfait » de l'onde.

Oui, c'était cette fenêtre-là. Attention à ne pas tomber à l'eau. Magnifiquement fait : impossible de voir d'ici qu'elle était oblique. Comment s'y était pris l'architecte ? En jouant sur la profondeur du tableau de part et d'autre de la vitre ? Ah ! bien joué ! Et le tableau penchait vers le bas. *Yes !*

Un grondement s'éleva derrière moi, en haut du chemin, un furieux bruit de moteur. La voiture des deux hommes s'engagea à vive allure dans la descente. Et je n'avais nulle part où aller. Les murs : trop haut. Le lac : quelle profondeur ? J'étais déjà sur la dernière marche. Aucune échappatoire. L'auto me fonçait dessus, frôlant les murs.

# 24

Tempête sous mon crâne.

Me jeter en roulé-boulé sur le capot ? Non ! Faire un bond de côté ? Pas la place.

Je suis mort.

Non, je ne me laisserai pas faire.

Des « associés », d'après Philippe.

Tu parles d'associés !

Vont-ils pouvoir s'arrêter ? Pas mon problème. Mes vêtements sont-ils trop lourds pour que je puisse flotter ? J'ai laissé ma veste dans la voiture.

Sont-ils armés ? N'en rajoute pas dans le dramatique. Mais la situation *est* dramatique !

Me-erde ! Retourne-toi et saute.

Je me retourne et je saute. Une eau noire, froide, froide. Stagnante. Et maintenant ? Un hurlement de pneus ! Un fracas de tôle. Je suis sous l'eau. Mes chaussures, je ne vais pas pouvoir nager en chaussures, j'ai besoin de sentir mes orteils, je descends de la grenouille. Des mocassins John Lobb, je m'en débarrasse. Mieux comme ça. Et mes chaussettes aussi, dès que je ferai surface. Respirer, ne pas respirer. Trois grandes brasses et je remonte. À la surface, je me mets à nager. Trois autres grandes brasses vers le centre du lac, beaucoup plus étendu maintenant que je suis dedans, chacun sait que l'eau est trompeuse. Froide. Le sport. Pearl m'a posé la question. Je lui ai répondu. J'ai défendu les couleurs de mon lycée en natation, mais pas celles de Cambridge. C'est le moment de remettre mon maillot bleu. Bleu comme le froid qui m'envahit.

La voiture a stoppé à l'extrême bord du parapet. Un sacré coup de patin – à moins qu'elle ne soit pas descendue aussi vite que je ne l'ai cru ? Non, je vois comment ils s'y sont pris, ils ont fracassé leur aile avant droite contre le mur pour pouvoir s'arrêter à temps. Et leur aile arrière gauche a heurté le mur opposé, qui n'était qu'à quelques centimètres.

Le plus jeune des deux hommes m'adresse un grand signe de la main. C'est du moins l'impression que j'ai en l'observant entre deux eaux, à demi aveuglé par l'horreur et le bout d'algue qui s'est collé devant mes yeux. Pourquoi est-ce qu'il me fait signe ?

Je me sens couler. Meeeeeeeeerde ! Qu'est-ce qui m'arrive ? J'ai reçu un coup sur la tête. J'en reçois un autre sur la nuque. Ça vient de lui. Il ne me fait pas signe, il m'a lancé quelque chose !

Il recommence. Le conducteur descend de l'auto. Il tient un sachet à la main. Comme le type à la chemise à carreaux. Ils me bombardent en piochant au fur et à mesure dans leur sachet.

Plusieurs projectiles crèvent la surface autour de moi. En soulevant de toutes petites gerbes, comme les obus d'une bataille navale miniature. Disparaître. Je replonge et nage sous l'eau, change de cap, remonte prendre une goulée d'air, replonge encore et une, deux, trois, quatre brasses. Si j'arrive à tenir jusqu'à, disons, sept brasses sous l'eau je devrais émerger hors d'atteinte, une, deux, trois… Je vois, ou plutôt je sens un projectile me toucher. À l'épaule. Mais il a perdu de sa puissance. Je remonte, respire, redescends et une, deux, trois, quatre, cinq…

Je fais encore une fois surface, je n'ai plus froid du tout, ce doit être la panique qui me fait claquer des dents…

Je tourne sur moi-même en faisant du surplace. Peut-être est-ce vrai, cette histoire de lac sans fond. Il me paraît d'une profondeur vertigineuse. Je regarde vers la berge. Ils continuent de lancer leurs trucs mais ne parviennent plus à m'atteindre.

Mon Dieu ! Je les vois se séparer et courir chacun d'un côté du parapet. Juste assez large pour un homme au pied assuré. Ils veulent m'empêcher de regagner le bord. Où que ce soit. Ai-je une chance d'arriver au mur avant eux ? Mais qu'y a-t-il dans ces sachets ? La réponse arrive vite. Le plus proche des deux effectue un nouveau lancer, et le projectile me frôle. Une bille de roulement ! Deux sachets emplis de grosses billes de roulement étincelantes !

Puis-je encore me mettre à l'abri ? Des deux ? Je regarde alentour. Aucune embarcation en vue. Ils ne pourront donc pas venir me lapider à bout portant. Quelles sont les dimensions de ce lac ? Est-il assez large pour me protéger d'un tir de barrage croisé ? Aucune idée. Il n'y a que moi qui puisse le déterminer. Je me mets donc à nager vers le deuxième homme, ce qui me ramène vers ce que j'estime être le centre exact du lac. Il faut cependant que je me rapproche encore un peu de lui pour l'inciter à reprendre ses lancers. Pour l'instant, il attend. Et je commence à fatiguer.

Il se remet à envoyer des billes. En m'appuyant sur une technique de mesure que j'utilise cent fois par jour, je vire à gauche et vais me placer à cinq mètres de l'endroit où son meilleur lancer a touché l'onde. Je suis à présent hors de sa portée.

Vérifier la position de l'autre ? Il s'est encore déplacé le long du mur. Mais, par élimination, il me suffit de continuer à nager. Je ralentis. J'ai le compas dans l'œil, c'est le moment ou jamais de m'en servir. Mes deux agresseurs auront bientôt atteint un point de la circonférence du mur au-delà duquel ils se rapprocheront l'un de l'autre. À ce stade, si leurs billes retombent toujours trop court, je serai en sécurité. On dirait presque que je suis en train d'effectuer un relevé.

Je nage à mouvements réguliers jusqu'à ce qu'ils cessent de lancer. J'ai enfin le temps d'ôter mes chaussettes, opération délicate. Voilà, j'ai les orteils libres. Et maintenant ?

Les deux hommes se sont assis sur le mur. Nonchalamment. Il ne leur manque plus qu'une canne à pêche, une ligne et une besace. L'image même de la décontraction. Et moi ? Je suis réduit à nager en cercle. Il leur suffit d'attendre que je revienne à leur portée. Ou que je me noie. Cette pensée manque de me faire couler.

Plus je fatigue, plus l'eau est froide. Les petits cercles épuisent plus vite que les grands. Aller les narguer ? Me rapprocher pour déclencher une nouvelle salve. De l'un puis de l'autre. Les pousser dans leurs retranchements.

Mon crâne, ma nuque me font un mal de chien. Je

saigne à flots. Curieusement, cela ne m'inquiète pas. Saigner de la tête vaut parfois mieux que de ne pas saigner du tout. La fatigue, en revanche...

Un voile passe devant mes yeux. Je me ressaisis. Puis je suis peu à peu envahi par une sensation de chaleur, de sommeil. Je me ressaisis une deuxième fois. Une chance que j'aie pratiqué la natation dans ma jeunesse. Le souvenir des chocolats chauds d'après-course. Attention à cette chaleur traîtresse, soporifique. Des personnes qui ont failli mourir de froid l'ont raconté ; des personnes sauvées de justesse de la noyade ont parlé d'un sentiment de paix, d'une lumière entrevue.

Varier les positions. Sur le dos. Réduire le nombre de mouvements. Juste de quoi flotter. Cette eau ne porte rien du tout. Pourquoi ne suis-je pas dans la mer Morte ?

Je jette un coup d'œil vers la berge. Un des gorilles se dirige vers l'autre. Il s'arrête tous les cinq mètres environ pour évaluer la distance qui nous sépare et lancer une nouvelle bille dans ma direction. Il fait ça avec une espèce de détachement. Comme quelqu'un qui se sait déjà victorieux. Aucune bille ne retombe près de moi. Quelle importance ?

Faut-il que je me rapproche d'eux ? Que j'accepte d'être achevé dans ce lac ? Ou hissé sur le parapet et enlevé ? Non. Mon instinct s'y refuse. Je poursuis donc mes cercles. Une métaphore de mon existence, me dis-je amèrement. Des cercles froids, répétitifs. Toujours sans avoir pied. Terrorisé par ce qui marche sur la terre ferme. L'histoire de ma vie.

Combien de temps ? Cinq minutes, dix minutes, un quart d'heure ? Aucune idée.

Subitement, ils s'en vont. Ils rebroussent chemin jusqu'à la rampe et remontent en voiture. Changement de plan ? Irruption d'un facteur imprévu dans leur sinistre équation ?

Comme ça, sans raison apparente. Tournant toujours en rond à la façon d'une otarie, je vois la voiture remonter en marche arrière la rampe bordée de murs puis je l'entends s'éloigner.

# 25

Je respirais encore. Pas de blessure grave. La mort m'avait épargné. Pourquoi ? Trempé et pieds nus. En état de choc – physique ou mental, j'étais incapable de faire la distinction. Mais pas de doute, il n'y avait plus personne dans les parages. Hormis quelques oiseaux.

Le front posé sur mon volant, je me mis à trembler. Pensée : J'avais dans mon sac de voyage des vêtements, des chaussures de rechange. Je poussai à fond le chauffage de la voiture, récupérai ma deuxième paire de lunettes dans mes bagages et démarrai. Méfiant. Fouillant des yeux le paysage. Pas de voiture grise. Personne.

À un peu plus d'un kilomètre de Saint-Gilles, au bord d'une petite route boisée, je me séchai avec ma chemise et mon maillot de corps de la veille. Je fis ensuite le bilan des dégâts.

Pas grand-chose sur le plan matériel – une paire de chaussures, une paire de chaussettes, et mes lunettes : je les avais perdues dès mon plongeon initial. J'avais mal à l'arrière de la tête. Après avoir tenté en vain d'apercevoir ma blessure dans le rétroviseur, je sortis le miroir de poche de ma trousse de toilette et découvris une longue entaille, d'où le sang suintait toujours. J'examinai dans la foulée mon épaule endolorie : la bille l'avait heurtée plus violemment que je ne le pensais, et une contusion rougeâtre était en voie de formation. Je me changeai.

D'abord les questions pratiques. De quoi avais-je besoin ? D'une pharmacie plutôt que d'un médecin, car les pharmacies françaises auraient dû faire partie de la liste des merveilles du monde. Je n'en trouvai pas au village le plus proche, Peyrilhac. Fiche le camp d'ici, vite ! Je passais mon temps à les chercher des yeux. Trop de voitures grises en France.

Le pharmacien de Nieul me fit asseoir et examina ma nuque, nettoya la plaie puis l'aspergea d'antiseptique. Pouvait-il me faire un pansement ? Je veux bien, mais l'air est le meilleur des pansements. J'ai chuté, expliquai-je, je me suis cogné la tête contre une pierre. Il examina mes pupilles, mes réflexes. « Vous êtes tombé à l'eau ? Vos cheveux sont trempés. Dans ce cas, mieux vaut prévenir les risques d'infection. »

Il me donna quelques tubes d'homéopathie, un petit flacon du spray désinfectant dont il venait de se servir, une boîte d'antibiotiques et une autre de calmants, à ne pas prendre si je conduisais. Et un collyre antiseptique pour mes yeux rougis par l'eau du lac. Il me conseilla aussi de manger.

Sur le trottoir d'en face, à la brasserie du Limousin, je dévorai une omelette aux fines herbes et un morceau de pain frais, malgré les haut-le-cœur qui me venaient à chaque bouchée. Pourquoi ne m'avaient-ils pas tué ? Je passai un coup de fil au Chantecler Rouge sur mon portable en plein repas, demandai à parler à Claude-le-patron. Pourriez-vous transmettre un message à Philippe et aux autres ? J'ai eu un accident, je suis obligé d'avancer mon retour. Et merci d'avance à Philippe de faire en sorte que Mlle Strait puisse regagner Bordeaux quand elle le désirera. Non, je vais bien, il n'y a que des dégâts matériels. Je suis un peu commotionné. Claude-le-patron me fit observer que je parlais comme un homme à bout de souffle, un homme confronté à la tragédie, un homme désespéré. Oui, bien sûr que je reviendrais. Oui, son auberge était superbe et j'avais hâte d'y retourner.

Je filai ensuite vers l'autoroute, l'esprit chargé de brutales interrogations. Les protecteurs de Philippe ? Qu'est-ce que cela aurait été si j'avais eu affaire à ses adversaires ! Comment m'avaient-ils localisé, comment avaient-ils reconnu ma voiture ? Nous avaient-ils suivis depuis Oradour ? Et maintenant, la pire question de toutes : Philippe était-il vraiment ce qu'il prétendait être ? Affolé et paranoïaque, je roulai comme un malade jusqu'à l'aéroport de Bordeaux.

Tandis que je pénétrais dans l'aérogare deux heures plus tard, mon portable sonna – j'avais oublié de l'éteindre. Je ne répondis pas. Un petit bip s'éleva dans la foulée, pour me signaler que j'avais reçu un message.

« Mon ami, mon ami, disait Philippe d'une voix anxieuse, que vous est-il arrivé ? Vous allez bien, j'espère ? Je vous en prie, rappelez-moi. Nous ne bougerons pas du Chantecler jusqu'à ce que vous vous manifestiez. »

Je finis par le faire, mais seulement quand je me sentis en sécurité dans le taxi que je venais de prendre à Heathrow.

— Ah ! Nicholas ! Nous nous faisions un sang d'encre ! Que s'est-il passé ?

— Vos associés. Ils m'ont poussé dans le lac et ils ont tenté de me noyer.

— Mes associés ? De qui voulez-vous parler ?

— De ces deux types en voiture. Vous m'avez dit qu'ils assuraient votre protection.

— Mais… c'est la vérité. À quoi ressemblaient-ils ?

— Ils n'avaient rien de particulier.

— Mes associés ressemblent à des soldats. Ce qu'ils sont.

— Ceux-là ressemblaient à des voyous. Ce qu'ils sont.

— Vous semblez très ému, mon ami.

— Oui. C'est bizarre, hein ? Je viens de passer une demi-heure dans un lac glacial, à nager pour éviter d'être lapidé. Et j'ai une plaie longue comme un rabat d'enveloppe à la nuque !

Pouvais-je croire à son inquiétude ? Devais-je y croire ? Pourquoi Antony ne m'avait-il jamais parlé de son neveu ? Plus personne ne disait « mon ami » de nos jours. Cet homme n'était-il qu'un fieffé menteur ?

De retour chez moi, je débranchai mon répondeur et laissai le téléphone sonner. Il y eut plusieurs appels. Je veillai jusqu'à trois heures du matin, zappant de chaîne en chaîne pour chercher du football, en en trouvant çà et là. La télé m'aida un peu à me calmer. Pour finir, j'avalai quelques calmants et me mis au lit, mais je me réveillai dans un tel état de nerfs que j'aurais aussi bien fait de ne pas dormir du tout.

Le dimanche après-midi, mon interphone poussa les hauts cris. Je savais qui c'était et je ne répondis pas.

Quand le silence fut revenu, j'allai me tapir derrière la fenêtre. Mary Strait montait dans un taxi.

Dans le petit bureau aveugle que je m'étais aménagé au fond de mon appartement, je passai des heures à écouter du Grateful Dead, du Jefferson Airplane et du Donald Fagen. Puis du baroque – Albinoni, Galuppi, Manzini. Tout en me triturant le cerveau pour chercher des indices. N'importe lesquels, n'importe où. En vain.

Je considère aujourd'hui ce jour-là comme celui où j'ai changé – et pas seulement d'avis, mais aussi de caractère (si tant est qu'on puisse changer de caractère). Quand j'étais ressorti de ce lac, choqué et sanguinolent, je me sentais par-dessus tout humilié. Il paraît que c'est l'émotion la plus recherchée par les tortionnaires – l'humiliation. Quel est le premier objet qu'ils retirent à un captif ? Ses lunettes, s'il en porte. Et ensuite ? Ses chaussures, ses chaussettes. Et après ? Son pantalon.

Quel est le premier signe de terreur qu'ils attendent ? Qu'il se compisse. Et je m'étais compissé dans le lac. Ce n'était pas grave dans la mesure où personne n'avait rien vu. Mais je savais, moi, que c'était arrivé. Comme c'était arrivé lorsqu'ils m'avaient entraîné dans cette rue déserte à la sortie du métro. Les hooligans l'avaient vu. Les policiers l'avaient vu. Le chauffeur de taxi l'avait vu.

Je ne supporte pas d'être humilié. D'être brutalisé. Et pire encore d'être à la fois brutalisé et humilié. Ça remonte à l'école. Comment s'appelait-il, déjà ? Est-il nécessaire de poser la question ? Je ne l'ai jamais oublié : Donnell, grossier, rougeaud, grand et gras. Il m'a baissé de force mon pantalon, j'avais treize ans. Un mois plus tard, le délicieux craquement de ses os contre la pierre chantait à mes oreilles. Dans le noir, pas un instant il ne vit mon visage, seulement le gros caillou que je serrais dans ma main. Dans la clarté d'un couloir de l'école, plus tard, je vis le sien, en bouillie. Un plaisir.

De ma baignoire, je composai un numéro de téléphone. La sonnerie retentit dans une pièce vide : ce sont des choses qui se sentent. « Appelez-moi à n'importe quelle heure, mon ami. » C'était ce qu'il m'avait dit.

Naturellement, je ne mis pas le nez dehors. Je trouvai de quoi me faire un repas au congélateur, mangeai peu. Je lus, ou plutôt essayai. Le mieux était encore de me réfugier dans la routine du travail.

## 26

À l'agence le lendemain matin, je dus affronter plusieurs problèmes. Le peu d'énergie qui m'animait provenait d'un mélange de peur et de colère. Tâche au moins de ne pas accumuler les erreurs, m'exhortai-je dans l'ascenseur.

Soit, mais je vais bientôt me retrouver face à l'une d'elles. Ma main au feu qu'elle sera là à la première heure.

Un mystère m'attendait à la sortie de l'ascenseur. Huit heures moins le quart, l'agence déserte, et cependant toutes les ampoules brillaient, toutes les portes étaient ouvertes. Hal devait avoir modifié les horaires de la femme de ménage. Ou bien quelqu'un était arrivé plus tôt que d'habitude, avant de ressortir boire un café ? Ou bien… ? La porte de mon bureau aussi était ouverte, et pourtant tout semblait en place. Je devenais vraiment parano.

Lemon gardait dans son bureau un double des clés de mon appartement. En cas d'urgence. Y étaient-elles toujours ? Pas de doute, j'étais devenu parano. Elles étaient là, dans leur petite boîte au couvercle décoré d'un éléphant. En repartant vers mon bureau, je vis entrer notre nouveau dessinateur. Il m'adressa un signe de tête respectueux.

Concentre-toi. Comment aborder la journée ? De front, décidai-je. Je devais garder en tête deux objectifs prioritaires : mettre les points sur les i avec Mary Strait et calmer les ardeurs d'Elizabeth. Cela me permettrait de me focaliser sur autre chose que le « Problème », comme je l'appelais, et donc d'avoir les idées claires pour l'affronter en temps voulu. Je déposai un message sur la boîte vocale de Hal, lui demandant de passer me voir dès qu'il serait là.

Hal m'avait déjà vu dans cet état de semi-hystérie et eut le bon goût de ne pas en rajouter.

— Tu pourrais me rendre un service ?

— Bien sûr, chef.

C'était l'avantage d'avoir élevé Hal au biberon, si j'ose dire : il savait quand il ne devait pas franchir la ligne jaune – et surtout où elle se situait.

— Si tu entends quelqu'un laisser entendre que j'aurais une liaison avec une architecte de l'agence, saute-lui dessus à pieds joints. Et s'il continue à répandre cette rumeur… je suppose que ça ne suffirait pas à justifier un licenciement pour faute, si ? Je passerais pour un con au tribunal ?

Ma voix tremblait. Hal opina, signe de soutien. Histoire d'arrondir un peu les angles, j'ajoutai d'un ton plus calme :

— Et je voudrais qu'elle vienne me voir dès qu'elle sera là.

Toute l'ironie de Hal se concentre parfois dans son sourire. Lorsqu'il me laissa seul, je me sentais avili.

Elle arriva en retard ; je tins à le lui faire remarquer.

— Les correspondances, se défendit-elle. J'ai encore du mal à déchiffrer les grilles d'horaires.

— Ce n'est pas grave, fis-je, relevant la tête. Ça ira mieux quand vous aurez votre logement.

Infime altération de son regard.

— Oui.

— Vous êtes bien rentrée ?

— Oui… et vous ?

Ses jambes lançaient des reflets : elle devait porter des bas scintillants.

— Ça va.

Mon cerveau me suggéra une tirade poussive. Écoutez, Mary. Elizabeth Bentley s'est mis en tête que vous et moi sommes embarqués dans une histoire d'amour torride qui débouchera forcément sur un mariage. Elle a tout faux. Vous pouvez bien vous jeter à mon cou autant que vous voudrez, je n'ai aucune intention de vous épouser. Vous êtes une petite aventurière très habile. Je regrette de vous avoir attirée dans mon lit, et je peux comprendre que vous vous sentiez exploitée de ce point de vue. Mais ça n'ira pas plus loin. D'accord ?

Je n'en prononçai pas un mot. Sa présence me cloua le bec. Rien de ce que je voulais dire ne sortit de ma bouche. Je me contentai de secouer la tête d'un air gêné.

— Écoutez, je suis désolé de m'être enfui comme ça. Sincèrement. Mais j'ai passé un sale moment. Je tâcherai de me rattraper. Pardonnez-moi, conclus-je en me sentant rougir.

— Il faut que vous rappeliez Philippe. Il a l'impression que vous le considérez comme un traître.

— Vous savez ce qui m'est arrivé ?

Je la mis au courant. Elle pâlit. Sa compassion ne fit qu'aggraver ma honte.

— Avez-vous alerté la police ?

— Non. Vous imaginez la bureaucratie qui en aurait découlé ? Ça s'est passé en France.

Je lui promis de téléphoner à Philippe.

— Vous savez que vous avez un fan absolu dans la pièce d'à côté ? me dit-elle en indiquant la salle de dessin.

— Ah ?

— Le nouveau dessinateur. Tout le monde l'appelle Georgy-Porgy[1].

Elle cherchait à jeter un pont sur le fossé qui nous séparait – sans doute avait-elle senti quelque chose. J'avais fait jaillir assez de souffrance dans des yeux féminins pour être capable de reconnaître cet éclat-là. Malgré mon désir, mon besoin de rester distant avec elle, je n'y parvins pas : mon malaise me brûlait comme un coup de soleil. La seule pensée qui me vint à l'esprit fut qu'elle enfilait son soutien-gorge devant-derrière pour voir l'agrafe et le faisait ensuite pivoter autour de son buste jusqu'à ce que les bonnets soient en place.

Étape suivante – Elizabeth : au moins, là, j'étais en terrain connu. D'ailleurs, les choses se passèrent mieux. J'optai pour l'offensive : ça la déstabilise à chaque fois.

— Eh bien, Elizabeth, attaquai-je d'un ton qui se voulait jovial, si tu m'expliquais le sens de cet extraordinaire message que tu as laissé sur mon répondeur ? Tu sais parfaitement que je n'ai pas l'intention d'épouser qui que ce soit.

1. Comptine anglaise.

— Ma foi, j'ai été un peu vaticane sur ce coup-là, Nicholas trésor.

— *Vaticane* ?

— Le Vatican ne nie jamais rien qui ne soit vrai ; et il affirme aussi des choses pour faire en sorte qu'elles adviennent.

— Elizabeth !

— C'est une chic fille, Nicholas. Tu aurais pu trouver bien pire. Dommage qu'elle ne puisse pas avoir d'enfant, mais je suppose qu'elle te l'a dit.

— Elle a eu l'amabilité de s'en abstenir.

— Je me suis permis de lui répondre, trésor, qu'il y avait de fortes chances que tu ne veuilles pas d'enfants.

— Arrête ça tout de suite ! Ou je dis à tout le monde que tu sors avec un vieillard à perruque !

Ma ruse fonctionna. Elle changea aussitôt de registre.

— Cette affaire Safft ne me plaît pas du tout, figure-toi.

Y avait-il un seul sujet dont Mary Strait ne lui avait pas parlé ?

— Antony Safft a toujours été très bon avec moi, Elizabeth. Nous étions devenus très amis.

— Mais de là à te désigner comme exécuteur ?

Je la sentais perplexe. C'était gagné. J'eus une inspiration.

— Elizabeth, encore une nouvelle pour toi. Je t'invite à déjeuner demain.

— On vient de se voir.

Je passai outre.

— J'ai besoin de te revoir.

Il y a des moments où je la maltraite très bien.

Je n'eus pas le temps de savourer cette minivictoire : le maçon de Johann Pearl était arrivé.

La capacité de l'être humain à retrouver un fonctionnement normal me surprendra toujours. Pendant un temps, j'oubliai quasiment les menaces qui pesaient sur moi. Peut-être existe-t-il un « surmenage de la peur » comme il existe un surmenage de la sensibilité. Peut-être avais-je déjà été exposé à une telle charge de terreur que je commençais à me blinder. Le « Problème » continuait certes de me torturer en profondeur, notamment parce que je n'avais aucune réponse raisonnable à apporter à la question : « Pourquoi moi ? » Mais je ressentis néanmoins un début d'apaisement.

L'ennui m'y aida. Les architectes mesurent, proposent, expliquent, dessinent. Il n'y a en général rien d'extraordinaire là-dedans : nous faisons le plus souvent appel à des méthodes, à des systèmes et à des outils inventés par d'autres. La partie excitante représente moins de dix pour cent de notre travail, et c'est de là que vient l'adrénaline. Je n'ai aucune raison de croire qu'il en va différemment des autres métiers.

Je passai toute cette journée-là à mesurer, proposer, expliquer, dessiner. J'utilisai des règles de calcul ayant résisté à plusieurs siècles d'histoire des sciences, des programmes informatiques que je n'aurais jamais pu imaginer moi-même et des systèmes que je considérais comme allant de soi. L'erreur pointa de nouveau le bout de son nez : des moments d'exaltation débouchèrent sur des impasses ; de fastidieuses négociations téléphoniques m'opposèrent à des clients, des urbanistes, des fournisseurs, des entrepreneurs, des sous-traitants. L'ennui me rattrapa plusieurs fois.

Ma vie est ennuyeuse – en dehors de la partie qui arrive aux oreilles du public, auréolée d'un vernis glamour : c'est là qu'intervient le glaive à double tranchant de la célébrité. Tout cela me serait-il arrivé si j'avais été moins connu ?

Mon statut de vedette me valut un moment de tension. Un reporter du *Daily Mail* m'appela ce jour-là. J'étais bien placé pour savoir que le *Mail* employait non pas des journalistes, mais des chiens de meute. Il enquêtait sur l'affaire Antony Safft, pouvais-je lui dire quelques mots ? Soit.

Vous le connaissiez bien ? Oui, je l'adorais, il me manque terriblement. Vous étiez amis *intimes* ? Tout dépend de ce que vous mettez dans le mot *intime*. Il a été assassiné par qui, selon vous ? J'aimerais bien le savoir, je serais le premier à réclamer qu'on enferme les coupables et qu'on jette la clé. Ces crimes-là ont quelquefois des conséquences… Avez-vous subi vous-même des violences ? Seulement de la part des services de l'urbanisme – et de certains clients. Rires. Vous n'êtes pas marié, me semble-t-il ? Hé non ! Je suis une éternelle demoiselle d'honneur. J'ai cru comprendre qu'il avait un neveu ? Oui, je l'ai rencontré, un homme charmant. Un avocat français. Il a peut-être une théorie ? J'en doute, il est sidéré comme tout le monde. C'est un chasseur de nazis, non ? Ah bon ? Quel courage, les Français sont cent fois meilleurs que nous dans ce domaine. Y a-t-il un rapport, à votre avis, entre la traque des nazis et ce meurtre ? Oh ! là, là ! je n'en sais rien, moi, je suis anéanti par la mort de M. Safft, ce n'était pas seulement un bon client, c'était aussi un ami cher, tout le monde l'adorait à l'agence, et à vrai dire je vous remercie de votre coup de fil, vous venez de me rappeler qu'il faut que je me renseigne au sujet des funérailles. Je peux vous dire qu'elles sont prévues pour le mois prochain mais le lieu n'a pas encore été rendu public, ça devrait grouiller de flics dans le cortège, ils vous ont contacté, au fait ? Juste pour vérifier quelques points de détail, il se trouve qu'il est mort à l'heure où nous aurions dû déjeuner ensemble, vous comprenez, c'est en tout cas ce que m'ont dit les policiers. Aaaah bon ? ! ! ! En fait, je n'ai appris la nouvelle que quelques jours plus tard, j'étais en déplacement du dimanche au mercredi, j'ai découvert ça en rentrant. Ç'a dû être un sacré choc, vous étiez où ? Oh ! j'ai juste fait un petit saut sur le continent, comme cela nous arrive à tous.

En raccrochant, je m'aperçus que j'étais en nage et remerciai intérieurement Antony de m'avoir enseigné ceci : « Quand un journaliste t'interviewe, surtout sur un sujet sensible, donne-lui toujours quelques petites miettes croustillantes. »

La journée se poursuivit. À cinq heures de l'après-midi, six pour lui, je m'armai de courage et composai le numéro du cabinet de Philippe Safft. Une secrétaire m'annonça qu'il était en voyage, mais qu'il avait laissé un message pour « m'sieu Newman ». Où qu'il soit, où que je sois, je devais le rappeler dès que possible. Elle me dicta ses coordonnées. Il devait passer la nuit en Suisse mais n'était probablement pas encore arrivé à son hôtel.

— Pouvez-vous le joindre ? Si oui, dites-lui que je l'appellerai ce soir à minuit, heure anglaise.

Je reçus encore plusieurs coups de fil, l'occasion pour moi de laisser mes interlocuteurs débiter des platitudes. Je signai quelques lettres.

Hal débarqua et me dit :

— En ce qui concerne la répartition des parts, on en accorde aux nouveaux ?

— Oui, la procédure habituelle. Demande à Andy de s'en occuper.

— Il m'a passé les formulaires. Vous pouvez me signer ça en blanc ?

— Bien sûr.

La procédure habituelle en cas d'embauche consistait à me faire signer un document par lequel je cédais provisoirement le pourcentage nécessaire de mes parts de l'agence jusqu'à la réunion suivante de l'assemblée générale, au terme de laquelle tous les comptes étaient refaits. Le système était infaillible. Pour tenter de le contourner, une recrue récente aurait dû se lancer dans une bataille juridique de très longue haleine. C'était Elizabeth qui l'avait mis sur pied pour motiver nos troupes.

— Je peux en parler à la « nouvelle prise » ?

— Si tu veux. Mais, ça va sans dire, n'entre pas dans le détail de nos parts personnelles.

J'apprécie davantage Hal quand il n'est pas là.

À la fin de la journée, quand je retraversai la salle de dessin, Mary Strait était déjà partie. En me voyant, le nouveau dessinateur, Georgy-Porgy, brandit joyeusement une grande feuille cartonnée sur laquelle il avait écrit au marqueur le mot « ACTIONNAIRE ! ». À l'intérieur du O, il avait dessiné une paire d'yeux et un large sourire.

Cuisiner. Un peu de cuisine me fait toujours du bien. J'achetai sur Sloane Street des filets de canard de Barbarie. À poêler rapidement, à feu vif ; un peu de vinaigre balsamique, juste une goutte, au dernier moment. Quelques feuilles de salade, du pain de seigle. Une compote de prunes et de nectarines, trop fermes à cette saison pour être mangées sous une autre forme. Du fromage de Stilton et des biscuits au gingembre Duchy of Cornwall.

Je remarquai toutefois en faisant mes courses que j'avais tendance à marcher en crabe entre les gondoles, en jetant constamment des coups d'œil derrière moi ; sur le parking, tel un soldat de l'Ulster, je regardai sous ma voiture. Il faudrait que je rappelle à Hal de se charger personnellement du décompte de la prochaine distribution de parts. Histoire que je puisse récupérer mes cinquante-cinq pour cent.

Ma conversation de minuit avec Philippe ne dura qu'une poignée de minutes. Il décrocha à la première sonnerie. Ma marge de manœuvre était étroite. J'avais besoin de tirer un certain nombre de choses au clair tout en lui donnant l'impression de rester neutre.

*Primo* : avait-il joué un rôle dans l'attaque de Saint-Gilles ? Son inquiétude – à moins qu'elle ne soit feinte – plaidait plutôt en sa faveur. Il me pria de lui relater l'épisode en détail ; il tenait tout particulièrement à ce que je lui fasse une description précise de mes deux agresseurs. Étais-je prêt à aider la police française ? À établir des portraits-robots, et cetera ? Je restai évasif.

— Si vous voulez, Philippe. Cela dit, vous savez… j'essaie plutôt de rester à l'écart de tout ça.

*Secundo* :

— Croyez-vous vraiment – et j'en appelle ici à votre expérience, même si je sais que nous en avons déjà parlé en France – qu'il y a moyen pour moi de sortir de la zone de tir ?

Il le croyait.

— J'ai encore réfléchi à cette question, Nicholas. Si vous renoncez à être exécuteur…

— Mais comment le sauront-ils ?

— S'ils ont su que vous l'étiez, j'imagine qu'ils sont capables d'apprendre que vous ne l'êtes plus. Faisons-le savoir sur la place publique.

— Mais vous m'avez dit vous-même – *Le Monde*, le *Times* – que ça ne suffirait pas forcément à les arrêter.

— Voyez-vous un autre moyen de les informer, mon ami ?

*Tertio* : en admettant que mon rôle d'exécuteur soit le « pourquoi », pouvait-il me dire à « qui » ou à « quoi » je faisais face ? Il me parla alors du nazi que son oncle avait dans le collimateur.

— Il y a une explication possible : cet homme croit peut-être qu'Antoine vous a parlé de lui. Quant au lien éventuel avec votre jeune footballeur… j'avoue que c'est extrêmement déroutant, mon ami.

Je ne répondais de rien s'il m'appelait encore une fois « mon ami ».

— Mais comment est-ce que ce nazi pourrait croire une chose pareille ? Antony le connaissait ? Je veux dire, si Antony a réellement été en contact avec lui, c'est peut-être une piste à creuser, non ? L'a-t-il physiquement approché, par exemple ? Parce que franchement, Philippe, la terreur commence à me miner. Je ne suis pas loin de tomber en morceaux.

Philippe Safft marqua un temps d'arrêt, sans doute pour décider de ce qu'il devait me dire – ou me taire.

— Mon ami… Antoine, la dernière fois que je l'ai vu, m'a dit que cet homme avait participé à un dîner.

À Londres. Et récemment. Voici ses mots : « Cette année, le 24 juillet, j'ai dîné dans la même pièce que cet homme. » C'est ce qu'il m'a dit.

— Et il n'a rien ajouté ?

— Non.

— Qui est cet homme ? Où a eu lieu ce dîner ?

Philippe s'attendait à ces questions.

— L'agenda d'Antoine a disparu. Il le tenait lui-même, comme vous le savez sûrement. Sans lui, nous n'avons aucun moyen de savoir qui il a vu, ni quand ni où. Ce que je sais, en revanche, c'est qu'il a exercé de fortes pressions sur l'hôte de la soirée pour pouvoir approcher cet homme.

— Comment savait-il que c'était bien celui qu'il cherchait ?

— Il le savait, voilà tout. Vous êtes bien placé pour savoir comment il travaillait. Il se documentait sur absolument tout, et, comme il aimait à le dire, ses recherches étaient les servantes de son instinct.

L'idée m'effleura qu'on me servait peut-être une fable compliquée.

La conversation se prolongea encore quelques instants. Philippe, me sentant sur le point de raccrocher, essaya une nouvelle fois de me rassurer.

— Je suis très triste. C'est une question d'honneur pour moi de vous faire comprendre à quel point ma tristesse est grande, dit-il, avec un accent de sincérité suffisamment prononcé pour atténuer quelque peu ma paranoïa.

Mais un avocat restera toujours un avocat : il fut incapable de mettre un terme à notre conversation sans tenter de me tirer les vers du nez.

— Que comptez-vous faire maintenant ? Quand prendrez-vous votre décision ?

— Je compte réfléchir très, très soigneusement. En principe, il n'y a rien qui me concerne directement dans cette affaire. Je crois que je vais en toucher un mot à mes avocats. Il me paraît raisonnable de prendre un peu de distance.

— Ce serait dommage. Mais je peux vous comprendre.

En raccrochant, j'eus l'impression que l'étau s'était encore resserré autour de moi, sans pouvoir m'expliquer ce malaise. Il était temps de refaire le point.

Bon. Le criminel de guerre existait bel et bien. Antony l'avait rencontré. Récemment, en juillet. Pourquoi cela ne faisait-il qu'aggraver mon oppression ? Sans doute parce que c'était ce nazi, ou quelqu'un à sa solde, qui avait tué Antony. Et découvert au passage quelque chose qui semblait suggérer – à tort – qu'Antony m'avait transmis des informations cruciales.

C'en était trop. J'avais besoin de retrouver une vie tranquille. Je ne voulais plus entendre parler de cette histoire. Le fait d'entrevoir enfin une porte de sortie ne m'empêcha pas d'arpenter mon appartement, d'humeur massacrante. Plus les faits s'accumulaient, plus mon moral flanchait.

Quelqu'un m'appela dès six heures et demie le lendemain matin. Allongé dans ma baignoire, je me contentai de fixer le combiné. Laisser faire le répondeur. Ah non ! J'avais oublié de le remettre en marche. Bon sang ! Mais je ne décrochai pas. Ma nuque blessée me faisait mal. Le téléphone se remit à sonner un peu plus tard. Cette fois, j'activai le répondeur et lui tournai le dos.

Avant de partir au travail, j'appuyai sur la touche de lecture.

— Nicholas ? Vous êtes là ? C'est Claire. Je vous en supplie, décrochez. S'il vous plaît, rappelez-moi dès que vous aurez ce message. S'il vous plaît !

Je rappelai sur-le-champ. Pas de réponse.

## 27

À la seconde où je vis Elizabeth le lendemain, j'eus une révélation. Liée à la forme de sa tête, et surtout au dessin de son visage. Pourquoi n'avais-je rien vu avant ? Mon égocentrisme m'avait-il une fois de plus induit en erreur ? Une fille, une petite amie, m'avait un jour jeté à la figure : « Tu ne vois rien parce que tu ne ressens rien ! » La vérité m'apparut pourtant ce jour-là avec une infinie netteté, pendant que je descendais de ma voiture à Faircombe. Idiot que tu es, Nicholas !

Quoi qu'il en soit… à bon chat, bon rat.

— Ah ! Nicholas chéri. Il faut que je te parle de ta vie amoureuse.

Pleine d'entrain, aujourd'hui. Je répondis sur le même ton :

— Tu sais, Elizabeth, Mary Strait me fait penser à toi. Elle a un peu ton style.

Elizabeth évite en général d'être démasquée soit en ne répondant pas, soit en passant du coq à l'âne.

— Tu as pensé à mes marrons glacés ?

Je l'ignorai.

— Imagine une femme architecte du même profil

que toi à l'agence. Ce serait un peu comme si tu n'avais pas pris ta retraite, non ?

Le coup porta.

— Je n'aurais jamais dû la prendre. Je m'ennuie à un point !

— J'ai sûrement trop d'imagination, mais… je trouve même qu'elle te ressemble un peu.

Elle craqua.

— C'est ma nièce, Nicholas. Comment crois-tu qu'elle a appris que ce poste était à pourvoir ?

— J'aurais dû m'en douter, je le savais sans le savoir. Tu aurais pu me le dire.

— Tu as toujours su que j'avais une nièce architecte.

— Non, pas du tout.

— Bien sûr que si, sacrebleu ! c'est la fille d'Antonia. La fille de Jock Strait !

— Je m'y perds un peu, tu as tellement de cousins… Tu savais qu'elle voulait entrer à l'agence ?

— Elle tenait à être jugée sur son seul mérite. Et maintenant, emmène-moi déjeuner.

Elle portait la broche en diamant créée pour elle par Paul Kale. Sitôt dans la voiture, elle contre-attaqua.

— Qu'est-ce que tu lui as fait, d'ailleurs ? Elle est rentrée à la maison en larmes.

« À l'extérieur de Londres », c'était l'expression utilisée par Mary au Wheeler's. Hal était-il dans la confidence ?

— À la maison ? Tu veux dire… qu'elle habite ici ?

— Bien sûr.

— C'est effarant de sournoiserie !

— Tu vois de la sournoiserie partout, c'est le problème avec toi. Alors ? Qu'est-ce que tu mijotes avec elle ? Tu viens à peine de la rencontrer, tu la mets dans ton lit et tu l'en chasses aussitôt, tu la fais venir en France et tu l'y laisses. C'est un petit jeu ou quoi ? Évidemment, tu vas répondre que ça ne me regarde pas, mais, comme on disait dans le temps, as-tu au moins des intentions sérieuses ?

— Des intentions ? Je n'en ai aucune.

Elle changea de tactique.

— Elle s'occuperait très bien de toi.

— Je n'ai pas besoin qu'on s'occupe de moi. Je ne veux pas qu'on s'occupe de moi.

— Tu ne comprends pas, Nicholas. Je tiens vraiment à elle.

— Tu n'as qu'à l'épouser toi-même.

Elle fit la grimace, ce qui prenait toujours chez elle des proportions considérables, et enchaîna comme d'habitude sur un long silence.

Elizabeth fréquentait le restaurant de Georges Sencor depuis de longues années. Elle y jouissait d'une cote de popularité extrême – en grande partie parce qu'elle avait fait découvrir cette table à son amie Elizabeth David, le célèbre auteur de livres de cuisine, qui l'avait décrit comme « le seul bon restaurant français hors de France ».

Toutes sortes de souvenirs furent évoqués pendant le repas. Georges décida de cuire nos crêpes lui-même. Mme Sencor, toujours aussi étourdie, vint s'assurer que, non, je n'étais pas le jeune amant d'Elizabeth. Puis, pour la énième fois, elle me présenta subtilement sa fille Danielle, qui avait un peu plus de trente ans.

Le déjeuner fut divin, au point que je retrouvai quelques éclairs d'un plaisir oublié. Elizabeth n'aime rien tant que se produire devant un public d'adorateurs.

Je l'entendis dire à Georges qu'être à la retraite la fatiguait.

Après le repas, nous descendîmes la rue à pied jusqu'à Barley Hill, au bout d'une longue enclave bordée d'arbres. Cette maison, dont Gertrude Jekyll a dessiné les jardins, plaît probablement à tous les amateurs de Lutyens. Tout ce qui a fait la réputation de cet architecte s'affiche ici avec évidence – l'impression qu'il n'a jamais rencontré le moindre problème à résoudre, comme si son bâtiment était destiné depuis toujours à être construit à la place où il est. Et aussi cette façon si particulière de s'emparer de l'espace avec une tranquille assurance. Les fenêtres ont ce côté sagement bohème qui a rendu célèbre Rennie Mackintosh.

Nous commençâmes par visiter le jardin le plus proche, classique et ordonné, bordé par un rempart de plantes herbacées. Beaucoup d'arbustes s'étaient déjà retirés en eux-mêmes pour l'hiver.

— Il faut que je te parle, dis-je. Tu passes ton temps à détourner la conversation.

— Regarde, dit Elizabeth, en m'indiquant une lointaine église qui se découpait au bord de la falaise. C'est là que l'avant-garde romaine a débarqué, à ce qu'il paraît.

— Je sais. Tu me l'as déjà dit il y a des années. Il faut que je te parle.

Elle stoppa net et me prit à partie avec une férocité que je ne lui avais jamais vue.

— Tu ne connais rien à la vie, Nicholas. Et tu es un ingrat. Ça fait longtemps que je t'observe de près. Tu crois tout contrôler. L'agence minimaliste. L'appartement minimaliste. Noir et blanc. Avec juste çà et là une touche d'acajou. Comment disait l'*Architectural Digest*, déjà ? « Du marbre de Carrare, mais utilisé comme vous ne l'avez jamais vu. » Ou était-ce dans *Vogue* ? Mais ce que pensent les gens, c'est que tu n'as pas d'âme. Tu me déçois profondément.

J'étais sonné. Blessé, même. Je fis de mon mieux pour me ressaisir.

— Mais… qu'est-ce que j'ai fait ?

— Je te parle de Mary. Ma nièce, au passage. *Ma* nièce !

Ce fut mon tour de sortir de mes gonds.

— Si j'avais su que c'était ta nièce, je ne l'aurais jamais embauchée. Tu me l'as fourrée dans les pattes !

— Certainement pas.

— Alors pourquoi ne m'a-t-elle pas dit pendant l'entretien que tu étais sa tante ? C'était un coup monté !

— Pas du tout ! Et si tu étais un peu moins parano, tu verrais que c'est une sacrée architecte.

— Je ne suis pas parano !

Nous étions sous un arbre énorme, appartenant à une des nombreuses espèces exotiques importées par Gertrude Jekyll. À ma grande honte, un jeune jardinier qui passait par là nous fit signe de baisser le ton.

— Même les jardiniers ne supportent pas tes cris, observai-je.

— Je me fiche pas mal des jardiniers ! La seule chose qui m'importe, c'est que tu ne sais pas te conduire. Tu n'as pas le droit de sauter une de tes employées et de t'en débarrasser dès que tu as fini ta petite affaire !

— Ce n'est pas ce que j'ai fait !

— C'est ce qu'elle pense que tu as fait. Tu es

incapable d'avoir une relation avec une femme sans la brutaliser ou l'idéaliser. Mary est quelqu'un de très bien.

— C'est un complot.

— Et tu n'es pas parano, hein ? Pas étonnant que tu aies attiré autant de violence sur ta vie !

Cette remarque mit un terme brutal à ma colère. J'avais manifestement été l'objet d'une longue conversation entre elles deux. La situation était grave. Elizabeth Bentley et moi ne nous étions jamais querellés aussi durement. D'âpres discussions autour d'un plan ou d'une décision stratégique, oui. Des récriminations de ma part, en particulier parce qu'elle ne daignait jamais me féliciter, oui.

Mais nous avions voyagé ensemble, développé l'agence ensemble, livré ensemble beaucoup de belles campagnes architecturales ; et nous avions l'un pour l'autre, je le savais, des sentiments réciproques profonds.

Je cessai de parler – en partie pour calmer le jeu, en partie pour voir ce qu'elle allait ajouter.

Elle finit par briser le silence.

— Ça me navre de devoir te dire ça, mais je découvre que tu es un homme sans honneur.

— Je te prierais de développer.

— Je te vois encore refusant un client nigérian pourtant très distingué que je t'avais présenté. Un « nouveau riche », à t'entendre. Mais j'ai bien compris la vraie raison de ton refus – la couleur de sa peau. Et regarde-toi, maintenant.

— Regarder quoi ?

— Tu le sais très bien. Ce footballeur. L'argent transforme les gens, Nicholas. Et tu ferais n'importe quoi pour rester dans le coup. Ou te faire de la pub.

— C'est faux !

— C'est vrai. Et j'ai été absolument choquée par cet article dans le journal.

— Quel article ?

— Cette interview que tu as donnée, « Il pleure son ami gay ».

— Dans le *Daily Mail* ? Ce sont eux qui m'ont appelé ! S'il te plaît, Elizabeth, ne me dis pas que tu es homophobe. Venant de toi, c'est un préjugé que je ne peux pas accepter.

— Je ne suis pas homophobe. Mais je n'aimais pas ce type.

— Qu'est-ce qui te fait dire ça ? Tu le connaissais à peine.

— J'en sais très long sur lui, Nicholas. Il a fait vivre un enfer à Paddy Ormeau le printemps et l'été derniers. Il a été immonde avec lui. Il voulait réécrire l'histoire. Grotesque.

Énorme flash ! Jamais je n'oublierai le moment où ces phrases sortirent de sa bouche. Nous deux immobiles au bord d'un ruisseau. La licorne en diamant de sa broche.

Paddy Ormeau. Le vicomte Ormeau. Une maison à Knightsbridge. Membre du comité directeur de la Compton's. Et Antony siégeait au conseil d'administration. Bon sang de bonsoir !

Nous reprîmes lentement notre marche à travers les jardins. J'offris mon bras à Elizabeth. Au train où allaient les choses, elle ne tarderait plus à se calmer et serait redevenue enjouée et affectueuse d'ici une demi-heure. Elle s'attendrait alors à un geste de ma part. J'achèverais de l'amadouer en offrant d'emmener Mary Strait en week-end, peut-être à Noël.

Paddy Ormeau ! Bien sûr ! Antony m'avait parlé de lui. Paddy Ormeau dont le père, ardent partisan de Mosley, avait ouvertement défendu Hitler dans ses mémoires. Je ne me rappelle plus combien de jardins à thème Gertrude Jekyll a créés dans ce parc gigantesque. Seigneur ! Mon instinct ne me trompe jamais.

Lorsque nous eûmes rejoint la terrasse arrière de la maison, Elizabeth me montra de nouveau les falaises blanches qui s'étiraient au loin, illuminées par le bas soleil hivernal.

— J'ai failli être tuée là-bas.

— Quoi ?

— On rentrait de France. On a frôlé le crash.

Ça ne manquait jamais. Quasiment chaque fois que nous allions quelque part ensemble en Europe, elle me racontait un fait d'armes auquel elle avait participé non loin de là. Un jour, dubitatif, je m'étais donné la peine de vérifier son histoire. Elle avait minimisé son rôle.

Je la regardai – le soleil sur son visage, ses taches de rousseur, ses rides brunes. Elle ressemblait à une baronne allemande soucieuse de son hygiène de vie, petite, menue, noueuse. La forte lumière trahissait son âge : rien d'autre. Aimais-je cette femme ? Peut-être.

— Elizabeth ?

— Oui, Nicholas ?

— Je te promets ceci. Je vais emmener ta nièce en week-end quelque part. Peut-être à Noël. À condition que…

— Ce n'est pas négociable.

— Si, Elizabeth ! Si, c'est négociable. À condition que tu cesses de dénigrer mon ami Antony Safft.

— Oui, Nicholas, répondit-elle, d'une voix de petite fille qui m'insupporte.

# 28

En roulant vers Londres, je fus gagné par une excitation qui éclipsa ma peur. Et qui m'offrit un autre avantage en prime, la faculté de concentration. Une question m'obnubilait : comment établir qu'Antony avait rencontré le nazi qu'il traquait chez Paddy Ormeau ? J'étais certain qu'il l'avait fait.

Mon radiotéléphone sonna.

— J'espère que votre kit mains libres est en marche. Je m'appelle Don Tynan. Je suis commissaire adjoint.

— Ah ! Vous enquêtez sur l'affaire Safft ?

— Non. Je m'occupe des hooligans.

— Ah ! bien. Enfin.

— Je suis au poste de Battersea. Et vous ?

— Sur la M2. Je rentre du Kent.

— Si vous passez par Streatham, on pourrait peut-être se voir chez moi. Six heures, ça vous va ?

— Je serai peut-être même là avant.

Il me donna une adresse.

— Je vous remplis un bain et un verre, ajouta-t-il d'un ton narquois.

Je fus reçu dans une maison victorienne (mal) reconvertie en quatre appartements, dont le commissaire adjoint Tynan occupait le rez-de-chaussée et le sous-sol.

— Entrez.

Jamais je n'avais vu de policier aussi petit. Des touffes de poils blonds dans les narines. Sa démarche faisait penser à un tonneau qu'on roule. Ses gestes étaient fermes : il repoussa sèchement la porte et s'assura qu'elle était verrouillée.

— J'essaie de racheter toute la baraque petit à petit. En espérant qu'à chaque fois qu'un appart se libère, j'aurai de quoi verser l'acompte et le mettre immédiatement en location. Mon salaire de flic est minable, j'ai un statut de commissaire mais pas la paye qui va avec – merci le ministère de l'Intérieur.

Il avait une manie déconcertante : il me jetait de brefs coups d'œil puis détournait brusquement le regard, comme s'il craignait d'être pris sur le fait. Il recommençait plusieurs fois par minute.

Une double porte typiquement victorienne reliait la pièce de réception sur rue à la partie arrière de la maison. Le chaos régnait dans cette première pièce, que les premiers propriétaires avaient dû baptiser « salon » : des piles invraisemblables de livres, de journaux et de magazines, des vêtements, des chaussures, un vélo, des restes de repas, des meubles de bureau hors d'usage, un vieux téléviseur, une machine à écrire, le tout s'amoncelant jusqu'à hauteur de hanches. La pièce attenante, en revanche, semblait tout droit sortie d'un article du genre « Mon bureau à la maison » paru dans le cahier Style d'un journal dominical.

Il me vit jeter des regards d'une pièce à l'autre et s'abstint de tout commentaire. J'avais beaucoup de mal à le cerner.

Nous nous assîmes dans le bureau. Des stylos étaient impeccablement alignés sur la table. Moi qui suis si maniaque que j'ai choisi de vivre seul pour échapper au désordre de mes semblables, je ressentis presque une pointe d'envie.

— J'ai lu le rapport préliminaire, dit-il. Et le PV de votre entrevue avec Geoff Hurst. On va tout reprendre. Depuis le début. Désolé de devoir vous infliger ça.

Il mit en marche un petit enregistreur.

Mon récit dura près de dix minutes. Je constatai avec satisfaction que mes souvenirs étaient de plus en plus nombreux ; je n'eus aucun besoin de broder.

— Vous avez le sens du détail, dit-il. C'est lié à votre métier ?

— Je ne tiens pas à vous faire perdre votre temps, commissaire.

— D'accord. C'est tout ?

— Non.

Je lui racontai le cutter, les fleurs et Saint-Gilles.

— Merde. Vous n'avez pas eu le temps de vous ennuyer, ces temps-ci.

Il me dévisagea : des yeux marron très foncé et le teint cireux, un homme-baquet.

— Votre ami Antony Soft…

— Safft. Oh ! encore une chose. En lien avec votre spécialité.

Je lui parlai de Johann Pearl, de notre rencontre sous les auspices d'Antony, de son projet de maison dans le Wiltshire et de sa détresse face à la mort de notre ami commun.

— Sincèrement anéanti ?

— Sincèrement. Il m'a parlé deux heures au téléphone.

Tynan ouvrit un sachet de chips et me le tendit ; à peine eus-je décliné son offre qu'il se mit à dévorer comme un chien affamé, toussant chaque fois qu'une miette lui restait coincée dans la gorge. Puis il ouvrit un second sachet.

— Jusqu'à quel point avez-vous besoin de connaître vos clients ? me demanda-t-il soudain.

Je haussai les épaules.

— Je n'ai pas la réponse à ça. Que cherchez-vous au juste ?

— Je ne sais pas. Enfin, pas encore. Bon… Voici une façon de voir les choses. Tout ce que vous avez subi est arrivé après que le vieux Soft a cassé sa pipe – ou plutôt se l'est fait casser – mais aussi après que vous avez accepté de prendre Pearl comme client. D'accord ? Vous l'avez rencontré le jour où votre pote s'est fait découper.

— Je ne savais absolument pas qu'ils se connaissaient.

— OK, mais bon… sauf votre respect, ça ne change pas grand-chose, si ?

— C'est sous cet angle que vous avez l'intention d'aborder votre enquête ? Officiellement ?

— Il n'y a rien d'officiel. Pas dans ce genre d'affaire. Non, je cherche juste à savoir si c'est une piste intéressante. Ça m'emmerderait de passer à côté de quelque chose.

— Je ne suis que l'architecte de Pearl.

— Il vous paie bien ?

— Ce projet va lui coûter extrêmement cher.

— Il a de quoi en payer dix comme vous. On a vérifié. Ce mec est blindé. Richissime, je veux dire.

Quel besoin avait-il de me questionner s'il savait déjà tout ça ?

— Il n'a que vingt-trois ans.

— Justement. On estime qu'il pèse entre dix et douze millions, sans doute plus. Il a un sacré paquet de liquidités.

— Pourquoi est-ce que vous vous intéressez à lui ? Ou aux footballeurs en général ? À cause de la violence ?

Il me cachait quelque chose, comme tous les policiers.

— Disons que votre M. Pearl a de drôles de relations.

— Il m'a pourtant semblé... Je veux dire que, du point de vue familial, tout a l'air normal.

Je lui parlai de la ferme de Noordwijk.

— Ouais, je connais ces maisons étables hollandaises, dit Don Tynan.

Il se leva, passa dans la pièce voisine, et je l'entendis farfouiller dans son capharnaüm. À son retour, il me tendit deux catalogues grand format.

— J'y suis allé pour ça, dit-il. Et j'ai enchaîné sur des vacances. À vélo. C'est mon dada.

*Peintures* et *Dessins et lettres* de Vincent Van Gogh. Les deux catalogues de la grande rétrospective de 1991 au Rijksmuseum. Je ne l'avais pas vue et je le regrettais.

— Vous aimez Van Gogh ? demandai-je. On aime ou on déteste. Dans quel camp êtes-vous ?

Il avait une autre manie déconcertante : il adorait les coq-à-l'âne.

— Vous savez ce que je déteste ? Vous savez ce qui me fout en rogne plus que tout ? Les gens qui parlent la bouche pleine au téléphone. Ou les gens qui m'appellent pendant leur repas. Ça montre où je me situe dans leur liste de priorités.

À qui me faisait-il penser ? Peut-être à l'acteur Mickey Rooney, en plus anguleux.

— Comment était-ce ? insistai-je en soulevant un des catalogues.

— Pas mal du tout. Je suis allé à cette expo parce qu'on rencontre un tas de cinglés dans ma partie ; je voulais voir s'il y avait quelque chose à apprendre sur la mentalité des fous furieux.

— Et ?

— Je n'ai rien appris. *Nada.* Pourquoi Pearl veut-il se faire construire une réplique de la ferme de son enfance ? Et qui plus est dans le Wiltshire, à plus de cent cinquante bornes de son club.

— Vous connaissez les footballeurs mieux que moi. L'argent. Et il vit dans un appartement néo-je ne sais quoi.

— Quand est-ce que vous le revoyez ?

— La semaine prochaine, en principe.

— D'accord, dit-il en se mettant à faire les cent pas devant moi. Pourquoi est-ce que vous vous embarquez là-dedans ?

— Je ne sais pas.

— Je m'en doutais. C'est pas de la tarte, comme on dit. Sans vouloir vous affoler, il y a derrière tout ça des salauds de la pire espèce.

Je tressaillis.

— Des nazis, vous voulez dire ?

— Ouaip. Peut-être. Bon, écoutez. Je vais vider mon sac. Je ne sais pas si la dégelée que vous avez prise dans le métro a à voir avec Pearl ni avec votre vieux pote Soft. Ce qui m'inquiète, c'est la rupture par rapport à leurs habitudes.

— Les habitudes de qui ?

— Des connards de hooligans qui se sont attaqués à vous et à ce pauvre vieux Paki. On leur colle à la peau comme une putain de pommade, vous comprenez, on sait même quand ils chient tellement ils sont surveillés, mais cette histoire-là nous dépasse. Je veux dire, on a appris ce qui s'était passé quasiment avant que vous soyez rentré chez vous. L'espèce de grande fouine maigre avec une tache de vin juste au-dessus de la lèvre, vous vous rappelez ?

— Jemima.

— Ouais, Jemima. Je le connais, ce fumier-là, et je ne peux pas le blairer, il a blessé un de mes meilleurs hommes avec un verre de bière, le pauvre y a laissé un œil. Et vous, euh… vous êtes sûr que ça va ? Vous avez salement dégusté. Ça vous était déjà arrivé ?

— Plus ou moins.

— Ça me rappelle cette vieille blague, vous devez la connaître. Regardez-moi, c'est visuel.

Il s'arrêta devant moi, le tee-shirt jaune tendu par sa bedaine. Je le regardai. Il fit un mouvement de montagnes russes avec sa main.

— Vous savez ce que c'est ?

— Non.

— Moi non plus mais tenez, ça recommence, dit-il en répétant son geste.

Je soupirai. Cet entretien ne m'apporterait rien.

— Il vaudrait mieux trouver la cause du problème. Si vous voulez mon avis.

— Je menais pourtant une vie tranquille.

— Bien sûr, bien sûr. Je vous fais un thé ?

— Vous n'auriez pas du café ?

— Pas bon pour vous, ça.

— Vous travaillez toujours sous couverture ?

— Regardez-moi, fit-il en se tapotant la panse. Qui prendrait le risque de mettre un uniforme là-dessus ? J'étais déjà comme ça quand j'ai été engagé. Je n'ai jamais suivi la voie habituelle.

— Que faisiez-vous avant ?

Ignorant ma question, il me lança depuis le seuil de la cuisine :

— Vous avez une ex-femme, au fait ?

— Non. Pourquoi ?

— Oh ! vous savez, une vieille rancœur, ce genre de chose. Une ex-maîtresse ?

— Un certain nombre. Trop.

— Des ex-amants ? enchaîna-t-il, presque trop vite pour que j'aie le temps de réagir. Je cherche juste à éliminer des possibilités.

— Puis-je vous aider à en éliminer d'autres ?

— Lesquelles ?

— Laissez-moi voir l'agenda d'Antony Safft. S'il est entre les mains de la police.

Je n'avais pas cru Philippe à cent pour cent quand il m'avait annoncé sa disparition.

— Non. Pas question.

— Même si je pouvais en tirer quelque chose que vous avez très envie de trouver ?

— Tiens donc ?

Je le sentis intéressé. Enfoncer le clou.

— Je crois, oui.

— Vous voudriez que je fasse quoi ? bougonna-t-il.

— Laissez-moi y jeter un œil. Ça pourrait me rappeler quelque chose.

— Impossible. C'est un autre service qui gère ça. Vous connaissez la musique. Je tâcherai d'en parler à Geoff Hurst.

— Je ne savais pas qu'il s'appelait Geoff.

— C'est un surnom qu'on lui a donné. Par rapport à… enfin, vous savez bien.

— Je suis censé le savoir ?

— « Ils croient que c'est la fin. »

— Je vous demande pardon ?

Il émit un claquement de langue exaspéré.

— Vous n'y connaissez vraiment rien, pas vrai ? Geoff Hurst a gagné la Coupe du monde avec l'Angleterre en 1966, il a mis deux buts aux Allemands pendant les prolongations, et après le deuxième le commentateur a hurlé : « Ils croient que c'est la fin ! », en voyant des spectateurs envahir le… Oh ! laissez tomber. Vous savez ce qu'on dit dans ces cas-là ? « Vous devriez sortir plus souvent. » Mais je suppose que ça non plus, vous ne l'avez jamais entendu.

Je ne comprenais strictement rien à ce qu'il racontait. Je jugeai plus prudent de ramener la conversation vers une question qui me concernait au premier chef.

— Les six voyous du métro… Franchement, quel intérêt pour eux de s'attaquer à moi ?

— Pour eux, aucun, mais ce ne sont que de simples soldats. L'important est de mettre la main sur ceux qui tirent les ficelles.

— À quoi ressemblent-ils ?

— À des messieurs en costume.

Sans doute eus-je l'air surpris, car Tynan ajouta :

— Il serait temps que vous compreniez de quoi il retourne.

Je le regardai de loin manger des chips d'une main

et préparer le café de l'autre. Oui, Mickey Rooney en un tout petit peu plus grand, c'était la meilleure comparaison que je puisse trouver. Un homme qui ne dormait pas bien. Quelque chose dans son passé lui avait mis la vie en vrac.

— Comment ça, en costume ?

— On sait d'expérience, et aussi grâce aux contacts qu'on a un peu partout, qu'on est face à une structure organisée. À des réseaux. En Grande-Bretagne, ajouta-t-il en commençant à compter sur ses doigts, on a le National Front. Il y a aussi les néonazis d'Allemagne et d'Autriche. Et l'extrême droite française, surtout dans le Sud, dont certains membres sont de vrais enragés. Il y a de puissantes organisations qui se cachent là-dessous, et elles sont toutes en contact.

Tynan sentit venir ma question et me devança.

— Non, monsieur Newman. Si ces mecs-là ont un Grand Dessein, on n'a pas encore pigé lequel. Tout ce que je peux raisonnablement vous dire, c'est qu'il s'agit d'une bande de types assez intelligents et organisés qui prennent leur pied en fournissant des occasions de s'éclater à des hordes de brutes.

— Vous parlez par énigmes.

— J'ai intérêt. On entend suffisamment de conneries comme ça. Je veux dire, vous pouvez lire dans n'importe quel canard que les lanceurs de bouteilles et les crânes rasés ne sont que des pions. Qu'il y a du beau linge derrière, des types en costard qui ont du blé, un bon boulot, une grosse voiture, une belle baraque et une vie mondaine qui vous surprendrait, et que ce sont ceux-là qui mènent la danse. Au téléphone. Quand ils décident de s'investir dans une situation, ils commencent par observer, puis ils téléphonent leurs instructions aux mecs de la rue. Mais nous, on n'aime pas trop en parler, ça nous met mal à l'aise. On n'arrive pas à les coincer. Tant que ce sera le cas, on préférera ne pas dire à haute voix qu'ils existent.

— Et que font-ils dans la vie, ces… marionnettistes ?

— Ils sont architectes ? lâcha Tynan en gloussant.

— Sérieusement.

— On ne sait pas trop.

— Que savez-vous d'eux au juste ?

— On soupçonne un agent immobilier. C'est pour ça qu'on s'intéresse de si près à l'affaire Soft. Et aussi un courtier en Bourse – un champion toutes catégories du boniment. Deux avocats. Un dentiste. Deux informaticiens. Ils nous donnent du fil à retordre, ceux-là. Il y avait aussi un avocat dans la bande, mais on l'a mis à l'ombre.

— Ils doivent avoir une motivation profonde, non ?

Pas de réponse. Je décidai d'insister :

— Personne ne commet des actes aussi graves sans raison. Vous avez enquêté sur leurs hommes de main, j'imagine ?

— Les petits soldats ? Ouais. Ils sortent tous du même moule. Peu ou pas qualifiés. Des durs. Ou qui croient l'être.

— Mais ceux qui se cachent derrière, pourquoi font-ils tout ça ?

Silence.

— Allons, commissaire. Vous êtes un homme intelligent.

— Trop intelligent pour risquer une théorie. Avant que j'aie eu le temps de dire ouf, un branleur quelconque sera déjà en train de pondre un livre dessus.

— Mais il y a forcément un enjeu de pouvoir là-dessous.

— Vous ne vous êtes jamais dit que ça pouvait être un simple divertissement ? Mais bon, je suppose que vous n'avez jamais vu de bataille rangée de supporters à la télé, je me trompe ? C'est dommage, monsieur Newman. Ça vous permettrait de comprendre que… si ce spectacle-là pouvait se vendre, il attirerait plus de public que n'importe quel foutu sport. Il n'y aurait jamais assez de billets en vente. Ni assez de chaînes de télé pour le couvrir.

# 29

Je me levai pour prendre congé. Son café instantané me soulevait l'estomac. Il y avait adjoint un abominable lait en poudre.

Aucun progrès sur le plan de mon intérêt vital. Je le savais, Tynan aussi. Il m'offrait ni plus ni moins qu'une occasion de comprendre qu'il n'y avait rien à comprendre. De son point de vue, en tout cas.

Pour des raisons qui lui appartenaient, il avait décidé de considérer l'attaque dont j'avais été victime dans le métro comme le fruit du hasard, un acte purement gratuit. Je n'avais pas besoin de lui poser la question pour le savoir. Si je le poussais dans ses retranchements, il freinerait des quatre fers. Je tentai tout de même ma chance.

— Si je pouvais parler à mes agresseurs, qu'est-ce qu'ils me diraient ?

— Ils vous cracheraient à la figure, vous traiteraient de sale connard et vous passeraient de nouveau à tabac.

— Si je les interrogeais sur leurs motivations ?

— Bon. Supposons que vous rencontriez l'un d'eux dans la rue et que vous lui disiez : « Hé ! mais je vous connais, vous êtes un de ceux qui m'ont mis la pâtée dans le métro. » Il répondrait : « Je ne sais pas de quoi vous parlez, mec. » Et même si vous veniez nous voir en disant : « J'ai retrouvé un de ces gars et je peux l'identifier formellement. », on se heurterait à sa mère, qui nous jurerait qu'il n'avait pas mis le nez dehors ce jour-là. Ou à des copains : « Oh ! bien sûr, il était avec nous. »

— Dans ce cas, à quoi bon perdre votre temps avec moi ?

— Le truc, c'est que ce mec ne sait même pas qu'il est manipulé. Tout ce qu'il sait, c'est qu'il était dans le métro avec ses potes, en train de se chauffer avant le match de l'après-midi, qu'ils ont vu un grand snobinard à la con – sans vouloir vous offenser – et que l'un d'eux a dit : « Allez, on se le fait. » Il n'y a aucun moyen d'aller au-delà de ça.

— Vous parliez pourtant d'une organisation qui… ?

— Oui, mais pas d'une organisation classique. Rien à voir avec un conseil d'administration ou autre, répliqua Tynan en s'arrêtant dans l'entrée. À mon avis, ils se contentent de déclencher des incidents. Ils n'ont pas besoin d'avoir une raison. Si on leur en donne une, ils la prennent avec joie. Bon, bien sûr, ça a à voir avec le racisme, le néonazisme et tout le bazar, mais le réseau est extrêmement large et ses actions n'ont pas de cohérence. Je veux dire, ces gens-là ne courent pas après le pouvoir mondial, pour ce qu'on en sait.

Et il ajouta, ce qui me fut certainement plus utile que tout ce qu'il avait pu m'apprendre jusque-là :

— À dire vrai, cette irrationalité fait partie du problème. Si on arrivait à associer un mobile valable à leurs actes, ça nous donnerait une cible précise : ça voudrait dire qu'il y a un comité central quelque part.

— Vous croyez que ce comité existe ?

Il réfléchit – ou fit comme si.

— Il n'est pas impossible qu'il y ait quelque part un vieux bonhomme qui s'obstine à livrer un combat d'arrière-garde. Mais on ne l'a pas repéré. Et s'il s'agit d'un ancien nazi, il doit avoir dans les quatre-vingts berges, non ? Personnellement, je sais déjà ce que j'aurai envie de faire à quatre-vingts berges. Vous voulez le savoir ? Voilà ce que je ferai, mec. Millwall contre Sheffield United, un samedi après-midi, et moi au stade, pour regarder, écouter et réciter des vieilles compos après le match.

— Que faisiez-vous avant ?

— Avant quoi ? Avant que mes couilles descendent ?

— Avant d'entrer dans la police ?

Il me regarda droit dans les yeux.

— Je croquais des amandes.

Je partis d'un rire bref et posai une ultime question :

— Ces gens qui tirent les ficelles, au téléphone... ils sont vraiment haut placés ?

J'avais touché un point sensible. Quelque chose s'altéra dans la physionomie de Tynan.

— On ne les connaît pas tous, répondit-il aussi calmement que possible. Vous cherchez, et je ne peux pas vous le reprocher, une espèce de parrain qu'il vous suffirait de découvrir pour savoir qui vous inflige toutes ces souffrances. Et, au moins aussi important, pourquoi on vous les inflige. Ce qui vous donnerait peut-être un moyen d'y mettre un terme. D'accord. Mais ce que j'essaie de vous expliquer, moi, c'est qu'on ne peut pas vous aider là-dessus. On n'a strictement rien, que ce soit dans nos bases de données, dans nos rapports d'enquêtes ou même dans l'expérience qu'on a de ces affaires, qui puisse vous mettre sur la piste d'un personnage de ce type. Bien sûr, si la situation évoluait, vous seriez le premier averti. Et si c'était le cas, croyez-moi, on en serait encore plus ravis que vous, parce que ça voudrait dire qu'on avance, enfin. À l'inverse, si vous découvriez quelque chose, on aimerait bien en être informés avant tout le monde.

— Et vos collègues ? Ceux qui enquêtent sur le meurtre d'Antony Safft ? Eux pourraient peut-être m'aider, non ?

— Les uniformes ? Vous savez ce qu'ils vous diront ?

— Non.

— Circulez, y a rien à voir.

Il me donna son numéro de portable, et nous nous séparâmes après avoir échangé une poignée de main étonnamment chaleureuse.

Et maintenant ? Neuf heures du soir, et je n'avais personne à qui parler. J'avais appris bien des années plus tôt à affronter la solitude. Régler les problèmes les uns après les autres. Manger, déjà. Ne pas rester le ventre creux dans un moment pareil. Manger. Seul ? Comme d'habitude.

Le trafic était fluide quand je rentrai de Streatham. Il y avait une menace de neige, et les bookmakers lanceraient bientôt les paris sur un Noël blanc. Je surveillais constamment mes rétroviseurs. La moindre ombre m'apparaissait suspecte.

Vers Vauxhall, je repérai une voiture dans mon sillage. Elle me suivit sur toute la longueur de l'Albert Embankment. Je traversai Lambeth Bridge, fis demi-tour au rond-point, repris le pont en sens inverse.

La voiture m'imita. Ou non ? C'en était peut-être une autre ? Je retraversai une troisième fois le pont – et ne la vis plus.

Aucune lumière à l'agence. Peut-être avais-je nourri l'espoir que Mary Strait resterait travailler tard ; le moment était venu de faire une croix dessus, non sans culpabilité. C'était aussi bien. Je ne me sentais pas assez fort pour résister à ses approches.

Sur ce front-là, je n'avais pas bien digéré ma journée avec Elizabeth. Plusieurs souvenirs revinrent me tourmenter. Je comprenais à présent pourquoi Mary Strait s'était aussi rapidement procuré un portable. Mais quelqu'un d'autre à l'agence savait-il qu'elle était la nièce d'Elizabeth, sans s'être donné la peine de m'en avertir ? À moins qu'ils n'aient tous cru que j'étais déjà au courant, que je l'avais engagée par népotisme. Idée pénible. Et – surtout – Paddy Ormeau. J'y reviendrais demain.

Dans l'impasse qui bordait l'immeuble de l'agence, une voiture était stationnée – du même modèle, sans l'ombre d'un doute, que celle repérée tout à l'heure à Vauxhall. Je bifurquai à gauche, fis le tour de la petite place qui se trouve juste derrière et revins en sens inverse. Personne dans la voiture, et la portière était entrouverte côté conducteur. Je tournai à droite, me garai un peu plus loin et revins à pied me poster à un endroit d'où je pourrais observer sans être vu.

Le conducteur apparut au coin de notre immeuble – Tynan ! Je regagnai discrètement ma Saab, fis de nouveau le tour du pâté de maisons et me parquai cette fois sur la place. Au moment où j'allais atteindre à pied la porte de l'agence, la voiture de Tynan sortit de l'impasse en marche arrière. Il me vit, mais je feignis de ne pas le voir. Comme si j'avais perdu mes clés, je palpai ostensiblement les poches de mon manteau puis jetai un coup d'œil à ma montre. Pour finir, je « changeai d'avis » et hélai un taxi.

Tynan nous prit en filature. Qu'est-ce que c'était que cette histoire, au nom du ciel ? Je me fis déposer devant le restaurant Le Caprice, pris un tabouret au bar et annonçai au maître d'hôtel que je n'étais pas pressé le moins du monde et que j'étais prêt à attendre toute la nuit pour une table. À travers la porte vitrée, je voyais régulièrement la voiture de Tynan repasser au ralenti sur Arlington Street. Je flottais à présent dans une espèce de torpeur. Tynan pouvait bien attendre. J'épluchai les pages sportives de tous les quotidiens du jour.

Johann Pearl était cité quatre fois, dont une seulement pour son activité footballistique. Les autres articles concernaient sa participation à une action humanitaire et à une « étude » sur le QI des sportifs.

Je quittai Le Caprice juste avant minuit. Tynan avait changé de tactique : il était maintenant garé devant l'immeuble le plus proche. Il devait en avoir sacrément imposé au portier – ces gens-là sont plus vigilants que des mères poules. J'évitai soigneusement son regard. Un taxi me déposa à ma voiture, et je regagnai mes pénates. Tynan me fila jusqu'à ce que je m'engage dans le parking souterrain de mon immeuble.

Des messages sur le répondeur ? Deux. Un d'Elizabeth, qui voulait que je la rappelle. L'autre :

« Nicholas, ici Claire. Pourriez-vous m'appeler ? Je suis chez Philippe. Il n'est pas là. »

Son ton était anxieux, mais peut-être craignait-elle simplement que je me méprenne sur ses intentions.

Minuit passé à Londres, plus d'une heure du matin pour elle. Trop tard. Non. Appelle.

Elle décrocha *illico*.

— Ah ! Nicholas, Dieu soit loué ! Vous allez bien ?

— Oui. Et vous ?

— Il faut que je vous voie.

— Oh ?

— Nicholas… Quoi qu'il arrive, quelles que soient les pressions, ne renoncez pas à votre rôle d'exécuteur.

— Quoi ? !

— Ne faites surtout pas ça. Sous aucun prétexte. Je ne peux pas vous expliquer maintenant. Mais je le ferai. Je dois vous quitter.

Et elle raccrocha, en me laissant au comble de la frustration.

Je regardai par la fenêtre : la voiture de Tynan passa dans la rue. À quoi joue-t-il ? Tu n'as qu'à le lui demander.

Il prit mon appel.

— Vous devriez être couché, monsieur Newman.

— À quoi jouez-vous ?

— Qu'est-ce que vous voulez dire ?

— Allons donc. J'ai repéré votre manège. Depuis Lambeth Bridge.

Il pouffa.

— Je me couche tard. Les insomnies.

— Dites-moi la vérité.

— Vous n'avez jamais lu de philosophie ? La vérité n'existe pas.

J'insistai. Il ne lâcha rien jusqu'à ce que je dise :

— J'ai trouvé un moyen de tout élucider.

Je le sentis tressaillir.

— Comment ?

— Le *Daily Mail*.

— Ne faites pas ça !

— Le contact est déjà établi. Je viens de leur accorder une interview. Je suis resté raisonnablement évasif, mais je pourrais juger utile de l'être moins.

— Il ne vaudrait mieux pas.

— Pourquoi ? Ça vous donnerait une étoile du berger.

— Bon, écoutez. Il y a deux raisons. *Primo*, je garde un œil sur vous. Et *secundo*… vous voulez la vérité ? On n'exclut pas que vous cachiez quelque chose dans votre manche.

— Rien d'autre que mes bras musclés, fis-je, sarcastique. Vous comptez continuer à me suivre longtemps ? Vous jetez l'argent du contribuable par les fenêtres. À moins que ce ne soit pour me donner l'impression que je suis protégé.

— Je fais ce que j'ai à faire.

— Ce n'est pas très confortable d'être suivi. Surtout par des gens qu'on croyait être des alliés, dis-je en marchant de long en large dans la pièce. Vous vous êtes renseigné, au fait ? Auprès de Hurst ?

— Safft n'avait pas d'agenda, répondit Tynan. Ou alors il a disparu.

Sa respiration était sifflante.

— Vous êtes asthmatique ?

Cette faiblesse accentua la sympathie qu'il m'inspirait.

— Ouais. Et vous ?

— Oui. Ou plutôt, je l'ai été. Il semblerait que ce soit terminé.

— Une chose qui se termine d'elle-même peut revenir d'elle-même. Vous n'avez jamais entendu dire ça ?

— Vous montez prendre un café ?

— Non, je suis trop loin, dit-il en soufflant bruyamment. Je ne vous ai pas demandé comment avance le projet Pearl. Il n'y a rien à voir sur place.

— J'aurais dû me douter que vous iriez rôder là-bas, répondis-je en riant. C'est un chantier d'hiver. Je n'ai jamais aimé ça.

Tout en bavardant avec lui, je passai dans la salle de bains et me plantai devant les W-C. Les évacuations peuvent être plus ou moins silencieuses, tout dépend du talent du plombier. Ma maniaquerie pour tout ce qui a trait à la propreté a une limite : j'aime bien téléphoner en pissant. En dehors de cela, je déteste tous les bruits de salle d'eau.

Et en particulier celui que j'entendis à ce moment-là : un crac tonitruant, digne d'une plaque tectonique. Mon bras se mit à vibrer comme si j'étais en train de manier un marteau-piqueur en folie. L'ampoule sauta. Un éclair flamboya derrière la porte de la salle de bains et une puissante odeur de brûlé s'engouffra dans mes narines. Dans le noir, je basculai contre le lavabo, qui était juste derrière moi. Le miroir vola en éclats sous l'impact de mon épaule. Je crus que quelqu'un cherchait à m'arracher le bras. Un nouvel éclair déchira l'obscurité.

Le plus bizarre, c'est qu'à aucun moment je ne lâchai le combiné du téléphone. Je hurlai même dedans, selon Tynan. C'est ce qui lui permit de savoir en temps réel ce qui se passait : quelqu'un avait électrifié le bouton chromé de mes W-C en inox. Quand j'avais tiré la chasse, le fil s'était retrouvé en contact avec l'eau. Si j'avais été pieds nus sur le carrelage mouillé…

Tynan arriva dans la minute. Sur le coup, ce ne

fut ni la peur ni le fait qu'on venait d'attenter une nouvelle fois à ma vie qui me choqua le plus.

— Menteur ! lui criai-je à la figure.

Il devait être quasiment assis sur mon paillasson quand j'avais papoté avec lui au téléphone.

# 30

Une lumière inonda l'appartement : concentrée, mais excessivement forte. Tynan venait d'allumer une grosse torche.

— Halogène, dit-il. Ça aveugle.

Quelques voisins en robe de chambre nous observaient depuis le palier. Le mur supportant le disjoncteur ressemblait à un mini-Oradour. Un début d'incendie s'y était déclaré, mais mes vieux isolateurs en porcelaine, épais comme des bréviaires, avaient tenu le choc. L'air empestait le brûlé. Je me retournai vers les toilettes. Astucieux : un fil dénudé relié au bouton du réservoir, qui ne touchait l'eau que lorsqu'on abaissait celui-ci. Mes W-C dernier cri avaient failli avoir ma peau.

Tynan étudia le dispositif et m'indiqua quelques éraflures dans le métal.

— C'est tout récent, diagnostiqua-t-il.

Je me frottai le coude. J'avais mal partout. La rage m'empêchait de réfléchir.

— Et maintenant ? On fait quoi ?

— On fiche le camp. Faites vos bagages. Vous

avez un endroit où dormir ? Vous voulez que je vous héberge chez moi ?

— Non. Laissez-moi le temps de passer un coup de fil. Je veux bien que vous me déposiez, cela dit.

Allant et venant comme un zombie, je rassemblai quelques affaires. Mes yeux piquaient atrocement : je pensai à prendre le collyre français. La peau de ma main qui avait reçu la décharge était tendue comme un parchemin. Aucune trace de brûlure visible, mais je pris la précaution d'emporter une pommade. Et toujours ces élancements au coude. J'avais du mal à y croire.

— Pointez votre lampe là-dessus, dis-je à Tynan.

Je contemplai une dernière fois les fusibles calcinés, ne fût-ce que pour les graver dans ma mémoire. *Souviens-toi.* Ma furie était telle que j'avais l'impression d'être un animal déchaîné.

Le réceptionniste du 22, Jermyn Street m'attribua une chambre aussi naturellement que si nous nous étions présentés en plein après-midi. Il reste heureusement quelques excellents petits hôtels en ce bas monde. On me servit une omelette aux truffes, et le fait de manger me permit de prendre la mesure de mon épuisement. Je m'endormis, non sans avoir soigneusement fermé la porte de la salle de bains.

Le soleil me réveilla de bon matin.

Ma première pensée fut que j'étais désormais acculé sur tous les fronts. Les rouages de mon cerveau s'activèrent aussitôt pour empêcher la terreur de reprendre le dessus. Peut-être cette décharge m'avait-elle remis les idées en place, après tout. N'est-ce pas pour cela que certains psychiatres prescrivent des électrochocs ? Ce qui est sûr, c'est que cet incident accéléra indubitablement ma prise de décision. Oui. Oui, débusquer mes ennemis. Ou mon ennemi, peu importait.

Comme toutes les décisions majeures, je pris celle-ci presque à mon insu. En vertu de quel processus, je serais bien en peine de l'expliquer. Après avoir erré en tremblant dans le froid et les ténèbres pendant des semaines, j'émergeai soudain dans une clairière baignée de soleil où je retrouvais détermination et patience, où je pouvais enfin réfléchir et élaborer une stratégie.

À l'agence, je dressai le bilan des réparations à effectuer – câblage défectueux, protection électrique vétuste, et cetera. Je contactai plusieurs artisans – plombier, électricien, menuisier, décorateur – et leur fixai à tous rendez-vous à seize heures. Lemon m'aida à passer en revue le *nec plus ultra* des systèmes de coupe-circuit et des W-C non conducteurs. Je fis face à l'attaque en devenant mon propre client.

À un moment de la journée, je me rendis compte que je luttais pour ramener sur mon terrain – et donc sous mon contrôle – un événement terrifiant, qui aurait pu me coûter la vie. Un bon point pour moi. Cet épisode allait peut-être me servir d'entraînement avant l'épreuve cruciale que je m'apprêtais à affronter. Je me sentais d'attaque.

Pour rester sous la bénéfique pression de la normalité, je répondis à des coups de téléphone ordinaires : après une prise de bec avec le menuisier engagé sur le projet Cleland, je participai avec plaisir à une intéressante enquête du ministère du Commerce et de l'Industrie. Et je passai une heure tout à fait agréable en compagnie du maquettiste chargé de la maison de

Pearl. Il était enfin venu nous rendre son travail – en retard, pour changer.

— Il joue ce soir, au fait, me dit-il.

— Où ça ?

— Stamford Bridge.

Là où mes agresseurs m'avaient relâché. Je décidai aussitôt d'assister au match.

— Qu'est-ce que vous en pensez ? demandai-je au maquettiste.

— De la maison ? Géniale.

Venant de cet homme laconique, dont le plus grand compliment avait jusque-là été : « Il y a plus moche », je ne pouvais qu'apprécier.

— Sérieusement ? Ça ne ressemble pas au Graham qu'on connaît et qu'on aime.

— C'est chaleureux. Voilà pourquoi ça me plaît. Chaleureux. Alors que tous vos autres trucs sont froids. Comme s'ils se destinaient à des machines. Cette maison-là accueillera de vraies gens.

— Oh ! merci.

— D'où vous est venue l'idée ?

J'étais bien obligé de le lui avouer.

— Je me suis inspiré de sa maison familiale, en Hollande.

— Vous devriez copier plus souvent.

Certaines personnes ont le chic pour insulter sans effort.

— Voilà ce qui me plaît par-dessus tout, ajouta-t-il en soulevant la toiture de sa maquette pour me montrer la relation entre l'étable et la cuisine salle à manger. Mais pourquoi est-ce que vous n'ajoutez pas ça ?

Il inséra deux cloisons supplémentaires à l'étage, elles aussi équipées de portes d'étable.

— Vous pourriez envisager les chambres d'amis comme des chambres d'enfants. Le matin, au réveil, les mômes verraient des vaches et des chevaux les regarder.

— Et comment ces vaches et chevaux feraient-ils pour monter à l'étage ?

— Par une échelle, bien sûr. Que demander de plus quand on n'a que quatre ans ?

Cela me fit sourire, pour la première fois de la journée. De la semaine. Du mois. Peut-être même de l'année.

— D'accord. Ça me plaît. J'en parlerai au client.

Graham le maquettiste me dévisagea.

— Vous devriez avoir des enfants. Ça vous adoucirait.

Sans doute sa remarque me toucha-t-elle, car Oradour revint soudain dans mes pensées : l'institutrice retrouvée serrant dans ses bras un maximum d'élèves.

Je regagnai mon bureau et tentai de joindre Pearl.

« Le numéro de votre correspondant a changé. Cette ligne n'est plus attribuée. »

Bizarre : ce numéro de portable était pourtant tout récent, il me l'avait donné la semaine précédente. Je téléphonai à sa mère. Elle s'enquit gentiment de ma santé et me laissa les nouvelles coordonnées de Johann. Sans un mot à son sujet.

Cette fois, il décrocha.

— Oh ! salut, man.

— Vous avez changé de numéro.

— Ah ! ouais, j'ai oublié de vous le donner, j'avais perdu votre téléphone perso. Je parie que vous avez appelé ma mère, je me doutais que vous feriez ça.

— J'ai une maquette de la maison à vous montrer.

— Waouh !… Alors, c'est top ?

— Pas mal.

— « Pas mal », répéta-t-il en singeant mon ton, « pas mal ». Vous diriez pareil si vous aviez construit la tour Eiffel, « pas mal ». C'est ce qu'on appelle une litote, non ?

— Ou un *understatement*, chez les Anglais.

Je m'aperçus que je souriais. Ce garçon avait un talent rare pour taquiner avec bienveillance, de façon sympathique et sans jamais blesser.

— Où est-ce qu'on peut se retrouver ? demanda-t-il.

— Où êtes-vous ?

— Sur une autoroute. Les autres sont tous en train de taper le carton, on joue à Londres ce soir.

— Je sais. J'ai demandé à quelqu'un de me prendre un billet.

— Hé ! pas la peine, man, j'ai des invits.

— Des invits ?

— Ouais. Vous venez à combien ?

— Tout seul.

— Vous n'aurez qu'à passer à l'entrée des joueurs.

— Merci. Je ne cherchais pas à vous soutirer un billet gratuit.

— Ce n'est pas un problème, Nicholas, mais j'apprécie vos manières.

Toujours cette belle maîtrise de soi.

— L'ambiance est bonne dans le car de l'équipe ?

— Les ponts d'or qu'on nous fait… vous voulez savoir ? C'est pour ces voyages qu'on nous paie aussi cher. La pire invention de la civilisation, Nicholas.

# 31

À quatre heures cet après-midi-là, l'étendue des dégâts causés par l'attentat de la nuit précédente m'apparut pleinement, tout comme la gravité du danger auquel j'avais été exposé. Difficile de rester calme.

Heureusement, Tynan avait pris les devants en convoquant un spécialiste de la prévention des incendies, qui s'était empressé d'arracher le fil incriminé. Du coup, lorsque l'expert en assurances arriva à son tour, il ne vit qu'une installation électrique antédiluvienne soumise à un examen minutieux par des professionnels.

— Un miracle que ça ne soit pas arrivé avant, marmonna un des électriciens.

— J'aurais pu y rester ?

Haussement d'épaules.

— Avec ces fusibles, allez savoir… Vous devriez installer un coupe-circuit.

*Plutôt deux fois qu'une*, pensai-je.

Quatre semaines de boulot, m'annoncèrent les artisans – mettons huit, rectifiai-je en mon for intérieur. Je repartis vers six heures. La maquette de Pearl était dans le coffre de ma Saab. J'appelai Tynan en roulant.

— Aucune trace d'effraction, m'annonça-t-il.
— Mais je suis le seul à avoir la clé !
— Alors, renseignez-vous sur votre serrurier.
— Impossible.
— Bon. Notre meilleur spécialiste a tout passé au crible. Pas de serrure forcée. Pas d'empreintes. Rien. Vous voulez d'autres preuves ? Votre conduit de cheminée est bouché au niveau du rez-de-chaussée. On est même descendus dedans. Ça vous suffit ?
— Mais… qui ?
— À vous de me le dire, mon chou. Vous êtes peut-être un de ces cinglés qui feraient n'importe quoi pour qu'on s'intéresse à eux.
— Ne soyez pas ridicule.
— Le fait est que quelqu'un s'est introduit chez vous et a branché vos chiottes sur le secteur. Il ne serait pas anormal que vous ayez oublié de fermer votre porte à clé, vu l'état de tension où vous êtes. En attendant, n'y remettez pas les pieds et ne dites à personne où vous créchez. Vous comptez louer un appart ?
— Il va bien falloir.
— Louez-le vous-même et ne donnez l'adresse à personne, pas même à moi. Où êtes-vous ?
L'incohérence de ses propos me fit sourire.
— En route vers Stamford Bridge.
— On se verra peut-être là-bas. Et ensuite, vous faites quoi ?
— Qu'est-ce que vous croyez ? J'ai rendez-vous avec un client.
Tynan toussa.
— Ne vous étonnez pas si certaines choses se répètent.

— Pardon ? Je ne saisis pas.

— Si vous apercevez une tête familière en regardant dans votre rétro.

— Mais… pourquoi ? protestai-je, exaspéré. Vous étiez d'accord pour…

Il me coupa la parole.

— Ce n'est pas vous qu'on veut, monsieur Newman. C'est lui.

— Mais…

— Suffit, dit Tynan.

# 32

D'une aile à l'autre ou en profondeur, usant abondamment de ces longues passes en diagonale dont j'étais tombé amoureux au premier regard, les joueurs éclaboussèrent la soirée de leur talent, de leur énergie, de leur intelligence et de leur engagement. Ils brossaient souvent le ballon de manière à incurver sa trajectoire, pour le spectacle. Un régal.

Autre enceinte, autre foule, mais mêmes invectives obscènes. J'avais pourtant l'impression de me trouver au bon endroit : mon esprit était en quête de schémas tactiques, de mouvement, de victoire.

Pearl fit des étincelles. Trois fois en cinq minutes, il sema son arrière sur l'aile, la balle scotchée aux pieds. Ensuite, du poteau de corner droit, il effectua un centre en hauteur vers le but qui passa à quelques millimètres des gants du gardien. Personne ne le reprit, ce qui eut le don de l'agacer.

J'applaudis.

— Ne vous enflammez pas trop, me glissa mon voisin.

— Ah ?

— Regardez autour de vous.

J'étais assis au milieu de supporters de l'équipe adverse.

— Je suis neutre, assurai-je.

— Ça n'existe pas. Vous avez une invit' ?

— Comment le savez-vous ?

— Un vieux truc. Placer les invités de l'adversaire là où ils n'oseront pas trop l'ouvrir.

Il éclata de rire. C'était un homme visiblement aisé, d'un certain âge.

— Vous êtes l'ami de qui ? me demanda-t-il.

— De la Perle Noire.

Son regard se teinta de respect.

— Ah ouais ? Il m'intéresse beaucoup, celui-là. Observez-le. Vous voyez son cul ? Un centre de gravité très bas. Ses muscles fessiers sont pile là où il faut pour lui apporter un maximum de puissance. Regardez les sprinteurs : plus ils vont vite, plus leur cul descend.

— Comment savez-vous ça ?

— Je suis médecin du sport. Ils cassent, je les répare.

À la mi-temps, il m'invita à prendre un verre à la buvette. Le temps d'être servis, le match avait repris et nous nous empressâmes de rejoindre nos places.

— Le football, déclara mon nouvel ami, c'est quelque chose qu'on a dans le sang. Aucun supporter digne de ce nom ne le prend à la légère. On est dedans ou on n'y est pas. Avec mes copains, par exemple, c'est à qui sera le premier à donner la compo de l'équipe titulaire de Chelsea pour le match d'ouverture de la saison 1974-1975. Vous êtes marié ?

— Non.

— Veinard.

— Mais j'ai failli une ou deux fois.

Nous fûmes interrompus par un but de Johann Pearl : il se contenta de dévier dans les filets un ballon qui venait de passer hors d'atteinte du gardien à terre. Il se précipita à l'intérieur de la cage.

— Un but facile ? demandai-je.

— Non. Comment s'est-il retrouvé là ? Parce qu'il réfléchit. Il a un cerveau. Remarquez, il est un peu plus instruit que la moyenne des jeunes sortis d'un centre de formation.

— Je ne le connais pas très bien. C'est un ami d'ami.

— Il est au sommet de sa forme, au firmament du championnat. Mais il prend beaucoup de coups. Il sortira d'ici avec des bleus. Et chaque fois qu'il part en dribble le long de la ligne de touche, cette façon qu'ils ont de l'agresser, pfff !

— C'est quand même un superbe athlète, dis-je, histoire de continuer à le faire parler.

— D'ici quatre ans, il viendra régulièrement en consultation chez moi ou chez un de mes confrères, pour des blessures à répétition. Mais la plus grave sera dans sa tête, parce qu'il aura dépassé son pic personnel, son apogée, et qu'il se demandera ce qu'il faut faire pour remonter la pente.

Je m'attachai ensuite à étudier la construction des actions. Dans ses phases les plus fluides, le jeu traçait des figures géométriques, avec de longues bissectrices reliées par de brèves sécantes. Cela durait aussi longtemps qu'une équipe conservait la possession de balle. Le désordre ne s'installait que lorsque l'adversaire réussissait à inverser la tendance à force de faire du pressing.

*C'est* grosso modo *ce qui m'arrive*, pensai-je. À

distance, quelqu'un avait jusqu'ici avancé ses pions contre moi. Sans opposition. Donc en imposant son rythme de jeu. Il était temps pour moi de faire du pressing et de retrouver la possession. De mes facultés mentales.

Pearl reçut à ce moment-là une passe dans sa moitié de terrain, passa devant nous tel un éclair, distança tout le monde dans le camp adverse déserté et servit sur un plateau ses coéquipiers, qui au terme d'un une-deux poussèrent le ballon dans les filets.

— Ravi de vous avoir rencontré, me dit mon voisin, quittant sa place dès le coup de sifflet final. Et bon courage pour votre peine.

Je dus afficher un certain désarroi, peut-être même sursauter. Il m'indiqua la pelouse d'un geste ample de la main.

— Ça : le foot. Quand on tombe dedans, c'est une condamnation à perpétuité.

Je retrouvai Pearl à la sortie des vestiaires, où il m'avait demandé de le rejoindre. Il fut loin de manifester l'exaltation à laquelle je m'attendais.

— Salut, man. On règle ça vite fait ?

Je ne l'avais jamais vu sous ce jour – glacial, presque cassant.

— C'est que… je suis garé assez loin.

— Si on laissait tomber pour ce soir, man ?

Il avait le regard fuyant et ne tenait pas en place.

— D'accord. Mais il faudrait quand même que vous voyiez la maquette, non ?

Il passait son temps à jeter des coups d'œil autour de lui, surtout côté parking, dans mon dos.

— Je ne sais pas trop. Si vous dites que ça va, ça va. Il faut que je file.

Il se triturait les paumes, nerveux, distant : un autre homme.

— Vous voulez que je vous rappelle ?

— Non, man. Enfin, ouais, je veux dire, c'est moi qui vous rappellerai.

Et il me planta là, sans me laisser le temps d'ajouter quoi que ce soit.

Aucun sourire de sa part, aucun enthousiasme, aucune trace de sa jovialité coutumière. Un coup de blues d'après-match ?

Je me retournai pour suivre des yeux la direction prise un instant plus tôt par le regard de Pearl. Un groupe de cinq jeunes gens à pied se dirigeait vers nous, cinq jeunes gens à la démarche déterminée, en costume, qui ressemblaient à des agents de sécurité. Puis je vis Tynan. Une voiture déboula de l'autre côté du parking et ses occupants le saluèrent.

Les cinq hommes s'immobilisèrent à une vingtaine de mètres du car des joueurs et parurent se concerter. Une deuxième voiture apparut : Tynan lui fit signe de stopper. Les cinq hommes lancèrent des regards alentour. Ils se dispersèrent calmement et en bon ordre, chacun partant dans une direction. Tynan et ses hommes les laissèrent s'éloigner.

Quelques instants plus tard, riant et plaisantant, les coéquipiers de Pearl sortirent du tunnel, encore tout à la joie de leur victoire. Pearl marchait au milieu du groupe et m'ignora. Tête basse, il monta dans le car et prit place côté opposé, perdu dans ses pensées. Tynan monta dans la deuxième voiture et suivit le car.

Je regagnai mon hôtel en me promettant de trouver

dès le lendemain un appartement meublé. Un message m'attendait sur mon portable – encore Claire.

« Nicholas, il faut qu'on se parle. Absolument ! »

Je la rappelai, et elle lança plusieurs « Allô ? Allô ? », comme si elle ne m'entendait pas. Je réessayai : son téléphone était décroché.

## 33

Ce soir-là et le lendemain, j'élaborai ma stratégie. Premier aspect : la peur, omniprésente. Elle m'affaiblissait, comme tout ce qui relève de l'angoisse. La tenir à distance.

*Tu es victime de manœuvres psychologiques*, pensai-je, *à toi de te battre sur ce terrain-là*. Tout réunir dans un panier que tu es capable de porter. Cela fit partie de mon travail du jour. À titre d'entraînement mental, je basculai – ou m'efforçai de basculer – de l'inquiétude à la curiosité. Chaque fois que Pearl me traversait l'esprit, j'en profitais pour essayer de me renseigner sur lui. Et quand le souvenir d'Antony Safft revint me harceler, je me promis de vérifier le montant total des honoraires qu'il nous avait versés.

De même, chaque fois que je pensais aux agressions dont j'avais fait l'objet, je cherchais à cerner l'esprit qui se cachait derrière. Un esprit sophistiqué. Sachant rester dans l'ombre. Ayant une solide connaissance de la terreur. Ma stratégie s'avéra payante – ou du moins sentis-je qu'elle avait des chances de porter ses fruits.

Mary Strait vint me trouver dans un de mes rares moments de solitude.

— Tiens, dit-elle, un revenant.

Je déteste les femmes – les gens – qui me font des reproches, même si le sien ne fut pas explicite. Deux cercles de plastique rouge et noir luisaient sous ses lobes.

— Salut.

— Ça va ?

— Je suis à cran. Je n'ai plus ni l'eau ni l'électricité chez moi.

— C'est ce que j'ai entendu dire, fit-elle en refermant la porte derrière elle. Encore une agression ?

— Non, non. C'est fini, tout ça.

J'avais besoin de m'en convaincre.

— Vous en êtes sûr ?

— Pourquoi cette question ?

— J'en ai parlé à Philippe. Il pense que tout est lié à votre rôle d'exécuteur.

Change de sujet ! me hurla une voix intérieure. Et qu'est-ce qui lui a pris de téléphoner à Philippe ?

— Il m'a tenu le même langage. Vous avez trouvé à vous loger, au fait ?

— Oui. Un appartement à Richmond, j'emménage ce soir.

— Contente ?

— Dix-huitième. De beaux lambris, un peu vétustes. Venez donc déjeuner dimanche.

— Excellente idée, fis-je, tout en pensant : *Non, non, non et non !*

— Vous voulez connaître le dernier potin ? fit-elle, baissant le ton.

— Oh ?

*Ses doigts sont un peu boudinés*, songeai-je, *moins jolis que dans mon souvenir.*

— Il y a de l'amour dans l'air, dit-elle en m'indiquant la salle de dessin.

— Qui ?

— Lemon. Et le nouveau dessinateur, Georgy-Porgy.

— Ils sortent ensemble ?

— Et comment ! Ce garçon, à en croire miss Lemon, est un parfait gentleman. Il vous laisse tous loin derrière. Deux tourtereaux, apparemment. Anna les a vus sortir d'un pub avant-hier soir, et il n'y avait pas entre eux de quoi laisser passer un souffle de vent.

— Il a intérêt à se méfier. Lemon est une dure à cuire. Comment va Elizabeth ?

Je n'avais pas osé dire « tante » Elizabeth.

— Elle m'a dit qu'elle vous cherchait.

— Bon. Je l'appelle.

Je décrochai mon téléphone pour mettre fin à la conversation, mais Mary eut le temps de me lancer :

— Midi, midi et demi ?

Sans doute eus-je l'air surpris, car elle ajouta :

— Dimanche. Je vous donnerai l'adresse tout à l'heure.

Elizabeth avait « quelque chose à me dire ».

— Cette remarque que je t'ai faite l'autre fois sur Paddy Ormeau, tu sais ? Oublie-la.

— Et pourquoi ça, Elizabeth ?

— J'ai été indiscrète.

— Non. Pas du tout, répondis-je, tout en me demandant comment j'allais pouvoir lui soutirer un surcroît d'informations. D'ailleurs, je n'ai pas compris ce que tu voulais dire.

— C'est juste que Paddy a toujours eu des relations d'affaires en Allemagne, mais bon, certains Allemands se sont comportés très honorablement pendant la guerre. Ils n'étaient pas tous à la tête d'un camp de concentration.

— Les Ormeau se sont quand même fait descendre en flammes à cause de ça, non ?

— Oui mais, comme tous les gens sensés, ils ont gardé leurs contacts. Tu sais, Nicholas, beaucoup de gens d'ici – vraiment beaucoup – ont continué à travailler avec l'Allemagne pendant le conflit.

Je me gardai de tout commentaire, ce qui nous permit de nous quitter bons amis.

Mon père, toujours prompt à la digression, m'avait raconté un jour que dans certaines tribus africaines, quand un chasseur perdait sa lance, il fonçait sur le lion qui lui faisait face, et neuf fois sur dix le lion décampait. J'avais toujours eu du mal à le croire – mais j'allais maintenant faire la même chose. Agir au lieu de seulement réfléchir, au lieu de rester lent et faible.

Faire preuve d'initiative n'impliquait pas de renoncer à toute prudence. Je ne louai pas un meublé : j'en louai deux. Tout seul, sans même en parler à Lemon. Dans deux agences différentes.

Chaque soir, je gagnais l'un d'eux par l'entrée principale et j'en ressortais ensuite par la porte de service pour rejoindre l'autre, situé à deux rues de distance, où je passais la nuit. Il me suffisait de vérifier que je n'étais pas suivi pendant ce bref trajet. Je laissais ma voiture au garage de l'agence. « Ils » ne m'avaient jamais attaqué là-bas.

Heure après heure, nuit après nuit, jour après jour, je faisais mentalement le point sur la décision que j'avais prise. Je me répétais les mots à dire. Je préparais ma logistique. J'avais mis au point un numéro simple et je le peaufinai jusqu'à ce qu'il m'apparaisse juste.

Ensuite, je m'en remis au temps. Ayant préparé le quoi et décidé du comment, il ne me restait plus qu'à choisir le qui et à laisser le temps choisir le quand. Le temps ne se trompe jamais.

# 34

Noël approchait, et je connus un moment d'embarras : je manquai le déjeuner dominical chez Mary Strait. Officiellement pour une panne de réveil : je n'ouvris les yeux qu'à treize heures, ma plus longue plage de sommeil depuis des lustres.

Même une fois debout, je ne me souvins pas de cet engagement. J'étais vaguement conscient d'avoir quelque chose à faire ce jour-là, mais je ne fis guère d'efforts pour retrouver quoi. En milieu d'après-midi, j'interrogeai à distance le répondeur de mon appartement de Cadogan Gardens, en grande partie pour vérifier si l'électricité était rétablie.

Mes messages défilèrent, du plus récent au plus ancien.

« Nicholas, c'est Elizabeth et je ne trouve pas ça drôle. C'est même extrêmement impoli de ta part. »

« Nicholas chéri, ici Elizabeth. Il est deux heures, et je suis chez Mary. On commence à s'inquiéter. Tu peux nous rappeler, s'il te plaît ? »

« Allô, c'est Mary. Où êtes-vous ? Mon soufflé est en danger. »

« Nicholas, c'est moi. Je me fais du souci. Il est une heure cinq et je vous avais dit midi. »

« Allô, Nicholas, ici Mary. Je réalise que vous devez avoir quitté votre appartement en attendant qu'il soit remis en état. Si ça se trouve, vous êtes déjà en route. Dans ce cas, j'espère que vous me pardonnerez mon anxiété. »

Plusieurs correspondants n'avaient pas laissé de message.

Au contraire de Tynan, qui jusque-là n'avait pas répondu à mes coups de fil :

« Allô, monsieur Newman ? Tout est calme sur le front ouest ? »

Je commençai par le rappeler, histoire de m'accorder un petit délai supplémentaire pour rattraper ma gaffe vis-à-vis de Mary Strait.

— Ici le front ouest.

— Je préfère ça au front est.

— Ah ?

— Vous avez lu le journal ?

— Pourquoi ?

— En Allemagne. Une grosse émeute, à Berlin. Düsseldorf. Un océan de hooligans.

Le remords m'assaillit : j'aurais mieux fait de décider d'agir plus tôt.

— Ça va comme vous voulez, vieille branche ? reprit Tynan. Et votre client, au fait ?

— Sa maison pousse à toute vitesse, mais je n'ai plus eu aucun contact avec lui depuis Stamford Bridge. Au fait, vous ne m'avez jamais rappelé. Je voulais vous demander ce qui s'était passé.

— Passé où ?

— Eh bien, à Stamford Bridge.

— Dieu seul le sait, et Dieu ne dira rien.

— Allez…

— Non, enfin, bon, d'accord. Votre client s'est mis dans une embrouille, un truc pas net.

— Ça m'étonnerait.

— Dans ce cas, tâchez de vous rappeler que c'est moi qui vous en ai parlé en premier. Quelqu'un lui met un pistolet sur la tempe. Ou menace de le faire. Vous l'avez appelé dernièrement ?

— Non, je n'en ai pas eu besoin.

— Vous n'arriveriez pas à le joindre. Il a encore changé de numéro. Même son club ne sait plus où il dort, ce qui pourrait théoriquement lui valoir une amende. Mais vu qu'il se pointe aux entraînements, ça ne dérange personne pour le moment. Sauf sa famille, peut-être : l'autre soir, ils ont tous failli se retrouver de l'autre côté de l'arc-en-ciel.

Je sursautai.

— Quoi ?

— Des messieurs leur ont rendu une visite impromptue. Mais le feu n'a pas pris. Fin de l'histoire.

Cette sublime ferme, attaquée par les flammes. Cela me toucha presque autant que tout ce qui m'était personnellement arrivé. Les fantômes d'Oradour. Leurs pauvres corps se disloquaient, m'avait dit Claire. Les hirondelles aussi avaient été privées de maison. Voilà qui était nouveau. Jusque-là, les agressions n'avaient visé personne d'autre que moi. N'était-ce pas la règle du jeu ? Selon les indices à ma disposition, j'étais leur seule et unique cible.

Qu'est-ce que cela signifiait ? Allez, Nicholas, un effort. Oui, facile. Le point commun entre Pearl et moi : Antony. La mélancolie me gagna. Aggravée par

Mary Strait. Comment me sortir de ce pétrin-là ? Sans lui donner de faux espoirs ? Si seulement j'étais allé à ce déjeuner… Avec Elizabeth en guise de chaperon, je n'aurais pas été obligé de finir la journée au lit avec miss Strait. Ce déjeuner à lui seul aurait pu m'assurer plusieurs semaines de tranquillité, voire me tirer en douceur de ces sales draps.

Je lui téléphonai. Je dis la vérité : je ne m'étais pas réveillé, j'invoquai l'épuisement. Il était quatre heures.

— Vous voulez passer maintenant ? Elizabeth est rentrée à Faircombe. Eric m'a apporté mes affaires.

Je répondis que je ne me sentais pas bien. Mais que ce n'était que partie remise. Que je lui enverrais dès demain un énorme bouquet de fleurs. Mary Strait encaissa sans broncher. Ou bien ? Je crus sentir une pointe d'acier dans sa voix.

Refais le point. Mon plan nécessitait encore quelques ultimes réglages. Non pas que l'action que je préparais fût complexe, il fallait simplement que je puisse avancer en traçant des lignes droites. Garder la possession.

Après avoir parlé à Mary Strait, je pris un taxi pour Hampstead. Pas franchement reconnaissable sous ma casquette à la Jean-Paul Belmondo et mon cache-col, je me promenai dans le quartier. Dans l'intention spécifique de me rafraîchir la mémoire au sujet d'Antony.

Deux souvenirs me le remirent en tête. D'abord celui d'un projet dans l'est londonien, pour lequel nous avions eu beaucoup plus de mal que d'habitude à obtenir un permis de construire. Toutes nos suggestions aux services de l'urbanisme (notre chantier posait un problème d'accès industriel en ce sens qu'il perturbait le passage des camions de livraison d'un supermarché voisin) étaient rejetées les unes après les autres. Exceptionnellement, Antony s'était déplacé à l'agence, ce qui illustrait bien la taille du problème et l'importance de son investissement.

Il en avait discuté avec nous toute la journée, et son intelligence nous avait éclairés comme un soleil. Il avait proposé des solutions inventives, qui auraient dû venir de nous. Nous avions retenu les quatre meilleures, à présenter au directeur de l'urbanisme. L'une d'elles incluait le percement d'une voie d'accès souterraine pour satisfaire aux exigences de l'administration.

À la fin de cette longue réunion, Antony nous avait fait part que, de son opinion, nous méritions une réponse rapide.

— Sauf que nous ne l'aurons pas, avait-il ajouté. C'est un blocage organisé.

Tout le monde l'avait regardé sans comprendre, moi compris.

— Il doit y avoir un concurrent. Il y a quelqu'un d'autre sur le coup.

— Mais… Safft S.A. est propriétaire du terrain, non ?

— Oui, mais si je n'arrive pas à y faire ce que je veux, je serai obligé de le revendre. Du moins c'est ce que ce quelqu'un s'imagine, avait-il conclu avec son fort accent, qui évoquait davantage l'Europe centrale que la France.

— Qu'est-ce qu'on fait, alors ?

Sur ses instructions, j'étais retourné voir le directeur de l'urbanisme et l'avais informé de notre décision de tout arrêter. Mon client était très tenté de revendre son terrain.

— Aie l'air abattu, Nicholas. Joue les perdants. Ensuite, attends que ton téléphone sonne.

L'obligeant directeur m'avait rappelé dès le lendemain matin.

— Une idée que je viens d'avoir. Je connais quelqu'un qui pourrait débarrasser votre client de ce terrain encombrant. S'il envisage toujours de le vendre.

Je m'étais empressé de répéter son nom à Antony.

— Je le tiens ! s'était-il écrié. Non, Nicholas, laisse-moi m'en occuper. Tu n'as pas à savoir comment je fais.

Nous n'avions jamais eu besoin de creuser ce tunnel. Cher Antony. Infliger de telles mutilations à son corps vieillissant. En me retrouvant face au mur d'enceinte de sa maison, je frissonnai. Il y avait de la lumière dans le vestibule ; une voiture de police était stationnée de l'autre côté du portail. Le jardin grouillait d'ombres, mais ce devait être une projection de mon humeur mélancolique. Mon second souvenir me revint à ce moment-là.

Un dîner chez Antony, en juillet dernier ; trente personnes environ ; une des très rares belles soirées d'un été plus que médiocre. Il y avait parmi les convives un jeune architecte, travaillant pour une agence plus petite que la nôtre à laquelle Antony faisait parfois appel, et sa femme enceinte jusqu'aux yeux, tout en rondeurs et joliment épanouie. À l'heure où les gens commençaient à repartir, Antony me fit signe. Je le suivis à l'intérieur de la maison.

— J'aimerais lui offrir quelque chose, murmura-t-il, elle va avoir son premier enfant et je la sens très inquiète. Que penses-tu de ceci ?

Il dégagea d'un emballage en papier kraft un magnifique dessin, un portrait de nourrisson de profil.

— C'est une esquisse de Gainsborough, qu'en dis-tu ? Tu crois que ça lui plaira ?

Je revis ce dessin en longeant le mur : une bouclette de cheveux frôlait l'oreille de l'enfant. Délicieux. Toujours pas de cérémonie funèbre annoncée jusqu'ici – et je ne voyais aucune raison à cela.

Devais-je renoncer à être son exécuteur testamentaire ? Et me concentrer sur ma cible ? La prendre à revers ? Non. Attends d'avoir des nouvelles de Claire. Ma lucidité augmentait d'heure en heure.

J'appelai Tynan.

— J'ai fait un tour à Hampstead.

— Vous êtes revenu sur les lieux du crime ?

— Ce n'est pas drôle. Pourquoi y a-t-il de la lumière chez lui ?

— Le truc en vogue. L'ADN. Ils prélèvent des échantillons sur toutes les surfaces qui en valent la peine. S'ils attrapent un suspect, c'est bingo.

— Où en est l'enquête ?

— Elle suit son cours.

— Ce qui veut dire ?

— Ce qui veut dire qu'ils n'ont que pouic, bâilla Tynan.

— Vous êtes au lit avec quelqu'un, c'est ça ? En plein après-midi ?

— Je vous rappelle bientôt.

Et il gloussa, un peu gêné.

## 35

Du sommeil. Du sommeil. Du sommeil. Et encore du sommeil.

Quelques rêves, aussi. Je rêvai une nuit qu'une de mes voisines à Knightsbridge me disait : « Je chante superbement, vous savez. » Dès qu'elle ouvrait la bouche, sa robe changeait de couleur. Mon rêve me transporta ensuite dans le Herefordshire. Je me tenais au sommet d'une colline d'où je pouvais voir notre maison, les aiguilles de l'horloge qui surplombait la cour. Mais j'étais un adulte dans mon rêve, pas le petit garçon qui avait vraiment connu cette vue. Un homme s'avançait vers moi, un bel homme chaleureux, que je n'avais pas l'impression de connaître. Il prononça le nom de mon frère Kim. *Encore un rêve dans lequel Kim est cité mais n'apparaît pas*, pensai-je en me réveillant.

L'agence était fermée cette semaine. Pour seize jours – la durée des vacances de Noël. C'est ainsi chaque année, en raison notamment du grand nombre de gens contaminés par le virus des sports d'hiver. En général, je travaille une partie de ce temps et je vais passer le nouvel an à Gleneagles ou au Silver Palace de Copenhague. Pas cette année-là. J'avais presque trois semaines pour faire ce que je devais et voulais faire. Le compte à rebours était lancé.

— Que faites-vous pour Noël ? me demanda Mary Strait.

Je ne me rappelais plus lui avoir proposé – du bout des lèvres – une escapade d'un week-end.

— C'est assez… compliqué.

— J'ai un cadeau pour vous.

Oh ! non.

— Merci, dis-je. C'est très gentil de votre part.

Elle alla chercher une boîte énorme.

— Diable, dis-je en la regardant.

— Vous ne l'ouvrez pas ?

— Je préfère ouvrir mes cadeaux le soir de Noël.

— Vous serez où ?

— Chez des amis qui doivent passer à Londres, mentis-je. Et vous ?

— Je vais vous laisser un numéro où vous pourrez me joindre.

Et elle s'empressa de le noter sur mon buvard jusque-là immaculé. Exaspérant.

Le 24 décembre au matin, de l'agence quasi déserte, je décidai de tenter un ultime coup de dés et téléphonai à Me Lewison.

— Peut-on décliner l'invitation quand on a été choisi comme exécuteur d'un testament ?

— Euh, oui. Je m'attendais plus ou moins à cet appel.

— Pourquoi ?

— J'ai eu votre coexécuteur au téléphone. Il m'a posé la même question.

— Il veut aussi… ?

Me Lewison me coupa la parole comme il devait la couper à tout le monde.

— Non, non, il se renseignait pour vous. Je lui ai répondu que personne ne m'avait jamais posé cette question et que j'allais devoir me renseigner.

Notaire dans le West End, et il ne savait pas répondre à ça.

— Mais supposez que nous voulions nous retirer tous les deux ?

— Ce n'est pas le cas de M. Safft, bien au contraire.

— Et le testament du défunt ? Les scellés sont levés ?

— Pas encore. Comme je l'ai dit à votre coexécuteur. À vrai dire, je me suis encore entretenu hier de cette question avec la police, fit Me Lewison, incroyablement pontifiant pour un homme aussi jeune. Ils m'ont dit fin janvier, début février. Voulez-vous que nous nous revoyions à ce moment-là, monsieur Newman ?

Ainsi s'envola ma dernière chance d'échapper à la ligne de conduite que je m'étais moi-même fixée. Je pris une dernière soirée de repos et, en pleine nuit, les propos du notaire revinrent alimenter ma réflexion.

Philippe souhaitait que je me retire mais lui-même ne demandait qu'à rester dans la partie. Par égard pour moi – ou pour lui-même ? Une fois de plus, je tentai en vain de le joindre.

Il était temps d'agir. Je passai en revue toutes mes options. En me posant les questions habituelles. Y aller seul ? Laisser Tynan s'en occuper ? Moitié-moitié ? Ma fierté l'emporta. Si je sortais victorieux de ce combat, j'aurais considérablement gagné en stature.

Oui. Temps d'agir. Mais prépare-toi à contrôler tes nerfs. Et ta peur.

Le matin de Noël, je fis venir un taxi par téléphone et je repassai chez moi. Le taxi resta à m'attendre dehors pendant que j'emplissais une valise. Au cas où quelqu'un m'observerait, je tenais à donner l'impression que je partais en voyage. Le taxi me déposa ensuite devant une maison de Wilton Place et m'attendit. Une domestique m'ouvrit la porte, d'où s'échappa aussitôt le brouhaha d'un brunch.

Pourquoi avais-je commencé par là ? Un coup de tête. Un saut dans le vide. Étais-je devenu fou ? Peut-être, mais je m'étais dit que soit je les trouvais là et ce serait tant mieux, soit ils n'y étaient pas et je pourrais toujours me faire une idée d'eux en étudiant leur façade. La domestique m'introduisit dans la place – dans l'antre du lion. Je me comportai comme un invité, pris un verre de jus d'orange sur le plateau d'un serveur. Aux premières personnes que je croisai, un homme séduisant et sa nerveuse épouse, je confiai mon étonnement d'avoir été pris « dans un embouteillage, vous vous rendez compte, un vrai embouteillage à Londres un matin de Noël ! ».

Problème : j'ignorais à quoi ressemblait mon « hôte ». Étais-je assez fin connaisseur de la nature humaine pour le repérer ? La maison regorgeait de personnel, dont un certain nombre de jeunes hommes d'allure sportive et solidement bâtis. Ce qui semblait indiquer que l'individu que je traquais était bien là. Je n'avais aucune description de lui. Depuis la veille au soir, conscient des possibles réactions de mon organisme, je n'avais plus avalé une goutte de liquide.

J'essaie de n'avoir jamais l'air désœuvré dans les

réceptions : c'est la pire façon d'attirer sur soi l'attention des autres. Je fis donc de mon mieux pour fureter sans paraître désœuvré. Tout en ne sachant pas vraiment ce que je cherchais. Je comptais sur mon instinct pour m'envoyer un signal d'alarme. Aucun candidat plausible n'était encore entré dans mon champ de vision. Tout juste quelques invités turbulents, et pour finir une femme tout sourire – indubitablement la maîtresse des lieux – s'avança vers moi.

— Lady Ormeau, lui dis-je.

— Appelez-moi Lilian, rétorqua-t-elle, et puisque je ne vous connais pas, vous devez être de la bande à Paddy. Il est quelque part par là. Vous êtes… ?

— En effet, de la bande à Paddy. Comme vous dites. Superbe ambiance, me hâtai-je d'ajouter pour ne pas lui laisser le temps de reprendre la parole, en louchant sur son décolleté. Je fais partie des contacts de Paddy en Allemagne. Je vis là-bas, mais je suis d'ici.

— Alors, on vous reverra sûrement demain soir…

Elle se figea.

Sa voix n'en montra rien. Ni ses gestes. Mais son regard, lui, se figea. Sans mes années d'expérience mondaine, je ne l'aurais jamais senti. Mais elle se figea bel et bien, de fond en comble.

— Je vais chercher Paddy.

— Surtout pas, dis-je. Je le trouverai.

Je lui pris le bras. Les récents événements m'avaient rendu un peu brutal.

— Cela ne me dérange pas, insista-t-elle.

Je dus lâcher prise. Il n'aurait pas été bien vu de la retenir. Elle fendit la foule de ses invités. Quelques secondes plus tard, un homme que j'avais déjà aperçu en de multiples occasions la quitta pour venir à moi.

— Enchanté, dit-il.

La partie était lancée.

— Tout le plaisir est pour moi.

— Oui, oui. Je vois. Oui.

Il marqua une longue pause, se détourna à demi puis me refit face.

— Écoutez, je… je suis… Si on entrait là-dedans une minute ?

Il me précéda dans un petit bureau meublé d'une commode basse en noyer George III parfaite, magnifiquement crénelée. J'en cherchais une de ce genre.

— Sublime, dis-je en la montrant d'un coup de menton.

— Oui. N'est-ce pas ? Écoutez, fit-il en refermant la porte d'un geste emprunté, je regrette infiniment, mais…

— Son nom ?

Il ne répondit pas : « Le nom de qui ? », ni : « J'ai bien peur de ne pas comprendre de quoi vous parlez. »

— Vous êtes terriblement importun. Je veux dire, c'est Noël.

— Donnez-moi son nom, je vous prie.

Il portait un pull de cachemire en V, une chemise bleue à col ouvert et un pantalon en velours côtelé – l'uniforme décontracté de cette catégorie d'hôtes. Ses petits yeux ressemblaient à des billes de quartz.

J'attendis. Pas un instant il ne détourna le regard. Cet homme connaissait mieux que moi les règles du jeu auquel nous jouions. Il émit un claquement de langue et dit :

— C'est… c'est…

— C'est grave, complétai-je d'une voix froide comme l'acier.

*Ne parle pas trop*, pensai-je. *Dis-en le moins possible. Pousse-le à battre en retraite.*

Je gardai le silence. Il me dévisageait toujours ; l'éclat de ses yeux avait changé. Ses dents étaient petites, légèrement en avant.

— Grave, répéta-t-il.

Ce n'était pas une question.

Ne réponds pas, me murmura mon coach intérieur. Tu n'en as pas besoin. Laisse-lui sentir la pression.

Je ne disais toujours rien. Finirait-il par se soulager en reprenant la parole ? C'est pour cette raison que les gens avouent sous la torture.

Pas un mot.

Certaines personnes font bafouiller les autres, cherchent à les impressionner. Elles créent un malaise qu'ils sont obligés de dissiper. Je n'ai jamais compris si elles le faisaient consciemment, pour s'assurer d'un pouvoir, ou inconsciemment en réaction à leur propre malaise. Je sais qu'il m'arrive de faire bafouiller mes collaborateurs. J'aurais voulu faire bafouiller lord Ormeau. Raté.

— Vous devez partir, me dit-il, sec et froid.

Je levai très lentement une main et la plaçai sur mon cœur – un tic nerveux. Ses yeux se plissèrent. Crut-il un instant que j'allais lui tirer dessus ? Cela me montra dans quel monde il évoluait au plus profond de son âme. Il était temps de sortir de mon silence.

— Son nom. C'est ce que je vous ai demandé.

Il se contenta de me regarder.

Je fis un demi-pas vers lui.

— Donnez-moi son nom. Et son adresse.

— Partez.

— Très bien. Je vais être obligé de faire un scandale.

Il n'esquissa pas le moindre geste, ne chercha pas à me barrer l'accès à la porte, ne me demanda ni : « Qui êtes-vous ? », ni : « Pourquoi faites-vous ça ? »

Mon pied dérapa légèrement sur le parquet ciré.

— Je vous le demande une dernière fois, dis-je. Si vous refusez de me donner son nom et son adresse, je livre aux tabloïds le scoop du siècle : « Les liens du lord et du criminel de guerre nazi ». Nom et adresse, s'il vous plaît.

Erreur. Quand on profère une menace, il faut s'y tenir, sans rien changer ni en adjoindre une autre, cela ne peut que vous affaiblir. J'avais d'abord parlé de faire un scandale. Mais je m'en étais abstenu. Puis je l'avais menacé d'alerter la presse. Et il avait deviné que je bluffais. Il ouvrit la porte.

C'était un homme ayant derrière lui plusieurs générations de menées brutales, protégé par un profond instinct de survie. Tout cela entrait en jeu. Je n'avais aucune chance.

— Vous entendrez parler de moi, dis-je.

— Je sais qui vous êtes, lâcha-t-il en m'éconduisant.

# 36

Dormir me rend de merveilleux services. Je crois dur comme fer au principe des quatre heures : quand on dort pile quatre ou huit heures, on se réveille toujours frais et dispos.

Ma valise était restée près de la porte. Après un bain et un dîner – sans vin – j'en sortis un jeu de cartes et mis à recharger la batterie de mon portable.

Il n'y avait pas le feu. Je fis vingt patiences et en terminai deux. J'aurais besoin d'un meilleur taux de réussite que celui-là. Je réévaluai mon plan d'action et parvins à la conclusion qu'il me fallait de l'aide. Ce n'est pas un signe de faiblesse que d'avoir besoin d'aide, me dis-je. Savoir vers qui se tourner relève au contraire de la clairvoyance. J'avais moi aussi feuilleté quelques précis de sagesse orientale.

Philippe ? Non.

Tynan ? Non.

Pas une personne directement impliquée.

Qui d'autre ? Non, mauvaise formulation. De quelle sorte d'aide avais-je besoin ? Déjà mieux.

Réponse ? J'avais besoin qu'on m'apporte des informations sans poser de questions. Fouiller parmi les ombres de mon passé.

Je l'avais surnommé Hercule, et il ressemblait même un peu à Poirot – du moins sur le plan capillaire. Il m'avait autrefois « rendu service », avant de « prendre du galon en bossant sur des divorces et tout le bazar ».

— Sidney ? Ici Nicholas Newman.

— J'y crois pas. Ah ! ça non, j'y crois pas ! Comment va, monsieur N ?

Le souci de courtoisie l'emporta chez moi sur celui de vérité.

— Bien. Et vous ?

— Toujours la banane, j'imagine que ça s'entend. On s'est pas vus depuis quand, dites donc ? Depuis cette fameuse nuit à Saint John's Wood. Vous savez quoi ? Ma mère, vous lui avez sacrément plu.

— C'est réciproque.

— Elle nous a quittés, vous savez.

— Oh !... j'en suis navré.

— Eh ouais ! Elle est partie plus tôt que prévu. Au bon moment, cela dit. Alors, qu'est-ce que je peux faire pour vous ?

— Quelque chose de bizarre.

— Le bizarre, on règle ça *illico*. Pour le tordu, il faut compter vingt-quatre heures.

— Est-il possible d'écouter le téléphone d'une maison ? Sans y entrer, de l'extérieur ?

— Je peux vous avoir un enregistrement aux petits oignons, monsieur N. Avec son surround. C'est rapport à une dame ?

— Non.

— J'espère que vous allez pas nous laisser tomber,

monsieur N. Ma bourgeoise a vu votre photo chez le coiffeur, vous êtes passé dans *Hello !* ou ce genre-là ?

— Possible. Voilà l'adresse.

Après l'avoir briefé, je lui demandai de m'appeler deux fois sur mon portable en raccrochant rapidement. Je répondrais à son troisième appel. Hercule avait envie de prolonger la conversation.

— Et à part ça, qu'est-ce que vous devenez ?

— Pas grand-chose de spécial. Et vous ?

— Toujours la même rengaine. Le monde a besoin de nous. Le monde est dans un état lamentable, plus personne n'a confiance en personne.

— Il se pourrait que je vous rappelle dans les semaines à venir pour vous demander de petits services ici ou là.

— Je suis tout à vous, monsieur N. J'envoie la facture à l'adresse habituelle ? Cadogan Square, c'est ça ?

— Gardens.

— Bien sûr, oui.

— Il y a une évolution qui va vous plaire chez moi, Sidney. Je suis devenu fan de football.

— Oh ? ! Quel club ?

— J'hésite encore. Mais je serai à Highbury aujourd'hui.

— Coup d'envoi à seize heures, pas vrai ? Mais vous êtes quand même pas pour Arsenal, si ?

— Vous supportez qui, vous ?

— Northampton. Un super petit club.

Nous nous séparâmes bons amis, comme toujours avec Sidney. Je fis quelques patiences supplémentaires avant de passer deux autres coups de fil.

D'abord à Sebastiaan Pearl :

— On est obligés d'attendre qu'il nous appelle,

m'expliqua-t-il, un problème d'opérateur. Comment ça se passe pour la maison ? Le chantier avance ?

Je lui laissai un message pour son frère, en priant pour que mon instinct soit juste.

Et pour finir : dans mon impatience à boucler ma valise à Cadogan Gardens, j'avais oublié de consulter mon répondeur.

Une rafale de messages dans les vingt-quatre dernières heures. Elizabeth. Mary Strait. Elizabeth. Claire – urgent. Mary Strait. Mary Strait. Mary Strait – apparemment ivre. Elizabeth me souhaitant un joyeux Noël. Hal me souhaitant un joyeux Noël. Hal d'une voix bizarre. Encore Hal, qui avait besoin de me parler. Elizabeth m'accusant de me cacher, sinon pourquoi ignorerais-je ses appels ? Mary Strait. Hal m'enjoignant de le rappeler quelle que soit l'heure, y compris le jour de Noël, et espérant que j'allais bien. Don Tynan me souhaitant un joyeux Noël. L'électricien chargé de mon appartement, me souhaitant un joyeux Noël et disant qu'il avait fini, mais que « le plombier, ça n'a pas l'air d'être un rapide ». Hal encore, enjoué et désinvolte.

Je téléphonai à Claire ; cette fois, je lui laissai un bref message – je ne voulais surtout pas qu'elle s'inquiète d'un appel non identifié.

Au moment où je rangeais mon portable, Tynan m'appela.

— Et comment va-t-on ce matin ? On est en train de faire son petit caca ?

— Bonjour.

— Vous êtes occupé ?

— Un peu, mentis-je. Pourquoi ça ?

— Notre gars est à Highbury.

— Je sais. J'y vais.

— N'y allez pas.
— Ah ? Vous me surprenez.
— C'est pour ça que je vous demande si vous êtes occupé.
— Continuez.
— Il y a une émeute en préparation.
— À Highbury ?
— Non. Trafalgar Square. Après le match.

J'ai dans le cerveau une espèce de flipper qui se met à tinter et à cliqueter quand je suis sur la bonne voie. Il se mit en marche à ce moment-là. Voilà pourquoi les Ormeau attendaient du monde pour ce soir !

— Une grosse émeute ?
— Vous voulez être aux premières loges ?

Il me donna quelques informations : une adresse sur Northumberland Avenue ; ce que je devrais dire au policier et aux agents de sécurité qui garderaient la porte ; à quelle heure je devrais me présenter sur place ; où me garer et comment repartir ensuite. Après quoi, il dit quelque chose qui me donna la chair de poule.

— Je ne voudrais pas vous inquiéter, mais pourquoi y avait-il de la lumière chez vous hier soir ? À Cadogan Gardens, je veux dire.
— Merde !
— Hmm-hmm. C'est aussi ce que je me suis dit. Vous avez un programmateur d'éclairage ?
— Pas à ma connaissance.
— C'était éteint ce matin. Ça vous dirait d'aller jeter un œil ?
— Sûrement pas. Un de vos hommes pourrait peut-être s'en charger ?
— Il lui faudra vos clés. Laissez-les au flic qui vous ouvrira cet après-midi.

# 37

Les sept dernières heures du lendemain de Noël m'apportèrent assez de variété (si tant est que le mot convienne) pour les sept années suivantes. Johann Pearl se montra extrêmement discret tout au long d'un match terne ; les commentateurs parlèrent d'un « quatuor défensif solide comme le roc ». Arsenal marqua rapidement sur penalty et se contenta ensuite de défendre – ce qu'à mes yeux inexpérimentés les joueurs du club faisaient d'ailleurs fort bien. Ils avaient toujours un but d'avance quand je quittai le meublé à dix-sept heures. Pas de nouvelles d'Hercule : je l'avais prié de ne m'appeler qu'en cas d'événement extraordinaire.

Je me garai sur l'Embankment ; je tenais à la main une enveloppe adressée au « commissaire Don Tynan », où j'avais glissé un double de mes clés de Cadogan Gardens ; je la remis au policier posté devant la porte d'un gigantesque immeuble de bureaux, dans les entrailles duquel on m'escorta. Après une succession de corridors mal éclairés par un reste de lumière du jour, on me fit entrer dans un vaste bureau d'angle baigné de pénombre. Des paravents avaient été mis en place pour l'obscurcir encore plus et éliminer tout reflet inopportun.

Deux hommes étaient postés assis de part et d'autre de chacune des trois immenses fenêtres donnant sur Trafalgar Square, tous équipés d'un appareil photo ou d'un talkie-walkie. Ils levèrent la tête à notre entrée. Personne ne pipa mot.

Tynan tournait en rond comme un loup en cage. Il m'indiqua où m'asseoir et m'ordonna de ne pas bouger. Mon accompagnateur lui remit l'enveloppe contenant mes clés. Tynan m'expliqua pourquoi il m'avait fait venir.

— J'espère qu'on va pouvoir en identifier certains, dit-il. Si vous repérez une connaissance, prévenez-nous.

Les talkies-walkies sifflaient, crachotaient constamment. Temps de trajet estimé des rames de métro en provenance de Highbury ? Nombre estimé de hooligans ? Éloigner les vrais supporters ? Un hélicoptère éclaira l'arche de l'Amirauté. Son faisceau glissa aussi sur le Zachary Building (dont le propriétaire était le client le plus difficile qu'ait jamais connu Bentley & Newman).

Quelqu'un signala à Tynan le début d'un compte à rebours : « Cinq minutes, patron. » En bas, sur la place, un cordon de policiers s'étirait quasiment à l'infini. Un deuxième cordon faisait face au Strand, où se trouvait la sortie du métro. Il y avait toujours un peu de circulation, lente mais fluide. Des passants, éclairés comme dans un vieux film noir par les reflets lumineux des trottoirs détrempés, observaient les forces de l'ordre avec curiosité. Quelques-uns s'arrêtaient même, aussitôt invités à circuler. L'inconscience de ces badauds arracha un juron à Tynan.

Le battant supérieur de notre fenêtre était resté ouvert. Nous entendîmes soudain un chant – pas de paroles, juste une mélopée sourde. J'avais entendu par deux fois des chants de victoire monter des tribunes populaires. Mais celui-là n'avait rien de joyeux.

Ils arrivèrent en masse par le Strand et envahirent la place en grondant. Les premiers s'attaquèrent immédiatement aux barrières de sécurité, qu'ils abattirent à coups de pied. Sur le trottoir, plusieurs dizaines d'entre eux s'immobilisèrent le temps d'un salut nazi collectif, bras tendu. Un premier projectile atteignit un policier. Le suivant fracassa la vitrine d'un magasin de souvenirs. Des agents se déployèrent sur le trottoir pour protéger la boutique.

— Qu'est-ce qu'ils lancent ? demandai-je à Tynan.

— Toujours la même saloperie. Des billes de roulement. Comme ils ne peuvent plus en apporter au stade, ils s'en servent dans la rue, ces connards.

Des billes de roulement ! Ma cicatrice à la nuque de Saint-Gilles revint aussitôt me démanger. Des billes de roulement !

Mon regard se mit aussitôt en quête de cibles vulnérables. Ni Nelson ni les lions ne risquaient grand-chose. À l'inverse des voitures qui circulaient encore sur la place et des piétons, surtout s'ils avaient le malheur de porter les couleurs de l'équipe adverse. La plupart de ces façades avaient résisté à la dernière guerre. Pourquoi avaient-ils choisi un tel champ de bataille ? Pour ses grandes dimensions, sans doute : on pouvait y mener un raid éclair. Ce qu'ils firent.

Je commençai à les compter. Je m'arrêtai à quatre-vingts, en me demandant pourquoi ils étaient si peu nombreux. Mais d'autres arrivèrent, puis encore d'autres. Lorsqu'ils furent environ deux cents, une ligne de front se dessina. Les agents de police portaient des casques et des boucliers.

Ce fut à la fois rapide et lent, bref et interminable. Un ruban distendu de voyous face à un cordon serré de policiers. L'insulte, leur première arme, ne fit pas couler de sang. Puis une tactique se fit jour. Deux hooligans se détachèrent de la horde et coururent vers les forces de l'ordre. À quelques pas des agents, ils stoppèrent et lancèrent quelque chose – un liquide, me sembla-t-il, mais aucune flamme ne s'ensuivit. Le front de boucliers se scinda plus ou moins, et trois policiers s'élancèrent aux trousses des deux hooligans.

— Les cons ! siffla Tynan entre ses dents.

La ligne de front était brisée. Dix ou douze voyous s'engouffrèrent dans la brèche. Les trois policiers comprirent trop tard qu'ils étaient tombés dans un traquenard. Ils tentèrent de se replier et y parvinrent, mais au prix d'un engagement désordonné de tous leurs collègues. Tynan jura, m'effleura l'avant-bras et me montra quelque chose du doigt.

Assez loin de l'action, un homme en imperméable parlait dans un téléphone portable. Tynan aboya un ordre. J'observais toujours l'homme en imper. Quelques instants plus tard, une voiture stoppa à sa hauteur dans un crissement de pneus ; l'homme en imper prit ses jambes à son cou pendant qu'un type sautait d'une des portières et se lançait à ses trousses. La voiture aussi le prit en chasse. L'un et l'autre finirent par renoncer après avoir perdu l'homme sur Saint Martin's Lane. Tynan jura de plus belle.

Un hooligan surgit de derrière la croupe d'un des lions, effectua une brève course en arc de cercle et lança quelque chose. Cette fois, une flamme jaillit en heurtant un bouclier, mais mourut aussitôt. Les policiers s'étaient regroupés, ce qui incita les émeutiers à avancer sur eux. Dans leur dos, la toute dernière voiture ayant réussi à s'engager sur la place se retrouva prise au piège.

— Eh meeeeerde ! grogna Tynan. Qu'est-ce qu'elle fout là, cette conne ?

Une femme terrorisée s'échappa du véhicule pendant que les hooligans de l'arrière-garde secouaient celui-ci de plus en plus fort, et pour finir le renversaient. Leurs camarades de première ligne, ceux qui s'apprêtaient à charger la police, entendirent leurs hourras et se retournèrent. Ils disposaient à présent d'un totem – et d'une barricade. Tous se replièrent vers la voiture, qui fut en quelques secondes dépouillée de ses sièges ; tout ce qu'elle contenait d'autre fut transformé en projectiles d'appoint.

Il faisait de plus en plus chaud dans la pièce. Les appareils photo cliquetaient comme des insectes. Tynan était attentif à tout, grommelait à tout bout de champ, distribuait des ordres dans son talkie-walkie. La voiture prit feu. Plusieurs camions arrivèrent, bloquant les sorties de la place. Des policiers en déchargèrent d'énormes projecteurs. L'hélicoptère tournait en cercles. La lumière s'invita parmi les protagonistes, que ce soit sous forme de flammes ou de puissants faisceaux halogènes.

Une bataille rangée commença. Organisés en quatre équipes de cinq, des policiers chargèrent les hooligans, qui durent battre en retraite assez loin de la voiture.

Une autre équipe de cinq éteignit l'incendie. Les hooligans avaient commis deux graves erreurs. Ils étaient presque à court de projectiles et n'avaient plus aucune voie de repli.

La contre-offensive des forces de l'ordre s'intensifia. Il ne m'en reste que des images, des instants isolés. Un gros jeune homme au tee-shirt blanc orné de l'inscription « Fuck You », debout seul à l'écart des autres, criant, gesticulant, trépignant. Deux voyous tentant d'arracher son casque à un policier en uniforme. D'autres uniformes traînant un émeutier malgré les furieuses ruades de celui-ci. Plusieurs silhouettes penchées sur quelque chose – il s'avéra que c'était un policier à terre.

Mon esprit se chargea de transformer ce que j'avais sous les yeux. Ce n'était plus une émeute susceptible de rencontrer un ample écho dans les médias, dont les véhicules commençaient d'ailleurs à affluer à la périphérie de la place. Non, la scène avait plutôt l'allure d'un tableau. De qui ? Du Tintoret ? Il en avait la violence mais pas la splendeur. De Goya ? Il en avait l'éclat mais pas l'élégance. En fermant à demi les yeux, je pouvais presque voir un Jackson Pollock – des traînées et des balafres de couleurs dépourvues de sens au premier regard.

J'aurais pu encadrer cette scène. Une marie-louise en chrome, entourée par un large cadre noir. J'aurais pu tenir une conférence sur ses détails. Tel homme ayant tellement enfoncé les lignes de la police qu'il se déchaînait presque sous nos fenêtres semblait tout droit sorti du cerveau incandescent d'un Francis Bacon. La lumière qui inondait son rictus projetait sur ses traits des ombres distordues.

Je me mis à chercher des détails autobiographiques à la manière, disons, de Lavery, Carpaccio ou Schalken, dont le visage apparaît si souvent à l'intérieur de leurs œuvres. Par exemple ce personnage, là-bas, qui s'enfuyait dos à nous et cependant me semblait si étrangement familier ?

J'interrompis un instant ma rêverie. Oui, il m'était familier. Pourquoi ? Je n'aurais su le dire. Il lança une série de coups de pied aux deux policiers qui cherchaient à l'appréhender, comme pour les inviter à se joindre à lui dans une vieille danse tarabiscotée. Puis il détala.

Une danse, oui. Le tableau se mua en chorégraphie. À l'arrière-plan, un corps de ballet reculait et avançait au rythme des replis et des charges. De temps à autre, un projectile fusait de l'alignement de hooligans. Le plus souvent, ils se contentaient de tendre le bras droit et de chanter. Les costumières avaient toutes brodé sur le même thème – jeans, baskets, tee-shirts à motifs, badges, écharpes. Les coiffeuses avaient opté pour des crânes rasés, des coupes en brosse ou à la tondeuse, les maquilleuses leur avaient fait des peintures tribales sur le visage.

L'ensemble subit une ultime transformation et devint ce qu'il prétendait somme toute imiter : la stratégie militaire d'un match de football. Attaques, haletantes incursions dans le camp adverse, échappées le long de la ligne. Terrain gagné, terrain perdu, terrain reconquis. Surface de réparation. Défenseurs. Attaquants. Exploits individuels des deux côtés. Armes différentes. Guérilleros contre hommes de troupe.

Ce cliché romantique s'évapora lorsque j'entendis le cri de Tynan, qui pointait de nouveau quelque chose du doigt. Tous les observateurs postés aux fenêtres bondirent de leur chaise. Un émeutier, jusque-là dissimulé par ses complices, brandissait une machette. Il semblait avoir blessé un agent. Une charge générale s'ensuivit, qui mit fin à l'émeute.

Mon portable sonna à ce moment-là. L'angoissante vision de ces « supporters » me fit espérer un appel de Pearl, mais ce fut la voix d'Hercule qui s'éleva pendant que je m'éloignais des autres.

— Monsieur N ? J'aurais voulu vous joindre avant, mais la flicaille me serrait de trop près.

— Où êtes-vous ?

— Vous vouliez que je vous prévienne s'il se passait un truc bizarre. Et plus bizarre que ça, y a pas.

— C'est-à-dire ?

— Je suis sur le Mall, voilà où je suis, derrière cette putain d'arche de l'Amirauté.

— Ah ?

— Je peux parler, là ?

— Allez-y.

— Bon, j'ai tout fait comme il faut, hein, localiser mon homme, envoyer un pote là-bas, le truc du bigophone, ça s'est passé pile-poil. Sauf que j'ai aucun nom à vous donner sur ce coup-là, et ça m'emmerde parce que c'est ce que j'adore par-dessus tout, les noms. À part celui de lord Ormeau, évidemment.

Malgré ma déception, je le pressai de continuer.

— Un seul appel intéressant. Il y en a eu d'autres, comme qui dirait familiaux, les filles d'Ormeau et ce genre-là, mais celui dont je parle va sûrement vous intéresser. Vous m'avez dit de guetter un Boche. C'est ce qu'on a fait. Et on l'a vu, figurez-vous. D'après ce qu'on a pigé, mon gars et moi, il s'envole pour Berlin demain, à dix heures quarante-cinq du matin. Il a passé son coup de fil en allemand, mais j'ai l'enregistrement.

— Dans ce cas, que faites-vous à Trafalgar Square ?

— Justement. Je veux dire, c'est pour ça que je vous appelle. À seize heures trente, le Boche sort, un chauffeur le ramasse et l'emmène vers le centre, avec moi au derche. Il se fait déposer sur Trafalgar Square, à la porte d'une boîte qui s'appelle Palermo Insurance, un gros machin. C'est en Sicile, Palerme, pas vrai, monsieur N ? Pas moyen pour moi d'entrer dans l'immeuble vu que tout est fermé, mais je fais le tour de la place, et qu'est-ce que je vois ? Mon client, assis derrière une fenêtre du premier étage. Tranquillement assis. Il y a aussi quelques autres mecs, mais la place d'honneur est pour lui. Et là je me dis, ouais, on peut qualifier ça de bizarre. C'est à ce moment-là qu'a commencé le gros bordel, monsieur N : il y a une putain d'émeute en cours, ici. Des hooligans, le genre de fumiers qu'on voit des fois à la télé. Ils en parleront au journal de ce soir. Et notre homme reste là, à mater ça, en tout cas il y était encore quand je me suis fait virer par les flics. Il porte une casquette bleue, un truc de marin. Assis à sa fenêtre. Drôle de façon de prendre son pied, hein ?

— Bon travail, dis-je.

— Vous voulez que je reste sur lui ?

— Oui.

Il coupa. Je le rappelai.

— Son vol, demain ? Quel aéroport ?

— Heathrow. Terminal 2, Lufthansa.

— Merci.

Tynan me dévisageait. Dilemme : lui en parler ou non ?

— Une femme, dis-je.

Il esquissa une moue dégoûtée. Mon regard se porta au-delà de lui. La place était grouillante, houleuse. Les couleurs vives des hooligans disparaissaient progressivement sous une marée d'uniformes.

— Je peux vous les emprunter ?

Il me prêta ses jumelles. Je commençai par scruter la horde de voyous, mais seulement pour donner le change à Tynan. Je changeai ensuite d'angle et localisai l'immeuble, puis la fenêtre, puis l'homme.

Je ne voyais que sa silhouette, assise légèrement en retrait d'une haute fenêtre dans un bureau où ne brillait aucune lampe. Lui aussi était muni de jumelles : je le voyais suffisamment pour en avoir la certitude mais pas assez pour discerner ses traits. Un faisceau lumineux l'éclaira une ou deux fois : il portait une casquette de marin en feutre bleu semblable à celle que le chancelier Helmut Schmidt avait rendue célèbre, aplatie au sommet et dotée d'une visière courte et large. Il était raide comme un piquet.

Pendant que je l'observais, il se leva. Mon cœur fit un bond. Alerter Tynan ? Lui demander de l'interpeller à des fins d'interrogatoire ? Et de me laisser lui parler ? Porter plainte contre lui ? Pour quel motif ?

Non, je devais régler ça à ma manière. Retrouver enfin ma liberté. Agir seul, lentement, avec application. Oui, Nicholas, vas-y, maintenant ! Non, Nicholas, te lancer là-dedans tout seul, sans soutien et dans un pays étranger serait totalement irrationnel. Peut-être, mais ce qui est irrationnel n'est pas forcément déraisonnable. Stop ! Ce sont ces va-et-vient qui te pourrissent la vie !

— De quoi remplir les prisons pendant quelques mois, je suppose ? demandai-je à Tynan.

— Même pas, mec. Juste nos cellules de garde à vue pour la nuit. Pas de places assises. Mais seulement une nuit. Toujours le même foutu cirque. Dès demain, les juges de Bow Street les auront tous libérés sous caution ou au mieux condamnés avec sursis. Sauf le connard à la machette, qui est bon pour rester à l'ombre. Et tant pis si son enfance a été pire que celle d'Hitler.

— Vous avez déjà eu affaire à lui ?

Tynan se redressa avec un petit grognement de douleur.

— Ouais. Cent cinquante kilos de merde dans un sac de soixante-quinze kilos. Alors, vous avez repéré quelqu'un d'intéressant ?

— Non, mentis-je avec un imperceptible mouvement de recul – qu'il sentit.

— Et maintenant, vous faites quoi ?

— Je crois que j'ai mérité un peu de repos, non ?

Il me tapota le bras.

— Bravo, mec.

Pour une raison qui m'échappait encore, je commençais à me sentir mieux.

## 38

Je ne dormis pas de la nuit. Je ne pris pas non plus de petit déjeuner – impossible d'avaler quoi que ce soit. Les plateaux-repas de la Lufthansa sont pourtant mangeables. Les trois derniers avions de British Airways que j'ai pris auraient dû être cloués au sol par les inspecteurs des services sanitaires.

Pour une fois, j'avais choisi de voyager en classe économique, me doutant que lui ne le ferait pas. J'avais deviné juste. Pas une fois je ne vis son visage, seulement son dos et sa casquette de marin à la Helmut Schmidt. Il était trop tôt pour le suivre dans les meilleures conditions, c'est-à-dire par-devant. Rester en retrait pour le moment.

Je hais le terminal 2 de Heathrow. Qu'est-ce que je fichais là ? J'aurais dû être devant ma planche à dessin ou sur une piste de ski. Après un petit espresso plus que serré pris devant une haute table de marbre le plus loin possible de la porte d'embarquement, je téléphonai à Hercule.

— Dites-moi tout.

Après Trafalgar Square, le « Cador » – comme Hercule et moi l'avions surnommé – était retourné sur Wilton Place. Cette fois, des gorilles rôdaient aux abords de là maison. Deux d'entre eux avaient abordé Hercule. Il leur avait raconté qu'il assurait la sécurité de la baronne Thatcher, installée un peu plus bas dans la rue.

— Ils sont sûrement pas d'ici, monsieur N. Ils savaient même pas qu'on a aucune chance de voir cette bonne vieille Dame de fer de là où j'étais !

Des gens étaient arrivés pour le dîner – celui où Lilian Ormeau s'attendait à me revoir.

— J'ai pris les précautions habituelles, monsieur N. J'ai noté tous les numéros de plaque. Vous voulez que je demande à mes copains d'y jeter un œil ?

— S'il vous plaît.

— On n'a pas intercepté d'autre coup de fil. Enfin si, il y en a eu un, encore la fille, qui râlait pour des histoires de pognon. J'ai donc basculé sur un petit bidule que j'ai depuis peu, en croisant les doigts pour que ça marche, un truc super, ça vient de sortir, un pote à moi me l'a rapporté de Singapour. Ça permet de capter un tas de choses à travers un mur épais, j'ai pas compris tout ce qui se disait, mais ils étaient soit en réunion soit en train de fêter quelque chose, ils arrêtaient pas de porter des toasts et tout ça. En tout cas y avait de la joie, ça, c'est sûr.

Je lui demandai de conserver les bandes et je le remerciai.

On voit de tout dans les salles d'embarquement d'aéroport. Un type décontracté en manteau en poil de chameau, qui portait sa cravate nouée de façon originale. Une famille nombreuse en partance pour Rome à l'approche du nouvel an, assise à même le sol. Une fille et un garçon qui se disaient au revoir en se mangeant copieusement la bouche à un mètre cinquante de moi, et qui finirent par embarquer ensemble.

Encore un espresso ultra fort : si la tasse avait été plus large, j'aurais pu marcher sur ce café. Le jeune Iranien qui me l'avait servi tenta de me draguer. L'heure ? Je m'approchai de la porte. Dix heures quarante – dix minutes de retard.

Le Cador patientait, immobile, le regard droit devant lui. Je m'appliquai à rester hors de son champ de vision.

Où était Pearl ? Il ne m'avait pas appelé. J'interrogeai la messagerie de mon portable, puis mon carnet d'adresses électronique. Appeler la Hollande. Il devait être là-bas. Non, il ne pouvait pas y être. Il jouait le lendemain.

Si. Il y était.

— Il est blessé, m'expliqua Sebastiaan. Je vais l'appeler. Mais ma mère aimerait vous parler avant.

— Bonjour, dit-elle.

Je remarquai son timbre pour la première fois : étonnamment jeune, en tout cas au téléphone.

— Bonjour.

— Serait-il possible de vous parler en privé un de ces jours ?

— Bien sûr.

Je lui donnai mon numéro de portable.

— S'il est éteint, laissez-moi un message.

— Je vous passe Petchi.

— On vous appelle Petchi ? demandai-je à Pearl.

— Mon petit nom de bébé, man.

— Vos coéquipiers sont au courant ?

— Vous voulez me faire chanter ou quoi ?

Au moins, j'avais réussi à le faire rire.

— Où étiez-vous passé ?

— Il faut que je vous parle, murmura-t-il.

— C'est vrai, cette histoire ? On a tenté d'incendier votre maison ?

— C'est justement de ça dont je veux vous parler.

— Êtes-vous prêt à faire exactement ce que je vous dis ?

Il marqua un temps d'arrêt, puis :

— Je ne suis pas vraiment blessé.

— Je m'en doutais un peu. Notre déjeuner, vous vous rappelez ?

Je voulais lui parler du Corbeau Blanc, mais sans le citer.

— Oui ? souffla-t-il, soudain inquiet.

— Allez là-bas. Prenez une chambre. Dites-leur que c'est confidentiel. Que vous avez besoin de deux ou trois jours de calme absolu. Est-ce qu'ils sont capables de garder le secret ? Est-ce qu'ils joueront le jeu ?

— Ouais, mais… pourquoi ?

— Je ne peux pas vous le dire. Je n'en sais trop rien moi-même, mais… disons que je saurai où vous joindre.

Il fallait que j'aie le champ libre, que je m'épargne toute pression superflue. Si Pearl était mêlé à cette affaire, je ne voulais surtout pas qu'ils puissent l'atteindre.

Depuis la rangée de sièges voisine, un homme nettement plus âgé que moi me regarda avec une grande intensité, puis se détourna. Pas italien. Américain, peut-être. Riche. Seul. Étais-je en train de devenir parano ? L'embarquement eut lieu.

Pourquoi n'étais-je pas en train de nager au Brésil ? De chasser dans l'Oregon ? Ou de pêcher en Écosse ?

Je ne bénéficiais d'aucune protection d'aucune sorte. Qu'est-ce qui m'avait pris ?

Les voyages aériens me barbent. Je n'ose pas trop dormir. Le Cador était assis quelque part devant moi. J'allai aux toilettes pour m'en assurer. Il était juste derrière le rideau, en classe affaires. Je contemplai sa nuque gris fer. Le liquider tout de suite, maintenant. C'est ce qu'aurait fait un tueur.

Nous volions à dix mille mètres : je décidai de m'accorder un somme. Il serait toujours temps de reprendre ma filature à la descente de l'appareil.

Deux heures plus tard, dans l'aérogare de Berlin inondée de soleil, j'eus quelque peine à lire sur l'écran de mon portable si j'avais des messages. J'en avais un ; je l'écoutai. Jamais je n'avais entendu Don Tynan parler de la sorte.

— Newman. Vous savez qui c'est. Vous avez quitté le pays. C'est ce que me dit votre opérateur. J'ignore ce que vous avez en tête mais, sacré nom de Dieu, ne prenez surtout pas d'initiative. Vous ne faites pas le poids. Arrêtez-vous immédiatement. Ne vous mêlez pas de ça. Et rappelez-moi dès que vous aurez reçu ce message. Immédiatement.

Je refermai mon portable d'un geste sec. Jamais Tynan ne s'était montré aussi brutal. Jamais il ne m'avait appelé « Newman ». Ne pas en tenir compte. Mais il m'avait fait suivre. Ou bien il était fantastiquement intuitif. Je pris soudain conscience des battements de mon cœur.

Le soleil disparut à demi derrière un nuage. La lumière vira tout à coup au gris-vert et donna aux murs de l'aérogare l'aspect brillant du satin. Je ne risquais rien. Je ne risquais rien. Mon visage dissimulé derrière le *Times* : ridicule.

Je devais pourtant agir seul. Un homme sensé aurait laissé les flics prendre le relais. Non. Je n'étais pas fou, je n'avais même jamais été aussi sain d'esprit qu'en ce moment. Rappelle Tynan, Nicholas. Non, non et non ! Je pouvais régler le problème seul. C'était le moment de prouver mon indépendance. Même si mon cœur, lui, battait la chamade.

Je redressai la tête. Le Cador était toujours devant moi. Il avançait d'une démarche régulière, déterminée. Léger problème, toutefois. Sa file d'attente au guichet de contrôle des passeports avançait plus vite que la mienne, et je ne pouvais rien y faire. Pire encore, c'était maintenant ma file qui avançait plus vite que la sienne, et je serais à sa hauteur d'ici une poignée de secondes.

Trop tôt. Trop tôt !

Je sortis de la file le temps de « retrouver » mon passeport.

# 39

Mon portable se remet à sonner. Les gens me regardent.

La voix de Hal :

— Bonne année, chef.

— Hal, je ne peux pas parler pour le moment.

— Il faut que je vous dise un mot.

— Je te rappelle, Hal.

— C'est important, chef. Pour l'agence.

— Nom de Dieu, Hal, pas maintenant…

Je ne vois plus le Cador. Eh merde !

Je n'ai pas réfléchi. Pas assez d'anticipation, de planification. Pauvre idiot. Crétin. Égotiste et vaniteux crétin. Pour qui te prends-tu ? Quel con, ce Hal !

Il y a en moi une imprudence que je n'ai jamais admise, quelque chose de sauvage et de dangereux dont je n'ai hélas pas le réflexe de préserver les autres. Et maintenant ? Je me retrouve seul à l'aéroport de Tegel, sans savoir ni où aller ni quoi faire.

Le revoilà ! En conversation avec un couple de bourgeois, déployant des trésors d'amabilités. Je ne vois que son long dos raide et sa casquette. Peu après il s'éloigne, vers la station de taxis. Merci à Toi,

Seigneur – si Tu existes. Comment dit-on « suivez ce taxi » en allemand ? Inutile, mon chauffeur parle anglais. Mais il a besoin d'une explication.

— Il couche avec ma femme, je veux savoir qui c'est.

Le chauffeur me confie que sa femme est partie, il a découvert qu'elle couchait avec le voisin. Sauf que le voisin l'a plaquée à son tour et qu'elle voudrait revenir, qu'est-ce qu'il doit faire ? Nous discutons.

Au pied de la rampe d'accès de l'aéroport, notre ami prend à gauche et nous le suivons, puis à droite en direction du sud-est : nous le suivons encore. Une banlieue nommée « Wedding », qui devrait plaire à Mary Strait. Nous bifurquons de nouveau sur la droite, cette fois vers le sud-ouest. De longues et amples avenues qui ont dû arranger le maréchal Joukov au moment de la prise de Berlin. Les urbanistes ne prennent pas en compte la défense des villes dans leurs plans.

À l'horizon se dresse une forêt de grues.

— Voyez, me dit le chauffeur. Le plus grand chantier du monde. La Potsdamer Platz.

Dans le paysage immuable d'une autoroute en ligne droite, je compte les grues jusqu'à cinquante-cinq. Hal dit souvent que nous aurions dû avoir notre part de ce gâteau-là, mais nous n'avons même pas vu passer l'appel d'offres de Sony. Ni aucun autre à Berlin, d'ailleurs. Norman Foster est ici : la coupole du Reichstag. Le Sony Center, voilà ce que j'aurais aimé faire. Enfoiré de Helmut Jahn. Le trafic est de plus en plus dense, et le Cador n'est qu'à une longueur de nous. Mon chauffeur réussit à se laisser un peu décrocher. Notre destination nous apparaît peu après.

— Ah ! Wilhelmstrasse. Ça va vous intéresser.

Une de mes intuitions se révèle juste. J'ai bien fait de prendre mon loden vert, il se fondra dans le décor. J'en ai déjà aperçu au moins deux.

Le taxi du Cador s'engage sur un petit parking.

— Je n'y vais pas, dit mon chauffeur. Il pourrait ressortir de l'autre côté.

Et il m'emmène en trombe jusqu'au coin de la rue, d'où nous constatons que le Cador s'est bel et bien arrêté.

— Cognez là où ça fait mal, m'encourage le chauffeur, que je gratifie d'un généreux pourboire.

Le moment est venu de jouer mon coup suivant, et je ne sais absolument pas quoi faire.

L'air glacial me pique les joues. Mon taxi redémarre. Le Cador s'approche d'une porte et je le dépasse d'un air affairé. Il n'a pas un regard pour moi. Un nom de rue sur le panneau : An der Kolonnade. Une façade terne, sinistre : sept étages. C'est un petit ensemble d'immeubles, sans doute des logements sociaux, assez lugubres pour être d'origine communiste. De quel côté du Mur suis-je ? Où est-il, d'ailleurs, ce fichu Mur ? Il a dû être entièrement rasé, à en juger par le nombre de morceaux qu'on exhibe dans les dîners londoniens. Des buissons, quelques arbustes : ce petit jardin pour enfants n'a strictement aucune personnalité.

Le Cador est toujours face à la porte, attendant une réponse de l'interphone. Non loin de là, une femme aux allures de pauvresse tente de sortir par une autre porte du même immeuble, un gros carton dans les bras. L'escalier de service. Parfait ! Construit juste derrière la cage principale. Un plan tout à fait acceptable, j'ai déjà utilisé le procédé.

Au moment où la porte s'ouvre devant le Cador,

je me faufile par l'entrée de service après avoir aidé la pauvresse à décoincer son carton. On est loin d'un immeuble de luxe.

Une fois à l'intérieur, je tends l'oreille. Des pas résonnent derrière la cloison. J'ai eu la présence d'esprit de mettre des chaussures à semelle en caoutchouc et je gravis les marches quatre à quatre, plus vite que le bruit de pas qui continue à me parvenir de l'escalier principal, jusqu'à être revenu à sa hauteur. Je monte ensuite à son rythme. Le Cador s'arrête au sixième. J'entends le bref aboiement d'un haut-parleur nasillard, une porte qui s'ouvre, un salut, puis la porte qui se referme. Vite.

Au 64. Ou peut-être au 66. Écoute à la porte. Dommage que je n'aie pas un verre à pied sur moi, il paraît qu'il n'y a rien de tel pour écouter à travers les murs. C'est bien le 64. J'entends parler. J'appuie sur la sonnette. Le haut-parleur réagit et je lâche un « *Guten Tag* » aussi guttural que possible. En ajoutant quelque chose qui sonne allemand. J'espère que ce sera suffisamment inintelligible pour les inciter à m'ouvrir, car le seul mot existant que je prononce est « *Bitte* ».

La voix réitère sa sommation. Je réitère ma phrase en charabia et mon *Bitte*. Quelqu'un marmonne quelque chose sur un ton irrité, la porte s'ouvre et le Cador apparaît devant moi, sa casquette à la main. La marque de la visière est encore visible sur son front.

Il n'est pas beaucoup plus âgé que moi. Il ne vit pas depuis assez longtemps pour avoir été un criminel de guerre nazi – il n'était pas à Oradour. Il a la tête de l'emploi, cela dit. Des petits yeux en étain. Je franchis le seuil sans qu'il s'y oppose. Pas un instant il ne m'est venu à l'esprit qu'il pourrait être armé. Ou peut-être suis-je plus courageux que je ne le pensais.

# 40

Il ne s'affole pas. Tranquillement, il referme la porte derrière moi. Je pivote pour lui faire face. Si j'étais lui, j'aurais laissé la porte ouverte, crié à l'aide. À moins de vivre dans un monde où ce type d'intrusion n'a rien d'inattendu. Ce qui est son cas. Parfaitement calme, il me regarde. Le visage dur. Les yeux fixes, froids.

Je ne sais plus quoi dire. La panique me gagne, les mots jaillissent malgré moi.

— Je suis ici parce que… je ne suis pas votre ennemi.

— *Bitte ?*

— Oui. S'il vous plaît. C'est le mot juste. *Bitte*. S'il vous plaît. S'il vous plaît, arrêtez de m'agresser, dis-je, conscient d'être complètement à côté de la plaque. Je n'ai rien contre vous. Je ne sais pas qui vous êtes, ni ce que vous représentez. Vous m'entendez ?

Ses yeux meurtriers restent aussi lisses qu'une mer d'huile. Il ne bouge pas d'un millimètre. J'enfonce le clou :

— Écoutez, je n'ai même pas envie d'être l'exécuteur de ce testament.

Le Cador est bien habillé. Mais pas bien élevé,

comme aurait dit ma mère. Qu'est-ce qui me permet de l'affirmer ? Il est issu d'une société radicalement différente.

— Pourquoi vous en prenez-vous à moi ? Vous ne m'avez pas tué quand vous auriez pu le faire. Que me voulez-vous ?

Pas de réponse. Je répète, lamentable :

— Le testament. Ça ne m'intéresse pas. Je ne suis au courant de rien.

À l'instant même où je trahis mon ami Antony, j'entends la douce voix de Claire. Elle n'appréciera pas. Mais je n'y peux rien. Ses yeux se sont assombris quand elle m'a regardé à Oradour. Ses pupilles étaient dilatées.

Le Cador reste de marbre. Il m'observe. Pas surpris le moins du monde – c'est ce qui me frappe le plus, son absence de surprise.

Un bruit s'élève dans mon dos. Ça y est, me dis-je en me retournant à demi, je suis mort, je suis pris en sandwich. Non, ça va. Un vieillard aux yeux rouges de rhume s'approche en traînant les pieds. « Vous qui avez expectoré votre rhume sur ma barbe », dit Shylock. Il parle. Il est très agité et pose une question. Ces deux-là sont père et fils. Pas besoin d'être un génie pour percevoir l'écho génétique. Notre ami est venu voir son père. Qui, dans un allemand saliveux, répète sa question. Et encore. Et encore. Oh ! la détresse de ce vieillard.

— Otto, supplie-t-il. Otto.

Otto l'apaise d'un geste, la main à plat. Son père a perdu l'ongle de son index. Il porte un gilet de laine à fermeture éclair.

— C'est moi qui suis allé trouver Paddy Ormeau,

dis-je à Otto, le souffle court. Le vicomte Ormeau. Chez qui vous séjourniez. Je vous ai vu hier pendant l'émeute.

Le vieillard répète sa question, son fils le calme, me fait signe de le suivre, sort sur le palier, referme la porte derrière nous, et je descends l'escalier dans son sillage.

Je ne miserais pas un kopeck sur ma tête. Mon trouble est si profond que je rate une marche et trébuche lourdement. Devant moi, Otto ne bronche pas. Ses épaules sont larges. Nous atteignons la porte, il sort.

— Marchons, dit-il.

*Zinzee.* Sur ma gauche, tandis que nous quittons le petit groupe d'immeubles, je revois le parc de jeux pour enfants, tout en jaunes et rouges à la Enid Blyton, ou devrais-je dire à la *Struwwelpeter*[1]. Ou à la Grimm. *Zinzee.* Sous mes semelles, le trottoir sonne creux. J'emboîte le pas à Otto et je sens que je commence à me ressaisir. *Endlick.* Qu'a dit le vieux ? Mon crâne résonne encore de sa question. Quelque chose comme *Zinzee endlick fur mickey comin'*. Et il ne plaisantait pas. Oh ! non.

Otto, sous sa casquette de marin, ne me parle pas. Nous quittons An der Kolonnade et débouchons sur Wilhelmstrasse. Sur le trottoir d'en face se détache un édifice de couleur brune, probablement dix-neuvième même si c'est difficile à dire, à peu près aussi criblé de balles que les maisons d'Oradour. J'irai toucher du doigt ces impacts. Mais pas maintenant. Nous longeons Wilhelmstrasse, et des grues parallèles partent

1. « Crasse-Tignasse » en français.

à l'assaut du ciel sur ma droite. On dirait qu'elles volent.

— Je sais que vous comprenez l'anglais, dis-je.

Il y a du monde autour, je me sens en lieu sûr. Je suis un inconscient. Un inconscient complet. Je le relance :

— Votre père. Je l'ai vu perturbé. Eh bien, je le suis aussi.

— Attendez, s'il vous plaît.

Il parle anglais presque sans trace d'accent. Toutes mes terminaisons nerveuses sont en état d'alerte maximale. Nous poursuivons notre marche. Des chantiers partout. Des merdes de chien. Nous tournons peu après à droite, dans Niederkirchnerstrasse.

Que vois-je ? Je sais. Un vestige du Mur. Et juste au-delà ? Je vois un superbe édifice rectangulaire, de style néo-Renaissance, avec des traces de balles et des statues démembrées. Je le reconnais. Oh ! mon Dieu ! Voici d'où je viens – voici mon temple, ou l'un de mes temples. Est-ce possible ? Oui ? Le Martin-Gropius-Bau ? Encore debout ?

Il a tenu, il a tenu, ils ne l'ont jamais rasé. Ce monument est associé dans mon esprit à la plus brillante école d'architecture et de design de l'histoire. C'est un sanctuaire. Y aurait-il du sacrifice dans l'air ? Est-ce pour cela qu'il m'a conduit jusqu'ici ? Faut-il que je le tue à mains nues, là, tout de suite, moi qui suis à peine capable d'écraser une mouche ? Mes nerfs sont-ils en train de craquer ?

Mais je ne vois alentour que terrains vagues, et c'est lui qui a la main. Pour toi, Otto, la guerre n'est pas finie. Et devant nous, croyez-le ou non, se dresse le Mur. Un bout du Mur. Blanc, pour permettre aux soldats de repérer plus facilement les silhouettes qui se découpaient dessus. Couvert de graffitis. Coiffé d'une conduite en béton qui arrondit son sommet. Pour empêcher les candidats à l'évasion d'y trouver une prise, je suppose. Une prise, Nicholas. Trouve une prise.

Je m'arrête et dis :

— Je n'irai pas plus loin.

— Je voulais juste vous conduire à une plate-forme d'où on voit les chantiers de la Potsdamer Platz. Je pensais que cela vous intéresserait.

— Pas maintenant. Parlons ici.

— Très bien. Parfait.

Sa voix, sa voix. En général, les voix ne m'effraient pas. Il a le même âge et mesure la même taille que moi, je ne devrais pas avoir peur de cet homme. *Zinzee.* Demande-lui ce qu'a voulu dire son père. Non.

Il me fait face.

— Oui ? demande-t-il. Vous souhaitiez dire quelque chose ?

Déconcertant. Mais je suis préparé. Je m'attendais à pire. N'ai-je pas été formé sur le tas ? Ne vis-je pas depuis octobre dans une terreur telle qu'elle aurait pu me tuer à elle seule ? À quelque chose malheur est bon. L'utilité de la peur. M'en servir pour nettoyer ma vie.

— J'ai des raisons de croire que vos amis, des membres de votre organisation, m'ont dans le collimateur. Je voudrais que cela cesse.

Il reste muet.

— Je ne m'intéresse absolument pas à…

Un groupe de gens équipés de caméscopes passe juste devant nous, des familles avec enfants, dont certaines américaines. Je m'adosse contre le grillage d'un chantier : j'offre une cible facile. Comme jadis Oradour.

— ... absolument pas à ce qui vous intéresse, reprends-je. Antony Safft était un ami. C'est tout. Je ne sais rien de sa vie.

— Alors, comment m'avez-vous retrouvé ?

Pris à mon propre piège. Dire la vérité.

— Par une série de déductions et de coïncidences, et aussi grâce au vicomte Ormeau.

— S'il vous plaît, comprenez-moi. Je ne vous crois pas.

J'ignore cette fin de non-recevoir glaciale. Ou j'essaie. Je tiens à garder la maîtrise de la conversation, pas question de me laisser entraîner sur son terrain.

— Pourquoi vous en prendre à moi ? Pourquoi cherchez-vous à m'agresser ? Je n'ai jamais rien eu à voir avec la croisade d'Antony Safft.

Tu trahis les morts, Nicholas, tu trahis les morts. Où est ton honneur ? Quelque chose a horriblement mal tourné. Cet homme n'est pas un ancien nazi, il est beaucoup trop jeune. Et trop singulier. Il crée le vide autour de lui.

— Il nous a volés, lâche-t-il.

— Non. Vous protégez un criminel de guerre.

La flèche fit mouche ; son regard vacilla.

— Vos tueurs ont tatoué un stigmate hitlérien sur le cadavre d'Antony. Pourquoi ce triangle ? Nous autres Anglais connaissons ces choses-là. Vous l'oubliez.

— C'était de l'ironie.

— De l'ironie ? Vous parlez d'une ironie !

— De l'ironie, répète-t-il, presque amusé. Votre ami n'était pas homosexuel. Il faisait semblant de l'être. Comme il faisait semblant d'être juif.

— Semblant ? !

Son ton me donne la chair de poule. Pourquoi n'ai-je pas été plus attentif à Antony ? Pourquoi ne suis-je pas plus attentif à la vie ?

— Saaaaft a bâti sa fortune en détournant l'argent de comptes bancaires appartenant à des Juifs français. Il a fait fortune en exploitant…

— Il s'appelait Safft, pas Saaaaft.

— Il se prétendait juif et homosexuel. Uniquement pour brouiller les pistes.

— N'importe quoi ! Ça ne m'intéresse pas.

— Ça devrait.

Safft, pas Saaaaft, ai-je envie de hurler.

Fuir cet homme, échapper à sa voix.

— Peu importe. Je ne demande qu'une seule chose, c'est que vous me fichiez la paix.

J'ai la peau brûlante et le sang glacé, la sueur me brouille la vue. Qu'est-ce que je désire le plus, le tuer ou être tué par lui ? Certaines victimes se prennent de passion pour leur bourreau. Je m'efforce d'amasser tout le venin, toute l'autorité dont je suis capable. Safft, pas Saaaaft.

Prends ta chance, cours le risque, c'est le moment !

— Je sais qui vous êtes. Et je sais où habite votre père. J'ai des noms. Des adresses. Toutes sortes d'informations. Soit vous me laissez tranquille, soit… je n'ai pas besoin de vous faire un dessin.

Raté. Il me contrôle. Il contrôle tout, les oiseaux au-dessus de nos têtes, l'ensoleillement, la vitesse des nuages dans le ciel de Berlin. Le voici qui change de tactique, mais c'est peut-être juste pour tromper l'ennui.

— Je ne suis peut-être pas en mesure d'inverser le cours des choses, répond-il, presque enjoué.

Je réprime un frisson.

— Vous tomberez avec moi, dis-je. Et votre père aussi. Ordonnez-leur d'arrêter. Où qu'ils soient.

*Zinzee.* Un petit nom d'enfant, peut-être ? *Zinzee.* Ces mots qu'a prononcés son père – ces mots sont importants, je le sais.

— Je vous dis que je ne suis peut-être pas capable de le faire. Les ordres mettent du temps à parvenir aux troupes.

Mais je devine à son regard qu'Otto cherche à m'aiguillonner. Du moins je l'espère. Il tapote le grillage.

— Vous savez où nous sommes ?

Je me retourne et je regarde. Un alignement d'appentis en sous-sol qui ressemblent à des caves semi-ouvertes, protégés par des toitures en bois provisoires. Saaaaft ? À ma droite, je vois un énorme remblai. Et au premier plan, une série de baraques de chantier. Je plisse les yeux pour déchiffrer les mots du panneau. « Musée de la Gestapo ». Otto s'éloigne sans hâte. Je m'élance à ses trousses, et c'est alors que je comprends. Je sais !

La voix. Au téléphone d'Antony. Le jour de sa mort. « Vous venez d'appeler chez M. Saaaaft. »

# 41

Pars, Nicholas, va-t'en. Et ne remets jamais les pieds à Berlin. Ne reviens jamais dans cette ville qui a détruit tant de vies, où ont été planifiées, ici même, autour de toi, quelques-unes des pires atrocités de l'histoire planétaire. Je trébuchai sur le sol inégal, perdis l'équilibre, tombai sur une main et me fis extrêmement mal au poignet, d'autant que c'était le même bras qui avait pris la décharge électrique. Si je lui courais après, il risquait de me tuer. Son départ suggérait qu'il avait décidé de me laisser libre.

Non. Je devais continuer. Il en allait de ma vie. Je le rattrapai, les grands pans de mon loden flottant au vent.

— Excusez-moi ! lançai-je.

Une formulation ridicule au vu des circonstances.

Otto se retourna.

— C'est vous qui l'avez tué, hein ? Espèce de salaud ! Vous l'avez tué !

*Martin-Gropius-Bau* signifie la maison de Martin Gropius. Gropius. Le grand nom du Bauhaus – le plus beau, le plus intelligent de tous les mouvements d'architecture et de design. Cet homme allait me tuer ici même, sur ces marches. J'étais tombé dans un traquenard.

Otto me regardait. Il revint sur ses pas. Je l'attendais sur la plus basse des marches en pierre brune.

— Pourquoi ne m'avez-vous pas tué ? Pourquoi, maudit fumier ? ! Pourquoi ? !

Pas un mot.

— Allez vous faire foutre ! Et mon ami, comment l'avez-vous tué ?

— Ça n'a pas été dur. Il n'était pas bien fort.

— Vous avouez ! Je serai dans le box des témoins. Oui, j'y serai. Et comment, bon Dieu de merde ! Vous verrez !

Une démonstration d'impuissance.

Otto tourna les talons et s'en fut. Quitta mon temple. Pour rentrer chez lui. Chez son père. Je le poursuivis de plus belle, en hurlant.

Il fit halte, se retourna encore et me toisa. Je le rejoignis, m'arrêtai face à lui. L'éclat de ses yeux s'était modifié. L'étain, je suis prêt à le jurer, recelait désormais une pointe infime de rouge. Son corps aussi changea. Les épaules s'abaissèrent d'un cran. Il se ramassa. La phrase du médecin du sport me revint en mémoire. « Leur cul descend. » Celui du Cador descendit imperceptiblement. À ma grande honte, je fis un pas en arrière.

— Je vais vous dire comment j'ai fait, déclara Otto. Et je vous donnerai ensuite un conseil.

Je faillis crier ; j'attendis.

— J'ai enlevé son majordome la veille, je l'ai tué, et j'ai jeté son corps dans un canal. Vous n'avez qu'à demander à la police de vérifier si vous ne me croyez pas. Près d'un zoo. Le lendemain, je me suis présenté chez Saaaaft, je suis arrivé à midi et demi, il a cru que c'était son chauffeur. Je l'ai forcé à ôter ses vêtements et à s'allonger par terre dans son bureau. J'ai fouillé ses papiers, mais il n'a pas voulu me dire où était ce que je cherchais, c'est pour ça que j'ai commencé à l'inciser, j'y ai pris du plaisir. J'aurais voulu trancher plus en profondeur mais il est mort trop vite. J'ai continué quand même. J'ai dû rester sur place pour chercher certaines choses – que j'ai fini par trouver, d'où votre présence ici. Et maintenant, le conseil : rendez-nous ce qui nous appartient. Rendez tout.

Il disait cela d'un ton égal, comme un voisin.

— Si je le fais, bredouillai-je, la bouche sèche, vous me laisserez tranquille ?

Il s'éloigna pour la troisième fois.

— J'ai dit : si je le fais…

Otto fit volte-face et vrilla sur moi un regard si explicitement maléfique que je n'essayai même pas d'ajouter un mot. Trop stupéfait. Pendant quelques secondes, je restai cloué sur place, incapable de bouger. Ensuite, je le suivis à distance et le regardai se diriger lentement, tranquillement, vers l'immeuble de son père. Je m'arrêtai en bas de Niederkirchnerstrasse, là où passait autrefois le Mur.

Va-t'en, Nicholas, va-t'en. Ce combat n'est pas le tien. Rentre au pays. Occupe-toi de toi. Occupe-toi de tes affaires. Les ennuis arrivent souvent quand les gens se mêlent de ce qui ne les regarde pas. Occupe-toi de toi. Trouve quelqu'un à aimer. Ta place n'est pas ici. Trouve quelqu'un qui t'aimera. Ce n'est pas impossible. Quoi que tu penses de toi.

Je regardai Otto poursuivre sa marche sans un coup d'œil en arrière. Il tourna à gauche à hauteur de l'immeuble brun, puis à droite dans An der Kolonnade, et disparut.

Préviens la police, Nicholas. Cet homme avait tué un homme que je respectais et…

Et quoi ? Que j'aimais ?

Pourquoi, y compris lorsque je me parlais à moi-même, étais-je incapable d'utiliser le verbe « aimer » pour décrire mes sentiments vis-à-vis d'un autre homme ? Ce chien, cet animal à voix froide, avait sauvagement assassiné un homme que j'aimais et qui semblait m'aimer. D'un amour ordinaire, humain, dépourvu d'ambiguïté. Et tu viens de te promener, de discuter avec son assassin. Les lois de la nature exigent que tu l'amènes devant la justice. Il s'est introduit dans la maison d'Antony. Il a fouillé, volé, tué.

Non ! Les lois de la nature exigent que je m'occupe de moi.

Toutes ces questions me balayaient l'intérieur du crâne comme des rayons laser.

Cherchant désespérément une réponse, je tournai le dos au futur musée de la Gestapo et me remis en marche la tête haute vers quelque chose de connu : les grues qui barraient l'horizon.

Mais je m'arrêtai d'abord au Martin-Gropius-Bau. Oh ! cette idée de génie qu'ils avaient eue de rassembler tous les corps de métier dans leur maison des maisons, ces hommes du Bauhaus – maçons, architectes, designers, souffleurs de verre, charpentiers, plombiers ! Comment un pays capable de produire une aussi belle idée de la construction avait-il aussi engendré Heydrich, Himmler et Hitler ?

Le Martin-Gropius-Bau était fermé pour travaux. Martin était le grand-oncle de Walter, le génie. Oui, je mis mon doigt dans les impacts de balles. Oui, je repérai du haut des marches un ancien mirador du Mur. Oui, je vis un gigantesque amas de terre et de gravois. C'était ici qu'ils avaient planifié l'anéantissement des Juifs. Ici que s'étaient construites les tragédies. Ici que les hirondelles d'Oradour avaient perdu leurs nids.

Antony Safft n'était pas juif ! J'avais toujours cru le contraire. Un préjugé de plus. Ni homosexuel ? Mais comment savoir si Otto disait vrai ? Otto… J'aurais préféré ne jamais connaître son prénom : trop d'intimité là-dedans.

Mon portable capta un signal dès que je l'allumai. Je composai un numéro.

— C'est moi.

— Newman ? Où êtes-vous ?

— Je ne vous le dirai pas. Vous saviez que le majordome de Safft avait disparu ?

— Oui. Hurst m'en a parlé.

— Pourquoi ne me l'avez-vous pas dit ?

— Ce n'était pas mon affaire, rétorqua Tynan. Ni la vôtre.

— Maintenant, si. Il est au fond du canal, près du zoo de Regent's Park.

— Quoi ?! Putain de merde, Newman, où êtes-vous ?

— J'ai besoin de vous parler.

— Moi aussi, bon Dieu !

— Je rentre.

Je passai quelques heures à sillonner la Potsdamer Platz, en tentant de me ressaisir et de poser un regard de professionnel sur ce que je voyais. Nous aurions dû participer à ce pharaonique projet. Cela n'aurait pas manqué d'ironie. Je me souvins d'une conversation avec Antony à ce sujet. Il avait mentionné le Reichstag de Foster. Ce à quoi j'avais répondu, détectant chez lui un moment d'incertitude, que le seul point commun que j'espérais avoir avec Hitler était mon peu de sympathie pour Berlin. Pour une raison que j'ai oubliée, j'avais besoin de faire rire Antony. Il m'avait paru soulagé.

Cet après-midi-là, pourtant, Berlin devint pour moi un refuge. Je fis le tour des chantiers de la Potsdamer Platz. En tâchant de calculer mentalement combien d'architectes supplémentaires nous aurions dû engager si nous avions été chargés de l'un d'eux.

Sur le trottoir d'en face, à la Gemäldegalerie, Carpaccio, Cima et Canaletto pourraient peut-être me mettre du baume au cœur. Oh ? La maison de Pearl. Le tableau de Pieter de Hooch. Non, je ne supporterais pas de le voir. Mon âme, hélas, ressemblait plutôt à un portrait de Francis Bacon. Dont l'*Isabel Rawsthorne*, me semblait-il, était d'ailleurs à Berlin. Elizabeth devait savoir ça.

Non, elle ne pouvait pas m'avoir trahi une deuxième fois, impossible. J'avais forcément raison. Otto était un cadeau de sa part. Sacré cadeau.

« Rendez tout », m'avait-il dit. J'ignorais de quoi il parlait, mais c'était ce que j'allais faire. Depuis trois mois, je vivais en état de siège. Et le vent venait enfin de tourner. Je connaissais mon ennemi. Mon ennemi me connaissait. Le dénouement approchait. Il fallait que je trouve quelqu'un qui puisse m'expliquer ce que j'avais fait pour mériter tout cela.

Le froid devint mordant et l'air limpide, comme à Amsterdam et sur le Zuiderzee. *Zinzee. Zinzee endlick fur mickey comin'.*

Berlin portait plus de traces de balles que je ne m'y attendais. Impossible de mettre le doigt dans chacune d'elles. C'est donc ici que tout avait commencé. Ici qu'avait commencé la tragédie de mon père avec ma mère, à qui la guerre avait donné le goût de l'infidélité. Chaque immeuble encore debout ici était à l'origine d'une tragédie pour quelqu'un, quelque part. Dans les camps de concentration. En Pologne, à un peu plus de cinquante kilomètres. Partout en Europe de l'Est. L'échelle de la chose me dépassait. La ramener à des proportions humaines.

La maladie qui avait coûté la vie à mon père était née dans un de ces immeubles. Par une nuit de forte neige en Alsace, il s'était perdu, avait atteint par mégarde les lignes ennemies et reçu une balle dans le pied. Il avait réussi à s'enfuir et à se cacher chez des Français. Sa blessure avait cicatrisé, mais de là était parti le caillot qui finirait par le tuer en atteignant son cœur sexagénaire.

À l'angle de la Marlene-Dietrich-Platz, je levai les yeux sur le colossal Sony Center, encore en construction. Une faim de loup s'empara de moi. Sur la Herbert-von-Karajan-Strasse, je m'arrêtai pour dévorer un hamburger. Un vieux couple déambulait sur le trottoir en regardant partout. Ils consultèrent leur guide ; ils étaient allemands et... voilà, ils avaient retrouvé la direction du musée de la Gestapo. Où étais-tu pendant la guerre, papa ?

Pendant qu'ils s'éloignaient, je me levai de ma table pour les suivre des yeux, et... Tiens donc ! Encore Otto. Il ne pouvait pas m'avoir vu, j'étais dans l'ombre.

C'était l'occasion ou jamais d'en apprendre un peu plus à son sujet. Il passa tranquillement à ma hauteur. Je constatai qu'il enchaînait ses mouvements avec fluidité, comme un athlète, comme Pearl. Les tueurs possédaient-ils eux aussi cette forme si particulière de relâchement ?

Un taxi approcha, je le hélai. Je faillis lui demander de suivre Otto, mais je n'osai pas et me fis conduire à l'aéroport de Tegel. Je laissai Otto derrière moi sans que son regard m'ait une seule fois effleuré.

# 42

Je vis à Londres depuis longtemps : je n'étais qu'un petit garçon quand nous avons quitté le Herefordshire. Mais au-delà de Londres, l'Angleterre est mon foyer, celui de mon père et de mes deux grands-pères. Et en remontant encore plus loin dans le passé, nous avons tous été royalistes pendant la Première Révolution. L'Angleterre et Londres m'accueillirent donc avec bienveillance.

Pendant le vol, j'inclinai mon dossier et commandai un apéritif. Je croyais avoir tout réglé. J'allais annoncer à Philippe et à Me Lawson que je me retirais de la partie. À condition de rester prudent, je ne risquais plus grand-chose. J'étais certain qu'ils comprendraient mon souhait de prendre mes distances vis-à-vis de tout ce qui concernait Antony. Bref, c'était fini. Encore un verre. Et un autre.

Je passai un appel depuis Heathrow ; Mary Strait répondit.

— Je me demandais comment vous aviez passé Noël, dis-je.

— Vous avez vu l'heure ? Où êtes-vous ?

— Il est minuit. Je vous réveille ? Quel temps avez-vous eu aujourd'hui ? Vous avez prévu d'aller skier ? Vous avez des nouvelles d'Elizabeth ?

Un chapelet effréné de questions – elle dut me prendre pour un cinglé – qui s'acheva sur celle-ci, fatidique :

— Il faut combien de temps de Heathrow à Richmond ?

Elle m'attendit comme je le lui demandais. Je fis ce que j'avais promis. Dans son lit. L'adrénaline. L'excitation. Le bourdonnement familier dans ma tête, les sons, les odeurs, les bruits de succion, les plissements de chair et les lieux sombres, pour la plupart dans mon esprit.

Réaction au fait d'avoir regardé la mort en face à Berlin ? Voilà qui pouvait expliquer ma lubricité. Soulagement d'avoir mis fin à ma terreur ? Voilà qui pouvait expliquer pourquoi je réussis à lui rendre ses étreintes avec une certaine conviction.

Nous nous repûmes l'un de l'autre, le frisson, l'expiation. En la voyant verser des larmes, j'eus mon seul éclair de tendresse.

Bassesse, crime affectif, injustice intime, indécence éhontée ?

Je pouvais bien appeler cela du nom que je voudrais, mais rien n'excuserait jamais mon départ furtif à quatre heures du matin, pendant qu'elle dormait comme un loir. Et rien sur terre n'expliquerait jamais pourquoi je laissai le lendemain sur son répondeur un message disant que je n'aurais jamais dû refaire ça – « je », pas « nous » –, que j'étais vraiment désolé mais que je ne me sentais pas la force de continuer avec elle. Quelle différence entre ce qu'ont fait les nazis à Oradour et un usage sexuel aussi effroyablement insensible ? Aucune.

En ce petit matin d'ignominie, je retournai directement à Cadogan Gardens. L'envie m'en démangeait depuis que Tynan m'avait parlé au téléphone d'une lampe restée allumée. Était-il venu voir ? Je lui avais remis les clés. Il y avait bel et bien de la lumière, et mon cœur s'emballa – jusqu'à ce que la mémoire me revienne : la lampe de lecture du petit salon était branchée sur une prise programmable.

L'électricité avait été rétablie partout, y compris dans ma salle de bains dévastée. Saleté de plombier, tout aurait déjà dû être prêt. Mon appartement n'était cependant pas dans un état trop catastrophique. Cela faisait du bien d'être entouré d'objets que j'aimais. Je m'assis pour écouter les messages de mon répondeur – il y en avait deux. D'abord Claire :

« Nicholas, ici Claire. C'est affreux, il faut absolument que vous me rappeliez, pourquoi ne le faites-vous pas ? Vous ne pouvez pas savoir, vous ne pouvez pas imaginer à quel point c'est terrible… Je vous appelle d'une cabine, pas de la maison. Philippe doit aller à son cabinet demain, pouvez-vous m'appeler ? S'il vous plaît ? Il faut que je vous parle. C'est de la plus haute importance. »

Aux abois, malgré tous ses efforts pour le cacher. Je la revis dans sa veste Burberry, grande, calme, belle et tremblante de colère à Oradour.

Vint ensuite la voix de Pearl – peut-être pire encore. Il avait laissé son message le 27 à trois heures de l'après-midi.

— On peut se voir, man ? Il faut que vous veniez, on joue demain en nocturne à Charlton, vous passerez ? Je suis dans la panade. Il faut que vous veniez, man ! Il le faut !

Non, Johann Pearl, je ne viendrai pas. Je suis trop vanné, et je ne suis pas le bon Samaritain, je suis un homme faible et insensible, j'ai besoin qu'on me fiche la paix. Sachant que cela m'aiderait à dormir, je mis le thermostat en position haute.

Quand je me réveillai, j'étais dans tous mes états. L'idée me vint de partir pour Gleneagles le lendemain et d'y passer le nouvel an. Ou à Venise ? Trop de monde au Gritti, et le Pregadi était fermé. Quelle heure était-il ? Sept heures et demie du soir ! Pourquoi étais-je aussi épuisé ? Parce que c'était fini. Fi-ni.

Je réservai par téléphone une table au Ritz pour le dîner, un seul couvert. Hé ! mais je ne pouvais plus faire ma toilette ! Si, bien sûr que si, dans la petite salle d'eau de la chambre d'amis. Antony Safft était donc un profiteur de guerre. Comment s'était-il retrouvé là-dedans ? Il avait probablement commencé tout jeune. Il était avocat de formation. Barabbas, de nos jours, aurait été avocat. Un disque de Fleetwood Mac. Certaines questions restaient en suspens de ce côté-là. Philippe savait-il tout ? C'était désormais son problème. Je composai une fois de plus son numéro. Pas de réponse.

Un profiteur de guerre ? Plausible. Mais bizarrement, ça ne changeait rien à mon affection pour lui. Antony avait toujours été auréolé d'une réputation de mystère. Et alors ? L'inspecteur principal Hurst m'avait interrogé sur l'origine de sa fortune. Je m'étais retrouvé pris dans une guerre entre… entre qui ? Entre profiteurs rivaux ? Le téléphone sonna. Tynan, je parie. Oui, c'était lui. Je ne répondis pas. J'avais l'intention de profiter de mon dîner.

Il faisait nuit ; j'allais pouvoir mettre mon manteau en astrakan, que je n'osais plus guère porter en Angleterre. Du Corelli sur le lecteur CD de l'autoradio, Sloane Street déserte. Plus question de laisser quoi que ce soit perturber ma vie. Alors pourquoi me retrouvai-je soudain en train de décrocher mon radiotéléphone et de demander à l'opératrice des renseignements le numéro du Charlton Football Club, puis d'appeler ce numéro pour obtenir des indications de trajet ?

Le match se jouait à guichets fermés, mais on me laissa néanmoins entrer dans les bureaux de la direction pour le suivre à la télévision et attendre mon ami. L'astrakan fait autant d'effet que le poil de chameau quand on fréquente les dirigeants du football et les parasites qui gravitent autour. Un ballon captif, au-dessus du stade, proposait des plans à couper le souffle du barrage mobile de la Tamise, une structure que j'aurais adoré construire. Je me fis le raisonnement que ma venue à Charlton était une façon de m'acquitter d'une dette. J'allais régler le problème de Pearl, quel qu'il fût, et j'en serais débarrassé. Ce que j'aime par-dessus tout dans ce barrage sur la Tamise, c'est qu'il donne l'impression d'être le lieu de villégiature d'une colonie de Martiens enchantés. Je m'étais mis en tête, naturellement, que les ennuis de Pearl étaient des dommages collatéraux. Mais le moment était venu d'effectuer les ultimes mises au point. Dans le même esprit, j'irais en France, dès le lendemain si possible, pour parler à Philippe – et lui tirer ma révérence.

Pearl joua sans briller et sortit à la soixantième minute.

— Je peux aller le voir ?

— OK, mec, mais il faudra avoir dégagé du vestiaire au coup de sifflet final, l'entraîneur n'aura sûrement pas envie que quelqu'un l'entende engueuler ses joueurs.

Un jeune homme me fit descendre par un escalier en béton – *le béton est décidément le leitmotiv du football*, pensai-je. Pearl était assis sur un banc dans le vestiaire, pendant qu'un type accroupi examinait son mollet droit.

— Tiens, salut, man.

Je le trouvai changé. D'un coup de menton nerveux, il me fit signe de rester discret devant son soigneur.

— Merci d'être venu.

— C'est grave ?

Le soigneur m'étudia avec un mélange de respect et de suspicion. Peut-être étais-je un nouveau dirigeant qu'il n'avait pas encore eu l'occasion de croiser.

— Vous n'êtes pas censé être là, me dit-il.

— C'est un ami, intervint Pearl.

— Bon, grommela le soigneur en se levant. Moi, je retourne voir des vrais footballeurs. Les simulateurs à deux balles ne m'intéressent pas.

Il me décocha un regard méfiant en partant ; avec ses cheveux blancs en bataille, il semblait être en guerre avec le monde entier.

— Alors, que se passe-t-il ?

— Je suis content de vous voir, Nicholas.

— Quel est le problème ?

— Ah ! c'est la vie, man. Vous savez bien.

Il n'alla pas plus loin et j'attendis, pensant qu'il souhaitait s'imprégner de son sujet avant de prendre la parole. Un Pearl très différent des autres fois : songeur, mélancolique. Mais il n'eut rien d'autre à me dire que :

— Et vous, ça va ?

— Vous m'avez laissé un message.

— Ouais, man. Je vous ai laissé un message.

Troublant. Il m'avait lancé un appel à l'aide éperdu à peine quelques heures plus tôt. Et là – rien.

— Je suis venu exprès, Johann.

— J'apprécie, man, dit-il en commençant à étirer sa jambe « blessée ».

— Je ne vous demande pas d'apprécier. Je veux savoir quel est le problème. J'ai annulé un dîner en ville pour vous.

— Vous êtes super classe, c'est vrai. J'aime bien la chemise.

— Johann ! Écoutez-moi. Votre maison en Hollande a subi un attentat. On me l'a dit. Vous êtes confronté à un très gros problème. Alors, parlez-moi ! Je n'ai pas besoin de clients entourés d'un parfum de crime.

Si j'ai appris quelque chose au cours de ma vie, c'est que les réactions des gens ne proviennent pas toujours de la cause qui semble la plus évidente. Surtout quand ils sont pris dans un conflit majeur.

— Un parfum de crime, répéta-t-il en évitant mon regard. J'aime bien l'expression.

J'eus le bon sens de ne pas riposter. Et, ayant retrouvé mon calme, de réfléchir un peu. Sa réaction n'était pas celle que j'aurais attendue. Il devait y avoir une autre raison à son attitude. Et cette raison m'était familière. Celle de tous mes comportements étranges de ces derniers temps était… la peur.

— Vous avez peur, dis-je.

— Non, man.

— Il y aurait de quoi. Votre maison attaquée. Quelqu'un qui vous suit. Si. Vous avez peur.

Cette fois, il ne se donna pas la peine de nier.

— Dites-moi juste une chose.

— Quoi, man ?

— Y a-t-il un lien entre ce qui vous arrive et Antony Safft ?

Ma question le mit au désespoir. Il frappa dans ses mains.

— Je ne sais pas… Je ne sais pas…

— Johann. Hé ! Perle Noire ?

C'était la première fois que je l'appelais ainsi ; il sembla apprécier.

— Si vous veniez avec moi ? On pourrait aller manger quelque part. Et parler.

— Je dois rentrer avec l'équipe.

— Allez, Johann ! Quelque chose ne va pas, qu'est-ce que c'est ?

Quand il me regarda enfin, je vis se bousculer dans ses yeux des sentiments dont il ne me disait rien – terreur, souffrance, détresse.

— Je ne peux vraiment pas partir maintenant, Nicholas. Je ne peux pas parler.

— De quoi s'agit-il au juste ?

— Je ne peux pas le dire.

— Quelqu'un vous en veut de quelque chose ?

Il se mit à trembler. Je fis un pas vers lui ; il me saisit le bras et posa le front sur le dos de ma main.

— Je suis dans la merde, man.

— Êtes-vous en danger ?

Il releva légèrement la tête et acquiesça.

— Et je ne peux rien y faire.

Je considérai ce jeune homme aux allures de machine fabuleuse, au faîte de sa puissance et d'un talent aussi réjouissant qu'unique, et je cessai de regretter d'avoir répondu à son appel.

— Je suis sûr de pouvoir vous aider. Je connais des gens qui…

— Pas comme eux. Personne ne connaît de gens comme eux.

Il était si agité que l'envie me prit de changer de sujet. Une idée me traversa l'esprit.

— Vous parlez allemand ?

— Oui. Et aussi italien. Et…

— Peu importe. Vous savez ce que veut dire cette phrase ? En allemand ?

Je prononçai les mots. Il redressa les épaules.

— Répétez.

Il les reprit, un par un.

— *Zinzee* ? Ça pourrait être *Sind Sie* – « Sont-ils ». *Endlick. Endlich* – « enfin » ou « finalement ». Et après ?

— *Fur. Mickey.*

— Je dirais *für mich* – « pour moi ». Et vous avez ajouté « comin' » – ce doit être *für mich gekommen. Sind Sie endlich für mich gekommen.* Ça vous paraît coller ?

— Exactement.

On ne pouvait qu'adorer sa vivacité et la joie qu'elle lui procurait. Ce garçon n'aurait jamais dû s'attirer de tels ennuis. Et c'était moi qui disais cela !

— Ça veut dire : « Sont-ils finalement venus me chercher ? »

Je lui tapotai l'épaule.

— J'aurai bientôt l'occasion de vous remercier mieux que ça. En attendant, Johann, merci beaucoup, merci mille fois.

— Hé ! Nicholas, allez-y mollo, je vois de l'excitation dans vos yeux.

Nous éclatâmes de rire. Il y avait du progrès.

Un bruit enfla dans le couloir. Un autre joueur entra en faisant cliqueter ses crampons, pas blessé mais remplacé. Cela mit un terme à notre conversation. Il ne me restait plus qu'à partir. Le nouveau venu me gratifia d'un drôle de regard pendant que je m'éclipsais.

Je passai une dizaine de minutes immobile sur la berge, à contempler le barrage de la Tamise.

J'avais vu juste. J'avais vu juste !

*Sont-ils finalement venus me chercher, Otto ?*

Ils viendront, vieil homme, ils viendront, ils viendront tous te chercher, les six cent quarante-deux fantômes, et au-dessus de leurs têtes voleront les hirondelles d'Oradour.

## 43

Le lendemain matin j'arrivai le premier à l'agence, d'où je comptais appeler Claire.

Je fouillai tous les bureaux, toutes les tables à dessin. Sans trouver trace de quoi que ce fût que j'aurais dû savoir mais qui m'avait été dissimulé. Le double de mes clés de Cadogan Gardens n'était plus dans le tiroir de Lemon. Cela me ficha un sérieux coup, jusqu'à ce que je me souvienne qu'il avait bien fallu que quelqu'un aille chez moi pour surveiller l'avancement des travaux.

Sur notre listing informatique, le projet Pearl était classé dans la catégorie « Plans complets ». J'ouvris le fichier.

« Complet » était un bien grand mot. Les maçons s'étaient mis au travail sur la seule base des plans extérieurs et n'auraient pas besoin des plans intérieurs définitifs avant un mois. Ils les recevraient sous dix jours. J'aurais aimé pouvoir compter sur une célérité équivalente de leur part, mais il ne fallait pas trop rêver.

Je tapai à l'écran une note visant à me rappeler qu'il faudrait consulter Pearl sur la cheminée principale et celle de la salle de bains. Amelia avait créé d'agréables images de synthèse montrant comment cette ferme étable hollandaise s'inscrirait dans le paysage près de Stonehenge.

Soit la cafetière de mon bureau n'avait pas été nettoyée, soit quelqu'un s'en était servi après moi. Répugnant. Je la rinçai, fis du café frais. Tous les os de mon squelette tremblèrent sous ma peau quand je regardai l'énorme cadeau de Noël de Mary Strait, posé à même le sol. Le papier d'emballage était déchiré dans un coin. Quelqu'un avait tenté de voir à l'intérieur.

Seigneur ! Mary Strait ! Quelle attitude adopter quand elle reviendrait travailler ? Sombre crétin ! Mais qu'est-ce qui était le pire ? De l'avoir baisée ? De l'avoir plaquée ? Difficile de choisir.

Il était temps d'appeler Claire. Onze heures en France.

Elle répondit sur-le-champ. Et fondit en sanglots. Cette jeune femme pourtant très posée, qui semblait en avoir vu d'autres, céda à la frénésie et à l'incohérence.

Ma prudence naturelle revint au galop, de même que mon besoin d'être délivré de tout cela. Mais je m'étais promis, à Berlin, de faire front.

— Rappelez-moi dès que vous vous sentirez mieux, suggérai-je. Je suis à l'agence. Voici mon numéro.

Je dus le lui répéter deux fois.

Au bout d'un quart d'heure, durant lequel j'eus tout loisir de me demander s'il ne s'agissait pas d'un piège complexe, elle me rappela. Sa voix était un peu plus stable.

— Il faut que vous veniez, me dit-elle assez fermement. Philippe a besoin de vous voir.

— Et vice versa.

Survint alors un phénomène curieux : sa voix se réduisit à un murmure tout en émettant une plainte déchirante.

— Mais vous ne devez pas venir ici, non, surtout pas. Ça devient vraiment très…

Je la sentis s'effondrer.

— Du calme, dis-je. Du calme, Claire. Tout va bien. Je suis là. Je suis toujours là. Que se passe-t-il ?

Elle fit de son mieux pour juguler son émotion et chuchota :

— Ne venez pas.

— Je ne comprends…

Elle avait raccroché.

Je rappelai, et ce fut Philippe qui me répondit : une acoustique différente, il devait être dans une autre pièce.

— Nicholas, mon ami, j'ai besoin de vous voir.

— Moi aussi, Philippe. Dès demain.

# 44

C’est ainsi que j’entamai, comme on dit, le premier jour du reste de ma vie.

Traverser la Manche me plaît, quel que soit le mode de transport. Mais j’aime par-dessus tout être associé à ce chef-d’œuvre de conception et d’ingénierie qu’est le tunnel. À l’époque de sa mise en service, on allait plus vite en train qu’en ferry ou en hovercraft. Le volume du trafic et une mauvaise gestion des flux de passagers en ont fait un des modes de traversée les plus lents.

Quelles étaient mes chances le matin de très bonne heure ? Les meilleures possibles. Je quittai Knightsbridge dès six heures, dans le noir. Je me présentai à l’enregistrement d’Eurotunnel de Folkestone à huit heures moins le quart. J’embarquai avec ma voiture dans la navette de huit heures dix-sept et je me garai à Jumièges, devant la porte de Philippe, à onze heures et demie.

Pendant le trajet en train, assis dans ma voiture, je méditai sur le contraste criant entre la beauté de l’ouvrage et la laideur du voyage qu’il permettait d’effectuer. Paradoxal. Le résultat contredisait la beauté de l'idée. Un peu comme le Bauhaus et Hitler, issus d'une seule et même nation. Ou le football et les hooligans.

Personne ou presque sur l'autoroute de Rouen. Le long de la Seine, les vergers avaient perdu leurs dernières feuilles.

Je sonnai à plusieurs reprises. Personne. Aucune réaction. Je repartis vers ma voiture. Il y avait pourtant quelqu'un à l'intérieur. Je le savais. Une villa Belle Époque, nichée dans un méandre du fleuve ; un large balcon à l'étage ; sous le soleil hivernal, des remorqueurs, des péniches et un énorme cargo immatriculé au Pirée défilaient sous mes yeux plus vite que je ne l'aurais cru possible, avec de lourds remous qui s'écrasaient en bas contre un muret de pierre. La marée montait. Debout à côté de ma portière, je scrutai l'eau, puis les fenêtres. Cette maison avait un drôle d'air.

Je ne m'étais pas trompé. « À Rouen, m'avait dit Philippe, passez le pont de Brotonne, tournez au sud et longez la Seine, puis suivez la direction du port de Jumièges. Traversez sur le petit bac. N'entrez pas dans Jumièges : prenez à droite dès la sortie du bac, c'est la dernière maison sur le fleuve côté gauche, il y a une statue d'archer dans la cour. »

Aucune confusion possible. Je repartis en voiture vers Jumièges. Fallait-il leur téléphoner ? Peut-être qu'ils ne m'attendaient pas de si bonne heure et qu'ils étaient sortis faire des courses. Mais mon portable, ici, ne captait rien.

Je reconnus sans peine les hautes arches blanches de l'abbaye de Jumièges, déjà vues dans des livres d'architecture monastique et sur la carte postale d'une ancienne maîtresse. Somptueuse présence. Ambiance caractéristique. L'abbé de Jumièges devait avoir été un personnage puissant. En temps normal, j'aurais entendu dans ma tête des chœurs médiévaux monter à l'assaut de ces ruines. Mais je commençais à être à court d'adrénaline émotionnelle. Il me faudrait des mois de repos pour me remettre des récents événements.

Personne d'autre ne visita Jumièges en ce matin de lourd silence. Je ne vis que la dame qui vendait les tickets.

Sur la butte gazonnée qui sépare le monastère du logis abbatial, mon icône de réseau réapparut. Quelqu'un prit mon appel, mais personne ne dit mot. J'effectuai une deuxième tentative : *idem*. Je refis le chemin inverse en voiture mais me garai cette fois plusieurs centaines de mètres derrière la maison, que je rejoignis par un chemin qui passait entre des jardins. Toujours aucun signe de vie, mais un architecte est capable de dire si une maison est vide, et celle-là ne l'était pas. Je n'éprouvais aucune peur ; j'aurais dû.

Je remontai l'allée du jardin à pas de loup et testai la poignée de la porte de derrière – ouverte.

Aucun son à l'intérieur. La cuisine ne présentait pas trace d'activité récente. Un tableau contemporain français dominait le vestibule, qui me fit penser au rejeton hybride d'une dinde et d'un camion. Ce peintre n'était visiblement pas doué pour les croisements. La grande pièce qui occupait le devant du rez-de-chaussée était meublée d'un téléviseur et de larges fauteuils, d'un tapis couvrant une partie du parquet en érable et d'une jatte d'albâtre aux dimensions d'une petite baignoire. Toujours aucun signe de vie. Mais je n'étais pas seul.

Monter un escalier sans le faire grincer oblige à prendre une décision. Soit on s'en tient au centre exact de chaque marche, soit on met le pied sur la partie la moins utilisée, en général au ras du mur. Quatre eaux-fortes en sépia m'accompagnèrent dans mon ascension : anglaises, peut-être de Graham Sutherland, des têtes, un buste. Je fis halte sur le palier. Il y avait quelqu'un tout près d'ici, je le savais.

Toutes les portes étaient entrouvertes, sauf une. Devais-je faire comme dans les films : les essayer l'une après l'autre ? Ou aller directement à la seule porte close, qui était aussi la plus proche ?

Je l'ouvris lentement, sans frapper. Claire se tenait immobile au milieu de la pièce. J'aperçus son reflet dans le miroir avant de la voir en chair et en os, et cette image me fit frissonner.

J'eus du mal à cesser de la fixer. Sa combinaison en soie ivoire m'excitait. Je me vis tout à coup la retournant, la mettant à quatre pattes et la prenant par-derrière.

Au lieu de quoi je lui lançai à mi-voix :

— Que faites-vous là, Claire ? Pourquoi ne m'avez-vous pas ouvert ?

Elle secoua la tête.

— Claire ? Que se passe-t-il ?

Il est notoire que les gens qui s'attendent à mourir restent assis sans bouger juste avant la venue de leur bourreau. La profondeur de la détresse de Claire était trahie par son calme immense ; il fallait que je lui parle presque comme à une enfant. Je l'aidai à s'asseoir au bord du lit.

— Qu'y a-t-il, Claire ?

— Vous n'auriez pas dû venir. J'ai essayé de vous le dire.

— Mais vous m'avez aussi supplié de venir. Deux messages contradictoires. Lequel est le bon ?

— Je vous ai attiré dans… dans… Regardez, dit-elle tout à coup. On les a reçues il y a quelques semaines. C'est là que je vous ai appelé pour la première fois.

Elle souleva un oreiller sous lequel était cachée une chemise cartonnée rouge. À l'intérieur, une enveloppe contenant une dizaine de tirages photographiques était fixée par un trombone à une liasse de documents dactylographiés en français. Claire sortit les deux premières photos, l'une en noir et blanc, l'autre en couleurs.

— Cet homme était, et est toujours, un officier du Mossad. Un officier éminemment respecté.

L'image montrait un homme aux cheveux noirs bouclés, à la bouche large, avec une légère fossette au menton et une ombre de barbe. Il portait une chemise blanche et une cravate chic. Ses traits étaient réguliers, si l'on faisait abstraction des deux trous noirs béants qu'il avait à la place des yeux.

— Il a tenté de mettre la main sur les assassins d'Antony. Le rapport explique qu'ils l'ont capturé. Ils l'ont endormi. Et après, en veillant à ce qu'il reste en vie, ils lui ont arraché les yeux. Il a été remis à l'ambassade israélienne de Londres.

— Londres ? Mais la presse… ?

— Un cinquantième de ce qui se passe dans ce monde arrive jusqu'aux médias. Vous voulez en voir d'autres ?

J'hésitai.

— Nous avons ici, poursuivit-elle, bizarrement survoltée, un homme sans nez. Et un autre châtré. Un homme ayant reçu plus d'héroïne en un mois que le toxico moyen ne s'en injecte en un an. Un homme amputé de tous ses doigts et de tous ses orteils, ainsi que des oreilles et de la langue.

Je lui pris les photos des mains et les remis dans l'enveloppe. Elle tapota une autre enveloppe du bout de l'ongle. Je l'ouvris.

Claire prenait des bains de soleil dans son jardin de Jumièges. Un jardin à l'abri des regards. Pourtant, quelqu'un l'y avait photographiée. On l'avait aussi photographiée à travers les fenêtres de la maison, à divers stades de la nudité – un corps de rêve. La vision des images suivantes m'obligea à fermer les yeux. Ils avaient infligé au corps nu de Claire un certain nombre de modifications par trucage numérique. Histoire de lui montrer ce qu'ils étaient prêts à lui faire.

Une pulsion honteuse s'empara de moi. Quel âge avait ma mère quand j'étais né ? L'arrondi de ses seins. Ses gémissements. Sa colère contre moi. Ma propre rage. Je tendis la main vers la nuque de Claire et attirai son visage contre le mien. Nos joues s'entrechoquèrent. Je lui mordis la bouche, et elle se laissa faire.

La furie me quitta aussi soudainement qu'elle m'avait envahi.

— Philippe sait-il qui vous a envoyé ça ? demandai-je.

Elle ne répondit pas : elle était en voie de désintégration. Un bruit nous parvint d'en bas. Philippe appela du pied de l'escalier :

— Claire ?

Elle me montra alors de quoi elle était capable. Elle se leva et marcha à grands pas jusqu'à la porte, roulant des hanches sous la soie ivoire.

— Nicholas est ici, lança-t-elle.

Silence au rez-de-chaussée, puis j'entendis des pas monter les marches. Philippe apparut, l'air gêné.

— Nicholas ! Vous êtes le bienvenu chez nous !

Après avoir échangé une poignée de main sur le palier, nous entrâmes dans un vaste séjour inondé de lumière naturelle.

— Ah, oui, dis-je en tendant le bras vers le fleuve. C'est vrai qu'on ne s'est pas revus depuis mon bain forcé.

S'il avait été moins courtois, son visage aurait certainement exprimé de l'irritation. Claire – quel caractère ! – réussit à rire et déclara :

— C'est sa manière à lui de te faire savoir qu'il ne t'en veut pas pour Saint-Gilles. Typiquement anglais.

— Ah ?

Philippe s'approcha du balcon et ouvrit la porte-fenêtre. Qu'allais-je bien pouvoir lui dire ? Que je connaissais le passé de profiteur de guerre de son oncle ? Que je savais que lui-même n'était devenu chasseur de nazis qu'à cause de la honte qui tenaillait depuis ce temps-là Antony, lequel avait tout de même été assez rusé pour cacher son crime en endossant un rôle de justicier ? Que je savais qu'il avait fait fortune grâce à des fonds volés à ceux-là mêmes qu'il prétendait venger ? C'est en tout cas ce qui me vint à l'esprit.

Après être allé chercher trois chaises en rotin sur le balcon, Philippe les disposa en arc de cercle et se livra à une série d'ajustements bizarres. *Une partie de chaises musicales*, pensai-je. Il finit par placer la mienne dos à la porte-fenêtre du balcon. Pas question : je tenais à avoir celui-ci dans mon champ de vision.

— Ça vous dérange si je me mets là, Philippe ? J'aimerais profiter de la vue.

Claire nous rejoignit, vêtue d'une robe bleue.

— Excusez-moi, dit Philippe, j'ai un petit détail à régler.

À son retour, il semblait agité. J'avais oublié sa manie de tracer des cercles dans le vide avec ses mains. Après m'avoir posé quelques questions sur mon voyage, planté sur le balcon et le regard lointain, il s'absenta une deuxième fois.

— Chut, me dit Claire.

Elle écouta. La tension lui coupait quasiment le souffle.

— Il est au téléphone, ajouta-t-elle.

Au bout de quelques minutes, Philippe revint avec un dossier à la main et s'assit.

— Vous savez ce que c'est ? me demanda-t-il. Le testament d'Antony. Enfin. Je l'ai reçu la semaine dernière.

— La semaine dernière ?

— Deux jours avant Noël, je crois.

Le notaire m'avait pourtant dit « fin janvier, mi-février », mais je m'abstins d'en parler. Je posai sans trop savoir pourquoi une question idiote, qui fit sursauter Philippe.

— Vous vous sentez vraiment en sécurité ici ? Je me suis beaucoup inquiété pour vous deux.

Claire, perdue dans une rêverie, fixait un escarpement sur la rive opposée.

Philippe changea la position de ses pieds. J'avais entendu une psychologue expliquer à la radio que les gens avaient tendance à bouger les pieds quand ils mentaient ou éludaient la vérité. C'était ce qu'il venait de faire.

— Il va falloir que je rappelle Me Lewison, il ne m'a toujours pas envoyé mon exemplaire. Euh, cela dit, bafouillai-je, la poste londonienne pendant les fêtes… Désespérant…

Je sais aujourd'hui que quand je bafouille, mon cerveau m'envoie un signal d'alarme.

Claire ne sortit pas de sa contemplation. Sans doute ne nous avait-elle même pas entendus. Son corps fit de nouveau irruption dans mes pensées. Exorcise. Exorcise ! Sa bouche, ses yeux, cette joue – un très vague hématome était visible à l'endroit où je l'avais goulûment embrassée.

Philippe se leva, sortit sur le balcon, resta un moment immobile dehors, revint et se rassit, le dos tourné au monde extérieur. J'aurais dû être encore plus embarrassé que mon hôte, car je ne comprenais pas ma propre réticence à lui parler de Berlin. J'observai, loin derrière lui, les bois qui dominaient le fleuve. Claire, dans une sorte de brouillard, se mit debout, puis se rassit. Le malaise était palpable.

— Philippe, finis-je par lâcher, il y a beaucoup à dire. Et des questions à poser.

Il portait une chemise à rayures et un jean. Le soleil accentuait le noir profond de son abondante chevelure.

— Mon ami, répondit-il. Un jour, tout cela nous paraîtra loin. Vous serez distingué par votre reine, à moins que ce ne soit un roi. Moi, je serai un vieux monsieur et je tâcherai de me tenir très droit pour recevoir la Légion d'honneur.

Ce fut le dernier mot qu'il prononça – « honneur ».

Son crâne explosa avant que me parvienne la détonation qui en était la cause. La force de l'impact le projeta en avant, les bras en croix ; il s'effondra sur mes genoux avant de glisser vers le sol.

Je fis un bond de côté, attrapai Claire et la plaquai sur le tapis en la couvrant de mon corps – ce qui, malgré les circonstances, ne me laissa pas insensible. Il y eut un fracas de verre brisé et j'entendis une espèce de bouillonnement, de gargouillis. La gorge de Philippe.

Son visage n'était qu'à quelques centimètres du mien. J'aimerais pouvoir dire que je vis défiler mille pensées dans ses yeux. Mais son teint se modifiait déjà, à mesure que le sang quittait son corps. Ses yeux éteints étaient aussi sombres que les nuages qui s'amoncelaient dans le ciel au-dessus de la Seine, des nuages accourus au galop de l'ouest, des nuages atlantiques.

Sans lâcher Claire, je la poussai à ramper devant moi jusqu'au seuil du salon, puis encore jusqu'au palier. Elle aurait voulu s'arrêter, toucher le visage de son compagnon mais je la pressai de continuer, encore et encore. Je l'entendis marmonner : peut-être priait-elle.

Nous aurions mieux fait de rester. Philippe avait été atteint par la balle d'un tireur solitaire, embusqué sur l'autre rive du fleuve. Mais je ne m'en rendis pas compte sur le coup, et je me contentai d'obéir à mon instinct de survie. Les explications, le deuil viendraient plus tard.

Claire courait comme une athlète. Dans le vestibule, elle attrapa son sac à main au vol. Incroyable. La porte de derrière, vite. Nous regagnâmes ma voiture sous les pommiers. Il me restait assez de lucidité pour savoir que je ne devais pas être vu prenant la fuite.

Je m'appliquai donc à conduire avec la nonchalance d'un touriste. Sur l'étroite route d'accès à la berge, une petite voiture nous croisa en trombe. Son conducteur nous regarda, stoppa, tenta de faire demi-tour, se ravisa et repartit pied au plancher.

Sur le quai du bac, j'hésitai un instant puis repartis vers Jumièges. En traversant le village, je découvris un chemin de ferme qui nous emmena au sommet d'une colline, d'où se voyaient les arches en ruine de l'abbaye. Nous nous assîmes là-haut tout tremblants, mouillés de notre urine et ne comprenant plus rien à rien. Du sang sur mes chaussures : de grosses traînées, cette fois, pas des groseilles.

Les arches changèrent à mesure que la lumière déclinait. L'abbaye avait été construite sur un éperon de terre juste assez haut pour que ses pilastres s'élèvent au-dessus des arbres. Voir dans la pénombre ces hautes ruines blanches et décharnées m'apporta un étrange réconfort. J'aurais pu être leur architecte : j'aurais pu être celui qui avait réussi à convaincre l'abbé et l'évêque de construire un mètre, non, cinq, non, dix mètres plus haut.

Il tombait quelques fines gouttes de pluie quand nous fîmes demi-tour vers la Seine pour prendre le bac : notre voiture fut la seule à embarquer.

— Bon retour ! nous lança un receveur édenté.

La pluie éclata vraiment. Elle nous protégerait. Toute protection était bonne à prendre.

Claire se mit à parler. D'un trait.

— Dommage que vous ne soyez pas venu il y a deux mois. En automne, tous les vergers que vous voyez derrière nous sont chargés de fruits, et les gens d'ici vendent leur récolte le dimanche au bord de la route. Avec Philippe, on ne prend que les petites routes, il y a des bacs à plusieurs endroits et on traverse et retraverse la Seine, on met des heures à faire trente kilomètres et on revient le coffre plein de pommes, de poires et de prunes divines.

Sa voix ne se départit jamais de ce timbre monocorde.

# 45

Calais à la tombée de la nuit est synonyme de chaos – des hectares de voitures particulières en attente devant l'embarquement de la navette d'Eurotunnel, plus un énorme dépôt de fret à destination de la Grande-Bretagne. Devant nous, autour et derrière, des gens déchargent de leur coffre des cartons bruns qu'ils transportent à l'intérieur du dépôt avant de regagner leur véhicule. La bonne humeur est de mise dans cette ambiance d'après-Noël et les plaisanteries fusent. Les femmes distribuent des ordres, les hommes portent les paquets.

Je descends de voiture pour surveiller nos abords. Il n'y a là que des familles, des couples ou des groupes d'amis en couple. Qu'est-ce que je cherche ? Un agresseur potentiel ? Le signe d'une menace imminente ? Je serais bien en peine de le dire, mais le ciel lui-même n'échappe pas à ma scrutation. La pluie a cessé et tout là-haut, sous les étoiles, de puissantes rafales d'ouest chassent les troupeaux de nuages.

Trois trains partent avant que notre file daigne enfin se mettre en branle. Claire noue et dénoue mille fois les mains. Je passe une bonne partie de ce temps d'attente à essayer de la consoler à voix basse. Chaque fois que la situation me semble s'y prêter, je lui prends la main ou je lui caresse doucement l'avant-bras. J'ai trouvé un passeport dans son sac. Un petit miracle qu'elle ait songé à le prendre.

Ma peur d'être suivi n'est rien d'autre que la continuation de la musique de cette affreuse journée. Je n'ai plus aucune conscience de mes actes. Ma tête est sur le point d'exploser, mon cerveau refuse de réfléchir.

Nous embarquons à bord du train de vingt heures quarante-sept. Aucun tueur fou ne dévale la rampe d'accès pour nous abattre. Seule la petite auto blanche du *Shuttle* se trouve sur le quai lorsqu'une fille en jaune munie d'un talkie-walkie dirige ma manœuvre. Il y a juste devant nous une Mercedes dont les occupants, un couple, ne s'adressent jamais la parole. Et juste derrière, une confortable Ford Mondeo – le mari, la femme, la fille et le gendre. Pourvu que nous ressemblions nous aussi à des gens rentrant de leurs vacances de Noël en France, pas à des fugitifs dont la vie ne tient qu'à un fil.

La Mercedes disparaît. La fille en jaune m'aiguille vers le pont supérieur, où je n'ai vu aucun véhicule prendre place jusque-là. Tant mieux. Nous débarquerons plus vite. Nous commençons à rouler au ralenti vers l'avant du train, sursautant à chaque fois que nous franchissons les butées métalliques qui marquent le point de jonction des wagons.

Juste avant l'entrée d'un wagon vide, un jeune homme à la mine renfrognée, lui aussi en jaune, me fait signe d'arrêter. D'un geste agacé, je lui demande pourquoi nous ne pouvons pas continuer vers l'avant du train. Il me gratifie d'un haussement d'épaules qui signifie « Je t'emmerde » et ferme le rideau de fer du wagon sous notre nez. Ensuite, il descend sans s'arrêter jusqu'à l'arrière du wagon qui précède le nôtre. Là, il ordonne aux voitures qui viennent d'embarquer de stopper et ferme un autre rideau de fer ; nous nous retrouvons donc seuls avec un wagon rien que pour nous, un wagon vide devant et un wagon vide derrière, mais c'est tout juste si je m'en rends compte. Je ne pense qu'à la tête de Philippe, dont le souvenir annihile ma vigilance.

Les annonces officielles commencent, sorties d'une gorge d'acier.

Les toilettes ? Juste à côté de ma Saab. J'y fais un tour, sans trop savoir ce que je cherche. Elles sont propres, à tous les sens du terme. J'aide Claire à descendre de voiture. Son visage est d'une blancheur que je ne lui ai jamais vue, crayeux, terne, pitoyable. Elle s'enferme dans une cabine de W-C et je l'entends vomir. Quand elle ressort, je la soutiens un moment entre mes bras avant de l'aider à se rasseoir dans la voiture.

Je vérifie ensuite que je ne me suis pas trompé. Non. C'est bien ça. Une seule voiture, la mienne, sur trois wagons. Pas étonnant que les gens aient du mal à monter dans ces trains si le personnel est infichu de les remplir correctement. Je sens un malaise m'envahir – en force.

J'arpente le wagon. Je teste une des portes vitrées latérales situées à l'avant : elle s'ouvre. Je teste celles de derrière : elles ne s'ouvrent pas. Ils les débloqueront sans doute une fois le train en marche. Nous sommes dans un environnement aussi froid que le métal qui le constitue. Je m'accoude au garde-corps peint en vert qui court d'un bout à l'autre de cette caisse en ferraille en tous points hostile.

À deux portes vitrées de là, je vois le père et le gendre de la Mondeo tenter en vain d'accéder au wagon vide qui nous sépare. Sans doute voudraient-ils aller eux aussi aux toilettes. Je les imite, appuyant plusieurs fois de suite sur le petit bonhomme vert dessiné sur le bouton d'ouverture. Un sifflement s'ensuit, mais c'est tout.

J'appuie encore. Un sifflement, un sursaut, et les portes restent closes. Les autres passagers me regardent à distance et haussent les épaules en signe d'impuissance. Je leur retourne le geste. En résumé, nous sommes dans un wagon de la navette d'Eurotunnel dont nous ne pouvons plus sortir, entre deux autres wagons vides. Mon cœur hurle de terreur.

Sur son siège, Claire parle toute seule et s'est remise à se tordre les mains. Je me plante face à une fenêtre en attendant de voir s'ébranler le paysage nocturne, ce qui m'indiquera que le train est parti. Nous sommes en retard de trois ou quatre minutes sur l'horaire prévu. Pourquoi suis-je à ce point paniqué ? Je consulte pour la énième fois ma montre.

Le motif possible de ce retard est peut-être sous mes yeux. L'employé renfrogné est en train de parler à quelqu'un sur le quai. Un autre jeune homme, au crâne rasé, lui tend quelque chose. L'employé accepte. C'est tout juste si je ne l'entends pas dire : « Merci, mec. »

Le skinhead remonte à bord d'une grosse camionnette blanche, qui prend place dans le train. Moins d'une minute plus tard, les lumières de Calais entament leur défilé au ralenti. L'incendie qui a éclaté dans mon cœur me brûle maintenant les yeux. Je ferme les paupières.

# 46

J'ai reconnu le skinhead : c'est Juicy. Sans l'ombre d'un doute. La camionnette aussi est peut-être la même.

Des armes ? Aucune. Si, quand même. La boîte à outils. De série chez Saab. Suis-je sûr que c'est à nous qu'ils en veulent ? Oh ! oui, sûr et certain. J'aurais dû tuer Otto à Berlin.

Mais si nous ne pouvons pas sortir, comment feront-ils pour entrer ? Ils entreront, me répond une voix intérieure – une voix dont j'ai intérêt à tenir compte. Ils entreront. Ils ont acheté le renfrogné. Y a-t-il un bouton de verrouillage centralisé quelque part ? Avec un *grand* bonhomme vert en pictogramme ? Va savoir.

J'ouvre le coffre de ma voiture. La manivelle du cric ne me sera d'aucune utilité. Deux tournevis, un plat, un cruciforme. Prends le plat. Est-ce qu'ils vont venir tout de suite ?

Je m'interromps pour écouter. Seul le grondement du train reste audible. Et cela va sans dire, mon portable ne capte plus rien. Nous sommes sous la Manche.

Trouver une autre arme, n'importe laquelle. Oui ! Mes chaussures de randonnée, lourdes, à semelles renforcées. Enfile-les vite !

Deux wagons plus bas, là où il y a des passagers, on n'entend plus aucun bruit. Dans notre wagon et les deux qui l'encadrent, la lumière baisse brusquement. Puis redevient forte, peut-être même plus qu'avant. Des rigoles de sueur dégoulinent le long de ma cage thoracique. Le train file dans un silence ahurissant.

Je consulte le plan affiché sur la cloison. Ils ont percé trois tunnels – un pour les trains, un tunnel de service et un tunnel de secours au centre. Aucune issue.

Dois-je les attendre ? Je ne connais rien à l'autodéfense. Pas de grille d'aération dans le toit par où prendre la tangente comme Indiana Jones ou autre héros du même acabit, pas non plus de faux plafond à l'intérieur duquel nous pourrions rester tapis entre les gaines électriques.

Pas la peine non plus de nous cacher sous la Saab. Il leur suffirait de nous tirer par les pieds. Ou de démarrer ma voiture et de nous rouler dessus autant de fois que nécessaire. Ce qu'ils feront peut-être dans tous les cas.

Y a-t-il un signal d'alarme dans ce maudit train ? Mais si je l'actionne, qui viendra ? Le renfrogné en personne ? Un de ses collègues ? S'ils se sont tous fait graisser la patte, n'ai-je pas plutôt intérêt à essayer de tenir jusqu'à l'arrivée à Folkestone ? J'inspecte les quatre angles du wagon. Oui, il y a moyen de se rencogner dans un de ces coins. Je me placerai devant Claire de manière à ce que personne ne puisse l'atteindre. Nous serons collés serrés. Tout juste de quoi tenir à deux, car les portes vitrées pour piétons s'ouvrent à cet endroit. Mais tant qu'à être acculés… Bon sang ! Toutes les lampes viennent de s'éteindre d'un seul coup, on ne voit plus que les veilleuses extérieures du tunnel qui défilent à toute allure.

La lumière revient. Pas de doute, elle est plus forte que tout à l'heure. Et de nouveau l'obscurité, cette fois pendant plusieurs minutes.

Loin derrière, dans le wagon de la Mondeo, j'entends un fracas de verre brisé et je me dis : *C'est bien, quelqu'un a décidé de réagir.* Cette pensée est suivie d'une deuxième, nettement plus déplaisante : *Mais pourquoi n'est-ce pas toi, Nicholas ? Pourquoi n'as-tu pas cassé la vitre de cette porte et rejoint les autres ?* Je tente de me justifier : *Parce que je ne veux pas les mêler à tout cela, c'est mon combat.* Ridicule, pathétique.

Encore une vitre qui éclate. Et dans la foulée, des cris, des éclats de voix, des injures. Les lampes se rallument, et je sens que cette fois elles ne s'éteindront plus.

Une rixe a éclaté. Les voyous que j'attendais sont au nombre de quatre, ils saccagent les voitures de ce wagon à coups de batte de base-ball. Face aux protestations des passagers hommes, ils se sont mis à fendre du crâne. Le conducteur d'une des voitures – le beau-père – est à genoux, en sang. Ses femmes l'entourent. Je devine les jambes du gendre, étendues sur le sol du wagon : l'une d'elles tremble convulsivement. Derrière, quelqu'un se précipite sur le signal d'alarme, et je vois la poignée du mécanisme lui rester dans la main. Pas d'alarme.

Un passager que je n'ai jamais vu jusque-là se précipite sur le plus costaud des vandales, Jemima. Jemima fait volte-face et, du manche de sa batte de base-ball, lui envoie un terrible uppercut entre les lèvres et le nez. L'homme s'effondre, assommé.

J'assiste à tout cela à travers les rectangles vitrés d'une double série de portes. Celle à côté de laquelle je me trouve à présent émet un sifflement, et je comprends que toutes les barrières qui nous séparaient jusqu'ici des hooligans viennent d'être levées. Le temps est venu de me fier à mon instinct. Quitte à essuyer une attaque, autant faire en sorte qu'elle vienne d'un seul côté. Le mieux est de se replier.

— Claire ? Vous allez devoir faire exactement ce que je dis.

Ma voix est calme. Moi, non.

Elle descend de la Saab. Nous franchissons les portes du wagon qui nous précède et je l'installe dans l'angle. Après avoir vérifié qu'il n'y a pas d'obstacle au sol susceptible de me gêner, je prends position juste devant elle, en m'efforçant de ne pas l'écraser avec mon dos. Je verrai d'ici leurs jambes s'ils approchent. Le coin du wagon est trop exigu pour qu'ils puissent nous attaquer à quatre de front.

Flash brutal : j'ai déjà connu ça à l'école ! Un jour, le dos à l'intersection de deux murs, j'ai réussi à repousser plusieurs adversaires. Mes mains derrière moi serrent un peu plus le tournevis.

« Tu es sûr de n'avoir négligé aucun détail ? me demandait autrefois Elizabeth avant la présentation de chaque projet. Le diable est dans les détails, Nicholas. »

Enlever ma cravate, vite. Mes cheveux ? Non, pas assez longs pour qu'ils puissent tirer dessus. Je rentre au maximum le bas de ma chemise dans mon pantalon. Claire est chaude, très droite, passive. Je sens son souffle sur ma nuque et, un bref moment, elle niche une main au creux de mon dos, comme une enfant.

Nous attendons sans bouger ; le temps semble avoir suspendu son cours. Tout est calme. Je ne vois plus rien à travers les vitres.

Un bruit nous parvient tout à coup. Ils viennent de s'attaquer à ma Saab, seule au milieu du wagon vide. Je les aperçois par moments. Ils s'acharnent dessus avec une sorte de frénésie.

Toutes les vitres volent en éclats. J'entends une succession de craaaaac ! puis de pschiitt ! Ils viennent de crever mes pneus. Une croupe répugnante se découpe dans mon champ de vision. L'un d'eux nous cherche sous le châssis.

J'ai commis une erreur. Ils croient que nous nous sommes échappés, mais j'ai choisi une position de défense d'où ils risquent de nous voir, en particulier voir mes jambes. Nous aurions mieux fait de nous cacher derrière le rideau de fer qui ferme la partie centrale du wagon, entre les portes vitrées.

Croise les doigts. Prie. Fais un vœu. Peut-être qu'ils ne nous verront pas. Avec un peu de chance, s'ils croient vraiment que nous avons pris la fuite, ils ne chercheront pas plus loin.

Ils font un vacarme infernal. Ils beuglent, ils s'époumonent. Les voilà qui pillent ma voiture. L'alarme de la Saab se déclenche, ce qui ne fait qu'ajouter au tumulte ambiant. Je vois les vêtements de mon sac de voyage répandus, piétinés, puis copieusement aspergés d'urine par Jemima. C'est le seul hooligan que j'ai reconnu jusqu'ici, même si je sens que Juicy aussi est là.

Le bruit de leurs coups sur la tôle finit par devenir

insupportable, comme si le diable s'était mis à marteler sur une enclume au fin fond de l'enfer. Je vois fuser une étincelle : d'où sort-elle ? De la manivelle du cric, et aussi du cric lui-même : ils s'en servent maintenant pour cogner sur ma voiture, de long en large.

Une fois leur besogne terminée, ils rebroussent chemin. Ils doivent croire que nous les avons vus embarquer et que nous nous sommes débrouillés pour sauter du train au dernier moment. Pendant qu'ils retraversent le wagon de la Mondeo, je les entends vociférer des insultes. La manivelle de mon cric s'abat encore deux ou trois fois sur la voiture d'infortunés passagers.

Ils s'en vont. Alors pourquoi mon corps refuse-t-il de se détendre ? Question d'instinct. Mon corps refuse de se détendre parce que, au dernier moment, Juicy jette un coup d'œil en arrière par-dessus son épaule. Et voit mes jambes de loin. Je l'entends pousser un cri de joie.

Ils reviennent sans se presser, en marchant. Même une fois franchies les portes du wagon vide au fond duquel nous sommes blottis, ils n'accélèrent pas. Au contraire : ils prennent le temps de s'adosser à la porte qui vient de se refermer en sifflant derrière eux. Ils sont quatre. Ils nous regardent en souriant. Ou plutôt en se souriant les uns aux autres.

J'ai déjà eu affaire à trois d'entre eux dans le métro : Jemima, Juicy et Oui-Oui. Le quatrième, plus sec et certainement étranger, est un nouveau. Ringo manque à l'appel. Ils se concertent. Le nouveau tombe soudain accroupi à trois mètres de moi. Il ouvre un petit sac à brides en cuir de type Gladstone, très prisé des médecins d'autrefois.

Il en sort un long tube noir et un petit flacon en plastique qui ressemble à ceux dans lesquels on vend la vitamine C. Il retire ensuite un mince entonnoir en verre, en insère l'extrémité dans le tube et verse dans celui-ci une partie du contenu du flacon de vitamines. Impossible pour moi de voir ce que c'est.

— Pour la dame, lance Juicy. Un truc sympa pour la dame.

Une fois prêts, ils nous font face. Je suis tendu comme un arc. Sans doute y a-t-il des moments où la peur, ayant fait son office, n'a plus qu'à se retirer, à faire place nette pour le hasard.

*Je n'ai pas trente-six solutions*, me dis-je. *Mais je vais faire tout ce que je peux.*

Ils avancent. Aucun signe d'affolement derrière moi : Claire est tellement immobile que je pourrais la croire endormie. À ceci près que cette petite main est revenue se nicher au creux de mon dos.

Ils s'immobilisent à deux mètres de moi. Juicy – et je comprends alors d'où lui vient ce surnom[1] – se racle copieusement la gorge et me crache à la figure. J'esquive en me pliant en deux. Je ne veux surtout pas avoir à sortir une main de derrière mon dos pour m'essuyer le visage. *Pourvu qu'il n'ait pas atteint Claire*, pensé-je. Elle ne réagit pas, ce qui est bon signe.

Je prends la parole, et le calme de ma voix m'étonne moi-même.

— Vous allez gagner. C'est évident. Vous êtes quatre contre deux. Mais l'un de vous restera sur le carreau. Et je le laisserai mutilé à vie. Lequel est candidat ?

1. Juicy signifie « juteux ».

Je vois une étincelle d'appréhension jaillir au fond de leurs prunelles. Ils ne s'attendaient pas à devoir réfléchir à leur propre sécurité. Les voyous n'y réfléchissent jamais. Ils se regroupent en demi-cercle, ce qui me fournit un indice sur leur stratégie. Le type à l'entonnoir se tient un tout petit peu en retrait. Ils ont l'intention de me tomber dessus à trois pendant que le quatrième… fait quoi ? Mon inquiétude se porte sur Claire. Que va-t-il lui arriver ?

Les trois font un pas en avant. Puis un autre. Je sens maintenant leur haleine. Que dois-je faire ? Attendre ? Agir ?

J'agis. À la vitesse de l'éclair. Malgré l'embarras que provoque aussi en moi ce souvenir, je continue d'éprouver une certaine fierté chaque fois que j'y repense. Juicy est le plus proche et fait à peu près ma taille. Je lui envoie plusieurs coups de tournevis rageurs dans les yeux – je sens encore la pointe s'enfoncer dans son orbite. Puis je pivote sur moi-même et catapulte mon pied dans le genou de Jemima, le plus grand de la bande. Et je me replie aussitôt dans notre recoin de métal.

Ils sont abasourdis : ils n'ont probablement jamais essuyé ce genre de contre-attaque. Depuis le métro, ils voient en moi une proie facile. Comme jadis Oradour. Jemima, plié en deux, serre son genou entre ses mains.

Le problème est qu'ils se sont emparés de Claire. Pendant que je m'occupais de Jemima, le troisième, Oui-Oui, a réussi à passer les bras derrière moi et à l'extirper par les cheveux de notre refuge.

Temps mort. Je les regarde reculer de dix pas. Jemima s'est redressé, et ils font de nouveau bloc. Juicy beugle, les mains devant les yeux. Ils tordent le bras de Claire. Ils la jettent sur le sol. Ils lui écartent les jambes par-derrière. Ils veulent me pousser à voler à son secours, ce qui leur permettra de me prendre à revers.

Je choisis encore une fois l'action. Je commence par Jemima, en lui mettant un autre coup de pied dans le même genou. Il s'affaisse une deuxième fois, et ma semelle l'atteint en plein visage ; un craquement d'os s'élève.

Il me semble que tout cela dure une éternité, alors que je mettrais sans doute plus de temps à dire : « Bonjour, je m'appelle Nicholas Newman. Enchanté de faire votre connaissance. » J'en ai neutralisé, disons, un et demi, il en reste deux et demi.

Oui-Oui me jette quelque chose au visage : une poudre, qui me brûle instantanément la peau et les yeux. Me voyant reculer, il charge. Erreur : il n'aurait jamais dû rompre les rangs. Je riposte d'un violent coup de tournevis, qui ne rencontre que le vide. Il m'attrape les cheveux. Mon tournevis fouette l'air et, cette fois, touche quelque chose, car j'entends un glapissement. Sauf que ce n'est pas Oui-Oui, mais de nouveau Juicy, qui cette fois tombe à terre.

Moi qui n'ai jamais su me battre, je comprends que ces types ne sont pas doués pour le corps à corps.

Oui-Oui bat en retraite, une touffe de mes cheveux dans la main. Une douleur incendiaire me ravage la face, le cou, le crâne. Mes testicules fourmillent, signe de début d'érection. Claire hurle.

Je parviens à rouvrir un œil après m'être essuyé d'un revers de manche, et un spectacle de cauchemar s'offre à moi. Mon deuxième coup de tournevis a atteint Juicy à la nuque, et il pisse le sang à terre devant moi, une main devant le visage, l'autre derrière la tête. Je lui décoche un puissant coup de tatane en pleine mâchoire. Ses comparses reculent, hésitants. Je rouvre prudemment mon deuxième œil.

Oui-Oui s'est réfugié derrière Claire. Elle est allongée et hurle toujours, parce que l'étranger cherche à lui enfoncer non pas son tube, mais carrément l'entonnoir dans la bouche. Oui-Oui, reprenant du poil de la bête, s'accroupit pour lui bloquer la tête. La sauvagerie avec laquelle il l'empoigne par les cheveux a quelque chose de néanderthalien.

Je vois rouge. Je passe à l'offensive en expédiant plusieurs coups de pied dans la tête de Juicy, puis dans celle de Jemima, tandis que toutes les insultes de mon répertoire résonnent dans ma tête. L'Entonnoir lâche Claire et bat en retraite. C'est le plus poltron des quatre. Oui-Oui se remet debout mais reste sur place, pendant que Claire se démène pour retirer l'entonnoir de sa bouche. J'ai terriblement peur qu'elle n'en casse le verre en mordant dedans sans le faire exprès.

Je me jette sur Oui-Oui avec une telle force que je manque mettre Claire en danger, et nous roulons tous deux au sol. Il réussit à rester à califourchon sur moi le temps d'appeler l'Entonnoir à la rescousse. En voyant approcher les jambes de celui-ci, je pousse un rugissement, mords Oui-Oui et roule sur le côté.

Oui-Oui bascule. Je lui plante si profondément mon tournevis dans le ventre que celui-ci percute un os et que je me fracture deux phalanges de l'annulaire droit. Ma chevalière ! La chevalière de mon père ! J'aurais dû l'enlever ! me dis-je, fou de douleur. Pas un instant l'idée ne m'effleure que je risque de ne plus pouvoir dessiner. Cela viendra plus tard.

Oui-Oui se remet debout dans un torrent d'insultes. Je fais de même, hanté par une seule question : Claire a-t-elle avalé quelque chose ? Mon cerveau grouille de mots, d'images obscènes.

L'Entonnoir a reculé. Oui-Oui, saisi de convulsions, retombe sur un genou. Je lui envoie un coup de pied tellement furieux que j'entends ses côtes se casser. Dans le mille. Il hurle, m'injurie, puis tombe à la renverse. J'en ai mis trois hors de combat. Je me précipite vers l'Entonnoir. Je veux le tuer. J'ai complètement perdu les pédales.

Il fait demi-tour et détale. Parfait. Ces portes sont lentes à s'ouvrir. Cela me laisse le temps de me retourner vers Claire et de m'assurer qu'elle va bien. Elle a réussi à se remettre debout et tangue sur place. L'Entonnoir a ouvert une des portes, mais pas l'autre. Coincé entre les deux, il pivote sur lui-même et se met en garde à la façon d'un expert ès arts martiaux. Je crie :

— Qu'y avait-il dans ce putain de flacon ?

— *Bitte ?*

Une réponse purement mécanique. Il est pris au piège de cet espace confiné. Les rails défilent à toute allure sous nos pieds. Le dos d'Entonnoir est plaqué contre la deuxième porte. Je lui fais signe au ralenti de se mettre à plat ventre. Il secoue la tête. J'avance d'un pas. Il n'a aucune issue.

— Couché ! Couché !

Je recule d'un demi-pas. Il refuse d'obéir et je répète mon ordre, en aboyant encore plus fort. Il se contente de me fixer. Je lui casse le tibia d'un coup de pied, c'est en tout cas mon impression. Il tombe et se tord de douleur.

Du bout de ma grosse chaussure, je lui écarte bras et jambes. Je le gratifie au passage d'un léger coup de pied dans la tempe. Puis je lui écrase les doigts un par un sous mon talon, jusqu'à entendre de délicieux craquements d'os. Je renouvelle l'opération avec son autre main et, pour faire bonne mesure, je saute à pieds joints sur une de ses chevilles. Elle cède net, et ses hululements redoublent. Jamais il ne remarchera droit.

Une petite foule afflue dans notre wagon. Deux hommes maintiennent les portes en position ouverte. Les gens sont bouche bée. Claire court vers eux. Plusieurs hommes et femmes se précipitent pour la prendre dans leurs bras.

Oui-Oui s'est relevé. Le flot d'insultes qui me monte dans la gorge s'arrête net quand je remarque les spectateurs. Il se met à reculer, souffrant le martyre.

Je cours vers l'endroit où gisent Jemima et Juicy. Jemima est inconscient. Je lui écarte les mains du corps et saute dessus. Juicy me voit faire et tente de se relever. Des geysers de sang giclent de ses yeux et de sa nuque. Il vient de se redresser sur les genoux quand mon pied s'écrase sur sa pomme d'Adam. Il retombe sur le flanc.

Je reviens vers Jemima et le roue une nouvelle fois de coups de pied. Je repars vers Juicy et lui écrase les doigts. Je rattrape Oui-Oui, maintenant assis par terre, et lui envoie ma semelle en pleine figure. Tout cela sans qu'une voix enragée ne cesse un seul instant de hurler dans ma tête.

Des mains m'agrippent.

— Arrêtez. Arrêtez, dit calmement une voix d'homme. Ou vous serez inculpé vous aussi.

La voix qui hurle est la mienne. Je m'arrête. Le même homme me glisse à l'oreille :

— Du calme, mon grand, du calme, là, c'est ça, vous avez fait du super boulot, du calme, du calme, je suis de la police. En vacances, mais flic quand même, et si vous continuez à faire du grabuge, vous vous retrouverez vous aussi sur le banc des accusés. Bravo pour ce que vous venez de faire. Tout le monde vous remercie.

Je le repousse, cours vers la fenêtre la plus proche et commence à me taper la tête contre la vitre. L'homme me suit, me ceinture, et je fonds en larmes. Le train stoppe. Je crie :

— Où est Claire ? Où est-elle ? Claire !

— Elle ne risque plus rien, répond une femme. On s'occupe d'elle, elle ne risque plus rien.

Des gens viennent prendre de mes nouvelles, inquiets. Plusieurs hommes se portent volontaires pour surveiller Jemima, Juicy, Oui-Oui et l'Entonnoir. Aucun geôlier au monde ne saurait être plus vigilant qu'eux. L'entonnoir de verre est au sol, sous les yeux d'un vieillard au front entaillé.

— C'est sûrement une histoire de drogue, lâche une voix de femme.

Une autre voix de femme s'écrie :

— Oh ! merci, Nicholas, merci, merci !

Comment connaît-elle mon prénom ?

C'est Claire.

# 47

La poudre qu'ils m'avaient jetée à la figure contenait du soufre. La plus grosse partie avait atterri sur ma chemise, perforant le tissu. Les quelques marques brunes que j'arborais aux joues étaient plus impressionnantes que réellement douloureuses. Le flacon de vitamines contenait une bonne moitié de la production annuelle de cocaïne en Colombie. Claire aurait dû mourir. Ce ne fut pas le cas : elle n'avait rien ingéré. On l'évacua du train en ambulance, dans une formidable confusion. Au milieu de la foule qui l'entourait, elle perdit connaissance. Elle fut transportée dans un centre hospitalier et mise sous sédatif.

Je fus emmené moi aussi, mais par la police. Je passai la nuit dans une cellule de Folkestone en compagnie de sans-papiers bosniaques, de deux ivrognes violents et d'un escort boy sur le retour qui avait agressé quelqu'un en ville avec un verre cassé.

— Vous avez droit à un coup de fil, me dit la policière de garde.

— Passez-le à ma place.

— Ce n'est pas autorisé.

— Si, quand l'appel s'adresse à un autre service de police.

Ça lui cloua le bec, et pourtant rien n'arriva avant six heures du matin. Ils n'avaient pas le droit, leur lançai-je, de me retenir de façon aussi arbitraire. Ils ne voulurent même pas me dire ce qu'ils avaient fait de ma voiture. Je poussai encore un peu plus loin le bouchon en exigeant de voir un médecin. J'étais toujours aussi en colère.

Le médecin diagnostiqua une arythmie cardiaque et me prescrivit huit bêtabloquants. Je n'en pris pas un seul. Il m'expliqua aussi le pourquoi de ma douleur à la nuque : les ongles de Oui-Oui y avaient creusé de profonds sillons. Je m'étais en outre tordu l'épaule et foulé le poignet droit, qui n'était toujours pas remis de la décharge reçue l'autre jour. Il estima également, sans radio, que j'avais deux phalanges fracturées.

Je me posai enfin une question refoulée jusque-là : comment allais-je pouvoir dessiner ?

Penser à mon travail me remonta le moral. Curieusement, seule la maison de Pearl me préoccupait vraiment, alors que ce qu'il restait à accomplir sur ce projet se résumait *grosso modo* au suivi des travaux et au choix puis à l'achat de matériaux d'aménagement intérieur. Sur ce plan-là, je le savais, l'ordinateur me serait d'un grand secours.

Le médecin s'éclipsa. J'apostrophai de nouveau la policière :

— Et mon coup de fil, alors ?

Pas de réponse. Elle posa sur moi un regard vide. À se demander si elle avait l'usage d'un seul de ses cinq sens.

À sept heures, un inspecteur se présenta.

— Vous avez fait de gros dégâts.

— Vous avez vu l'état de ma voiture ?

— Une voiture n'est pas un être humain.

— Je voudrais que vous passiez un coup de fil à un de vos collègues.

Il secoua la tête.

— On sait que vous n'êtes pas de la maison.

— Comment le savez-vous ?

— Il travaille dans quelle unité ?

— Laissez-moi sortir.

— C'est au juge de voir ça.

— Ne soyez pas ridicule.

— Quatre hommes à l'hôpital, tous sérieusement blessés, dont un dans un état critique. Il a fallu s'y mettre à trois pour vous maîtriser. Tentative d'homicide, peut-être. On veut en savoir plus sur vous.

Lui et un autre m'interrogèrent. Je ne leur parlai que de l'attaque dans le train. Mon statut social les incita peu à peu à revenir sur leur position, et ils finirent par accéder à ma demande d'appel téléphonique. L'inspecteur nota le numéro que je lui donnais.

— Qui est-ce ?

— Il se présentera lui-même. Et si ça ne répond pas, le message de sa boîte vocale donne son nom.

Je l'observai. Les policiers, je suppose, apprennent au fil des ans à masquer leurs réactions, mais n'y parviennent pas toujours complètement. Je vis à la crispation de sa mâchoire qu'il tentait d'évaluer l'importance de mon contact.

Après avoir fini de parler à mi-voix dans le combiné, il revint me dire :

— Bon, je comprends mieux. Vous êtes pour quel club ?

— Aucun.

Il ne se passa rien de plus, sinon que je me retrouvai enfermé dans un bureau au lieu d'une cellule. Une femme de service m'apporta du bacon, des œufs, des toasts et du thé. Je crois que j'engloutis le tout en une seule bouchée. La matinée s'écoula, au compte-gouttes. Je somnolai sur ma chaise, refusant toujours de penser à quoi que ce soit. Vers quatre heures de l'après-midi, la serrure cliqueta.

— Regardez-vous, me lança Tynan. Vous avez l'air fin.

Je faillis l'étrangler. Pendant quelques secondes, je l'accablai de toutes les injures qui me traversaient l'esprit. Il laissa passer l'orage et dit :

— Vous êtes plutôt en forme, à ce que je vois.

— Ils parlent de m'inculper ! S'ils font ça, je déballe tout ! J'irai crier sur la place publique que vous savez tout et que vous ne faites rien !

Il me regarda, la tête penchée sur le côté comme un oiseau.

— Alors ? insistai-je. Ils ont vraiment l'intention de m'inculper ? Parce que je vous préviens, je vais chanter comme un putain de canari !

— C'est bien la première fois que je vous entends jurer comme un charretier, dit Tynan. Vous savez qui on surnomme les Canaris, au fait ? Question à quatre points. Ding-dong ! Désolé, vous êtes trop lent, je ne peux pas vous accorder cette réponse, il s'agissait de Norwich City. Les pauvres, ce qu'ils peuvent ramer depuis trois ou quatre saisons…

— Vous êtes sourd ou quoi ? Ils vont m'inculper, bordel de merde !

Je me rendis compte à ce moment-là que je n'étais toujours pas redescendu de mon pic de rage.

— Le toubib vous a donné des tranquillisants ? Parce que j'ai l'impression que vous êtes de ceux dont ils ne font qu'empirer l'état. J'ai eu une petite amie comme ça autrefois : un petit Valium et elle vous sautait à la gorge. Calmez-vous, mon pote.

— Renoncez aux poursuites.

— Calmez-vous ! D'accord ?

Son ordre m'arrêta net, rétablissant ma soumission à son autorité naturelle. On nous apporta du thé.

— Vous avez vu votre main ? fit-il avec un claquement de langue. Votre visage ? Votre pomme d'Adam écorchée ? Bon Dieu de merde, vous leur avez mis une de ces raclées !

— Épargnez-moi vos blasphèmes, lâchai-je, soudain calmé. Où est Claire ?

— En train de récupérer. Qui est-ce, au fait ?

— Une amie.

— Sacrés nénés, mec.

Je ne pus m'empêcher de pouffer.

Il me tourna autour et considéra ma nuque, puis de nouveau mon visage. J'étais assis. Il me désarma en me tapotant le crâne, puis en passant un bras autour de mes épaules et en me gratifiant d'une espèce d'accolade en diagonale.

Je fonds littéralement entre les mains de tout homme qui me témoigne un peu d'affection. C'est même la raison pour laquelle je m'étais laissé embarquer dans toute cette histoire : la bonté d'Antony…

Il avala son thé d'un trait et s'assit face à moi.

— Vous avez été excellent. Bien joué, petit.

— Qu'est-ce qui vous prend ?

— C'est comme ça que parlent les entraîneurs quand ils veulent féliciter un joueur. Je sors tout juste de l'hôpital.

— Pouvez-vous me faire libérer ?

— Ces mecs-là vont rester quelques années à l'ombre. On a toute une liste de passagers prêts à jurer qu'ils étaient là pour tuer. Le Boche est une grosse prise – un salopard de Francfort, Harald quelque chose, recherché depuis la dernière coupe d'Europe, il avait tabassé un policier à Munich. Sans compter que leurs blessures les empêcheront vraisemblablement de revenir dans le circuit. Les médecins pensent que le cerveau de Jemima pourrait être atteint. Je leur ai dit que ça ne datait pas d'hier.

— Vous auriez dû les arrêter quand je vous ai demandé de le faire, Tynan.

— On l'a fait, mec. Et aussi à Trafalgar Square. Ils ont été relâchés sous caution. Il a fallu votre intervention pour les mettre hors d'état de nuire.

— Et moi, là-dedans ?

L'horreur de ma propre violence commençait tout juste à m'apparaître. D'où avait-elle surgi ? Jamais je ne m'étais vu sous ce jour, jamais je n'en avais su aussi long sur moi-même.

— La bureaucratie. On va tâcher de trouver un accord. J'ai dit que vous travailliez pour nous, que vous nous aidiez à coincer quelqu'un.

Il s'aperçut que je tremblais.

— Il faut que j'aille voir où ça en est, ajouta-t-il en se levant. Vous auriez besoin qu'on s'occupe un peu de vous, vous aussi. Il y a quelqu'un à prévenir ?

— Non. Personne. J'ai juste besoin d'une couverture.

Tynan sortit, en refermant à clé derrière lui. Il revint au bout de dix minutes.

— Toujours pas de réponse, il va falloir que je leur dise que ça urge.

Il me quitta une fois de plus. Et je piquai du nez.

Je me réveillai avec le torticolis et une couverture sur les épaules. Tynan était revenu puis reparti. Le voyant d'une bouilloire électrique rougeoyait sur le bureau.

Rien ne se passa pendant la demi-heure suivante. Puis il réapparut avec le jeune médecin de tout à l'heure.

— On va pouvoir y aller, m'annonça-t-il, mais j'aimerais avoir un avis médical.

Après m'avoir examiné, le docteur dit à Tynan :

— Il est au bord du traumatisme psychique. Il va devoir y aller doucement.

— Qu'est-ce qu'il doit faire, concrètement ?

Comme si je n'étais pas là.

— Laissez-le en décider lui-même, répondit le docteur.

Et il s'en fut.

— Trouvez-moi une voiture de location, demandai-je à Tynan.

— OK, mec.

— Et dites-moi où je peux retrouver Claire.

— OK, mec.

Une fois dehors, j'ajoutai :

— Et pas de visites. C'est moi qui vous appellerai.

— Prenez soin de vous. Vous avez très bien joué, petit. Mais on a encore des choses à se dire, hein !

## 48

C'était terminé. Enfin. Je le croyais pleinement. Seules quelques questions demeuraient en suspens. La plupart des réponses viendraient peut-être de Claire, présentement assise à côté de moi.

Elle inclina son dossier vers l'arrière. Nous n'étions pas suivis. Le compteur de ma BMW de location affichait moins de deux mille kilomètres. Au sommet d'une colline, la lune parut. Vingt-quatre heures depuis que nous avions quitté Calais. Je n'avais pas dit un mot de Philippe à Tynan : ce sujet-là méritait encore réflexion.

Claire avait repris ses esprits. Sans doute s'y forçait-elle dans mon intérêt, mais je la sentais tout près de rechuter.

— Où allons-nous ? me demanda-t-elle quand les panneaux autoroutiers eurent cessé de défiler.

— Vous tenez vraiment à le savoir ?

— Dites-moi ce que vous pensez pouvoir dire.

— Je vais vous cacher en lieu sûr.

— C'est affreux, bégaya-t-elle, recommençant à pleurer. Pauvre Philippe. Affreux. Affreux…

Nous poursuivîmes en silence notre trajet sur le large

ruban argenté d'une route déserte. La campagne nous accueillait et nous dissimulait. Mon esprit retrouva au clair de lune une acuité remarquable, ce qui me permit de me retourner enfin sur ce qui s'était passé ces trois derniers mois.

J'étais sous le choc, mais l'adrénaline m'aida à tenir bon. Mon existence, depuis la mort d'Antony, n'était plus qu'un infâme cloaque : menaces, dérèglements et barbarie. J'avais passé l'essentiel de ce temps – je m'autorisais enfin à le voir – à croire que j'allais mourir.

Le choc diluait aussi la satisfaction que j'aurais pu éprouver en d'autres circonstances. J'avais pris la décision courageuse de tenir tête à ceux qui m'attaquaient. Ce n'était pas ma faute si j'avais été choisi par Antony. J'avais réparé l'injustice que constituait pour moi le fait d'avoir reçu ce calice empoisonné. J'étais un peu honteux des blessures que j'avais causées, et un début de chagrin me punissait de l'incontrôlable furie que j'avais découverte au fond de moi.

J'avais cependant retrouvé mon calme et j'étais intrigué par les choses neuves que j'étais en train d'apprendre sur moi-même, et qui commençaient tout juste à se manifester. Elles remontaient si prudemment à la surface de ma conscience que les toucher risquait de tout faire voler en éclats.

Dans le halo verdâtre de l'habitacle, je jetai un regard en coin à Claire. Puis un autre. Une pluie de larmes lui inondait le visage. Certaines femmes se contentent d'une larme hollywoodienne ; d'autres ont les yeux qui débordent ou produisent des ruisseaux. Claire, elle, pleurait à verse.

— Cela vous fera du bien, murmurai-je.

— Seigneur… Je ne vois vraiment pas quoi dire.

— J'ai honte.

— De quoi ?

— D'être incapable de faire face. D'avoir été désigné. Comme cible du mal. De ce qui est arrivé à Philippe. De ma propre violence.

Elle secoua la tête ; je m'attendais presque à voir une pluie de gouttelettes traverser l'air.

— Ai-je raison de croire que Philippe et vous n'étiez pas mariés ?

— Non. Il ne voulait pas m'épouser.

Le ton de sa réponse appelait, me dis-je, une question.

Branle-bas dans ma mémoire. Je vois ma mère traverser la cour vêtue de ce que mon père appelle sa tenue de *femme de la Résistance*[1], une longue robe chemisier à fleurs crème sur fond rouge.

— Vous avez l'air de… le déplorer, observai-je.

— Je ne lui en veux pas.

Arrive mon père. Immobile à l'autre bout de la cour, il observe ma mère. Elle monte dans une voiture. Mon père s'approche, presque en courant. Quelques couples de colombes s'envolent du pigeonnier, à côté de l'horloge.

— Alors, qu'y a-t-il ? Vous sembliez très heureux ensemble. Il était plein de sollicitude envers vous.

— Oui. Mais… Il n'est pas facile de vivre avec un homme dont la vie est dominée par l'existence du mal, répondit-elle après une courte pause. Même si – ou peut-être surtout si – le mal en question est ancien. Très ancien. Philippe n'était pas né quand ces crimes ont été commis. Moi non plus.

1. En français dans le texte.

Nouveau silence.

Ma mère refuse de descendre de la voiture. Mon père l'y force. Ma mère lui crie dessus, tente de le griffer. Mon père la retourne, lui tord le bras et se met à la frapper. De la paume. Sur les fesses.

Elle se fige. Son expression change. Elle pivote sur elle-même et se blottit contre mon père. Il reste planté là, les bras ballants, à lui crier dans la nuque et dans les cheveux.

Pas la moindre circulation. À côté de moi, Claire éclata de rire. Elle rit et rit encore, presque à s'en trouver mal. Je dus la calmer. Son rire céda la place à une nouvelle pluie de larmes. Elle portait une robe différente : la bleue devait avoir été détruite dans la navette et quelqu'un lui en avait prêté une marron – très gentil, sauf qu'elle ne lui allait pas. Je me sentais moi aussi au bord de la crise de nerfs.

Ma mère ne part pas en voiture cet après-midi-là. Mon père et elle disparaissent. Je le revois un peu plus tard à l'étage. Il n'est plus tiré à quatre épingles. Son faux col a disparu, je vois les boutons de sa chemise briller entre les pans de son gilet ouvert, et ses bretelles baissées pendouillent sur ses cuisses.

Claire sortit un paquet de mouchoirs de son sac à main et s'essuya le visage. Elle alluma la veilleuse de son miroir de courtoisie : quelques retouches à faire.

Je suis monté la veille par l'escalier de service, que Kim m'interdit d'emprunter parce qu'il passe trop près des chambres de maman et de papa. Mais il n'y a que par là qu'on accède à l'échelle du pigeonnier, et j'espère trouver des œufs.

J'entends gémir, parler et rire et encore gémir, et papa est en bas dans la cour en train de parler au fermier – le Vilain Willie, comme on l'appelle. On peut voir une partie de la chambre de maman depuis le pigeonnier, et ses jambes se tordent de douleur, c'est tout ce que j'aperçois.

Redescendant sur la pointe des pieds, je dis à papa que maman a un problème, elle parle toute seule et elle a mal. Il me répond qu'elle est au téléphone et je dis que non.

Papa décroche le téléphone de l'arrière-cuisine, plaque une paume sur le microphone et écoute. Quand son regard croise le mien, il est très en colère.

Aucun nuage ne masquait la lune. Je savais que la mer était proche, nous roulions parallèlement à la côte et aux longues falaises sombres de la France qui se dressaient au-delà des flots. Je fus peu à peu envahi par une affection qui devint vague, puis lame de fond. C'était bien la première fois de ma vie que je ressentais une émotion pareille. Claire avait les yeux clos. Nous étions tous deux anéantis, je le savais, mais le cauchemar était terminé. J'allais découvrir le fin mot de l'affaire, mais je le ferais dans la sérénité.

Papa ne réagit pas. Il laisse le combiné et ressort. Je grimpe à l'étage et entre dans la chambre de ma mère. Elle est debout à la fenêtre, en combinaison, les bras serrés autour du corps.

Je pris la main de Claire, la pressai et la mis sur mon genou.

— Je vais tâcher de prendre soin de vous. Laissez-moi vous dire où nous allons. Je vous emmène à Rye. Dans mon jardin secret, ajoutai-je en souriant. Personne n'en connaît l'existence.

Je faillis ajouter que c'était la première fois de ma vie que je parlais de Rye à quelqu'un, avant de me rappeler que cela avait été une pomme de discorde entre Madeleine et moi. Parce que je ne l'y avais jamais emmenée. Mais Madeleine était morte sept ans plus tôt, et j'avais rendu tous les hommages dus à son fantôme assassiné.

— Il y a bien des années, après avoir touché mon premier très gros chèque d'honoraires, je me suis offert une vieille maison à Rye. À cinq cents mètres de celle de Henry James.

— Oh ! Aurons-nous vue sur son portrait de femme ?

— J'ai fait un choix qui m'a paru idiot par la suite. J'ai mis une grande part de moi-même dans cette maison. Je crois que je cherchais à créer un lieu idéal, je ne sais pas trop ce que je voulais. Vous verrez bien. Le fait est que j'ai fini par en avoir un peu honte et que je n'ai jamais pu me résoudre à parler de cette maison à quiconque, ni même à l'utiliser. Je n'y vais plus que très épisodiquement depuis trois ans.

J'avais dit cela d'une voix fiévreuse, avec une brusquerie que je ne comprenais pas vraiment moi-même. Claire me pressa la main.

— Ne soyez pas autant sur la défensive.

— Il y a quelqu'un qui s'en occupe. Une ancienne hôtelière. Mme Lydiard. Je lui ai dit que je l'engageais parce que j'aimais bien son nom. Non seulement elle tient superbement la maison, mais elle fait aussi la cuisine. Quand j'y suis. Vous connaissez Rye ? C'est une jolie petite ville un peu vieillotte, avec des rues qui montent et qui descendent. Les auberges portent des noms comme « Le Boucanier » ou « Le Sir Francis Drake » – mais peut-être que je confonds avec Plymouth.

Claire s'était détendue : elle laissa reposer sa nuque contre l'appuie-tête.

— Voilà qui est mieux, dis-je. Vous n'aurez rien d'autre à faire que de vous reposer, là-bas. Les lectures ne manquent pas. Ni la bonne musique.

Nous arrivâmes à Rye à neuf heures du soir. Mon coup de fil de Folkestone avait été bref. Mme Lydiard avait de toute façon appris à ne jamais poser de questions. Elle vint ouvrir le portail et je me garai. Presque toutes les pièces étaient illuminées.

— Oh ! s'exclama Claire en découvrant la façade.

On aurait dit une enfant devant un sapin de Noël.

Nous gravîmes les marches du perron. Je ne pouvais pas lui dire que cet endroit était le résultat de mes efforts pour créer une ambiance douillette à base de coin du feu, de rideaux de chintz et de poutres apparentes dont je rêvais depuis toujours. Je ne pouvais pas non plus lui dire que le manque de cette forme de réconfort était la plus profonde blessure de mon cœur. Et je pouvais encore moins lui dire pourquoi je venais si peu ici : à cause de mon incapacité à trouver la personne qui pourrait transformer en vrai foyer cette maison vide.

Je ne pouvais pas non plus lui dire que Mary Strait était le dernier maillon en date d'une longue série d'erreurs du même ordre – toutes commises dans le cadre de ma quête de La Femme de Rye. Je pensais d'ailleurs avoir renoncé à cette quête, vaincu mon besoin.

Mme Lydiard a soixante ans mais en paraît quarante-cinq, et la vulgarité lui est absolument étrangère. Elle m'appelle « monsieur » sur un ton qui n'est jamais mielleux – et seulement devant les autres.

— Je vous présente Claire.

— Ravie de faire votre connaissance, madame.

— Madame Lydiard, autant que les choses soient claires. Nous avons eu un accident. Nous avons besoin de repos.

Elle ne broncha pas : le tact de l'hôtelière.

Claire regarda tout autour d'elle.

— J'adore cette maison.

— Elle est superbe, acquiesça Mme Lydiard. M. Newman y a exprimé sa part de féminité, et je me tue à lui dire que c'est un grand compliment. Bon, je vous ai préparé une bonne flambée et un plateau de boissons. Que diriez-vous de dîner au coin du feu ? On annonce de fortes gelées, monsieur, c'est plutôt rare par ici. La mer, vous comprenez.

Elle nous mena au petit salon. J'avais oublié à quel point il était beau – ou plus probablement je ne m'étais pas autorisé à le garder en mémoire. Mon souvenir du grand salon était plus net, sans doute parce que j'y rangeais mes puzzles.

— Figurez-vous qu'un écureuil est descendu dans cette cheminée l'été dernier, me dit Mme Lydiard. Vous avez été prompt à y remédier, monsieur. D'autres gens d'ici ont retrouvé leurs meubles très abîmés. Je les ai prévenus, et ils sont tous en train de faire grillager le haut des conduits. Et maintenant, madame, peut-être souhaitez-vous que je vous conduise à votre salle de bains ?

À son retour, Mme Lydiard me dit :

— Vous avez l'air fatigué.

— Nous avons eu un problème.

— Vous serez très bien ici pour vous reposer.

J'indiquai la pièce d'un geste circulaire.

— Ça a de l'allure, non ?

— Peut-être pouvons-nous espérer vous voir un peu plus souvent ici ?

— Qui sait ? Ce serait agréable.

— En effet.

Claire revint, drapée dans un des peignoirs achetés pour mes futurs hôtes et qui n'avaient jamais servi. Ses traits étaient tirés de fatigue, ou de peur. On ne mesure pas à quel point la peur épuise. Je devais être dans le même état qu'elle.

— Le dîner, je le crains, ne sera pas prêt avant une quarantaine de minutes, vint avertir Mme Lydiard.

C'était sa façon de nous suggérer de prendre un fauteuil et de boire un verre en profitant de la chaleur des flammes.

Nous nous assîmes donc là, à la fois endeuillés, victimes et citoyens d'une planète tantôt merveilleuse, tantôt abominable. Et qui nous accorde parfois, si nous savons rester vigilants, le privilège d'accomplir un geste vital pour autrui.

## 49

La vie abonde en surprises, et la capacité humaine à se rétablir vite est sans doute l'une des toutes meilleures. Un généraliste local, ancien médecin naval, contribua à me remettre sur pied pendant que sa femme, médecin elle aussi, s'occupait de Claire.

Il n'existait, en revanche, aucun remède physiologique au problème majeur qui se posait à nous. Nous avions assisté au meurtre d'un homme. L'amant de la femme qui me faisait face.

Soignez-moi ça, docteur.

Ne sachant absolument pas quoi faire et n'ayant personne à qui demander conseil, je finis par décider que Tynan était encore ma meilleure chance.

— Où êtes-vous ?

— Je ne vous le dirai pas.

— Je pourrais localiser votre appel, vous le savez.

— Non, Tynan, s'il vous plaît. Écoutez-moi plutôt. Il y a quelque chose que je ne vous ai pas dit à Folkestone. Parce que j'avais besoin de partir.

Je lui relatai le cauchemar de Jumièges.

— Bon, soupira-t-il. Vous m'annoncez un meurtre.

Vous n'auriez pas dû déguerpir. Vous auriez dû alerter la police. Bon sang, Newman !

— Je sais, je sais. Je n'ai pas besoin d'un sermon.

— Ce n'est pas la question. Vous avez commis un délit grave.

— Il y a peut-être moyen de négocier pour…

— Nous ne sommes pas au cinéma, coupa-t-il avec une inquiétante gravité.

— Et si je vous donne l'homme qui a orchestré Trafalgar Square et qui a tué Antony Safft ? Il m'a dit lui-même qu'il l'avait fait et comment il l'avait fait. Il a aussi tué son majordome.

Silence : Tynan réfléchissait. J'insistai.

— Il a sûrement laissé de l'ADN chez Antony, non ? Il a fouillé dans ses papiers.

— Vous êtes sûr que personne ne vous a vu là-bas ?

— Oui.

— Il m'est impossible de négocier quoi que ce soit. Mais je peux soutenir votre version des faits.

— L'important est qu'on nous laisse tranquilles. Vous aurez vos informations ensuite.

— Je pourrais aussi vous faire coffrer, lâcha-t-il sèchement. Complicité par assistance. Et obtenir mes infos de cette façon.

— Si vous êtes prêt aux coups bas, je peux m'y mettre aussi.

— D'accord. J'entends ce que vous dites. Mais on va avoir besoin de vous. Je dois signaler le meurtre, vous vous en doutez.

— Je sais. Mais en laissant de côté certains aspects, d'accord ? S'il vous plaît ?

Je me faisais surtout du souci pour Claire.

— Ouais, d'accord. Mais vous avez intérêt à assurer derrière.

— Vous allez nous laisser un peu en paix ?

— Ouais. Quelques jours. Je m'occupe de mettre ça sur les rails. Les Français nous doivent bien un petit service. Mais ça risque de faire du bruit, cette fois. Tout le monde va croire qu'il s'est fait buter à cause de sa croisade contre les criminels de guerre.

— Serait-il possible d'envisager une audition civilisée ?

— C'est-à-dire ?

— En les faisant venir. Il n'est pas question pour nous de retourner là-bas. Je pourrais réserver une suite dans un hôtel chic, et on réglerait tout ça autour d'un déjeuner prolongé.

Tynan accepta sans hésiter.

— Les *frogs* vont adorer.

Après notre premier dîner à Rye, Claire et moi restâmes longtemps assis au coin du feu, dans un quasi-silence. J'avais tendance à somnoler ; elle aussi. Nous étions à peine capables de parler. À un moment donné, pendant que Claire était partie aux toilettes, Mme Lydiard s'approcha de moi et offrit de rester pour la nuit au cas où elle aurait besoin de son aide.

— Je ne sais pas si c'est une bonne idée. L'homme avec qui elle vivait vient de mourir de mort violente.

Mme Lydiard rajusta ses lunettes.

— Tout bien réfléchi, dit-elle, je crois que vous vous occuperez d'elle mieux que moi. Je reviendrai demain matin à la première heure, mais je tâcherai d'être discrète. Les médecins doivent-ils revenir ?

Plus tard, voyant les paupières de Claire se fermer pour la énième fois devant l'âtre, je murmurai :

— Je crois que vous avez besoin de sommeil.

Je l'accompagnai dans le couloir – elle tenait à peine sur ses jambes – jusqu'à une chambre déjà faite, qu'on appelait « chambre sur baie », autant pour sa grande fenêtre que pour la vue qu'elle offrait.

— Si vous avez besoin de quoi que ce soit, dis-je, je suis juste à côté. Mme Lydiard sera là demain matin de bonne heure. N'oubliez pas votre somnifère.

— Je ne veux pas dormir seule.

Je ne posai aucune question. Elle vint dans ma chambre, où de hautes flammes dansaient encore dans la cheminée. Laissant éclairés le couloir et le vestibule, j'allai prendre une douche. Quand je la rejoignis dans le lit, elle semblait endormie.

Nous étions côte à côte, flanc contre flanc.

Le désespoir n'est jamais aussi profond que quand il est sur le point de s'éteindre. Cette nuit-là, tout le désespoir accumulé au long de ma vie m'envahit comme une bombe à déflagration lente – et disparut. Seule resta la honte que m'inspirait mon propre potentiel de violence.

À un moment de la nuit ou du petit matin, je rouvris un œil. Claire était à présent couchée en chien de fusil, dos à moi. Je me rendormis. Je fus réveillé par un tintement d'horloge ; clignant des yeux dans la puissante clarté du soleil, je comptai douze coups.

Les médecins revinrent comme prévu. L'état de ma main avait de quoi inquiéter ; Claire souffrait de contusions et de coupures. Ils repartirent après nous avoir examinés et avoir prescrit une liste de pommades et d'antibiotiques, puis Mme Lydiard et moi eûmes ce qu'elle aimait appeler « une conférence ».

— Madame compte-t-elle rester ? Parce que cette

maison est… c’est vraiment une maison d’homme, et j’aurais besoin de certaines choses pour…

— Elle restera aussi longtemps que je réussirai à la persuader de rester, rétorquai-je avec ferveur.

La surprise et le plaisir de Mme Lydiard firent naître sur mes lèvres un sourire qui était toujours là quand je regagnai la chambre. Claire était assise contre les oreillers, d’une pâleur spectrale.

— Comment vous sentez-vous ?

— Je ne sais pas. Je… je n’arrive pas à trouver les mots.

Je me contentai de hocher la tête.

— Nicholas ?

— Oui ?

— Vous pensez qu’il est mort sur le coup ?

— Vous voulez vraiment en parler ?

— Le mieux est que vous me laissiez en parler chaque fois que je m’en sens capable. Si ce n’est pas trop vous demander, évitez de me poser des questions. Pardonnez-moi, je sais combien vous devez être impatient…

Elle prit ma main et la baisa. Je m’aperçus que j’étais en larmes et ne me donnai pas la peine de les cacher.

— Vous pleurez pour quelque chose en particulier, Nicholas ? Ou est-ce… général ?

Je crois que c’est vous, eus-je envie de répondre, mais les mots restèrent coincés dans ma gorge.

Elle tapota le drap. Je montai dans le lit à côté d’elle et restai blotti dans ses bras jusqu’à ce que les ombres s’accumulent.

## 50

Tellement à faire. Ou si peu. Je ne fis rien.

Lors d'une nouvelle conférence, Mme Lydiard et moi convînmes de quelques dépenses supplémentaires. Je repris un bain et pansai mes diverses blessures. Mon poignet m'inquiétait et mes phalanges me faisaient un mal de chien. Je risquais de garder une cicatrice définitive sous l'œil droit. Mais les pires douleurs se situaient au niveau de ma nuque et de mes orteils, réduits en compote par mes propres coups de pied.

L'envie me titilla d'interroger mon répondeur à distance, jusqu'à ce que je me souvienne que je n'étais parti que depuis quarante-huit heures : cet appel ne s'imposait pas.

En chaussons et en robe de chambre, je revisitai ma maison pièce par pièce et constatai avec plaisir qu'elle me plaisait énormément.

Le petit salon donnait sur la mer, avec une banquette sous le bow-window. Tous mes vieux livres que je n'avais pas pu caser à Cadogan Gardens s'alignaient sur ses étagères. Je choisis l'autobiographie de Frank Lloyd Wright et m'installai dans un fauteuil pour lire.

Une demi-heure après, Mme Lydiard m'apporta le thé et deux éclairs maison. Ma lecture s'interrompit là.

Que me restait-il à faire ? Pas grand-chose.

Mes pensées se bousculaient, signe de retour à la santé. L'idée me vint de coucher sur le papier mes innombrables questions. Claire connaissait la réponse à la plupart d'entre elles. Certaines risquaient de rester à tout jamais des énigmes, comme celles qui concernaient la pose de ce branchement meurtrier dans ma salle de bains et mon agression dans le métro. Et Pearl.

Oui, Pearl. Et puis non. Pearl n'avait qu'à se débrouiller seul. Puisqu'il refusait de me dire quel était son problème, je ne pouvais rien pour lui. J'avais assez agi, assez souffert comme cela. Sa maison serait prête à temps pour qu'il y emménage à Pâques.

Quant à Mary Strait…, je fis la grimace. *Tu peux t'attendre à une réaction brutale*, songeai-je, *mais rien d'insurmontable*. Avec un peu de chance, elle tournera la page. Je ne sortirais de toute façon pas grandi de cette affaire-là. Aucune idée du meilleur moyen de m'en dépêtrer, donc pas la peine d'y penser.

Et Elizabeth ? Je n'avais jamais compris à quel jeu elle jouait. Il ne s'agissait pas seulement de tenir un rôle d'entremetteuse entre sa nièce et moi, si ? Peut-être n'avait-elle pas encore abattu toutes ses cartes. Curieux comme ces machinations m'apparaissaient désormais insignifiantes. Le mal et la mort violente, quand on les regarde en face, éclipsent tout le reste.

*C'est fini*, pensai-je en regardant la brume se lever derrière la fenêtre. *Un nouveau chapitre de ma vie commence. Je ferais mieux de l'écrire – et de l'écrire bien.*

Une excitation me serrait le cœur, une excitation que

je n'avais jamais connue et dont je n'avais entendu parler que dans les livres. Je savais ce que c'était mais je n'osais pas l'appeler par son nom. Laisse les choses se faire, surtout ne t'en mêle pas. Ce qui doit arriver arrivera. Mais à l'idée que Claire allait peut-être repartir à Jumièges pour renouer les fils de son ancienne vie, je fus saisi d'un début de panique que je ne repoussai qu'au prix d'un réel effort.

Je m'assoupis dans mon fauteuil face à la fenêtre, avec un feu qui crépitait derrière moi en jetant des reflets sur les petits carreaux. Quelque chose me tira de mon somme – une main douce sur ma joue, une voix qui murmurait :

— Je suis venue voir si vous alliez bien.

Elle s'assit.

— Qu'est-ce qui m'arrive ? soupira-t-elle. J'ai causé tant de chagrin aux hommes de ma vie…

— De chagrin ?

— Ils m'ont tous reproché d'être renfermée, secrète, lointaine.

— C'est aussi ce dont on m'accuse.

— Peut-être sommes-nous juste très seuls.

— Peut-être.

— Vous n'allez pas mourir, n'est-ce pas ?

— Non. Les dieux ne m'aiment pas assez.

Ce soir-là, nous choisîmes quelques vêtements de rechange pour Claire, surtout des chemises à moi. Dans la journée, Mme Lydiard lui avait acheté en rasant les murs de la lingerie chez Marks & Spencer.

— C'est là que je me fournis d'habitude, lui assura Claire.

## 51

Soir de l'an. J'avais envisagé une sortie, mais il plut sans discontinuer. Nous dînâmes tard – et bien. La cuisine de Mme Lydiard s'était encore améliorée.

En début d'après-midi, Claire me demanda un cahier : elle voulait tout coucher noir sur blanc. Je m'installai pour lire au coin du feu face à elle. De temps en temps, je m'interrompais. J'entendais crisser son stylo sur la page et le bruit de son souffle. Nous aurions pu vivre dans un autre siècle.

L'heure des repas variait. J'avais fait part à Mme Lydiard de notre désir de manger chaque fois que nous aurions faim. Ravie de ce choix, elle nous mitonnait de délicieuses collations – un velouté de poireaux au pain d'avoine grillé, ou une tarte provençale, ou encore un soufflé au stilton léger comme une plume. Elle insistait aussi pour que Claire se gave de compotes de fruits.

J'avais retrouvé mes bonnes manières, et je m'aperçus que j'étais capable de me comporter avec Claire comme j'avais toujours rêvé de le faire avec une femme. Elle ne manquerait de rien, décidai-je.

Les médecins repassèrent et, après nous avoir examinés, acceptèrent un sherry. Ils s'en allèrent à six heures.

— Qu'est-ce que vous préférez ? me demanda Claire. Parler, ou lire ce que j'ai écrit ?

— D'abord parler. Ensuite, peut-être, je vous lirai.

— J'ai rédigé ça à la manière d'une déposition. Au cas où on m'interrogerait.

— Demain, peut-être ?

Elle opina.

— Bonne idée. Le nouvel an.

Je nous resservis. La chaleur du feu me brûlait les tibias. La paix de la maison nous enveloppait comme un duvet d'oie. Je ne me lassais pas de la regarder, d'admirer son visage éclairé par les flammes. On n'entendait aucun bruit. Le monde extérieur était inexistant : il n'y avait plus personne alentour. Le volume des pièces, l'âge de la maison, les pierres de l'âtre nous maintenaient dans une sécurité qu'aucun de nous deux n'avait jamais connue. Le temps s'écoulait avec une lenteur extrême. Le temps était ailleurs. Non. Le temps était ailleurs et elle était ici.

Je me souviens du tintement unique qu'émit la pendule de la cheminée à huit heures et demie ce soir-là. À l'instant où l'aiguille touchait le six et où le petit marteau du mécanisme de cuivre se soulevait lentement puis percutait le timbre, je sentis une tendre excitation me submerger. J'avais passé la journée à la combattre.

Le mot « extraordinaire » doit toujours être explicité : il n'a pas de signification précise, ni même de dimension commerciale. Et pourtant, du point de vue des changements qu'un homme peut effectuer en lui-même au cours de sa vie, du point de vue de sa capacité à affirmer : « Jusqu'ici j'ai été comme ceci, mais dorénavant je serai comme cela », le mot « extraordinaire » prit ce soir-là toute sa dimension.

Nous étions assis là, Claire et moi, fatigués mais plus assez pour que cela nous mette encore en péril, de part et d'autre de cette cheminée, pour le troisième soir consécutif. Mme Lydiard nous apporterait bientôt le dîner. Elle nous quitterait ensuite pour aller passer le réveillon dans la famille de son fils.

La pendule sonna huit heures et demie, et nous lui jetâmes tous deux un coup d'œil. Mon regard embrassa ensuite cette vaste pièce bruissante d'ombres chaleureuses – les beaux meubles que j'avais choisis le cœur plein d'espérance, le piano quart-de-queue dont je rêvais d'apprendre à jouer, mes tableaux favoris sur les murs, le splendide tapis déniché à Tunis. Elizabeth me demandait souvent pourquoi je cachais mes possessions, m'accusait de tout conserver dans un coffre à la banque. Mon travail, mon argent, mon dévouement aveugle aux contraintes de mon infrastructure personnelle, de la réglementation urbanistique et des impératifs techniques, tout cela m'avait permis, bon an mal an, d'accumuler ces merveilles.

Et elles allaient maintenant m'aider, du moins l'espérais-je, à offrir un délicieux cocon de réconfort et de sécurité à la femme qui me faisait face. Je me souviens d'avoir regardé Claire et pensé : *Ne serait-ce que pour cela, pour ce moment et pour cette femme, le jeu en aura valu la chandelle.* La solitude que je n'avais jamais admise, la souffrance due à des échecs que personne d'autre que moi ne percevait, l'abstinence, les soirées de mutisme, les dîners en ville, les mondanités, le sentiment de vide à l'heure du retour.

Si la combinaison de tous ces maux m'avait aidé à reconnaître ce qui venait de survenir dans ma vie, aucun d'eux n'aurait été inutile.

Je pris la décision, une décision propre et nette, de ne plus rien cacher de moi-même à cette femme. Fini les doubles sens, la fausse froideur, les flatteries, les écrans de fumée de la sophistication.

Quoi qu'il arrive, j'allais ouvrir mon cœur à un autre être humain comme je ne l'avais plus jamais fait depuis mes huit ans, âge où je me souvenais d'avoir été pris pour la dernière fois dans le chaud cyclone de l'affection maternelle. Et tant pis si je ne savais pas bien m'y prendre.

Claire détecta un changement d'atmosphère dans la pièce et posa sur moi un regard interrogateur. L'écho de la sonnerie s'estompait. Elle se caressa le cou du bout des doigts.

Je me redressai sur mon siège et me jetai à l'eau :

— Je ne vous le dirai qu'une fois, pour ne pas courir le risque d'écorcher les mots en me répétant : *je ferais n'importe quoi pour vous.*

Inutile d'en dire plus. Il n'y avait rien à ajouter.

Elle continua de me dévisager un certain temps, sans doute de longues secondes, avant de plonger son regard dans les flammes. Ses doigts montaient et descendaient de sa gorge à son menton.

Puis elle parla.

— J'ai toujours su que quand ça arriverait, je… je m'en rendrais compte.

Nous restâmes silencieux. Comment faire autrement ? J'avais davantage changé en une seconde que je ne l'aurais cru possible sur toute ma vie. Mon âme était comme recouverte d'une gangue de verre ; le moindre bruit trop fort risquait de la briser.

L'idée que cette transformation eut lieu le temps d'une sonnerie d'horloge me plaît. Ce n'est pas la vérité : elle s'était déjà produite. Je pense qu'Oradour avait tout déclenché. Quelque chose dans ces ruines noircies et désolées m'avait poussé à croire en l'existence d'une force de vie capable d'empêcher qu'une telle horreur se reproduise un jour – cette force que les gens nomment « amour ». Chaque été, la même glycine refleurissait au coin de la rue où étaient tombés tous ces hommes ; j'avais effleuré ses lianes et, sur le mur opposé, placé mon doigt dans les impacts de balles.

Mme Lydiard nous apporta le premier plat du dîner sans prononcer un mot, en se contentant de nous regarder l'un après l'autre.

Une fois servies nos assiettes de mousse d'huîtres, elle quitta la pièce et revint peu après avec un vase empli de fleurs blanches. Où elle avait pu se les procurer en pareille saison, j'avoue que cela me dépasse. D'autant que je ne me rappelais pas l'avoir vue quitter la maison cet après-midi-là.

Claire ne prononça qu'une seule phrase pendant le dîner :

— Il faudra que je téléphone à mon père tout à l'heure, je tiens à m'assurer qu'il s'est fait vacciner contre la grippe.

Quant à moi, je ne dis rien. Pas un mot. Je finis par mettre de la musique – les *Impromptus* de Schubert, dans la version d'Alfred Brendel – et m'émerveillai de voir à quel point tout me semblait simple, achevé.

Pas besoin de veiller jusqu'à minuit : notre émotion nous suffisait. Avant d'aller au lit, nous nous approchâmes de la fenêtre pour admirer la lune. On devinait un très léger brouillard au-dessus de Romney Marsh. Notre contact n'avait rien d'actif : son épaule était juste appuyée contre la mienne.

— Je me souviens de la peur que j'ai eue la première fois que j'ai lu *De grandes espérances*, dit-elle. Vous croyez que le forçat Magwitch rôde encore quelque part ?

Un sentiment de responsabilité que je n'avais jamais éprouvé jusque-là s'installa en moi. Cette simple phrase, « je ferais n'importe quoi pour vous », en disait plus que tout ce que j'aurais pu vouloir lui dire, je m'en apercevais à présent. Je ne lui avais pas fait de grande déclaration d'amour passion, ni promis mon dévouement éternel : j'étais, semble-t-il, incapable de m'exprimer en termes fleuris. En vérité, je n'avais aucune idée de la façon dont on exprimait l'amour. Je ne pouvais dire que ce que je savais dire. Mais cet état de responsabilité et de disponibilité semblait relever, à mes yeux en tout cas, de ce qu'on appelle généralement « l'amour ».

— Vous le saviez ? demandai-je. Vous connaissiez mes sentiments pour vous ?

— Comment aurais-je pu, Nicholas ? Je ne peux parler qu'en mon nom. Et je sais ce qui s'est passé en moi. Je l'ai su dans les cinq minutes qui ont suivi notre rencontre à Oradour, ajouta-t-elle en me prenant la main. Vous n'êtes pas obligé de parler. Vous n'êtes pas obligé d'avoir des sentiments. Quels qu'ils soient, je m'en contenterai. Je ne veux rien et je n'attends rien.

# 52

Le lendemain et les trois jours suivants, nous ne fîmes que dormir et nous reposer. Je souffrais d'un rhume carabiné, Claire de maux de gorge. Sa contusion à l'épaule enfla de manière alarmante, et elle eut besoin d'une injection d'antibiotiques. Nous fûmes contraints de reporter la longue explication qui s'imposait.

Le soir du 4 janvier, Tynan m'appela sur mon portable.

— Alors ?

— Alors quoi ?

— Comment ça se passe, comment va votre poulette ?

— Toujours dans les vapes. Elle est très secouée.

Ce caméléon émotionnel était aussi capable de compassion.

— Prenez soin d'elle. Des tartines et du thé. Un bon pain de mie en tranches fera l'affaire. Bon, quand est-ce que je vous amène les Français ? Ils trépignent d'impatience, ajouta-t-il avec un rire rauque.

— Bonne question. J'avoue que j'hésite entre régler ça au plus vite et attendre qu'elle soit assez en forme.

— Je pige. Ça risque d'être un peu dur pour elle.

Il avait manifestement renoncé à tout excès de zèle.

— Laissez-moi lui en parler, proposai-je. Je vous rappelle.

Claire décida d'en finir au plus vite.

Tynan m'étonna une nouvelle fois. Il choisit l'hôtel – à Eastbourne –, réserva la chambre et fournit un véhicule aux inspecteurs français. J'avais toujours ma BMW de location et je comptais la garder aussi longtemps que nécessaire.

La chambre était vaste et victorienne, un ancien salon. Tynan alla se poster à côté de la cheminée et tenta de se redresser de toute sa hauteur pour poser le coude sur le manteau, en vain. C'était la première fois que je le voyais en costume.

— Regardez, dit-il fièrement en me montrant l'âtre, la table mise pour cinq, le luxueux décor. C'est moi, tout ça.

Il accueillit Claire avec chaleur et respect.

— Quel âge avez-vous ? demanda-t-il.

Les Français pouffèrent.

— Même si vous étiez commissaire, riposta-t-elle, je ne répondrais pas à cette question.

— Mince alors, faites-moi penser à ne jamais vous arrêter !

Il était déjà sous le charme de Claire, et j'avoue que cela me plut beaucoup.

Nous nous assîmes et commençâmes sans tarder. Claire et moi avions décidé de nous concentrer uniquement sur les événements de ce jour-là. En aparté, j'expliquai à Tynan qu'il allait devoir traiter séparément l'affaire Antony Safft et Berlin. J'invoquai la fatigue et lui promis une déposition complète pour plus tard.

— On peut toujours courir pour le faire extrader d'Allemagne, dit-il.

— Mais… c'est l'Europe, non ?

— L'Europe, mon cul. Chaque fois que je regarde ces hooligans, j'entends des bruits de bottes. Pourquoi croyez-vous que je fais ce boulot ?

Calmes sans être froids, sérieux et contents de la façon quasi parfaite dont Claire s'exprimait dans leur langue, les policiers français lui posèrent question sur question. Ils avaient clairement décidé de suivre la ligne définie par Tynan, et je suppose qu'il les aida à rester sur cette voie. La plupart de leurs questions portaient sur la traque des criminels de guerre menée par Philippe : ils voulaient des détails sur les menaces dont il avait fait l'objet.

Le moment le plus pénible pour nous fut le récit de sa mort. À la question inévitable : « Pourquoi avez-vous pris la fuite, pourquoi n'avez-vous pas signalé ce meurtre ? », je ne m'étais jamais attendu à pouvoir apporter une réponse valable. Je m'en tins donc à la vérité :

— Je voulais m'échapper au plus vite et mettre Claire à l'abri. L'oncle de cet homme était mon ami, et il a été sauvagement assassiné il y a peu de temps. J'ai moi-même été agressé à plusieurs reprises pour la seule raison que je suis son exécuteur testamentaire désigné. Il fallait fuir.

— Ce que vous avez fait est un crime grave en France, lâcha celui des deux dont le visage était le plus fermé.

— J'ai préféré rechercher la protection de la police de mon pays.

Tynan vint aussitôt à ma rescousse.

— Vous ne sauriez rien de tout ça si M. Newman

ne m'avait pas mis au courant. J'ajoute qu'il nous aide actuellement sur un autre dossier.

L'interrogatoire se poursuivit. Un des inspecteurs demanda à Claire si elle avait entendu parler de la « banque Lumière ».

— Non, répondit-elle – et je sus qu'elle mentait.

— Vous n'avez jamais entendu ce nom ?

— *Non.*

— *Absolument pas ?*

— *Absolument pas*[1].

Tynan m'étonna encore en lâchant à brûle-pourpoint une phrase en français qui provoqua l'hilarité des deux inspecteurs. L'un d'eux ressemblait à un pugiliste avec son nez camus. Claire rit aussi.

— Je ne savais pas que vous parliez français, observai-je.

— Je suis un homme d'exception, dit Tynan.

— Je soupçonne M. Tynan d'avoir appris le français sur les docks de Marseille, glissa Claire aux inspecteurs.

Tout le monde, de nouveau, éclata de rire, et je sentis que la glace sur laquelle nous patinions s'épaississait sous nos pieds.

Nous les quittâmes vers dix-sept heures. Nous n'entendrions plus jamais parler d'eux, j'en aurais mis ma main au feu.

— Vous croyez que c'est fini, Nicholas ? me demanda Claire dans la voiture.

— Oui.

— Alors, nous pourrions peut-être parler maintenant, pour que tout soit dit ?

1. En français dans le texte.

— Vous n'êtes pas trop fatiguée ?

— Autant que ce soit maintenant.

Nous commençâmes par le commencement – ses relations avec Antony. Je lui remis en mémoire son embarras à Oradour, la façon dont elle s'était empressée d'éluder la question des circonstances de sa rencontre avec Philippe. Antony l'avait connue à dix-huit ans, à l'occasion d'un dîner au Foreign Office où elle accompagnait son père. Il lui avait proposé du travail, non pas à son bureau mais chez lui. Elle était devenue une sorte de secrétaire particulière.

— Dans les faits, j'étais une concubine.

— Une concubine ?

— Il m'a gardée pour lui au début, puis il s'est mis à me prêter à ce qu'il appelait « le gratin » de ses amis. Je connaissais votre nom mais il me tenait à l'écart de vous.

— Pourquoi avez-vous accepté une chose pareille ?

— Pour deux raisons. Il me fournissait ma drogue.

— Ah ! fis-je.

— Ne vous inquiétez pas. J'en suis sortie. C'est une longue histoire.

— Et la deuxième raison ?

— La deuxième raison, dit-elle en inspirant profondément, c'est que j'avais découvert d'où lui venait sa fortune.

— D'un détournement de fonds juifs ?

— Comment le savez-vous ? demanda-t-elle, stupéfaite.

— Là aussi, c'est une longue histoire, et elle touche à sa fin. M. Tynan est en train de tout arranger.

C'était par son père que Claire avait pour la première fois eu vent de suspicions sur l'origine de l'argent d'Antony.

— La City est une usine à rumeurs, expliqua-t-elle. À vrai dire, Antony ne se cachait pas très bien.

— La banque Lumière, je suppose.

— Vous comprenez vite, Nicholas. Antony a découvert que je savais. Quand j'ai décroché, ça lui a posé un problème. Il m'en a parlé très calmement. Il allait peut-être devoir me tuer. Nous avons trouvé un compromis : j'appartiendrais désormais à Philippe.

— Mais… vous l'aimiez ?

— Oui, et Antony aussi. Pas comme ils l'auraient voulu et pas comme ils l'espéraient. Je ne crois pas qu'ils pouvaient être aimés au sens habituel du terme. Leur argent, la souillure dont ils se sentaient entachés, la façon dont cette honte entrait en conflit avec leur goût du profit, le besoin de cacher la source de la fortune familiale. C'était trop lourd à porter. Du coup, ils se défaussaient de leur propre incompétence en me reprochant de ne pas les aimer. Une habitude chez les hommes.

Sa lucidité me fit frissonner.

— Je n'aurais pas pu survivre sans maintenir un minimum de distance, poursuivit-elle. D'abord vis-à-vis d'Antony, puis de Philippe. J'ai cru pendant des années que je ne devais la vie qu'au fait qu'ils n'arrivaient pas à se résoudre à m'éliminer. Ensuite, petit à petit, j'ai compris que je n'avais pas affaire à des assassins. Des escrocs oui, des assassins non, ils étaient incapables de tuer qui que ce soit. Quand j'ai enfin baissé ma garde, au bout de quatre ou cinq ans, il m'a été impossible de les quitter. Je restais attachée à Antony et je l'étais aussi à Philippe.

— Comment s'est passé le détournement ?

Apparemment, Antony et deux autres jeunes avocats avaient été informés en 1941 du transfert de fonds confisqués à des Juifs vers des comptes en banque du Reich à Paris et à Londres, et ils en avaient détourné une partie. Ce qu'ils ignoraient, c'est qu'un groupe d'affairistes allemands proches des nazis avait eu la même idée qu'eux. Les Allemands avaient découvert qu'ils s'étaient fait doubler.

— Il manquait l'argent de plusieurs comptes, et la perte était lourde. Antony avait tellement bien effacé ses traces que les nazis n'ont jamais pu remonter jusqu'à lui. Ce n'est qu'après la chute du Mur que ces affairistes, qui jusque-là avaient été obligés de se cacher en Allemagne de l'Est, se sont sentis libres de reprendre leur enquête.

— Mais comment Philippe s'est-il retrouvé impliqué là-dedans ?

Sous une pluie battante, nous entrâmes dans la ville de Rye.

Selon Claire, Antony avait été confronté à un violent conflit intérieur après la guerre, quand il avait appris l'existence des camps de la mort et visité Oradour. Mais ce détournement l'avait rendu très riche et il ne pouvait pas y renoncer – en raison non seulement des sommes en jeu, mais aussi de la nature de son crime. Il avait donc décidé de dissimuler celui-ci là où on ne pourrait jamais le découvrir : dans une débauche d'efforts pour traquer et punir les anciens nazis. Pendant un demi-siècle, Antony s'était caché derrière ses prétendues sympathies.

— C'est pour cela qu'il se disait juif ? demandai-je.

Je vous ai vus éluder cette question-là aussi au Chantecler, Philippe et vous.

— Il est évident que, en tant que juif, il ne risquait pas d'être soupçonné d'avoir volé d'autres Juifs.

— Et pourquoi se faisait-il passer pour un homosexuel ?

— Je n'ai jamais entendu parler de ça. D'où tenez-vous cette idée ?

— De la police.

— Non. Antony n'était pas gay. Il n'avait pas une vie sexuelle très développée, voilà tout. Il aimait bien les hommes mais il était homo-érotique, pas homosexuel.

— Quelle est la différence ?

— Sérieusement ? Vous ne le savez pas ?

Elle attendit que nous ayons franchi le portail de la maison pour ajouter :

— Beaucoup d'hommes – tous ceux qui me plaisent, en fait – sont homo-érotiques. Ils apprécient la compagnie des autres hommes, mais ça n'a rien de sexuel. J'espère que vous êtes homo-érotique.

— Je l'ignore.

J'avais répondu d'une voix sombre. Mais cet accès de mélancolie était lié au fait que j'allais devoir lui dire un jour que j'avais rencontré l'assassin d'Antony. Pas question d'en parler maintenant, en tout cas : elle avait déjà encaissé assez de chocs pour le moment.

Ma détermination ne fit pas long feu.

— Vous m'avez laissé plusieurs messages sur mon répondeur, dis-je. Et je n'arrivais jamais à vous joindre. Ensuite, vous m'avez dit : « Venez à Jumièges », et vous avez ajouté dans la foulée : « Ne venez pas. » Pourquoi ?

Ma question parut la bouleverser.

— Je préfère être à l'intérieur pour vous répondre.

Mme Lydiard nous apporta l'apéritif et promit que le dîner serait servi dans une heure.

— Prenez un bain, dis-je à Claire.

— Seulement si vous m'accompagnez, nous avons à parler.

Elle semblait avoir sombré dans une effrayante mélancolie. Je lui montai son verre dans la salle de bains. La vision de son corps nu m'émerveilla, tout comme l'aisance qu'elle affichait en ma présence. Je constatai que ses contusions étaient plus nombreuses qu'elle ne me l'avait dit. Elle s'étendit dans la baignoire, silencieuse et lointaine, les seins partiellement émergés.

— Je vais répondre à votre question, Nicholas. C'est promis.

Puis, après un moment de réflexion :

— Philippe savait tout des affaires d'Antony. Il savait aussi qu'Antony avait été finalement retrouvé par ces Allemands de l'Est.

— Attendez un peu. Pendant qu'Antony traquait les anciens nazis…

— D'anciens nazis le traquaient.

Nous échangeâmes un triste sourire.

— Philippe était un excellent négociateur, et il a cru pouvoir se débarrasser d'eux par une tractation. Il n'a pas réussi. La seule chose qu'ils ont voulu lui offrir, c'est la vie sauve pour lui… et pour moi.

— Pour vous ? !

— Oui, en échange de la totalité de l'héritage d'Antony. Absolument tout.

— À quand remonte cette offre ?

— Oh ! à l'année dernière.

— Son héritage ? Mais... Antony était encore vivant.

— Ils savaient déjà qu'ils le tueraient. Ils l'ont dit à Philippe.

— Pourquoi Philippe n'a-t-il pas prévenu Antony ?

— Il n'en a pas eu besoin. Ils s'en sont chargés eux-mêmes.

Elle se mit debout dans la baignoire. C'était vraiment la situation la plus extraordinaire qui se puisse imaginer – entendre d'aussi lourdes révélations tout en admirant ce corps merveilleusement désirable et en me posant mille questions sur elle et notre avenir.

— Et maintenant, reprit-elle, le plus dur. Philippe était terriblement choqué qu'Antony vous ait choisi en tant que coexécuteur. Il ne vous connaissait pas mais ne supportait pas l'idée qu'un innocent comme vous puisse se retrouver pris dans cet incendie. Il savait qu'ils vous tueraient. Sauf que, bien entendu, ses sentiments étaient contradictoires. Il voulait s'accrocher à une partie de la fortune de son oncle. Et il estimait que les Allemands ne méritaient pas cet argent, qu'il valait mieux le restituer. Mais il espérait pouvoir se débarrasser d'eux en sortant son carnet de chèques. Et il tenait par-dessus tout à éviter que quelqu'un meure. Il a cru que vous pourriez l'aider.

— D'où son désir de me voir à Jumièges ?

— Oui.

Elle avait relaté cette histoire d'une voix calme, mais le poids de ses émotions commençait à se faire sentir. Sa maturité me sidérait.

— Philippe m'a poussée à vous demander de venir à Jumièges. J'ai accepté, et ensuite, comme vous le savez, j'ai tenté de m'y opposer. J'avais moi aussi des sentiments contradictoires. Quand il a su que vous ne renonceriez pas à votre rôle d'exécuteur, ça l'a complètement démoralisé. Mais ses motivations étaient tellement complexes qu'il a eu une phase d'exaltation, pendant laquelle il s'est dit qu'il pourrait peut-être faire alliance avec vous. Puis son état d'esprit a de nouveau basculé. Philippe a changé après la réception de ces photos. De plus en plus déprimé, il m'a expliqué qu'on lui demandait de vous faire venir à Jumièges. Il voulait tenter une dernière fois de faire pression sur vous.

— Je me suis bien douté qu'il y avait anguille sous roche : il ne pouvait pas s'être procuré le testament d'Antony par le notaire. Cela veut dire que les assassins en ont un double, qu'ils lui ont remis.

— Ils avaient l'intention de vous tuer, dit Claire.

Elle avait un petit grain de beauté sous le sein gauche.

— Mais quand je l'ai appris, ajouta-t-elle, vous aviez déjà accepté de venir. C'est pour ça que vous m'avez trouvée aussi bouleversée en arrivant chez nous. C'est pour ça que je vous ai dit : « Venez, ne venez pas. »

— Pourquoi ont-ils tué Philippe ?

— Une erreur. Cette balle vous était destinée. Vous l'avez vu placer les chaises. Vous mort, il aurait géré seul la succession d'Antony.

Je commençais à être blindé par mes récentes mésaventures. Je poursuivis mes questions.

— Au Chantecler, j'ai eu l'impression qu'il me demandait de l'aider à retrouver un nazi d'Oradour.

Vous me dites pourtant qu'il voulait me laisser en dehors de tout ça pour ma propre sécurité.

— Comme je vous l'ai dit, ses motivations étaient contradictoires. En fin de compte, ce n'est pas Philippe qui a décidé de sa position vis-à-vis de vous, c'est « eux ». Vis-à-vis de moi aussi, ses sentiments étaient ambivalents. Ce qui me trouble par-dessus tout, c'est l'idée qu'il aurait pu me sacrifier. Pour sauver sa peau.

Je ne pouvais plus reculer.

— Je les ai rencontrés, avouai-je. À Berlin. Je leur ai dit que je n'avais rien contre eux.

Elle encaissa sans broncher.

— Ils vous ont cru ?

— Oui. Mais ils m'ont dit qu'il fallait du temps pour que « les ordres parviennent aux troupes ». Je suppose que c'est ce qui explique que nous ayons été attaqués dans la navette d'Eurotunnel. Leurs hommes de main ne savaient pas que j'étais tout à coup devenu précieux.

— Et le tireur de Jumièges ?

— Pareil.

— Vous avez sans doute raison.

— Je ne comprends toujours pas comment ils ont fait certaines choses. L'agression dans le métro, franchement…

— Oh ! c'est facile. Ils vous ont suivi.

J'avais enfin l'occasion de formuler des questions qui me tourmentaient depuis longtemps.

— Le cutter, les fleurs, tout ça n'a pas dû leur poser de problème. Mais l'attaque de Saint-Gilles ?

— Ne m'en parlez pas, Nicholas. C'est ce qui a été le plus affreux pour moi. Je crois que, en un sens, je savais ce qui allait arriver. Si un jour vous vous posez des questions sur la culpabilité, adressez-vous à moi.

— Comment sont-ils entrés dans mon appartement ? Pour brancher ce fil ?

— Je l'ignore. Ce sont des gens redoutables. Je vous ai montré leurs photos.

Je lui pris la main.

— Tout va bien, Claire. C'est fini. J'en suis sûr.

— Je suis inquiète, Nicholas. Berlin n'est qu'une façade.

— Où sont les autres ?

— Ils se cachent. En Albanie, peut-être. Quelque part sur l'Adriatique. Ils utilisent Venise comme port d'entrée. À cause de son trafic maritime intense. Philippe m'a souvent dit : « Je vis dans la terreur de la côte dalmate. » Il m'a fallu du temps pour comprendre.

— Ils ont joué un rôle dans les guerres en ex-Yougoslavie ?

— « Profiteur un jour, profiteur toujours », vous voulez dire ? Je ne sais pas. Ils ont leur quartier général quelque part dans cette région-là. Antony a tenté de les rencontrer à Venise, plusieurs fois. Philippe aussi. Et à Munich. Leurs tentacules s'étendent un peu partout. Ces hooligans, par exemple : ils les financent, et ils s'en servent parfois comme d'une milice. À mon avis, ils agissent surtout pour se faire plaisir. Ou alors pour s'occuper de gens comme… vous. Munich et Venise sont leurs deux plaques tournantes.

— C'est donc une organisation sophistiquée.

— Très.

— Eh bien, tout ça ne nous regarde plus.

— Il reste quand même la question du testament.

— Je sais quoi faire. Je vais signer une procuration au notaire. Je lui écris dès demain. L'argent doit revenir à sa source. Et je transmettrai à Tynan toutes mes informations sur la branche berlinoise.

— Bravo. Mais… vous comptez vraiment le faire ?

Sa question était plus lourde de sens qu'il n'y paraissait.

— Que voulez-vous dire ?

— Nicholas, je préférerais mourir plutôt que de laisser ces salauds recevoir un seul penny. Cet argent doit être restitué aux familles qui en ont été dépossédées, martela-t-elle avec une passion inhabituelle.

— Y a-t-il une raison – une raison que j'ignore, je veux dire une raison objective – pour que vous réagissiez avec autant de vigueur ?

— Vous ne devinez pas ?

— Non.

Elle sortit de la baignoire et vint se planter devant moi, nue.

— Pardonnez-moi le cliché, mon beau Nicholas, mais… si j'étais un homme, cette raison vous sauterait aux yeux.

— Que voulez-vous dire ?

— Décidément vous ne comprenez pas, dit-elle en plantant un baiser sur mon front. Je suis juive.

— Mais… vous vous êtes droguée dans votre jeunesse.

— Et alors ? Quel préjugé !

Notre dîner de ce soir-là fut le meilleur d'entre tous, paisible et plus décontracté que les précédents. Quand Claire n'avait plus de vin, je ne tendais pas le bras au-dessus de la table, je me levais et la resservais debout, à côté d'elle. En lui caressant la chevelure.

Nous étions en voie de guérison. Elle me parla énormément de Philippe, de la flamme qui l'avait animé. Il soupçonnait depuis l'adolescence son oncle d'avoir trempé dans « une grosse histoire ». Il avait fini par découvrir la vérité, et c'est pourquoi il était devenu chasseur de nazis.

Antony avait fini par transmettre à Philippe ses motivations contradictoires en lui fournissant des moyens financiers illimités pour sa traque. Claire décrivit la façon dont cette ambivalence l'avait peu à peu miné, jusqu'à corrompre son intention originelle d'expier le crime familial.

J'allai me coucher, épuisé. En pleine nuit, je sentis Claire éveillée à mon côté. Nous nous donnâmes la main sans mot dire. Jamais je n'avais éprouvé un tel sentiment de sécurité à l'âge adulte. Et à peine plus dans l'enfance : s'il me restait quelques vagues souvenirs de la chaleur maternelle, celle-ci semblait s'être irrémédiablement perdue au fil du temps.

Le lendemain après-midi, je fis remarquer à Mme Lydiard qu'elle n'avait pas eu une heure de liberté depuis que nous étions là. Elle accepta donc de rentrer chez elle, en nous laissant des provisions. Je passai la première soirée de tête-à-tête en couple de ma vie – à accomplir des tâches ordinaires comme mettre des bûches dans le feu ou préparer le repas ; nous fîmes même la vaisselle. Chaque fois que je passais près de Claire, je la touchais, je l'enlaçais ou je la couvrais de tendres baisers ; au dîner, je la servis comme un maître d'hôtel ou un valet de pied. Si quelqu'un m'avait montré le film de cette soirée, j'aurais eu du mal à me reconnaître. En tout cas tel que j'avais été jusque-là. Vers dix heures, je téléphonai à

Mme Lydiard de la cuisine, sous le regard de Claire, pour lui dire de prendre son week-end.

S'ensuivirent trois délicieuses journées d'oisiveté et de menues corvées domestiques. Il me fallut trouver le bûcher et commander du lait ; j'étais aussi chargé d'alimenter les feux pendant que Claire passait l'aspirateur dans les pièces que nous utilisions. J'étais gagné par un bonheur que je n'aurais jamais cru possible. Jusqu'alors, chaque fois que j'en lisais la description dans un livre, je m'empressais de sauter plusieurs pages ; et si c'était dans un film, le mot « guimauve » me venait automatiquement à la bouche. Il nous arrivait de passer un long moment immobiles au milieu d'une pièce, blottis l'un contre l'autre. Je ne la laissais jamais porter quoi que ce soit. Je me précipitais pour l'aider.

Notre déjeuner dominical se composa de fromage, de biscuits, de fruits, de crêpes et de vin doux. Rattrapé par le sommeil, je me mis ensuite au lit, pendant que Claire restait assise à lire et à contempler la mer. Je la sentis se glisser entre les draps tout contre moi. Elle se redressa sur un coude, m'embrassa puis bascula sur le dos.

Ce fut une mêlée indescriptible. Je l'empoignai n'importe comment ; elle fit pleuvoir des coups de poing de rage et de désir sur l'oreiller. J'entrai en elle quelques instants plus tard ; fondant tous deux en larmes, nous nous étreignîmes furieusement, encore et encore, comme si notre dernier jour était venu. Elle ne m'appela pas « Philippe » comme je le craignais. Aucun nom ne franchit ses lèvres, aucun son sauf un cri, puis des hoquets étouffés tandis qu'elle enfouissait le visage au creux de mon épaule. Mon esprit était soudain clair et libre. Elle sanglotait de façon incontrôlable, et je ne pus que la garder serrée contre moi. Comment aurais-je pu sécher ses larmes si j'étais incapable d'endiguer les miennes ?

Ce soir-là, elle me demanda :

— Tu crois que nous avons insulté la mémoire de Philippe ?

— Je ne sais pas. Je ne pense pas. J'espère que non.

— Ce devrait être à moi de répondre.

Oh ! mais… encore, encore ! Elle se mit à califourchon sur moi près de l'âtre, et nos émotions furent encore plus violentes et plus douces que tout à l'heure, et il me sembla que plus nous ferions l'amour, meilleur ce serait à chaque fois…

— Mme Lydiard nous aurait entendus si elle avait été là, à ton avis ? me demanda-t-elle à mi-voix quand ce fut fini.

— Elle aurait adoré. C'est une romantique dans l'âme.

Claire se leva pour récupérer son peignoir, et les flammes se mirent à danser sur son corps, ses vallées, ses ombres, sa blancheur.

# 53

Le lundi, tout le monde reprit le chemin des bureaux après les vacances de Noël. Il était temps de revenir en douceur à un peu de normalité.

Je téléphonai à l'agence. Lemon m'apprit que Hal était en rendez-vous et qu'il ne pouvait pas prendre mon appel. Son ton me parut bizarre.

— Je vous donne mon adresse, dis-je, mais gardez-la pour vous et ne m'appelez que sur le portable.

Étrangement, elle ne prit même pas de mes nouvelles. Je la priai de dire à Hal que j'avais appelé mais que je ne souhaitais pas être dérangé. Nous fixâmes la date de livraison des plans définitifs du projet Pearl. J'avais l'intention d'y mettre la dernière main à Rye sur la base des informations détaillées qu'elle me communiquerait au téléphone et par courrier.

J'appelai ensuite Elizabeth.

— Miss Bentley est en ville, me répondit Della. Un rendez-vous.

Je laissai mon numéro de portable et demandai qu'elle me rappelle.

Malgré l'appréhension que cela suscitait en moi, je me résolus à interroger mon répondeur de Cadogan

Gardens. Pas un mot. Incroyable. Pas l'ombre d'un message. Ni de Mary Strait. Ni d'Elizabeth. Étais-je mis à l'index ?

En milieu de matinée, une fois passés tous mes coups de téléphone, je fis le point sur le temps qui me restait. Si je souhaitais l'étirer au maximum, rien ne m'obligeait à retourner à l'agence avant la fin du mois. Quant aux rendez-vous déjà programmés dont Lemon venait de me dresser la liste, je pouvais aisément les reporter. J'avais donc devant moi trois semaines complètes, pendant lesquelles je n'aurais à me préoccuper que de régler les derniers détails du projet Pearl. De quoi nous assurer un rétablissement complet. Un sentiment de paix m'envahit.

Je déjeunai avec Claire, après quoi nous passâmes dix minutes debout ensemble sur le balcon – sa première sortie à l'air libre depuis la mort de Philippe. Elle n'avait pas besoin de vêtements, aucune envie de faire les boutiques ; elle irait « peut-être » chez le coiffeur d'ici quelques jours.

Un drame éclata le mercredi, et je compris enfin à quel jeu jouait Elizabeth. Je rappelai Lemon pour lui confirmer que j'avais bien reçu les plans du projet Pearl. Cette fois encore, elle me sembla mal à l'aise.

— Je vous passe Hal.

— Chef ? Comment va ?

— Très bien. Et toi ? Tu as passé de bonnes vacances avec Pam et les garçons ? Vous êtes allés au ski ?

— Ouais, ouais. C'est déjà loin, tout ça.

Son attitude n'était plus la même : je le trouvai agressif et irrespectueux. Moins dans ce qu'il disait que dans son ton.

— Hal ? fis-je sèchement. Tu es sûr que ça va ?

— Sûr et certain, chef. Aucun problème. Et vous ? Il y a quelque chose qui vous tracasse ?

Perplexe, je rappelai Lemon dans la foulée.

— Transférez l'appel dans mon bureau et prenez-moi là-bas.

— Je ne peux pas.

— Pourquoi ?

— Parce qu'il y a quelqu'un dedans.

— Personne n'est censé occuper mon bureau, Lemon.

— N'empêche.

Je la sentis au bord des larmes.

— D'accord, Lemon. Quand voulez-vous qu'on se parle ? Qu'est-ce qu'il y a ?

— Je vous rappelle.

Elle me rappela cinq minutes plus tard, d'une cabine.

— Où êtes-vous ?

— Au coin de la rue. Il s'est passé quelque chose.

Le retour en force de son accent ne fit que me confirmer qu'elle était sous pression.

— Quoi donc ?

Le lundi matin, jour de rentrée à l'agence, Hal avait convoqué une assemblée générale d'urgence sous prétexte qu'il était « dans l'impossibilité de me joindre ». Sentant que mon absence se prolongerait, il avait rameuté tout le monde à huit heures et demie du matin. Objectif ? Réintégrer Elizabeth en tant qu'associée de l'agence. Même si j'avais été là, j'aurais été mis en minorité du fait de la cession provisoire d'une partie de mes parts au bénéfice de Mary Strait et de Georgy-Porgy. Un vote avait eu lieu, et la majorité s'était prononcée pour une nouvelle répartition des parts : la mienne, déjà provisoirement tombée à moins de cinquante pour cent, était passée sous les quarante.

— Je ne savais pas où vous joindre, me dit Lemon. Je ne l'ai su que lundi.

Elle vida son sac. Hal avait tout organisé. Elle le soupçonnait d'avoir abrégé ses vacances pour se concerter avec Elizabeth et Mary Strait.

— Où ça, Lemon ?

— À Faircombe, je crois.

Voilà donc le moyen qu'avait trouvé Hal pour se sentir enfin aimé d'Elizabeth. Le traître, le salaud ! Il ne l'emporterait pas au paradis.

Ma colère, enfouie depuis le tunnel, explosa de plus belle. La vengeance de Mary Strait. Les combines d'Elizabeth. Son « intérêt » pour l'agence avait toujours été à géométrie variable, mais du moins s'appuyait-il jusque-là sur une base légale. J'allais devoir batailler comme un forcené pour rétablir la situation.

Je me sentais impuissant. Si je les questionnais au téléphone, je leur montrerais que j'étais au courant et ils profiteraient de mon absence pour se débarrasser de Lemon. Et si je ne me manifestais pas… quels autres changements découvrirais-je à mon retour ? Je ruminai ces questions tout au long du déjeuner et décidai finalement de ne rien faire, d'attendre de voir qui serait le premier à avoir le courage de m'affronter. Elizabeth avait une nouvelle fois bien caché son jeu et réussi son coup. Qu'avait voulu me dire Hal quand il avait tenté de me parler à Berlin ? J'avais totalement oublié son coup de fil. Pourquoi ne m'avait-il pas rappelé ? Ne jamais se fier à un type qui se cure les dents avec une carte postale.

Je bouillais intérieurement. Pas étonnant qu'Elizabeth ne me fasse plus signe.

Je m'en ouvris à Claire. Fallait-il lui parler de tout ? Y compris de Mary Strait ?

— Mary m'a expliqué au Chantecler qu'elle était décidée à t'épouser, me dit Claire. Que tu le veuilles ou non.

— « L'enfer ne contient pas de pire furie qu'une femme dédaignée », récitai-je, furieux de ma propre bêtise. Et maintenant, qu'est-ce que je fais ?

— Si tu veux mon avis, rien. Tu n'es pas en position de gagner rapidement ce combat-là. Mais tu le gagneras.

— Comment ? Je ne vois pas par quel moyen.

— Ton autorité morale. Et tu es plus malin que n'importe lequel d'entre eux.

— Tu ne peux pas le savoir.

— Si, je le sais.

Ragaillardi dans un premier temps, j'en vins bientôt à osciller entre ce nouvel optimisme et mon aigreur vis-à-vis de Hal. Vis-à-vis de moi-même. Mary Strait m'avait roulé dans la farine. C'était fichtrement dur à avaler.

Le reste de la semaine s'écoula sans que je laisse Claire sortir de mon champ de vision, sauf pour aller aux toilettes. Elle se révéla aussi possessive avec moi. Il me semblait que notre relation avait commencé sur un mode semblable à celui qui lui permettrait de se prolonger dans le temps. Sans doute, étant donné ma configuration personnelle, traverserions-nous des orages. Lorsqu'ils éclateraient, je me battrais bec et ongles pour y résister.

Le vendredi, j'oubliai d'éteindre mon portable. Tard le soir, il sonna.

— Réponds, dit-elle.

— Ça ne te dérange pas ?

C'était la toute première ingérence non désirée du monde extérieur.

La voix de Pearl me parvint, d'outre-tombe.

— Ils m'ont prévenu, Nicholas, ils me l'ont dit. C'est pour demain, ils vont m'attaquer demain.

Je me figeai.

— Où êtes-vous ?

— À Londres. Ils vont me tomber dessus.

— Donnez-moi votre numéro. Et calmez-vous, Johann. Calmez-vous.

Petit à petit, je réussis à lui faire dire qu'il se cachait, qu'il avait disparu de la circulation suite à de violentes menaces. Il ne voulut pas me dire qui il soupçonnait ; il ne voulut pas me dire pourquoi il était menacé.

— Ils seront là, Nicholas, je le sais.

— Nous allons rester en contact. Je vous téléphonerai régulièrement. Laissez votre portable allumé. Vous n'aurez qu'à ne pas répondre aux appels que vous n'avez pas envie de prendre. Je vous rappelle dans une heure, je n'ai pas fini mon dîner.

— Quel genre de garçon est-ce ? me demanda Claire. Il me semble avoir entendu son nom dans la bouche de Philippe.

Je lui répondis aussi précisément que possible.

— Nous devons l'aider.

— Non, Claire. Il ne veut pas être aidé.

— Ce sont justement ces gens-là qui ont le plus besoin d'aide.

— Je l'ai vu, Claire. Juste avant Jumièges. Il n'a pas voulu me parler. Je ne peux rien pour lui.

Quelque chose dans mon ton la heurta.

— Il y a forcément une solution. Tu as beaucoup de ressources.

Je secouai la tête.

— Ça regarde la police. Je vais appeler Tynan.

— C'est de ton aide qu'il a besoin.

— Non. Ce n'est pas mon boulot.

Elle posa son verre.

— C'est parce qu'il est noir, Nicholas ?

Je rougis – je m'en souviens encore.

— Tu parles comme Elizabeth Bentley.

— Tu es trop large d'esprit pour avoir des préjugés de cet ordre. Les préjugés sont des opinions toutes faites. Tu n'en as aucun besoin.

— N'empêche, je n'irai pas.

— Ce garçon est terrifié. Je l'ai senti dans sa voix depuis l'autre bout de la pièce.

— Tu ne trouves pas que j'en ai assez subi comme ça, Claire ?

— Mais il y a un rapport avec Antony, là aussi.

C'était l'argument que je redoutais.

— Je veux bien faire une chose, concédai-je. Téléphoner à sa mère.

Sebastiaan Pearl répondit à mon appel.

— Oh ! salut. Non, elle n'est pas là, elle est partie à Londres avec mon père, un truc en rapport avec Johann, il les a appelés.

— Ça va ?

— Non, pas vraiment, mais je ne sais pas ce qui se passe, Petchi a toujours eu le don de s'attirer des ennuis.

En raccrochant, je sentis dans ma chair que Claire avait gagné.

Tynan était déjà au parfum :

— Ouais, dit-il. Il y a un truc qui couve. Un tas de mecs qui traînent dans le coin alors qu'ils ne devraient pas être là. Toute une racaille venue de l'étranger. Des vrais méchants. Pourquoi j'adore mon job ? Parce que je hais ces salopards.

Claire me demanda ce que je comptais faire. Je répondis que j'allais tenter de voir Pearl.

— Préviens-le.

— Non.

— Si. Préviens-le.

J'appelai son hôtel. Il décrocha sur-le-champ dans sa chambre. Il avait l'air sens dessus dessous.

— Tout va bien, c'est Nicholas. Bon, je vais venir au match. Vous voulez qu'on se voie après ?

— Non. Avant. Je pars en Hollande juste après.

Je transmis l'information à Tynan, sous le contrôle de Claire.

— Tu es contente ?

Elle acquiesça.

— Cette fois, dit-elle, je crois que tout sera vraiment réglé.

Le lendemain matin, Mme Lydiard lui donna les coordonnées d'un coiffeur de Rye ; elle prit rendez-vous, et je l'embrassai tendrement au moment de mon départ. Je l'avertis qu'il était possible que je revienne avec Pearl, si le besoin s'en faisait sentir.

Pearl m'avait demandé de le retrouver au Hilton de Saint John's Wood, où son équipe était descendue. Il voulait que je suive en voiture le car du club jusqu'au stade : il aurait besoin de se rassurer, disait-il, en me voyant par la fenêtre du car.

Je l'attendis à l'endroit convenu. Il arriva pile à l'heure. Pendant qu'il marchait vers moi, deux de ses coéquipiers l'interceptèrent de façon amicale, mais il me montra du doigt et continua de marcher. Ils lui emboîtèrent le pas et, au moment où nous nous serrions la main, l'un d'eux me dit :

— Bas les pattes, mec.

— Je vous demande pardon ?

— Oooooh !... « Je vous demande pâââârdon », répéta l'autre footballeur en rejetant la tête en arrière à la façon d'une drag-queen. Hé ! Pearly, tu ne vas quand même pas...

— C'est bon, les gars, dit-il en leur faisant signe de nous laisser tranquilles.

Le plus grand des deux haussa un sourcil à mon intention en s'éloignant.

— Qu'est-ce que c'est que ce cirque ? demandai-je à Pearl.

— Faites pas attention, man, ils font juste ça pour me chambrer. Vous serez là après le match ?

— Vous avez disparu combien de temps ?

— J'ai tellement les boules que je peux à peine marcher. Tenez. Gardez ça pour moi.

Il me tendit une mince pochette en cuir.

— Johann, allez-vous enfin me dire de quoi vous avez peur ?

— Après le match, c'est promis. Je vous ai pris un billet, dit-il en me remettant une enveloppe. Tout en bas, au bord de la touche. Si vous sentez que ça dégénère, vous serez là pour moi ?

Je ne pus me résoudre à lui faire remarquer à quel

point il me serait difficile, sur un strict plan logistique, de voler à son secours au milieu d'une foule de cinquante mille personnes, ou même de l'approcher.

Qu'attendait-il de moi au juste ? C'était difficile à deviner. Du réconfort, un soutien moral ? Voilà en tout cas qui me paraissait plus réaliste que de le protéger contre la foule ou lui trouver une issue de secours. Mais il tenait à me voir au stade, et j'allais le satisfaire sur ce point. Mieux valait ne pas lui parler de Tynan.

Je rangeai la pochette dans ma malle arrière. L'équipe quitta l'hôtel, et je me calai dans son sillage. Au premier feu rouge, quelqu'un lança un projectile qui rebondit bruyamment sur le flanc du car. Pearl apparut à la vitre arrière et vérifia que j'étais bien là où j'avais promis d'être.

Au stade, les joueurs débarquèrent sous les yeux des supporters qui affluaient – encore une erreur. Pearl s'approcha de ma voiture et me fit signe du pouce que tout allait bien. Quelqu'un toqua à ma vitre peu après : Tynan, évidemment.

— Vous avez eu votre permis dans une pochette-surprise, ou quoi ? Allez vous garer.

Il attendit que j'aie fini ma manœuvre.

— Montrez-moi votre invit, ordonna-t-il. Vite.

Et, après avoir étudié mon billet :

— Restez ici.

J'attendis à l'intérieur de l'enceinte. À travers le portail, je constatai que la présence policière était plus importante que je n'avais eu l'occasion de l'observer depuis le début de ma maigre expérience footballistique.

L'équipe qui recevait arriva à son tour, et le car fut assailli par une nuée de supporters. Leur excitation était palpable et me fit plaisir. *Quelle ironie*, songeai-je. Antony n'a pas su me convertir au football de son vivant : il aura fallu qu'il meure pour y parvenir.

L'image de mon vieil ami me revint à l'esprit. Il occupait toujours la même place dans mes pensées. La révélation de son parcours n'altérait en rien l'opinion que j'avais de lui. S'il avait été encore en vie et que le sujet était venu sur la table, je lui aurais clairement signifié ma réprobation. Et s'il m'avait lui-même garanti que sa « couverture » était le fruit d'une intention sincère et dépourvue de cynisme, j'aurais peut-être jugé ses efforts de réparation plus ou moins acceptables. À condition de ne pas penser aux victimes de son détournement.

Nous avions eu un jour une discussion, Antony et moi, sur la guerre. Il n'appréciait pas ma distance ; je n'appréciais pas son engagement. Nous étions cependant tombés d'accord sur une échelle de valeurs, sur le fait que l'Holocauste devait rester intouchable dans son statut de plus grand crime de guerre jamais commis. Mais je me souviens qu'il m'avait paru très mal à l'aise lorsque j'avais abordé un de mes sujets favoris : l'immobilier.

Je lui avais dit à quel point il m'était douloureux de m'imaginer dans la peau d'un Juif, disons, de Berlin, recevant un jour l'ordre de quitter l'appartement qu'il s'était donné tant de mal pour acheter, entretenir et préserver au nom des siens. Et croisant peu après dans l'escalier la famille allemande à qui cet appartement venait d'être gratuitement attribué.

J'avais été surpris qu'il ne soit pas d'accord avec moi, et plus encore par sa nervosité. Comme j'insistais, il avait fini par lâcher :

— Bah, tu sais, je me demande si tout ça n'a pas été exagéré.

Cela se passait pendant une de nos marches d'après-repas au bord de la Tamise.

— Antony, avais-je aussitôt protesté, ces confiscations se sont produites à une échelle si gigantesque qu'on n'en a jamais vraiment pris la mesure et que les gens qui ont récupéré les logements en question, sans doute grâce à leurs relations au sein du parti nazi, sont encore dedans aujourd'hui. Ou leurs enfants. Il y a là un vrai combat à mener, c'est sûr. Surtout pour un spécialiste de l'immobilier comme toi.

Il avait changé de sujet.

Une pensée dévastatrice s'insinua soudain dans mon cerveau. J'avais participé en tant qu'investisseur – sur l'invitation d'Antony – à au moins trois de ses grosses opérations immobilières. J'en avais retiré de jolis bénéfices – quatre millions pour la plus rentable. De l'argent sale ? M'étais-je rendu complice d'un crime de guerre ? Au moment où cette désagréable perspective me tombait dessus, Tynan me rejoignit.

— Qu'est-ce qui se passe ? demandai-je. Je devrais déjà être assis à ma place, non ?

— Il y a eu un cambriolage ici la nuit dernière.

— Grave ?

— Non. Ils n'ont rien pris. En général, ils dévalisent la buvette : les clopes, la bibine. Là, rien. *Nada.* On a fait venir des chiens renifleurs. Hé ! vous pouvez peut-être nous aider.

Je le suivis dans le couloir. Les agents de sécurité s'effaçaient pour nous laisser passer. Nous franchîmes le cordon des stadiers.

— Attendez-moi ici.

Nous étions au bord du terrain, face à la ligne médiane.

— Si vous aviez fait ce stade, où auriez-vous placé les points d'évacuation rapide ?

Je jetai un regard circulaire. La zone située derrière les buts offrait les plus larges possibilités.

— Que cherchez-vous à savoir ?

Je n'avais jamais senti Tynan aussi tendu, sauf peut-être quand il avait tenté au téléphone de me faire revenir de Berlin. Son visage ressemblait à une peau de tambour.

— Si ces connards préparent quelque chose, ils ont sûrement un plan en tête. Un de mes gars s'est dit qu'ils allaient peut-être bloquer les sorties avant de lancer la bagarre.

Je poussai un petit cri.

— Vous l'avez dit, marmonna Tynan. Amen.

— Donnez-moi une minute.

— Impossible, mec, il faut que j'y aille, je vous tiens au courant.

Jamais je n'aurais cru qu'un homme aussi petit, aussi rond et aussi dense puisse littéralement s'évaporer.

Un stadier me conduisit à ma place. Je restai un moment debout, à scruter les sorties. Une bande de hooligans pouvait causer d'énormes ravages en les bloquant. Le but attira mon regard sans que je sache pourquoi. Bizarrement, Cadogan Gardens fit irruption dans mon esprit au même instant, mais l'image resta floue.

Une voix m'appela. Je me retournai : Lemon et son petit ami, le nouveau dessinateur. Leur présence me troubla – j'avais très envie de parler à Lemon, et plus encore de savoir comment avait voté son chéri à l'assemblée générale. Mais à peine eûmes-nous échangé un mot que Georgy-Porgy l'entraîna au loin. Je les suivis des yeux. Lemon avait des jambes de rêve.

J'étais déstabilisé. J'avais fait de mon mieux jusque-là pour ne pas penser à ma débâcle à l'agence, mais il m'était impossible de l'oublier, d'autant que ressasser mes échecs était chez moi une seconde nature. Je finirais sans doute par reconquérir ma place, mais la blessure n'en était pas moins profonde. Qui avait voté contre moi ? Qui ? Qui ?

Une touche d'inquiétude se mêla à l'excitation qui était en train de me gagner à l'approche du coup d'envoi. Je consultai ma montre en pensant à Claire – était-elle chez le coiffeur en ce moment ? J'aurais aimé l'avoir à mes côtés, mais elle n'était pas en état d'affronter une telle foule.

Je n'aurais pas pu être plus proche du terrain. De ma place, je verrais distinctement les expressions de la Perle Noire sur son visage.

À la façon de ces feux de détresse qui clignotent sur les véhicules pour envoyer un signal d'alerte, mon esprit faisait sans cesse des allers-retours entre le but et Lemon, Lemon et le but. Cadogan Gardens. L'explosion dans ma salle de bains.

Non, ça ne venait pas, comme ces éternuements qui refusent de sortir.

Les joueurs émergèrent. Tonnerre d'acclamations. Je pensai au théâtre quand les lumières s'éteignent. À l'orchestre accordant ses instruments. Je ne profitais pas assez de ma vie. Je me croyais blasé, mais le contact avec la réalité me faisait du bien.

Pendant les préliminaires, Pearl vint rôder le long de la ligne de touche et je sentis qu'il me cherchait. Il connaissait mon numéro de place et me repéra vite.

— Regardez derrière vous, me cria-t-il.

À deux rangs de moi je reconnus sa mère, Elma, au côté d'un homme qui ne pouvait être que le père de Johann. Elma me vit et nous échangeâmes un petit signe. Le stade était quasiment plein, mais il restait une place libre juste derrière moi. J'aurais dû m'en douter : Tynan vint s'y asseoir.

— Alors ? Vous avez localisé le problème ? interrogeai-je à mi-voix.

Il me répondit en regardant droit devant lui :

— Dans les virages, sur votre gauche et sur votre droite. D'où ma question de tout à l'heure. Ils se sont regroupés derrière les buts.

— Les secteurs les plus vulnérables.

— Vous avez déjà dessiné un stade de foot ?

— Non. J'adorerais.

— Consultez-nous si ça se présente. Personne ne nous demande jamais notre avis.

Tynan se frotta nerveusement les mains.

— Vous êtes inquiet ?

— Je suis toujours inquiet, fit-il avec un soupir à faire trembler le stade.

Coup de sifflet. Début de match. Dès la première minute, la Perle Noire mit le paquet, probablement pour ses parents et aussi, je l'espérais, un peu pour moi. Juste devant nous, il mystifia deux adversaires grâce à un geste de classe pure, échappa à un tacle collectif puis décocha un centre qui ne donna rien. La pelouse était d'un vert incroyable.

— Ce garçon est d'une précision diabolique, commenta Tynan. Pourquoi a-t-il fallu qu'il se laisse embarquer dans ce truc ?

— On sait de quoi il s'agit ?

— Pas avec certitude. Mais il est sous pression.

— Je le crois innocent.

— Son entraîneur aussi. Le problème, c'est qu'il a le don d'attirer les salopards.

De nouveau Pearl, sous nos yeux, dribblant et feintant. Cette grâce, cette bonne humeur : il donnait l'impression de prendre un plaisir intense. Il tomba, cette fois, entraînant son opposant dans sa chute. Et quand Johann l'aida à se relever, je mesurai l'étendue de sa gentillesse.

Pendant une longue période, ses adversaires réussirent à le museler. L'équipe qui recevait avait la possession de balle, multipliait les passes sur toute la largeur du terrain. *Ce n'est pas qu'une question de mouvement et d'adresse*, pensai-je. Il ne s'agit pas seulement de gagner, d'être plus malin que l'adversaire ou de percer sa défense pour s'emparer de la citadelle. Il y a là un ensemble de mouvements contrôlés ou non à l'intérieur d'un espace défini, et c'est ce qui rapproche le football de l'architecture. Jolie idée, sauf que j'entendais déjà la réaction de Tynan : Ah ouais ? Allez donc expliquer ça au sniffeur de coke qui porte le numéro 8, ou à cet autre abruti, là-haut dans la tribune, qui fait honte à son maillot d'Angleterre. Laissez tomber vos conneries, mec.

— Tynan !

Une intuition venait de m'assaillir, mais une intuition incomplète, trop extraordinaire pour être formulable.

Il m'interrogea du regard.

— Désolé, dis-je. Je n'arrive pas à mettre le doigt dessus.

Cadogan Gardens. Trafalgar Square. Non.

— Essayez encore, me conseilla Tynan. C'est comme ça qu'on y arrive, des fois.

Il se remit à mâcher son chewing-gum, de plus en plus nerveux, les mâchoires tournant comme une bétonnière.

Un temps mort. Le gardien dégagea une longue balle vers Pearl qui, à quelques mètres de nous, démarra à la vitesse de l'éclair. Les défenseurs se lancèrent à ses trousses pendant qu'il repiquait vers le centre pour y aller seul.

— Tynan ! m'écriai-je. Ça y est, j'ai compris, c'est le filet ! Mon appartement ! Cadogan Gardens ! Le filet, Tynan !

Comment l'avais-je compris ? Je l'ignore encore à ce jour.

Il bondit sans perdre une seconde. Il connaissait le chemin : je le suivis.

Voyant Pearl filer vers le but, je priai pour que le défenseur qui s'apprêtait à le tacler, pour une fois, réussisse son geste. Mais non. Pearl le contourna avec la grâce d'un yacht. Nous n'arriverions pas à temps. Je me souviens d'avoir remarqué qu'aucune ovation ne montait du virage devant lequel nous étions en train de passer. Des grappes de supporters commençaient à descendre des tribunes. Tynan interpella deux policiers en tenue et un stadier, qui se mirent à courir avec nous. Je criais.

Un mouvement de foule m'indiqua qu'il se passait quelque chose – tout le monde s'était levé, bloquant mon champ de vision. Je vis les jambes de Pearl franchir la ligne de but et je hurlai son nom – je crus l'entendre résonner à travers le stade. Puis tout se figea. Tynan était entré sur le terrain avec le juge de touche, et tous deux couraient comme des dératés vers la cage.

Je revis enfin Pearl. Il paradait comme à son habitude sur la ligne. Il allait se retourner – voilà, c'était fait. Le gardien le regardait, immobile. Pearl catapulta une deuxième fois la balle dans les filets.

— Arrêtez-vous là ! m'époumonai-je en vain. Ne faites rien d'autre, tapez encore dans le ballon si vous voulez mais ne touchez surtout pas le filet !

J'eus la présence d'esprit de sprinter vers l'arrière du but au lieu de traverser la pelouse. J'espérais en même temps avoir tort et raison. J'avais raison – mais la source ? Où était la source ? Oh ! meeerde ! Les petits projecteurs installés tout autour du terrain. Ils avaient branché leur ligne là-dessus. Le cambriolage de la nuit précédente. L'alimentation était-elle commandée au niveau du tableau central ou par un interrupteur ? Peu importait – tout allait trop vite.

La foule des gradins s'ouvrit en deux derrière moi, en même temps qu'une vague de policiers en tenue déferlait sur la pelouse. Le juge de touche n'avait toujours pas rattrapé Pearl, qui leva la tête comme s'il m'avait entendu.

Il frappa une dernière fois dans le ballon, tendit les bras vers le filet et vit mes gesticulations frénétiques. Il partit en arrière et se frotta le bras mais resta debout, et ce fut alors que j'aperçus un éclair bleu, accompagné d'un grésillement et d'une gerbe d'étincelles : à quelques pas de mon genou, un petit projecteur sur trépied crachait de la fumée.

J'étais à présent au côté de Tynan, qui hurlait au gardien de s'éloigner. Le juge de touche hésitait. Il le tira à l'écart de la cage en hurlant :

— Le filet est électrifié !

Tout cela sous les yeux ébahis de cinquante mille personnes, sans compter les millions d'autres qui suivaient le match à la télévision. À cet instant, je crus tout comprendre.

Tynan fut le premier à rejoindre Pearl. Derrière nous, la police chargeait les hooligans. Je m'approchai à mon tour.

— Qu'est-ce que c'était que ce truc ? me demanda Pearl.

— Vous pouvez marcher ?

— Vous avez même intérêt à courir, bordel de merde ! rugit Tynan.

Pearl ne semblait pas avoir conscience de ce qui venait de lui arriver. Comme je le comprenais ! Le choc le dépassait, ralentissait ses réactions. Un simple avertissement : à peine plus de volts qu'une guirlande électrique, pas de quoi le tuer. Mais il était tout de même secoué. Il se tourna vers l'échauffourée, et la terreur s'installa dans ses yeux.

— Dehors, vite, vite, vite ! hurla Tynan.

Nous nous réfugiâmes le long de la ligne de touche opposée. Puis dans un espace aménagé sous la tribune. Tumulte. Un stadier se jeta sur nous. Un policier en civil intervint.

— Je suis avec Tynan ! aboyai-je. Au parking, au parking !

L'homme de Tynan se mit à courir devant nous. Nous atteignîmes ma voiture en quelques secondes. Peut-être avions-nous surréagi, mais je ne me serais arrêté pour rien au monde au premier feu, qui venait de basculer de l'orange au rouge.

# 54

Pearl ne prononça pas un mot. Moi non plus. En tout cas pas avant d'avoir rattrapé la M25. Ce fut lui qui rompit le silence, à voix basse.

— C'est une BMW. Où est passée votre Saab, man ?

— Apparemment, vous allez bien.

— Je ne suis pas habillé.

— On ne va pas s'arrêter maintenant.

— Merci, Nicholas.

— Je vais finir par m'habituer à ça, répondis-je, sarcastique. Seigneur !

— Qu'est-ce qui s'est passé ? J'ai des fourmis dans le bras.

— Ils ont entortillé un fil électrique dans les mailles du filet. Blanc, donc pratiquement invisible. Ils l'ont posé de manière à ce que les parties dénudées entrent en contact si quelqu'un secouait le filet, ce qui est votre spécialité notoire.

— Comment se fait-il que le gardien n'ait rien vu ?

— Il n'a rien vu.

— On a voulu me tuer ?

— Non. Juste vous avertir. Vous avez marqué au précédent match ?

— Non, man, j'étais blessé.
— Votre forfait a-t-il été annoncé à l'avance ?
— Seulement à l'entrée des équipes sur le terrain.
— Alors il y a de bonnes chances que les filets de ce stade soient encore électrifiés.

J'avais un enfant à côté de moi. Alors qu'il venait d'être victime d'un attentat, sa phrase suivante fut :

— Il faut que je retourne chercher mes fringues.
— Pas question.
— Je ne vais pas pouvoir circuler comme ça, Nicholas ! J'ai mon nom sur le dos !
— Vous n'irez nulle part, Johann. Racontez-moi tout.

Il se ferma comme une huître.

— Parlez.

Pas un mot. Je laissai passer quelques minutes, concentré sur ma conduite. Puis je revins à la charge.

— Allez. Qu'est-ce qui vous arrive ?

Pas de réponse.

— Très bien, dis-je en m'arrêtant sur la bande d'arrêt d'urgence. On va rester là jusqu'à ce que vous vous soyez décidé à parler. Tout le week-end s'il le faut. Vous vous rendez compte que la police n'attend qu'une raison de vous arrêter ? Qu'est-ce qui vous arrive, Johann ?

Toujours rien.

— Johann… Parlez !

J'avais hurlé. Il sursauta.

— D'accord, d'accord.
— Je cherche à vous aider, alors parlez-moi. Qu'est-ce que c'est que cette histoire ?
— Une histoire de chantage.
— On vous fait chanter ? Qui ? Pourquoi ?

Son embarras devint extrême – et je n'eus aucun mal à m'y voir car ses racines étaient affectives. J'attendis. Il esquiva mon regard, presque au point de me tourner le dos. Avec son maillot de footballeur, il me fit penser à ces enfants qui refusent d'enfiler quoi que ce soit d'autre.

Je réitérai ma question.

— Pourquoi vous fait-on chanter ?

— On me fait chanter parce que… parce que…

Les mots refusaient de sortir.

— Parce que quoi ?

— Je suis… homo.

J'écarquillai les yeux.

— Ah ! Mais il y a des millions de gens qui…

— Si les supporters l'apprennent, ils feront tellement de boucan que je ne pourrai plus jouer. Ma carrière serait fichue.

— Comme vous y allez.

— Je vous jure. Imaginez les vestiaires.

Cliquetis et clignotements de flipper sous mon crâne. Les regards obliques. Les soupçons. Le soigneur. Les coéquipiers. Les mimiques de drag-queen.

— Mais les autres, vos collègues… Je veux dire, ce sont des choses qui se devinent, non ?

— Là n'est pas le problème. Eux me fichent la paix parce que je leur fais gagner des matchs. Non, man, je serais vraiment obligé d'arrêter le foot. Ça serait l'enfer. Les huées. Les chants.

— Il n'y a jamais eu de footballeur homosexuel ?

— Citez-les-moi, Nicholas. Justin Fashanu, d'accord. Qui d'autre ?

— Ce n'est pas à moi qu'il faut demander ça.

— Et regardez comment a fini Fashanu.

— Je n'en sais rien et je ne veux pas le savoir.

Un ange passa.

— C'est tout ? demandai-je.

Il hésita.

— Il y a autre chose qu'ils savent sur moi, sur ma famille. Notre argent sent mauvais. Notre histoire est mauvaise.

Tout se mettait en place. Pièce par pièce. Rester prudent. Poser les bonnes questions.

— Il y a… un lien avec… Antony ? C'est ça ?

— Oui.

— Quelle sorte de lien ?

— On m'a envoyé le voir au moment de mon transfert en Angleterre. C'était quelqu'un qui comptait beaucoup pour nous.

— En quel sens ?

— C'est très compliqué. Et très secret. Je ne sais pas tout. Mais depuis sa mort, la découverte de ce lien a permis aux gens qui me harcèlent de me mettre encore plus la pression. Parce que c'est quelque chose de beaucoup plus grave. À ce qu'ils m'ont dit. Ils sont dangereux, man.

— Je suis bien placé pour le savoir. Vous avez déjà eu affaire à un homme à casquette bleue, genre casquette de marin ?

— Oui. Je l'ai rencontré. Il m'a fait peur.

— Où l'avez-vous rencontré ?

— La première fois, au Corbeau Blanc, il y a déjeuné en même temps que nous. C'est moi qu'il avait dans le collimateur. À un moment donné, il est monté me téléphoner depuis sa chambre. Je vous ai dit que c'était un journaliste.

Je frissonnai.

— Vous voulez dire… le jour où je suis arrivé là-bas ? Le jour où vous m'avez fait visiter la ferme familiale ?

— Oui, Nicholas.

Pauvre Pearl : il n'en menait pas large.

— Vous l'avez revu depuis ?

— Oui, man. Il était à l'hôtel hier soir.

Le retour d'Otto ! Il avait dû quitter Berlin juste après moi.

— Je ne comprends toujours pas. D'abord, vous me dites qu'on vous fait chanter. Ensuite, qu'il y a un lien entre votre famille et Antony Safft.

— Ils veulent de l'argent, man. Les gens qui me font chanter parce que je suis gay veulent me soutirer un maximum de fric.

— Qui sont ces gens ?

— Les mêmes.

— À quoi pourrait bien leur servir votre argent ?

— À payer leurs voyages. À payer les connards qui foutent le bordel dans le foot.

Tynan m'avait dit un jour que quelqu'un « faisait cracher Pearl au bassinet ».

— Et le lien avec Antony Safft ?

— Ma famille a reçu beaucoup d'argent de lui. Mon père le connaissait ou savait quelque chose à son sujet. À moi aussi, il m'a donné de l'argent.

J'avais compris.

— Et l'homme à la casquette veut tout récupérer ?

— Oui.

Je me creusai la cervelle. Tout collait. Quel que soit l'angle sous lequel j'abordais le problème, je n'avais pas besoin de savoir pourquoi sa famille et lui avaient reçu de l'argent d'Antony. Cette histoire remontait à la guerre, et je ne voulais plus me replonger là-dedans.

— Je peux vous poser une question, Nicholas ?

— Vous venez de la poser.

Le but était de le faire sourire, et j'y parvins. Mais il retrouva aussitôt son sérieux.

— Je suppose que vous ne m'aimez plus ? Parce que je suis…

— Parce que vous êtes homosexuel ? Bien sûr que non.

Je fus cependant incapable de tendre le bras pour le consoler. Je redémarrai.

Au bout d'un moment, Pearl s'écria :

— Regardez, Nicholas, ce gros centre commercial, s'il vous plaît, allez m'acheter quelques vêtements ! S'il vous plaît !

Personne ne semblait nous avoir suivis : je m'en assurai. J'achetai pour lui un certain nombre d'articles, tous en double. Mon portable sonna. Tynan.

— Newman ? Ça va ?

— Oui.

La communication fut coupée.

Sur le parking, Pearl passa une chemise noire, un pantalon noir et des chaussures noires.

— Vous avez le sens des couleurs.

La froideur de son ton ne m'échappa pas. Je lui tendis le paquet que j'avais gardé jusque-là à la main. Il l'ouvrit.

— Un anorak ? Un anorak gris ? Man, vous voulez ma peau, ou quoi ? Un anorak !

Sa mine consternée était tellement drôle qu'elle me remonta le moral.

Nouvelle sonnerie de téléphone.

— Newman ? Je veux parler à la Perle Noire.

J'éteignis mon portable.

Je consacrai le reste du trajet à cuisiner Pearl. Il ne put rien m'apprendre de plus, sinon qu'il s'était vu confier à vingt et un ans par son père l'équivalent de cinq millions de livres, avec pour instruction de placer cet argent sur un compte suisse. Il avait reçu deux millions et demi supplémentaires par la suite. Si l'on ajoutait à cela ses revenus de footballeur, Pearl était un homme riche malgré son jeune âge.

Fin août, au début de la saison de football, il était allé voir Antony sur ordre de son père. Antony l'avait fait participer à plusieurs opérations immobilières – en particulier à Green Park et à Amsterdam. Ses ennuis avaient commencé dès le lendemain. Depuis, il était harcelé de toutes parts. Des hooligans avaient vandalisé sa voiture. Des inconnus l'avaient malmené.

— Pourquoi une maison dans le Wiltshire ? demandai-je.

— Je voulais me cacher.

— Mais vous disiez que ce serait un lieu en vue, qui me ferait de la publicité.

— Je n'ai pas réfléchi, man. Je me dégoûte moi-même.

— Ce sera une très belle maison. Et maintenant, pendant les quelques jours qui viennent, mieux vaut que vous restiez caché. Parce qu'il va me falloir un peu de temps pour tout démêler.

Nous avions atteint la descente qui précède l'entrée dans Rye.

— Ça ne sera jamais démêlé, bougonna-t-il avec le pessimisme qui caractérise parfois la jeunesse.

Les fenêtres illuminées nous souhaitèrent la bienvenue, et Pearl poussa un cri d'admiration à la vue de ma maison.

— Venez, dis-je, je vais vous présenter. Ohé ! il y a quelqu'un ?

Mme Lydiard apparut. Je me chargeai des présentations. Elle le salua sans sourciller.

— Où est Claire ?

Au moment même où les mots quittaient ma bouche, je sentis un frisson me parcourir la nuque. Je savais déjà ce que Mme Lydiard allait répondre.

— Elle n'est pas rentrée. Je commence à m'inquiéter. Il n'y a pas trente-six mille choses à faire à Rye et, si elle est allée faire un tour, la brume tombe vite sur les marais. Personnellement, je ne vais jamais me promener quand je sors de chez le coiffeur.

— À quelle heure avait-elle rendez-vous ?

Je le savais très bien.

— Trois heures.

— Il est six heures. Elle devrait déjà être ici depuis quand ?

— Elle pourrait avoir demandé des soins de beauté… mais ce n'est pas le cas. J'ai téléphoné.

— Et ?

— Ça ne répondait pas.

— Ils sont encore ouverts ?

Cette fois, une femme décrocha, et la voix du destin résonna au creux de mon oreille.

— Le monsieur est venu la chercher vers quatre heures et quart.

— Le monsieur ?

Je ne reconnus pas ma propre voix.

— Oui. Et il y en avait un autre dans la voiture.

— Quel genre de monsieur ?

— Grand. Il l'a attendue à l'extérieur du salon.

— Vous avez remarqué quelque chose de particulier dans sa tenue ?

— Oui.

Elle n'eut pas besoin d'en dire davantage. Elle n'eut pas besoin de me le décrire. Je reposai le combiné et perdis les pédales. Devins fou. Me mis à hurler.

— C'est une histoire de drogue ? m'interrogea Mme Lydiard. C'est une histoire de drogue ?

— Non, pire que ça, c'est une histoire d'argent.

La violence de ma réaction impressionna Pearl.

— C'est ma faute, man. Ma faute. Si vous n'étiez pas venu m'aider…

Je m'arrêtai net.

— *Votre* faute ?

— Ouais, Nicholas. Je suis désolé. Ils m'ont forcé à vous appeler.

— Vous voulez dire… le match ! Vous avez servi d'appât !

— Ouais. Je suis vraiment désolé, man.

— Mais pourquoi se sont-ils donné la peine d'électrifier le filet ?

— Ils jouent sur les deux tableaux, man.

Je ne voyais aucune cohérence là-dedans, aucun sens. Mais ils m'avaient pris Claire. Je me rappelai les photos, les montages numériques.

Pearl :

— Réagissez, man. Appelez quelqu'un, faites quelque chose.

— Suivez-moi.

Je courus à la voiture : je ne voyais pas d'autre solution.

— Jouez-la comme au foot, Nicholas. Allez-y à

l'instinct. C'est comme ça que vous saurez ce qu'il y a de mieux à faire.

À l'instinct. À l'instinct. Bloquer le flot de mes pensées. À l'instinct. Je lui donnai des ordres. Il composa un numéro sur mon portable, me le tendit.

— Allô, madame Welsh ?

— Qui est à l'appareil ?

— Nicholas Newman, le patron de Lemon.

— Oooooh ! J'ai l'impression de vous connaître comme si je vous avais fait. Lemon parle tout le temps de vous. Enchantée.

Le même merveilleux accent jamaïquain.

— Je peux dire un mot à votre fille ?

— Ah non ! Vous allez devoir attendre un peu. Lemon est amoureuse.

— C'est ce que j'ai cru comprendre. Où est-elle ?

— Au match. Elle doit ensuite accompagner son chéri à l'aéroport, et après ça elle rentrera à la maison. Vous voulez bien la rappeler plus tard ?

— Vous savez où il va ?

— À Berlin, étudier un immeuble. C'est un garçon très ambitieux.

J'avais raison. J'avais raison ! Le ciel explosa en une pluie de feu. Le visage familier. C'était lui ! Lui ! Ces grandes foulées… Je le revis s'élancer vers la camionnette blanche. Je le revis bondir dans la rame de métro. Je le revis marcher cet après-midi même. La clé dans le tiroir du bureau de Lemon. Tynan me l'avait dit lui-même – « des architectes », bon Dieu de bon Dieu ! Georgy-Porgy était afro-antillais. Afro/Ringo. Il s'appelait Ringwald. George Ringwald. Georgy-Porgy ! Et il avait directement accès à moi.

Seigneur ! Ils s'étaient infiltrés jusqu'au cœur de ma vie. Voilà comment ils avaient trouvé Rye.

Appeler les trois aéroports. Ils étaient tous accessibles par la M25. Gatwick. Heathrow. Stansted. Les horaires. Gatwick-Berlin à dix-neuf heures cinquante. Ou Heathrow à vingt-deux heures dix. Plutôt celui-là. Merde – non ! Gatwick, c'est là qu'ils l'avaient emmenée. Comment s'y prendraient-ils ? Elle allait se débattre et crier, non ? Comment faisaient-ils pour enlever les espions ? J'avais vu une émission à la télé, sur la guerre froide, ils les droguaient, les installaient dans un fauteuil roulant et les faisaient passer pour des infirmes, oh ! meeeeeeeerde !

Appeler Tynan ? Tente le coup. Il répondit.

— Je veux vous voir. Et Pearl. Tout de suite ! Où êtes-vous, Newman ?

Sa véhémence faillit me désarçonner, mais je tins bon.

— Minute. Écoutez-moi. Si vous deviez exfiltrer quelqu'un du pays par voie aérienne, comment feriez-vous ?

— Un fauteuil roulant. Des médocs. Vous ne regardez pas de films d'espionnage ? Et maintenant, bordel, dites-moi où vous…

Je raccrochai.

Pied au plancher, je quittai l'autoroute et entrai dans Gatwick. Le comptoir ! Le comptoir ! Le vol pour Berlin. L'embarquement est terminé, monsieur, je regrette infiniment, vous aviez un billet ? Est-ce qu'il y avait une femme en fauteuil roulant ? Je ne sais pas, monsieur, ma collègue vient de rentrer chez elle. Où est l'avion ? Où ? Oh ! il doit déjà être en train de rouler sur la piste, monsieur.

J'entendis un grondement et, en voyant sa silhouette étincelante filer dans la nuit, je sentis au plus profond de mon cœur qu'elle était à bord.

Je m'affalai sur un banc de métal vert, perdu.

Pearl se planta devant moi.

— Donnez-moi la main.

Il me la prit. Les gens nous regardaient.

— Nicholas. Écoutez-moi. La pression, je connais ça mieux que vous. Si je suis bon au foot, c'est parce que je sais rester calme quand j'ai le ballon. Vous avez le ballon, Nicholas. Restez calme. Sans ça, vous allez vous mettre à courir dans tous les sens. Bon. Dites-moi ce que vous pensez. Parce que ce qu'on pense, c'est ce qu'on sait.

— Ils l'ont enlevée.

— Réfléchissez encore. Le coach me dit toujours où je dois appuyer, man. Il me dit : « Leur numéro 4 est un peu lent du gauche. » Ou : « Leur gardien n'est pas bon sur les balles à ras de terre côté droit. » Cette fille est votre point faible. Quel est le leur ? Allez, Nicholas. Par où est-ce que vous attaqueriez leur maison si vous vouliez qu'elle s'écroule ?

— Ils l'emmènent à Berlin. Elle est sur ce vol, je le sais.

— Alors, en route pour Berlin.

Nous roulâmes jusqu'à Heathrow. Mon cœur était comme de la glace. Johann me bombardait de questions. Je ne pouvais pas répondre. Je ne voulais pas. Réfléchis. Réfléchis. Je n'y arrivais pas. Cette femme était mon cœur. Cette femme était… moi ! Je m'étais glissé en elle la nuit précédente et elle était devenue le foyer de mon corps, de mon âme. Ne jamais donner son cœur en entier.

L'ayant trouvée, je ne l'avais plus quittée des yeux. Je lui avais donné le bain. J'avais versé du vin de ma bouche à la sienne. J'étais resté les yeux ouverts jusqu'à ce qu'elle soit endormie. Je l'avais réveillée le matin. Je l'avais nourrie. Appelle Tynan, Nicholas. Non ! Je la retrouverai moi-même ! Je serai invincible pour elle ! Pauvre idiot !

Alors que j'étais en train de courir vers la sortie du parking, quelque chose m'arrêta net.

— Vous ne pouvez pas venir, Johann.

— Il le faut, man. Vous allez devoir me supporter.

— Vous n'avez pas de passeport.

Il se frappa le front en grognant. Puis s'écria :

— Si, je l'ai ! Où est ma pochette ?

Nous repartîmes à toute allure vers ma voiture.

Une fois que nous eûmes embarqué sur le vol de Berlin, Pearl dévora son repas, puis le mien. Une hôtesse vint lui demander un autographe, et il s'exécuta. Le commandant de bord nous annonça tout d'abord un retard d'une heure, puis qu'en raison d'un épais brouillard sur Berlin notre avion allait être dérouté sur Francfort. J'en aurais pleuré.

On nous demanda si nous avions des messages à envoyer. Oh ! oui, j'en avais un, et je savais pour qui, j'en connaissais chaque mot par cœur. Mais je ne savais pas où elle était. Une hôtesse nous réserva une voiture à Francfort. Nous atterrîmes à deux heures moins cinq du matin, mais il n'y avait ni voiture, ni enveloppe, ni rien d'autre pour nous au comptoir de la compagnie, les bureaux des loueurs étaient tous fermés, nous avions raté le car réservé aux passagers du vol, et aucun chauffeur de taxi ne voulut nous emmener à Berlin à cause du brouillard.

# 55

Je me souviens d'un hôtel. Plus ou moins. Je me souviens d'une chambre. Plus ou moins. Je me souviens de m'en être voulu d'avoir dormi, et je me souviens d'avoir entendu tambouriner à la porte – Pearl, disant :

— Debout, man, allez, qu'est-ce que vous avez à roupiller comme ça ?

Derrière la fenêtre, le brouillard est une vraie purée de pois. « Craindre la mort, sentir le brouillard dans ma gorge, la brume dans mon visage[1]. » La plupart des gens écorchent la citation en disant : « la brume sur mon visage », ce qui détruit le vers. Je dois être sérieusement à côté de la plaque : quand je suis sous pression, mon esprit a tendance à se laisser envahir par une cacophonie de souvenirs, des chansons que j'ai tenté d'écrire autrefois, des chansons écrites par d'autres, des jingles publicitaires, des poèmes appris à l'école.

Pearl est en train de me dire quelque chose.

— J'ai commandé le petit déjeuner. Le brouillard ne s'améliore pas, man. Aucun vol pour Berlin.

1. Extrait de *Prospice,* poème de Robert Browning.

— On ira en voiture.

— Je vais essayer de récupérer celle qu'on aurait dû avoir cette nuit.

Il décroche le téléphone et se met à aboyer sur quelqu'un. Je le regarde, stupéfait.

— Les ordres en allemand passent mieux.

— Vous parlez combien de langues, Perle Noire ?

— Sept en comptant le frison. Mais c'est plutôt un dialecte.

— Sept ? !

— Le néerlandais et l'anglais. L'allemand et l'italien. Le français, mais ce n'est pas là que je suis le meilleur. L'espagnol, le frison. Et un peu d'albanais.

— D'albanais ?

— On a eu un ouvrier qui s'appelait Rotu, il était albanais et n'a jamais réussi à apprendre un mot de notre langue.

— Johann ?

— Oui, Nicholas ?

— *Zinzee endlick fur mickey comin'*.

— Votre accent allemand est très mauvais. Qui vous a dit ça ?

— Leur point faible.

Il ne comprend pas de quoi je parle.

Le petit déjeuner arrive.

— Je n'ai pas faim, dis-je.

— Ça me fera du rab.

Ce qui m'incite à manger. Mais le nœud de mon estomac se resserre encore et j'aurais aussi bien fait de rester à jeun, car je vomis tout ce que j'ai avalé dans les toilettes de l'aérogare.

La voiture nous est livrée. Avec radiotéléphone. Je retire du liquide à un distributeur.

— Vous êtes un vrai flambeur. Votre amie va bien, dit Pearl en me prenant la main. Je le sais là-dedans.

Il se tapote le côté gauche de la poitrine.

Je me retiens de hurler : Qu'est-ce que tu sais là-dedans, bon sang ? Tu viens à peine de naître ! Et tu es *pédé* ! Qu'est-ce que tu connais à… ? !

Commence alors un trajet de cauchemar. Visibilité réduite à dix ou vingt mètres. On n'y voit strictement rien. Deux heures plus tard, nous n'avons toujours pas quitté l'agglomération de Francfort. Pourquoi ce brouillard me calme-t-il alors qu'il devrait me rendre hystérique ? J'ai l'impression d'être caché par lui, donc invulnérable, donc compétent pour retrouver Claire.

— Pourquoi le gardien n'a-t-il pas vu les fils, Johann ?

— Les gardiens sont débiles, man. Et les fils devaient être blancs, comme le filet.

N'importe quoi pourvu que cela m'empêche de penser à Claire. À ses longues jambes de cavalière et à la facilité avec laquelle elles se nouent autour de moi. À ses cuisses qui ne se rejoignent pas tout à fait en haut.

J'ai envie de pleurer. D'un bout à l'autre du trajet je retiens mes larmes. Je viens à peine de la trouver et je l'ai déjà perdue. Une vengeance du destin ? Pour tout le mal que j'ai pu faire ?

Pearl ne dit pas grand-chose. Il tripote les boutons du lecteur de CD, mais nous n'avons pas de CD. Il a la délicatesse de ne pas mettre la radio. Jusqu'à ce que je lui demande :

— Essayez donc de nous trouver un bulletin météo.

Il me livre ses conclusions après d'innombrables changements de fréquence :

— Ça commence à se lever dans les campagnes.

Mais pas de beaucoup. Est-ce un jour de fog à Londres ? *A foggy day in London Town. Had me low, had me down.* Je commence à être à court de citations sur le brouillard. Sous le brouillard brun d'une je ne sais quoi d'hiver… T.S. Eliot ? Peut-être, mais le brouillard n'est pas brun. Claire, il faut que tu vives, Claire. *Vis !* Maintenant que je t'ai trouvée – non, ne te risque pas sur cette pente-là, c'est une voie sans retour… Un panneau me donne le choix entre Dortmund et Cassel. Quoi prendre ? Cassel. Seigneur, quelles conditions de route épouvantables !

— Quelle heure est-il, Johann ?

Je le sais déjà. J'ai juste besoin d'entendre quelque chose de vrai.

— Presque midi, man.

Presque détruit, man, presque en miettes. Presque à bon port avec Claire, pourtant. Après toutes ces années à chercher. Je sais à présent pourquoi je ne me suis jamais engagé avec personne : trop à perdre. D'où mon refus d'avoir des enfants. Cela aussi a changé. Et c'est un baromètre, un vrai. Je m'y connais en enfants et en perte, j'ai eu un frère et je l'ai perdu. J'ai eu un père et une mère, et après avoir perdu mon frère je les ai perdus eux aussi, ou peut-être l'inverse, en tout cas rien n'a jamais plus été pareil, de perte en perte. Pas gagnant-gagnant mais perdant-perdant, arrête, Nicholas, tu tombes dans l'eau de rose, c'est contre-productif.

— Johann… comment se fait-il que le juge de touche n'ait pas vu le branchement ? Il est censé vérifier les filets, non ?

— Les juges de touche sont encore plus débiles que les gardiens, man.

Le brouillard se dissipe vaguement. Pas ma déprime.

Tout ceci est planifié. Ma vieille paranoïa se réveille. Est-ce qu'ils ont pu charger Pearl de m'éloigner ? Il suffit de regarder l'enchaînement des faits. Ils ont profité de mon premier moment d'absence pour la kidnapper. À une heure qui leur permettait de prendre dans la foulée un vol à l'aéroport le plus proche de Rye. Le brouillard continue de se lever, quelques timides rayons de soleil cherchent à le transpercer.

— Qui appelez-vous ?

Il a besoin de s'occuper, il ne sait pas rester oisif. Il ne me répond pas. Il est en train de parler en allemand. Sans doute obtient-il l'information voulue, car il termine la conversation sur un ton enjoué puis raccroche.

En reposant le combiné sur sa base, il me dit :

— Claire est arrivée à Berlin hier soir. Elle était sur le vol de Gatwick, le dernier à avoir atterri à Tegel avant le brouillard.

Je lui décoche un regard oblique.

— Comment avez-vous fait ?

— À l'instinct, comme je vous disais. Le coach est d'avis qu'on ne joue jamais assez à l'instinct.

Il est quatorze heures. « Berlin 190 km », annonce un panneau – encore deux heures de route avant d'atteindre les confins de la ville. Je roule aussi vite que possible, mais le brouillard refuse de disparaître entièrement. À maintes reprises, des images de Claire se faufilent sous mon crâne et je m'efforce de les déloger. Par chance, je voyage en compagnie d'une boule d'énergie comme je n'en ai jamais connu.

La Perle Noire découvre dans la boîte à gants un

boîtier gris de forme carrée d'où pendouille un fil et pousse un cri d'extase.

— Man ! Un ordinateur de bord !

Il le branche et, en moins d'une demi-heure, décrypte les secrets de son nouveau joujou.

— On est où ?

Je le lui dis ; il transmet l'information à la machine.

— Je vais vous sortir un itinéraire. Où est-ce qu'on va ?

— Potsdamer Platz. Wilhelmstrasse.

Il tape les noms sans hésiter.

— C'est bon, je l'ai.

— Guidez-moi jusqu'à Tegel. Après, je connais le chemin.

— Et je pourrai vérifier !

Au moins, l'un de nous est heureux. Pearl m'abreuve d'indications jusqu'à ce que je sois garé sur Volkstrasse, à quelques mètres d'An der Kolonnade. Retour aux sources.

Pas de réponse. Je presse de nouveau la sonnette de l'interphone et il n'y a pas de réponse. Une voisine arrive. Johann Pearl lui fait du charme et elle nous laisse entrer dans l'immeuble. Un peu de lumière du jour jaunâtre s'infiltre dans la cage d'escalier silencieuse.

— J'ai les boules, lâche Johann en grimaçant. Pire que quand on joue Arsenal à Highbury.

Il se balance d'un pied sur l'autre, baisse les yeux sur son anorak, tire un peu dessus et me glisse :

— Comment avez-vous osé me faire un coup pareil, man ? Un anorak !

Incroyable exubérance. À moins que la notion même de danger ne lui soit inconnue. Non, ce n'est pas vrai.

64 ? 66 ? Est-il possible que j'aie oublié ça ? 64. Pas de réponse. Je sonne. Johann aussi. Une voisine sort sur le palier, et il traduit :

— Il n'est pas là.

— Pas là ou plus là ? Demandez-lui.

— Quelle différence ?

— Soit il est sorti faire un tour. Soit il est parti pour de bon.

Aucune révélation ne s'ensuit. La dame rentre chez elle. Nous sommes coincés.

— Qu'est-ce qu'on fait ? On attend ?

— Retournez à la voiture. Attendez dedans. Moi, je reste ici. Si quelqu'un entre, prévenez-moi sur le portable.

Une demi-heure s'écoule avant le coup de fil de Johann.

— Il y a une dame à la porte. Ça va, Nicholas ?

— Oui.

— Vous savez où on est, au fait ? C'est très intéressant, mais ça donne la chair de poule.

— Il faut que j'économise ma batterie.

Quarante minutes supplémentaires. Les ombres s'étirent en travers des marches. Le téléphone vibre au creux de ma main.

— Un homme âgé.

— Seul ?

— Oui. Très lent.

— Très voûté ?

— Ça veut dire quoi, Nicholas ?

— Penché en avant ?

— Comme un vieil arbre, man.

— Entrez derrière lui. Je vais avoir besoin de vous.

J'entends claquer la porte et me rencogne dans

l'angle du palier. Il escalade lentement les marches, très, très lentement. Tu rentres chez toi, vieil homme, pendant que ton fils est dehors en train de tuer des gens. Où étais-tu pendant la guerre, papa ? Je crois le savoir. Pearl le suit sur la pointe des pieds.

Il a ses clés à la main, mais il lui faut une éternité pour trouver les serrures et les ouvrir – un, deux, trois canons, cet homme craint-il pour sa sécurité ? Les gonds grincent. Johann et moi entrons ensemble sur ses talons. Nous sommes dans la place et refermons la porte.

Il ne nous entend pas. Il ne s'est rendu compte de rien. Mais quand je lance « *Guten Tag* » dans son dos, il se retourne avec sérénité, comme s'il nous attendait depuis toujours, ce qui est peut-être le cas.

# 56

D'entrée de jeu, il prend l'ascendant sur nous. Quand j'y repense aujourd'hui, j'ai du mal à y croire. Il ôte tout d'abord son manteau et le tend à Johann, qui fait mine de le déposer sur une chaise. Mais le vieil homme lui indique impérieusement un placard. Il tend ensuite ses gants et son écharpe, puis pointe du doigt ses parties génitales et s'en va en traînant les pieds ; nous entendons un bruit de chasse d'eau. À son retour, nous sommes toujours immobiles dans l'entrée. Il parle, avec des mots qui ne sont pas sans rappeler mon mantra *Zinzee* et que Johann traduit pour moi.

— Il a dit : « Ah ! Vous êtes venus me chercher. » Et il veut qu'on s'asseye.

Nous prenons place autour d'une table dans le salon. Sur le manteau de cheminée trône une décoration qui ne peut être qu'une Croix de fer. Le vieil homme surprend mon regard. Quand mes yeux reviennent sur lui, je m'aperçois que ce n'est pas le mauvais temps qui lui donne aussi mauvaise mine. Il est en larmes. Des larmes de quoi ? De peur ? De soulagement ?

— Dites-lui d'attendre une minute, dis-je à Pearl. Tenez-le à l'œil.

Je me lève d'un bond. Je retraverse l'entrée, je regarde sur le palier par où passent le câblage et la tuyauterie, je localise leur point d'entrée dans la cuisine et j'arrache la ligne de téléphone. Personne ne donnera l'alerte, non, personne. Ni dans un sens, ni dans l'autre.

— Demandez-lui où est son fils.

Un vrai dilemme. Son âge et sa fragilité me donneraient presque envie d'être gentil et même tendre. Mais les images d'Oradour ne me quittent pas. Je pense au boulanger, torse nu, couvert de farine et uniquement soucieux du pain qu'il prépare pour ses clients.

Pearl pose la question. Le vieillard secoue la tête.

— Il ne sait pas, traduit Pearl, mais il a quelque chose à nous dire.

— Quoi ?

Pendant un moment, l'horreur du drame dans lequel je me suis laissé entraîner me pétrifie. Cet homme était là-bas en ce bel après-midi. Je le sais. Je secoue la tête et me rassieds à la table. Les choses n'avancent pas au rythme que je souhaiterais.

Une déclaration s'ensuit. Mes doigts tapotent le bord de la table.

— Il n'arrive pas à dormir, traduit Johann. Il entend tout le temps des hurlements et il voit des visages, du feu. Mais il s'est conduit en soldat.

Je dois poser la question évidente.

— Il était à Oradour-sur-Glane ?

L'homme ne me regarde pas, jamais. Il garde les yeux rivés sur Johann. Ils sont injectés et secs, sans doute le fruit de plusieurs décennies de larmes insuffisantes. Il repart dans une tirade, que Johann interrompt de temps en temps.

— Il était à Oradour… avec le général Lammerding… ils avaient très peur… ils avaient l'ordre d'éliminer la résistance… on lui a dit de faire certaines choses, d'isoler le village… le commandant Diekmann… il dit qu'il y a eu un dérapage… non, il change d'avis, il pense qu'ils ne se sont pas comportés en soldats… plutôt comme des barbares… il se voit comme un Wisigoth moderne… il ne se passe pas un jour sans qu'il repense à cet après-midi ensoleillé, aux champs qui avaient l'air si beaux… il se rappelle l'arrêt du tram… il se rappelle l'odeur de la boulangerie… celle du café frais qui montait du bistrot près de l'église…

— Demandez-lui s'il se souvient du bureau de poste. Il y avait deux volutes Art déco sur la façade.

Ma voix sonne bizarrement. Bientôt, ma poitrine sera incapable de contenir les bonds de mon cœur. J'ai envie de tendre le bras vers cet homme et de l'apaiser, de prendre sa pauvre vieille main noueuse, j'ai envie de lui offrir un peu d'affection. Puis je me souviens de l'institutrice qui a tenté de prendre dans ses bras autant d'élèves que possible.

— Non… il ne se souvient pas du bureau de poste… il se souvient du moment où les hommes ont été séparés des femmes et des enfants… c'est lui qui en a été chargé… il demande si on est là pour le tuer… il se dit prêt à mourir.

— Non. Nous ne sommes pas là pour le tuer. Demandez-lui s'il se souvient de l'église.

Je regarde le vieil homme et j'ai envie de lui dire que Claire est merveilleusement belle, qu'elle me regarde avec quelque chose qui ressemble presque à de la souffrance quand j'entre en elle, que mes mains ne peuvent s'empêcher de lui caresser les joues, les cheveux.

— Il n'était pas à l'église… mais il était tout près… ce sont ces hurlements-là qu'il entend… ce sont ces flammes qu'il revoit chaque nuit, chaque matin… il se rappelle avoir escorté un groupe d'hommes jusqu'à un chai… il se rappelle avoir donné l'ordre aux mitrailleurs… il se rappelle qu'il faisait très beau, qu'un des soldats riait et qu'il lui a crié d'arrêter… il dit qu'eux aussi ont subi des pertes…

— Combien ? Demandez-lui combien.

— Il dit… qu'ils ont perdu un lieutenant… il pense qu'il s'appelait Kung, ou Knug…

— Comment est-il mort ?

— Il dit qu'il a été tué quand un pan du toit de l'église s'est effondré sur lui…

— Ce n'est pas tout à fait la même chose que d'être brûlé vif ou achevé d'une balle dans la tête.

Je commence à voir rouge. J'ai envie de me lever et de tuer ce monstre à coups de pied. J'ai envie de me précipiter vers lui et de lui dire : Dors, vieil homme, repose-toi, j'ai pitié des cinquante dernières années de ta vie intérieure. J'ai envie de le griffer, de lacérer à coups d'ongles ses joues ravinées. La peau de mon visage est si tendue que je sens la forme de mon crâne.

— Demandez-lui ce qu'il a fait d'autre.

— Il dit… qu'il a mis la radio très fort… il dit qu'il a ordonné à ses soldats de mettre le feu aux granges… il dit qu'il est l'un de ceux qui ont réquisitionné une maison cette nuit-là pour pouvoir nourrir les troupes…

— Demandez-lui s'il sait qu'il a tué six cent quarante-deux personnes, tous les hommes, toutes les femmes et tous les enfants d'Oradour.

L'aplomb de Pearl s'est estompé depuis longtemps, mais son intelligence l'aide à tenir. Je me lève pour allumer une lampe.

— Il dit… que tout le monde n'est pas mort… il dit que ce n'est pas lui qui les a tous tués, qu'il y avait d'autres soldats…

— Des soldats ? Ils se considèrent comme des soldats ? ! Demandez-lui combien il pense qu'il y a eu de rescapés.

Silence du vieil homme. Pearl réitère la question. L'Allemand secoue la tête.

— Dites-lui sept – il y a eu sept rescapés. Demandez-lui s'il a revu Lammerding après coup.

Le vieil homme répond avec un enthousiasme prudent.

— Il dit qu'il l'a revu tous les ans ou tous les deux ans, à des réunions d'anciens des Panzers… mais il dit que ça le hante… qu'il préférerait être puni.

— Demandez-lui si Lammerding regrettait Oradour.

Mon corps est fourbu. Mon cerveau, carbonisé. Je me laisse tomber sur ma chaise. Le vieil homme donne à Pearl une réponse sèche.

— Il dit qu'il ne pense pas, que Lammerding était un officier du Reich.

Pearl se tourne vers moi.

— Je peux lui poser une question, Nicholas ?

Changement de tempo. Je fais oui de la main. Mais sa question produit une réponse animée, un début de feu militaire. Ce vieillard nous tient encore sous sa coupe. Johann se tourne vers moi. Je devine à son visage qu'il rirait s'il s'en sentait le droit.

— Ah ! man, ça ne s'invente pas.

— Que lui avez-vous demandé ?

— Je lui ai demandé pourquoi il vivait dans un immeuble construit à l'emplacement du bunker d'Hitler.

— Quoi ? !

— C'est ce que j'ai essayé de vous dire tout à l'heure. Quand j'étais dans la voiture. Il y a une plaque touristique un peu plus loin dans la rue, c'est ici qu'Hitler est mort, quasiment sous nos pieds. Ces immeubles ont été construits au-dessus du bunker d'Hitler. Il dit que son Führer est mort ici et qu'il veut mourir ici. Il dit que *Herr* Hitler était son commandant en chef et qu'il a été un bon soldat.

Je ne sais plus quoi faire. Le dégoût m'interdit de rester. En foudroyant du regard le vieil homme, je dis à Pearl :

— Demandez-lui s'il sait que sous l'endroit où il vit, dans le bunker de son cher Führer, Magda Goebbels a fait mettre à ses six enfants leur chemise de nuit blanche et qu'elle les a tous tués en leur servant un bol de chocolat chaud empoisonné.

Je suis vidé. Ne perds pas de vue ton objectif, Nicholas. Ce n'est pas ainsi que tu retrouveras Claire. Je lève une main : à moi de prendre l'ascendant.

— Demandez-lui s'il sait où est son fils.

Le vieil homme me regarde pour la première fois, réellement inquiet.

— Il dit qu'il ne sait pas mais qu'il est très fier de son fils, qu'il vit dans le respect d'une bonne tradition…

Je comprends tout. Le fils a été recruté par le réseau parce que son père était à Oradour. Ignoble continuité. Je me lève. Johann m'imite.

— Posez-lui une dernière question, dis-je. Est-il retourné à Oradour ?

Le vieil homme hoche la tête et parle.

— Il dit que oui, une fois, pendant des vacances en France avec sa regrettée femme... il voulait lui montrer où il avait combattu...

Des *touristes*. Je préférerais avoir moins souvent raison sur des sujets aussi terribles. Mes idées se bousculent. Mais ce ne sont pas de bonnes idées. Je dévale l'escalier et Johann me suit. Je lui crie :

— La plaque, montrez-la-moi !

Il me mène jusqu'à la plaque touristique ; je m'arrête et je lis ; je regarde tout autour de moi. Là, le parc de jeux, celui qui m'a fait penser à Grimm. Un parc pour enfants juste au-dessus du bunker d'Hitler. Voilà bien une idée est-allemande. Et de l'architecture est-allemande. Nous y allons à grandes enjambées. Sur le trottoir, je repère une plaque d'égout. Je cours. Une pensée folle me traverse l'esprit. Comment s'appelait ce tueur, déjà ? À Kidsgrove ? Il avait caché sa victime, une jeune fille, dans un égout. Je tente d'ôter le couvercle. Pearl vient à mon aide. Nous le soulevons. Non. Pas assez profond. J'observe les environs. Là-bas ! Une grosse trappe rectangulaire dans le sol. Ensemble, nous réussissons à l'ouvrir. Non, elle donne sur du béton.

— Cette femme, là-bas, rattrapez-la, demandez-lui ! Demandez-lui où est l'entrée !

Pearl revient au petit trot.

— Elle nous prend pour des dingues, man. Les communistes ont comblé le bunker.

Je laisse retomber la trappe. Le métal résonne dans la nuit, et je pousse un cri de désespoir.

— C'est fichu, dis-je à Pearl.

Il me dévisage avec inquiétude sous le lampadaire.

— Pourquoi dites-vous ça ?

— C'est fichu.

Johann Pearl ne sait pas plus que moi, Nicholas Newman, ce qu'il faut faire maintenant. Nous nous retrouvons dans cette banlieue ordinaire qui fut jadis le centre géométrique d'un mal indépassable, un mal qui m'a enfoncé son poing dans la gorge et me broie le cœur. Pris de tournis, je dois m'appuyer contre la plaque touristique qui explique au monde que le bunker d'Hitler se trouve sous nos pieds, sans dire un mot sur Magda Goebbels et ses enfants.

— Je me les gèle, man.

Il remonte dans la voiture et je reste seul dans la lumière jaunâtre, à la lisière d'un jardin public en face duquel ces appartements s'empilent au-dessus d'une enfilade de boutiques.

Quel est le bon choix quand on arrive dans une impasse ? Faire demi-tour, peut-être. Escalader le mur. Le contourner par un moyen quelconque. Si j'étais bouddhiste, je me dirais peut-être qu'il suffit d'attendre, que l'impasse elle-même finira par me donner la solution. Mais je ne suis pas bouddhiste.

Je reviens lentement à la voiture. Quand je suis assis, Pearl me demande :

— Et maintenant, qu'est-ce qui se passe ?

Je suis à deux doigts de le mordre.

— Comment voulez-vous que je le sache ?

— Vous ne comprenez pas ma question, Nicholas. Je vous demande ce qu'on fait. Vous croyez que le vieux va avertir son fils ?

— Il ne pourra pas. J'ai coupé son téléphone.

— Bien joué. Alors, on reste ici.

— Qu'est-ce que vous racontez, bordel de merde ?

Il pose une main sur mon avant-bras.

— Le fils va appeler son père. Ça ne répondra pas. Il viendra voir ce qui se passe. Comme au foot. Je reçois la balle. Je lève la tête. Et j'anticipe la suite.

Ne soyez pas aussi simpliste, putain de merde, ai-je envie de riposter. Mais… je n'ai pas d'autre idée. Donc pas le choix.

— Vous lui avez parlé d'Oradour – c'est le nom que vous avez cité, je crois. Qu'est-ce que c'est que cette histoire ?

Je lui raconte. Tout ce qui me revient en mémoire. Il réagit à d'autres détails que moi. Les câbles téléphoniques coupés. L'équipe de football. Pas les hirondelles, pas la boulangerie, pas le visage du Christ. Il secoue lentement la tête.

Combien de temps attendons-nous ? Une heure ? Peut-être pas. Pearl, toujours aussi vif, est le premier à le repérer. Il m'avertit d'un murmure et nous nous recroquevillons sur notre siège. Je n'en crois pas mes yeux. Otto vient d'émerger d'une vieille maison de l'autre côté de Wilhelmstrasse. Il se dirige avec sa raideur coutumière vers An der Kolonnade. Le suivre ? Pour quoi faire ? Le tuer ? Et Claire ?

Je ne bouge pas, autant parce que je suis tétanisé que parce que cela semble être la meilleure solution. Il ne regarde pas dans notre direction – la voiture est en partie masquée par le kiosque qui se dresse à l'entrée du parking réservé aux boutiques.

Dois-je le suivre ?

— Je savais bien que ce n'était pas fichu, me glisse Pearl.

Je le suis à pied. Je vois Otto entrer dans l'immeuble de son père. Je reviens en courant à la voiture. En m'efforçant de faire comme dit Pearl. En m'efforçant d'anticiper la suite.

Elle ne se fait pas attendre. Otto ressort de l'immeuble paternel en marchant très vite. Nous baissons de nouveau la tête, mais en tâchant de ne pas le perdre de vue. Le coup d'œil acéré qu'il jette dans notre direction est-il autre chose que le fruit de mon imagination ? Il balaie les environs du regard. Et maintenant ?

Il regagne la maison qu'il a quittée tout à l'heure. Quelques instants plus tard, une voiture arrive à vive allure et stoppe devant. Le conducteur est au téléphone.

La porte de la maison s'ouvre et un homme sort, échange quelques mots avec le conducteur de la voiture, qui repart en marche arrière et tourne au coin de la rue. Pour quoi faire ?

Je démarre. C'est le moment ou jamais de compter sur la chance. La voiture est maintenant garée devant la première porte de la petite rue latérale – une porte de service entrouverte. Je la dépasse et stoppe un peu plus loin le long du trottoir désert.

— Réglez votre rétro extérieur, dis-je à Pearl, ça augmentera nos chances de voir ce qui se passe.

Il ne tarde pas à me confirmer ce que je vois aussi de mon côté :

— La porte. Ils sont en train de faire sortir une personne en fauteuil roulant.

Maudit Tynan, il a encore vu juste. Que ne l'ai-je laissé s'occuper de tout ?

## 57

Mon cœur se serra. Qu'avaient-ils fait à Claire ? À ses jambes si longues et si belles ?

— Vous voyez le fauteuil roulant ? demandai-je à Pearl.

Je ne le voyais plus.

— Non. Si. Non. Ils la soulèvent. Ils l'installent dans la voiture. Vous croyez que c'est elle ?

Sa voix était rauque. Lui aussi avait peur, je le sentais.

Comment avais-je pu nous embarquer dans une telle galère ? Qu'avais-je fait à la vie pour qu'elle se montre aussi cruelle envers moi ?

Je tentai de reconstituer à haute voix le fil des événements.

— Le vieux a parlé à son fils de notre visite. Du coup, le fils la déplace – au cas où nous alerterions la police. On risque de rouler toute la nuit.

Cette idée m'oppressa. Et me prit au dépourvu. Tout autour de nous se dressaient les hauts lieux de la terreur nazie : le siège de la Gestapo, celui de la SS, la chancellerie d'Hitler. Leur héritage était toujours présent. Effroyable.

Je faillis les perdre, car ils roulèrent quelques minutes seulement. Je m'attendais à ce qu'ils l'emmènent au loin, dans une autre planque. Je savais au plus profond de mes tripes que Claire était assise à l'arrière de cette voiture. Je la doublai : filature par-devant, comme au cinéma. Ils l'avaient emmitouflée dans quelque chose.

J'entrevis son écharpe et une mèche de ses cheveux.

J'entrevis un pan de son visage, un petit bout de ce nez sur lequel je la taquinais parce qu'il semblait cassé.

N'importe quel passant l'aurait prise pour une jeune femme souffrante transportée en voiture. La densité du trafic augmenta la distance qui nous séparait. Leur voiture stoppa soudain derrière moi.

— Ils vont à la gare ! s'écria Pearl.

— Descendez ! Trouvez le numéro du quai. Leur destination. Tout. Je vais me garer au cas où nous aurions besoin de récupérer la voiture.

Je la laissai dans une petite rue latérale, face à l'entrée du zoo, sans songer un instant à payer pour le stationnement. Pearl, intelligemment, m'attendait sous le panneau d'affichage des départs, au pied d'un escalier. Malgré la capuche d'anorak grise qui lui recouvrait la tête, il avait toujours l'air d'une star.

— Ils sont montés aux quais, man, mais c'est bon, il n'y a aucun départ avant sept minutes.

— Où vont-ils ?

— Je ne sais pas encore.

Je regardai par-dessus son épaule. Ils attendaient effectivement dans le hall, face aux voies. Pas encore de train à quai. Pas de destination affichée à l'entrée des quais. Il fallait qu'ils soient extrêmement sûrs d'eux pour prendre le risque de s'exposer ainsi avec leur otage dans un hall de gare. Ils craignaient pourtant d'être pris. Comment comptaient-ils se cacher ?

— Il est avec eux ?

— Ouais. Il a sa casquette.

— Il vous a repéré ?

— Non, man.

— Qu'est-ce qu'on va bien pouvoir faire, Perle Noire ?

Il sentit le désespoir dans ma voix. Leva les yeux vers le panneau des départs. Me regarda.

— S'ils sont ici, c'est qu'ils s'apprêtent à faire un long voyage. Et quel est le meilleur endroit pour cacher quelqu'un dans un train, Nicholas ? Un compartiment de wagon-lits. Ils vont la mettre dans un train-couchettes.

Qui a dit que les footballeurs étaient idiots ? Sans doute lut-il dans mes pensées, car :

— N'importe qui vous dira que les footeux ont un petit pois dans la tête, man.

— Combien de trains-couchettes au départ ?

Ce garçon savait tout.

— Il y en a un dans douze minutes, pour Munich.

Je me ruai vers les guichets. Pas de queue pour les premières classes. Deux places pour Munich. Pearl se chargea de la transaction pendant que je faisais le guet. Il baratina la vendeuse. Sa carte de crédit fut d'abord refusée. Elle ne l'avait pas fait glisser assez vite dans le sabot. Il répéta l'opération à sa place, en lui montrant du doigt le sigle « Platine ». Et se remit à palabrer.

— Demandez-lui quelles destinations sont accessibles à partir de Munich, dis-je.

Je vis la fille sourire. Pearl n'en finissait plus de

l'embobiner. Elle lui égrena au bout de ses doigts une liste de destinations. Je trépignais d'impatience. Dès qu'il eut les billets en main, il tourna le dos à la guichetière, me fit signe de le suivre et s'élança comme une fusée dans le hall, à l'opposé des quais.

Nous nous arrêtâmes devant une bagagerie. Pearl se saisit d'une grosse casquette et d'une écharpe, sélectionna pour moi un chapeau et une canne.

— Il va falloir la jouer fine, man.

Nous rejoignîmes au pas de course la volée de marches menant aux trains.

— Je vous parie qu'ils sont là, me souffla-t-il par-dessus son épaule. Tout près.

— Comment pouvez-vous le savoir ?

— Ils ont acheté leurs billets avant nous.

Mon sang se glaça quand j'aperçus la casquette bleue du Cador. Quatre hommes l'accompagnaient, en plus de Claire. Du moins avaient-ils pensé à lui caler un coussin derrière le dos.

— Elle a l'air de dormir, dit Pearl.

— Droguée.

Il acquiesça. Nous attendîmes.

— Vous croyez qu'il faut leur sauter dessus ? finis-je par souffler, pitoyable.

— Non, non. Mieux vaut attendre d'être dans le train.

— Et pour Munich ? Que vous a dit la fille ?

— Je lui ai demandé où elle aimerait m'emmener si on partait ensemble de Munich. Elle m'a répondu qu'il y avait l'embarras du choix. Innsbruck, Monaco, Venise…

— Bon sang !

— Ils embarquent, man.

— Qu'est-ce qu'on fait ?

— On les suit. Et maintenant, Nicholas, boitez. Mettez votre chapeau et boitez.

— C'est ridicule, marmonnai-je en m'exécutant.

Le gros contrôleur avait des manières exquises. Je comptai les compartiments : cinq par voiture. Je n'étais plus monté dans un wagon-lits depuis le festival de Vérone cinq ans plus tôt.

Pearl me précédait, derrière le contrôleur. Je marchais tête baissée, traînant la patte comme un vieillard. Je n'avais guère à me forcer, vu l'état où j'étais. Grotesque. J'aurais dû les attaquer de front.

Un seul compartiment séparait le nôtre, situé en queue de wagon, du premier des leurs. Dans lequel avaient-ils mis Claire ? Peut-être celui du milieu – ils étaient cinq. Un avec elle, supputai-je, et les quatre autres se partageraient les deux compartiments restants. Les neutraliser un par un ? Et avec quoi ?

J'entendis une espèce de râle derrière moi et manquai faire un bond. Le râle se répéta : ce n'était qu'une employée des chemins de fer, qui faisait semblant de se chamailler avec le gros contrôleur. Nous avions atteint notre compartiment, et ce fut tout juste si je ne m'écroulai pas en franchissant le seuil.

L'énergie de Pearl, en revanche, était intacte. Il disparut. Je refermai la porte. Dans le couloir, j'entendis une voix dont je reconnus les *aaaa* interminables parler au contrôleur. Je ne compris rien à ce qu'ils se disaient, et cela me rendit à moitié fou. La conversation dura un bon moment.

Où es-tu, Pearl ?

Il revint.

— J'ai tout entendu, m'annonça-t-il. Il a dit que

sa femme était très malade et qu'ils auraient peut-être besoin de descendre en cours de trajet. Il n'y a qu'un seul arrêt, à Nuremberg. Il a aussi demandé combien d'autres passagers il y avait dans le wagon, si c'étaient plutôt des gens calmes ou des noceurs du genre à boire et faire du barouf toute la nuit. Le contrôleur a répondu qu'il y avait juste un couple marié – nos voisins – et un vieux monsieur accompagné d'un ami – nous. Un vieux monsieur ! pouffa Pearl, hilare. Bon, je vais nous chercher à manger.

Il rapporta de quoi nourrir un régiment et dévora presque tout.

— On va se relayer pour dormir, dis-je quand il eut fini. Mais à Nuremberg, il faudra qu'on soit debout tous les deux et prêts à descendre.

Que pourrions-nous faire en pleine nuit contre cinq hommes certainement armés ? Je n'en avais aucune idée.

Je fus le premier à me coucher, pendant que Pearl lisait le journal en allemand aux caractères serrés gracieusement mis à notre disposition. Ses pieds gigantesques pendaient par-dessus le bord de la banquette. Il passait son temps à remuer les orteils.

Je retrouvai un semblant de calme. Je ne savais pas du tout quelle attitude adopter. Quelques années plus tôt, un ami diplomate avait suivi un stage censé lui expliquer quoi faire en cas d'enlèvement. À l'en croire, on s'était contenté de lui apprendre à simuler un évanouissement. Aucun intérêt pour moi. Contre toute attente, je sombrai dans un profond sommeil.

Une secousse me réveilla. Pearl, debout, tentait de regarder par la fenêtre.

— Je crois qu'on s'arrête, man.

Il s'habilla, mit son écharpe et sa capuche, sortit dans le couloir.

— Nuremberg, me glissa-t-il.

D'autres portes s'ouvrirent et se fermèrent pendant que le train ralentissait jusqu'à l'arrêt complet. Pearl réintégra le compartiment et maintint la nôtre entrouverte pour que nous puissions tous deux voir dehors. Deux ravisseurs sautèrent sur le quai et l'arpentèrent quelques minutes durant. Le contrôleur s'approcha d'eux. Ils rembarquèrent et se concertèrent avec les deux autres. Pearl colla une oreille contre la cloison.

— Ils ne descendent plus, me glissa-t-il. Qu'est-ce que ça veut dire ?

— Ça pourrait vouloir dire qu'ils se sentent en sécurité. Qu'ils ne pensent pas être suivis.

— Ils m'ont quand même bien maté au bar, man.

— Ils vous ont entendu parler ? demandai-je avec inquiétude.

— *Italiano*, répondit-il. *Perfetto.*

Toutes les portes se refermèrent. Pearl jeta un nouveau coup d'œil dans le couloir. Deux des ravisseurs s'y tenaient toujours. Le train s'ébranla.

— À votre tour de dormir.

— Merci, man.

Je redoutais ce moment. La nuit, le silence et la solitude. Rien à lire. Rien à faire. Rien pour stimuler mon imagination. Je m'efforçai en vain, à plusieurs reprises, de décomposer la situation en lignes droites.

Première ligne droite. Claire était à deux compartiments de moi. En danger de mort, et je ne pouvais rien pour elle.

Deuxième ligne droite. Pourquoi n'appelais-je pas la police ? Pourquoi ne demandais-je pas à Tynan de mettre au point une intervention coordonnée ? Parce que j'avais peur non seulement de ce qui risquait d'arriver à Claire, mais aussi de me retrouver menottes aux poignets.

Mes lignes droites ne menaient nulle part. Je n'avais pas la possession de balle, si j'ose dire. Pas de soutien, pas d'idées. Exactement comme dans ma vie affective. Mon élégance, ma vie branchée. Tout ça n'avait plus aucune valeur à mes yeux. Faudrait-il que je retourne dans ce monde-là ? Comment pourrais-je survivre au constat de mon incapacité à aider un être cher ? C'était pour cette raison que je ne parvenais jamais à m'engager dans une relation. Je ne me sentais en mesure d'offrir ni la sécurité, ni la liberté, ni aucun des autres bienfaits que les gens qui s'aiment s'apportent mutuellement.

Mon imagination entra dans la danse. Je n'avais qu'à leur rentrer dans le chou et faire comme j'avais fait sous la Manche. Je m'étais bien tiré de cette bataille-là. Mais mon instinct s'y opposait. Une voix s'éleva en moi, la voix de la raison, pour me souffler que la meilleure solution serait la plus simple. Et que la plus simple serait la meilleure. Comme dans mon travail. Des lignes, là encore. Des lignes droites partout où c'était possible. Mais quelle était la solution la plus simple dans le cas présent ? Arrête de gamberger.

Je fis ce que je fais toujours : je dessinai un bâtiment imaginaire. Et j'y plaçai ensuite, étage par étage, pièce par pièce, des éléments issus de projets que j'avais déjà réalisés.

Une veilleuse brillait dans le minuscule compartiment, jetant de vagues reflets sur le bois sombre, les banquettes, les rideaux, les fruits, les bouteilles d'eau.

Le fracas du train imposa peu à peu sa cadence à mes pensées. Mon corps commença à se balancer au même rythme, en douceur, d'un côté puis de l'autre. Et quelque part dans les profondeurs de mon organisme, sans doute ce balancement libéra-t-il une quelconque substance chimique, car je sentis mon mal-être diminuer.

À moins que ce ne soit l'idée que je venais d'avoir : il m'était égal de mourir. J'avais découvert quelque chose sur moi-même. Je savais maintenant que j'étais capable de renoncer à tout pour quelqu'un d'autre. Ce quelqu'un était en danger de mort. J'étais prêt à mourir pour qu'elle vive. Ce n'était pas important... pas important...

Si. C'était important. Je savais maintenant pourquoi je m'étais lancé là-dedans tout seul, pourquoi je n'alertais pas la police internationale. J'avais toujours vécu seul parce que je n'avais jamais eu besoin de personne. Il était donc indispensable que j'aille seul affronter Otto à Berlin, pour contrebalancer la colossale inertie dont j'avais fait preuve jusque-là.

Je connaissais mieux que personne le pouvoir de l'action solitaire. Et je savais que je ne voulais plus jamais détenir ce pouvoir-là, le pouvoir de n'aimer personne, car il était, comme peut-être tous les pouvoirs, une source de désolation.

À sept heures vingt, quoique bien réveillé, je sursautai en entendant quelqu'un frapper énergiquement à la porte.

— *Bitte ?*

Et même si je ne compris pas un traître mot à la réponse de l'employée, j'entendis un tintement de vaisselle. Sans ouvrir la porte au-delà du strict nécessaire, je lui pris des mains deux petits déjeuners pantagruéliques. J'avais atteint un tel degré de paranoïa que je ressentis le besoin de réveiller sur-le-champ mon compagnon de voyage.

— C'est vous qui avez commandé ça ?

— Non, man. Ah ! si, c'est moi. Où est-ce qu'on est ?

Il sauta à bas de sa banquette. Aux trois quarts endormi, mais se mouvant tout de même avec la grâce d'un chat.

— Je vais à la douche, man, murmura-t-il en tendant le bras vers la porte.

Je le retins de justesse.

Il s'échappa cinq minutes plus tard, emmitouflé dans une serviette.

— J'espère qu'on pourra acheter quelques fringues à Munich, man, dit-il en revenant.

— On verra.

Nous prîmes le petit déjeuner en silence. Je mangeai copieusement, sans me soucier des conséquences. Risqué : mon estomac n'aime guère être sous pression.

— Qu'est-ce qu'on va faire, Nicholas ?

— Je n'en sais rien.

— Vous n'êtes pas du genre à mentir, hein ?

— Oh ! si. Je mens. J'ai menti trop de fois, à trop de gens.

— Pas à moi, en tout cas.

— Merci.

— Vous êtes l'Anglais type, Nicholas.

Mais je pensais à Claire et j'étais au trente-sixième dessous : malgré la bravoure de mes réflexions nocturnes, la lumière froide du jour commençait à poindre et je me sentais complètement dépassé.

Je tâchai de mettre un plan au point. Ils allaient descendre à Munich. Et après ? Les suivre ? Et une fois leur destination atteinte, quelle tactique faudrait-il suivre ? Simplifie, répétait ma bonne voix intérieure, simplifie. Et le but s'ouvrira, comme dirait Pearl. Demande-lui.

— Perle Noire… quand vous êtes sur le point de marquer, comment voyez-vous la cage ? Large ou étroite ?

Il adora ma question.

— Vous devriez être bouddhiste, Nicholas. Quand je joue bien, ajouta-t-il après une courte pause, c'est comme si j'avais le pouvoir de l'élargir. OK, on passe quelquefois dans un trou de souris, mais les plus beaux buts… je la vois large, conclut-il en écartant les bras.

— Vous aimez marquer ?

— Au début, ça me gênait presque. Maintenant, ça me fait presque toujours un plaisir dingue.

Une fois le petit déjeuner terminé, j'ouvris la porte et risquai un coup d'œil à l'extérieur. Rien. Personne dans le couloir. Quelques minutes plus tard, le couple émergea du compartiment voisin, douché de frais et silencieux. Le train passa au ralenti devant un panneau : « München ».

Le contrôleur éructa quelques phrases.

— Qu'est-ce qu'il dit ?

— Qu'on arrive au terminus.

— Quand jouez-vous votre prochain match ?

Allez savoir pourquoi, mon coq-à-l'âne le fit se tordre de rire.

Le couple à côté de nous quitta le train, comme beaucoup, beaucoup d'autres passagers. Sauf que personne ne sortit des compartiments que nous surveillions.

— Bon sang. Vous croyez qu'ils sont déjà descendus ?

Pearl passa la tête dans le couloir.

— Non, man. Ils discutent avec le contrôleur, il leur dit que ça ne pose pas de problème qu'ils attendent que le train soit vide.

— On ferait mieux de descendre.

Je fus le premier à débarquer, mais au lieu de me diriger vers le hall je longeai le quai en sens inverse et sortis mon portable. Pearl me suivit avec sa casquette et son écharpe, un peu en retrait. Après avoir remonté le flot des voyageurs, nous nous réfugiâmes à l'abri des regards derrière un kiosque à journaux.

Dehors, il commençait à neiger. Je me promis que je marcherais un jour sous la neige avec Claire et que je lui apprendrais à lever la tête pour sentir la caresse des flocons sur son visage.

# 58

Personne n'allait ni ne venait sur le quai nu. Qui avait écrit cela ? Edward Thomas. *Adlestrop*. Appelle Tynan, Nicholas, et reste calme. Je composai son numéro.

— Vous avez vu l'heure, putain ?

— Je suis à Munich.

— Qu'est-ce qu'il y a ?

— Ils ont Claire.

— Je sentais bien qu'il s'était passé quelque chose. J'imagine que ça ne fera pas avancer le schmilblick si je vous traite de con.

— J'ai besoin d'aide, Tynan.

— Pearl est avec vous ?

— Oui. Il va bien. Je vous raconterai tout.

— Je suis déjà bien informé, figurez-vous. On a fait quelques recoupements. Qu'est-ce que vous mijotez, cette fois ? Putain, Newman, est-ce que vous avez seulement conscience de faire quelque chose de complètement dingue ? Vous me faites penser à ce chimpanzé qui se croyait dans un film.

— Je ne vous demande pas de me sermonner.

— Et moi, je ne devrais même pas être en train de discuter avec vous.

— Vous êtes d'accord pour que je vous rappelle ? Quelle que soit l'heure ?

— J'aurais dû vous coffrer, Newman. Vous foutre en garde à vue. Je pourrais vous obliger à me dire où vous allez, vous savez. Vous allez avoir besoin de moi ? ajouta-t-il, un peu calmé.

— Peut-être. Laissez-moi y réfléchir. Vous pouvez me rejoindre n'importe où ?

— Du moment que je peux y être dans la journée, oui. Au cas où ça vous intéresserait, on a monté une grosse opération autour du type que vous devez être en train de filer. Le Berlinois.

— Je sais juste qu'il s'appelle Otto.

— Et moi, je peux vous dire quels comprimés il prend quand il a mal au crâne. Il va en avoir besoin, d'ailleurs.

— Je l'ai sous les yeux en ce moment même.

— Quoi ? Putain, Newman, je devrais…

Je lui raccrochai au nez. Pearl me fit signe. Ils venaient de quitter le train, et le fauteuil roulant était en train de descendre sur une plate-forme hydraulique. Je la vis – c'était bien Claire, aucun doute, inconsciente, mortellement pâle, déguisée en malade.

Les salauds. Les salauds ! Je dus faire un pas en avant, car Pearl m'attrapa le bras.

— Non, man. Non !

— On est coincés, Johann, complètement coincés. On n'a plus de voiture, ils vont nous échapper.

— Non, regardez, ils changent juste de quai, regardez-les !

— Le panneau d'affichage, vite.

— Ils se dirigent vers le quai… 8. C'est ça, le 8 !

Pearl s'élançait déjà vers le panneau quand je lui dis :

— Ce sera sûrement Venise.

Il revint quelques instants plus tard.

— Comment avez-vous deviné ?

Je secouai la tête. Tynan m'avait ramené à la réalité. Oui, c'était bien Venise. Et ensuite l'Albanie, l'ex-Yougoslavie ou l'Oubli. Claire en savait certainement plus long que moi sur les secrets de la côte dalmate. Pourquoi, oh ! pourquoi ne m'avait-elle pas tout dit ?

— On n'a pas de billets, dit Pearl.

— Combien de temps avant le départ ?

— Ça va. Seize minutes.

Lui et moi quittâmes le quai à grandes enjambées, mais sans courir. Je fis alors quelque chose d'idiot, je me décalai d'un pas pour tenter d'apercevoir le visage de Claire. Pearl devina mon intention et me ramena vers lui. Un des gorilles en costume tourna la tête dans notre direction, mais Otto n'était plus visible. Je finis par le retrouver : il faisait la queue au guichet.

Pearl le repéra en même temps que moi, et je le sentis prêt à se précipiter sur lui.

— On n'est pas dans une comédie burlesque, lui glissai-je. Voilà ce qu'on va faire.

Nos rôles devenaient interchangeables. Pour simplifier.

Je l'entraînai vers les guichets, et nous profitâmes du fait qu'il y avait une file d'attente devant chacun d'eux pour nous mettre juste derrière Otto, en espérant qu'il serait trop absorbé par son achat pour se retourner, ce qu'on pense rarement à faire dans ces moments-là.

Pearl devait écouter l'échange d'Otto avec la guichetière et passer la même commande pour nous juste après. Otto s'éloigna sans un regard en arrière, ses billets à la main.

Quand Pearl acheta les nôtres, la fille lui fit un commentaire qu'il me traduisit en ces termes :

— Tout le monde part à Venise, aujourd'hui.

Nous les regardâmes monter dans un wagon, et j'entraînai Pearl vers la tête du train. Embarquer le plus loin possible d'eux. Revenir ensuite vers eux par l'intérieur. Au moment où j'allais monter, un des types en costume redescendit sur le quai. Je crus qu'ils allaient tous l'imiter.

J'attendis.

Le type remonta. Je fis de même.

Il neigeait légèrement : pas de flocons, juste une tourbillonnante poussière de neige que le soleil se chargea de dissiper dès que nous eûmes quitté Munich. Nous traversâmes ensuite un pays moucheté de fermes coquettes, d'amples pâturages et de petits passages à niveau derrière lesquels des femmes souvent accompagnées d'un chien attendaient que le train soit passé.

Pearl s'affala dans un coin du compartiment et dormit. Ce garçon oscillait perpétuellement entre l'enfance et une maturité bien au-delà de son âge.

Quelque chose me turlupinait. Dans la gare, les anges gardiens d'Otto avaient dévisagé à peu près tout le monde. Sauf nous. Chasse cette pensée, Nicholas.

D'énormes montagnes vinrent à notre rencontre, dont les majestueuses arêtes enneigées devaient abriter des aigles. Plusieurs fois, à la vue d'une maison au bord d'un chemin de terre, l'envie me prit de m'installer ici avec Claire – mais je m'empressai d'étouffer cette idée dans l'œuf. Quelque part du côté de Sterzing, Pearl me montra un lac gelé au milieu duquel des traces de pneus s'interrompaient net, et l'affreuse possibilité que cela suggérait nous fit pouffer tous les deux. Le ciel était rose comme une peau de bébé. Mon esprit se mit à jouer avec la notion de filiation. Antony avait été une sorte de père pour moi. Devais-je jouer le même rôle vis-à-vis de Pearl ? Grand-père. Père. Fils. Charmante lubie. Je repensai à Claire. Aurions-nous des enfants ? Et si oui, faudrait-il leur raconter tout cela ? J'étais d'avis que non. Il fallait bien que la guerre cesse un jour. Vraiment ? Si nous ne leur disions rien, comment sauraient-ils quoi faire après notre mort, à l'avènement du dictateur suivant ? Seigneur, ce qu'elle me manquait !

L'Italie fit sentir sa présence plus tôt que prévu, en adjoignant ses noms à ceux des villes germaniques dans les gares où nous nous arrêtions. À Chiusa/Klausen, un homme parcourut toute la longueur du quai en agitant une clochette et en proposant des biscuits, du fromage, des fruits, des bouteilles d'eau. Je faisais de mon mieux pour me comporter comme si Claire était pour moi une passagère ordinaire. Nous avions tiré les rideaux intérieurs de notre compartiment, et seul le contrôleur vint nous déranger.

Quelque part près de Bronzolo/Branzoll, mon portable sonna.

— De quoi avez-vous besoin ? demanda Tynan.

— Je ne sais pas encore.

— Je peux les faire arrêter par mes collègues, Newman. Il vous suffit de me dire où.

— Non.

— Ne soyez pas stupide.

— Imaginez que l'opération tourne mal, Tynan. Je vous tuerais.

L'argument fit mouche.

— D'accord.

Il raccrocha et rappela aussitôt.

— Et si je m'en occupe moi-même ?

Ma façon de prendre des décisions avait changé. J'étais désormais responsable de quelqu'un d'autre.

— Vous pourriez nous retrouver à Venise ? Il y a un vol à Heathrow à dix heures et demie. Je l'ai pris plusieurs fois.

— J'en profiterai pour aller à l'opéra.

Pearl s'était positionné de manière à pouvoir surveiller le wagon suivant entre les rideaux. Nous étions à la queue du nôtre, eux à la tête du leur. Sans doute le sas qui séparait nos deux wagons jouait-il chez moi le rôle d'une défense psychologique.

— Hé ! man ! s'exclama Pearl. Ils arrivent !

La porte de notre compartiment s'ouvrit, et l'un des deux gorilles en costume qui bouchaient le seuil me montra du doigt.

— Vous.

Après avoir vaguement envisagé de résister, je les suivis. Pas le choix. Le train roulait-il vite ? Pearl se leva à son tour. L'autre gorille le força à se rasseoir en plaquant une main au sommet de son crâne luisant. Ils le laissèrent seul.

Otto était assis dans un coin de leur compartiment. À côté de lui, dans son fauteuil roulant, Claire tournait le dos à la porte. Je m'arrêtai net. Otto fit pivoter le fauteuil et je découvris son visage blême ; elle semblait à demi consciente.

— Allez-y, vous pouvez parler à votre petite Juive. Qui est aussi la nôtre.

— Claire…

— Non, ne bougez pas. Elle n'est pas en état de parler.

Avec ses yeux vitreux, elle était presque méconnaissable. Une odeur de malpropreté flottait dans le compartiment.

— Pourquoi n'est-ce pas une femme qui s'occupe d'elle ?

— Les garçons font ça très bien. Ils sont ravis.

Je voulus bondir, mais on me retint par-derrière. Otto sourit.

— Vous cherchez à répéter votre fait d'armes ? Vous êtes semble-t-il un spécialiste du combat ferroviaire. Merci pour ça, au fait. Et merci aussi à votre ami Pearl pour… eh bien, pour certaines choses.

J'étais incapable de réfléchir, mais j'eus le bon sens de ne pas répondre. Nous avions cru les prendre en filature. Alors qu'ils nous attiraient dans un piège. L'histoire de ma vie. Claire regardait dans le vague.

Otto reprit la parole, et sa voix monocorde me fit penser à un gaz mortel.

— Voici la situation. Elle sera à nous jusqu'à ce que vous ayez restitué l'intégralité du patrimoine de Saaaaft. Si vous refusez, nous la tuerons. Vous le savez.

— Claire ? Tu m'entends ?

Pas de réponse. Je fusillai Otto du regard.

— Pourquoi ne m'avez-vous pas tué ?

— Nous avons besoin de vous. Pour satisfaire nos exigences. Vous êtes en charge d'exécuter le testament de Saaaaft.

Venait-elle de ciller ? J'espérais que oui.

— Rejoignez donc votre place et votre ami Pearl, monsieur Newman. Ne vous donnez plus la peine de nous suivre. Oh ! vous pouvez toujours essayer, mais cela ne vous apportera rien. Vous connaissez mon offre.

— Juste une question. Et si je ne vous avais pas suivi jusqu'à Berlin ?

— Je serais venu à vous. Comme nous sommes venus à elle.

Otto m'indiqua Claire puis fit un signe de tête à ses gorilles.

Deux paires de mains d'une invraisemblable puissance me soulevèrent du sol, me firent tourner sur moi-même, me traînèrent dans le couloir jusqu'au wagon précédent et me poussèrent à l'intérieur de notre compartiment. Ils claquèrent la porte et s'en furent.

Pearl me fixait. Impossible de deviner ce qu'il ressentait. De la peur ? De la rage ?

Sa voix tremblait.

— Man… Ils savent qu'on est là depuis le début, c'est ça ?

Je hochai la tête.

— Vous pensez qu'ils ont voulu nous piéger ?

— Je pense. Leur but est de m'affaiblir. Agression après agression. Depuis quatre mois. Pour me faire craquer.

— Il faut prévenir la police.

Le répondeur de Tynan m'apprit qu'il était « en déplacement ». Je fis le calcul. Son vol devait atterrir à Venise à quatorze heures locales. L'arrivée de notre train était prévue à quinze heures. Il ne me restait plus qu'à espérer que l'avion ne serait pas retardé.

Pearl flanqua un coup de poing dans la banquette.

— Putain, man ! Je déteste ça.

— Moi aussi.

— Non, man. Ce que je déteste, c'est de m'être fait rouler aussi bêtement. Alors qu'on croyait les tenir.

Une profonde déprime m'accabla tout à coup. Je fis le bilan des dégâts. Ils avaient dû droguer Claire à Rye. Ensuite, dans un état de semi-inconscience, ils l'avaient emmenée à Berlin. Comment une compagnie aérienne avait-elle pu la laisser embarquer ? Il suffisait que l'un d'eux se soit présenté comme un médecin. Ça s'était beaucoup fait pendant la guerre froide. Mais… son passeport ? Elle le gardait dans son sac à main : je me rappelai l'y avoir trouvé quand nous avions pris la navette d'Eurotunnel.

— Perle Noire ?

— Oui, man ?

Le soleil illuminait le Tyrol ; un train passa avec fracas en sens inverse.

— Votre belle montre… elle est restée au stade, n'est-ce pas ? Vous croyez qu'elle ne risque rien dans votre sac ?

Il changea de position.

— Non, man. Je l'ai perdue.

— Oh ! Dommage.

Il tendit les jambes.

— Ce n'est pas ce que vous croyez.

— Ah ?

Mieux valait rester dans le trivial pour tenir à distance l'atroce appréhension que m'inspirait l'état de Claire : je me sentais sur le point de basculer dans une explosion de violence qui risquait bien, cette fois, de coûter la vie à quelqu'un.

— Elle n'est pas tombée de mon poignet.

Ma perplexité dut se voir.

— Encore un maître chanteur, man. Un de plus.

— Ça fait longtemps que ça dure ?

— Pas mal, oui. J'ai déjà lâché des milliers de livres. Je paie les dettes de jeu de plusieurs types.

— Ce sont ces salauds qui vous harcèlent ?

— En gros, oui. Ou leurs amis.

— On arrangera tout ça dès que ce sera fini. D'accord ?

Je lui tendis la main, et il la serra.

— D'accord.

Mes sombres pensées revinrent aussitôt à la charge. Trente. C'était le milieu de la matinée, et la neige recouvrait les sommets. Que faire ? Personne de mon milieu n'avait jamais été confronté à une telle violence en dehors de la guerre, cela me semblait être une vérité objective. Serravalle. Une touche d'orthodoxie grecque dans l'architecture des églises.

Nous avions travaillé pour une compagnie dont le directeur général avait été enlevé par l'IRA, puis libéré moyennant rançon. Bien qu'indemne, il ne s'en était jamais remis. J'avais construit ma vie dans le souci d'éviter la violence, la tragédie. Je somnolai, me réveillai.

— Vous étiez vraiment proche d'Antony, Perle Noire ?

— Pas maintenant, man. Ça me ferait trop de peine.

Le train descendit des montagnes pour atteindre la côte adriatique. Il traversa de larges vallées en longeant les routes et en laissant sur place toutes les voitures, aussi rapides soient-elles. Je piquai de nouveau du nez, sachant qu'il ne restait plus qu'une poignée d'arrêts avant Venise : Vérone, Vicence, Padoue, Mestre. Mestre est l'enfer de Venise – mais chaque belle ville a besoin de son Mestre, n'est-ce pas le dogme clé de l'urbanisme ?

À Vérone, Pearl s'anima en entendant des chants. Il quitta le compartiment.

Nous nous étions fixé comme règle, en cas de sortie, d'éviter d'aller dans la direction des ravisseurs. Heureusement pour lui, le wagon-restaurant se trouvait à l'opposé. *Idem* pour le bar, d'où montaient les chants. Il alla y faire un tour puis revint.

— Vérone joue contre Venise en série A, m'expliqua-t-il.

— Mais… on est lundi.

— Nous aussi, on joue quelquefois le lundi.

— Vous avez appris autre chose ?

— Juste qu'il y aura un gros déploiement de flics à Venise aujourd'hui.

— Bon sang, Pearl… Ils vous ont reconnu ?

— En un sens : je leur ai dit que j'étais Dino Pregatti, qui jouait à Venise il y a deux saisons et qui s'est blessé.

— Ils vous ont cru ?

— On dirait. Ils se sont tous mis à répéter *Venezia merda*, c'était marrant. Je leur ai dit qu'on allait là-bas nous aussi.

— Si on se servait d'eux ?

Je venais d'avoir une idée folle : lancer les supporters à l'assaut du compartiment pour libérer Claire. Pearl comprit sur-le-champ. Il secoua la tête.

— On ne peut pas entrer à plus de deux. Ils nous cueilleraient les uns après les autres.

Le train reprit sa vitesse de croisière, à l'ombre

d'un contrefort gris-brun plus haut que la plupart des montagnes britanniques.

— Pearl ? Vous m'avez demandé un jour si je vous aimais.

Il éclata de rire.

— Oh ! man, vous ne saviez plus où vous mettre !

— Redemandez-le-moi.

Ce fut son tour de ne plus savoir où se mettre.

Le scénario commençait à se décanter. Le sens de la planification d'Otto me sidérait. Il ne jouait jamais un coup sans avoir réfléchi à ses conséquences. Quel serait son coup suivant ? Comment allais-je pouvoir l'exploiter ?

## 59

Il est dans Belmont une riche héritière…[1]. Shakespeare était-il venu jusqu'ici ? Au pays de Portia ? J'avais joué Jessica à l'école. On apercevait maintenant la tour de Padoue, svelte et florentine – ou vénitienne, peu importe : nous avons à tout jamais perdu l'aptitude à créer cette sorte de chef-d'œuvre.

Les couleurs avaient changé. Pas de neige ici, juste la lumière du soleil qui lançait comme un écho de l'été sur la terre brune, avec de temps en temps des vignes et des cottages avec jardin – même si les Italiens n'emploient pas le mot cottage. Des chèvres, un tracteur, les sommets blancs des Dolomites. Je vis dans la terreur de la côte dalmate. *Dixit* Philippe. Les cent un dalmatiens. Saint Georges, Dalmate célèbre. Carpaccio. Un sublime *Saint Georges et le dragon* à San Giorgio, y en avait-il d'autres ailleurs ? L'architecture aussi avait changé. Nous roulions de nouveau le long de la route, celle par où les armées américaines étaient arrivées à Venise pendant les deux guerres mondiales, du moins me semblait-il l'avoir lu chez Hemingway.

1. Citation du *Marchand de Venise.*

— On y est presque, man.

— Je sais, Perle Noire.

Il allait sûrement me demander ce que nous ferions ensuite, et je serais bien obligé de lui répondre que je n'en savais rien.

— Et après ?

— Aucune idée.

Nous avions l'un et l'autre été abasourdis de découvrir que les criminels installés à deux compartiments de distance, que nous voyions de temps en temps circuler dans le couloir, savaient depuis le début qui nous étions.

Qu'est-ce qui était le pire ? D'avoir été repérés, nous qui nous croyions tellement malins ? Ou d'avoir été menacés ? Ni l'un ni l'autre. Le pire était de savoir Claire entre leurs mains. Je dus batailler ferme pour endiguer un nouvel afflux d'images d'elle. Son dos svelte, la façon qu'elle avait de soulever sa chevelure…

Plus nous approchions de Venezia Santa Lucia, plus les autres trains étaient couverts de graffitis – à part les Suisses et les Allemands.

— Regardez ça, man.

Dans le couloir du wagon suivant, Otto parlait à deux supporters aussi obséquieux que s'ils avaient eu le pape devant eux.

— Nicholas, dit Pearl, je crois que je me lancerai un jour dans la politique, histoire de débarrasser mon beau sport des criminels qui tournent autour.

— Je serai votre directeur de campagne, Perle Noire. Je suis même prêt à payer pour.

Si je suis encore vivant, m'abstins-je d'ajouter.

Si j'ai toujours mon travail, mon agence. Si je crois encore à quelque chose.

Je me levai et, debout face à la porte, je m'aperçus que je n'avais plus peur, que j'avais atteint une sorte de point mort ou d'état second, et je sentis au plus profond de moi-même que tout ce qui risquait de m'arriver dorénavant ne me concernerait plus en rien.

Un long train bleu aux lignes épurées nous dépassa, l'express Genève-Trieste. Je serais un jour à son bord avec…

Non. Je dus me rasseoir.

Une vision obscène venait de m'assaillir : Claire drapée dans une banderole aux couleurs de Vérone, et je compris pourquoi quelques minutes après notre descente du train. Un gros bateau, l'*Aquilae*, attendait les supporters le long d'un quai derrière la gare Santa Lucia, spécialement affrété pour les transporter au stade. Claire y fut embarquée dans son fauteuil roulant. Nous suivîmes le mouvement. À aucun moment Otto ne se retourna pour voir si nous le suivions.

Pas de Tynan. Déçu de ne pas le trouver à la gare, je l'appelai. Toujours sa messagerie. Il était plus que temps d'arrêter un plan, mais lequel ? J'avais sans doute intérêt, comme disait Pearl, à « y aller à l'instinct ».

L'*Aquilae* largua les amarres et nous emmena vers le nord de la lagune, sur les eaux qui séparent Venise de son aéroport. Je voyais au loin la tour penchée de Burano et le rassurant campanile carré de Torcello. Je me tournai vers Pearl. *Il est un peu ailleurs*, songeai-je.

— Pearl ? Nous avons un problème.

— Lequel, Nicholas ?

— Nous n'avons pas de lires.

Il haussa les épaules.

— Vous les voyez faisant payer la traversée à tous ces supporters ?

Nous avions atteint le territoire de Canaletto, et je ne me rappelais toujours pas où était le stade de Venise. À tout prendre, autant profiter de la vue – je savais que quelqu'un risquait de mourir dans la demi-heure qui s'annonçait. Peut-être Pearl, peut-être Claire ou peut-être moi. Je n'avais pas l'ombre d'un plan, moi qui étais pourtant la personne la plus méthodique que je connaisse, moi qui programmais dix jours à l'avance le moindre passage à l'épicerie, moi qui étais capable d'énumérer tous mes futurs lieux de vacances des trois années à venir.

Le bateau vira de bord et nous offrit une vue imprenable sur… quoi, au fait ? Murano ? Non, il n'y avait pas de publicité pour Campari sur Murano, ce devait être le Lido. Mort à Venise. Merci, batelier, tu trouveras si je meurs une pièce dans ma bouche pour te payer la traversée.

Pearl, debout à côté de moi, dévorait tout des yeux. C'était très certainement son premier moment de liberté au sein d'une foule de supporters depuis qu'il avait accédé à la gloire. S'ils le reconnaissaient, c'était l'émeute assurée. Je vis deux ou trois hommes l'observer avec intérêt, mais sa casquette et son écharpe le camouflaient si bien qu'il échappa au pire. Notre destination apparut enfin : le stade, qui me parut minuscule.

— Vingt mille places, me dit Pearl. On sait tous ça dans le métier, c'est important pour nous de savoir comment c'est de jouer ici. Les joueurs aiment bien ce stade, le public est loin de la pelouse.

Une fois que l'*Aquilae* eut accosté, nous attendîmes

de voir ce qui se passait. Les ravisseurs de Claire la firent lentement descendre dans son fauteuil. Elle semblait avoir repris connaissance : sa nuque n'était plus soutenue par un coussin. Plusieurs dizaines de policiers avaient pris position autour du quai et pointaient leurs fusils sur la foule, que nous rejoignîmes à terre. Du coin de l'œil, je vis Pearl lorgner l'arme de l'un d'eux.

— Non, soufflai-je. J'y ai pensé.

Il crispa les mâchoires.

— On y est, hein ?

— Je crois, oui.

— Allez-y. Je ne sais pas ce que vous avez en tête, mais faites-le.

Tout le monde se remit en marche. La police demanda aux supporters de se scinder en deux groupes – ceux qui avaient déjà leur billet pour le stade et les autres.

Pour nous, elle se scinda même en trois : Otto et sa bande venaient de s'en détacher, et je les suivis des yeux. Ils partirent vers un autre quai, au bord duquel était amarré un bateau un peu moins gros que l'*Aquilae*, mais plus effilé et plus puissant. Il leur restait une centaine de mètres à parcourir pour l'atteindre, sur un chemin tortueux et grossièrement pavé. Des flots de gens arrivaient en sens inverse. Un inexprimable chagrin m'étreignit la gorge. La terreur de la côte dalmate.

Otto réorganisa ses troupes. Deux gorilles à l'arrière, les deux autres devant. Il se mit à pousser lui-même le fauteuil roulant. Les gens qu'ils croisaient ne se rendaient compte de rien, mais je m'aperçus qu'Otto avait le poing serré autour de la queue-de-cheval de Claire. Elle devait être consciente, donc paniquée. Ces cheveux que j'avais caressés dans le premier geste d'amour qu'il m'ait été donné d'accomplir…

— Les billets, dis-je à Pearl. Aidez-moi.

— Qu'est-ce que vous allez faire, Nicholas ?

— Improviser au fur et à mesure, je ne vois rien d'autre. Prenez-nous trois billets avec accès handicapé.

Dès qu'il eut les billets, je me mis à courir. Il leur restait cinquante mètres à parcourir pour arriver au bateau, mais les pavés étaient de plus en plus inégaux. Pearl me rattrapa au trot. Dès qu'il y eut de la place pour deux sur le chemin, il se porta à ma hauteur.

— Vous savez tacler ? demandai-je.

— Le tacle par-derrière est interdit.

Il avait dit cela sur le ton de la plaisanterie, mais la peur se lisait sur ses traits.

La suite alla très vite. Presque tous les supporters avaient disparu. Au détour d'une citerne, nous les rattrapâmes. Le duo de tête avait déjà atteint le bateau et s'affairait à mettre en place une passerelle. Personne ne nous entendit venir. Je me retrouvai au temps de l'école, une pierre à la main. Je crus entendre son crâne craquer. Pearl faucha les jambes de l'autre gorille, que j'entendis tomber dans l'eau vaseuse du canal avec un splatch. Otto fit volte-face et me dévisagea. Il sortit un couteau. Deux hors d'état de nuire, combien en restait-il ? Il pouvait y en avoir d'autres sur le bateau. Les deux gorilles de la passerelle se retournèrent.

Une douleur suraiguë me transperça la poitrine. Ils avaient de nouveau drogué Claire. Elle dodelinait de la tête, recommençait à piquer du nez. Otto lui mit la lame de son couteau sur la gorge. Ses comparses le rejoignirent.

— Reculez, s'il vous plaît, nous dit Otto.

Les gorilles, sentant que la situation était bloquée, allèrent repêcher leur collègue tombé dans le canal ; celui que j'avais assommé se remit debout en titubant sur les pavés. Un calme irréel régnait, tout juste rompu par les halètements d'un bateau en train d'accoster dans l'indifférence générale. Plusieurs policiers en uniforme passèrent au bout du quai. Concentrés sur l'entrée du stade, ils ne jetèrent pas un regard de notre côté.

Je fixais Otto, les bras ballants.

— Lâchez cette pierre, dit Otto.

— Lâchez ce couteau, dit Tynan.

Il se tenait immobile sur le chemin, tout juste débarqué du bateau qui venait d'accoster. Les policiers en uniforme virèrent soudain à angle serré, fondirent sur nous et mirent tout le monde en joue. Moi compris. Et, plus bizarrement, Claire. Ils s'approchèrent encore. Je me retrouvai avec un canon à trente centimètres de la tempe droite.

Le temps avait suspendu son cours. Claire émit une espèce de râle, et sa tête bascula en avant : le sédatif faisait pleinement effet. Par réflexe, juste avant que son menton entre en contact avec la lame, Otto retira son couteau. Tynan lui sauta dessus et le désarma.

Je me précipitai vers Claire et manquai l'étouffer sous mes caresses. Les policiers voulurent me détacher d'elle, mais Pearl les en dissuada. Un des policiers, dans le tempo quasi farcesque qui caractérise la plupart des situations de ce genre, reconnut Pearl et poussa un cri d'admiration. Ils se livrèrent à un échange animé pendant que je serrais, serrais, serrais dans mes bras ma fragile et bien-aimée femme.

# 60

C'est maintenant le lundi de Pentecôte, et le soleil danse sur les eaux du port de Rye. Assis dans le bow-window du petit salon, je mets la touche finale à ce long récit d'une année de la vie de Nicholas Newman. Huit mois pour être précis. Claire lit le journal dominical. Elle tourne vers moi la page sports. La Perle Noire y tient la vedette. La saison de football est terminée, le mouvement pour les droits des homosexuels a embrassé sa cause, et il semble plus épanoui que jamais. Je lirai l'article tout à l'heure, avec plaisir.

Ce matin, j'ai dû aider Claire à s'habiller. J'y ai pris du plaisir – mais, comme je le lui dis, pas autant que quand je l'aide à se déshabiller. Je lui répète ces mots chaque matin, et ils ne manquent jamais de la faire rire. Elle n'a pas encore retrouvé sa coordination. D'après le spécialiste, il faut compter quatre mois, et même un an pour que tout redevienne normal. Elle me dit souvent qu'elle voudrait que nous fassions l'amour, mais il vaut mieux attendre qu'elle ait toutes ses facultés.

Les drogues qu'ils lui ont administrées de force ont provoqué une mauvaise réaction. Elle n'était pas censée s'en remettre, de toute façon. Ils envisageaient de la tuer. Elle m'a raconté que, après son enlèvement, elle a réussi à rester consciente un certain temps et qu'ils ont fini par augmenter les doses. Otto ne cachait pas son plaisir d'avoir une Juive en son pouvoir. La haine d'Hitler, comme elle dit, ne s'est jamais éteinte. La colère que tout cela m'inspire a aggravé mon arythmie ; il va falloir que je fasse un peu attention pendant un certain temps.

Il est toujours agréable de constater la justesse de certains de nos jugements. Claire m'a dit avoir entendu les propos antisémites les plus virulents dans la bouche d'Otto. Par la mentalité comme par le sang, cet homme est bien le fils d'un des bourreaux d'Oradour.

Le vieil homme n'a pas été arrêté. J'ai déconseillé de le faire. Il est aujourd'hui à l'hôpital, atteint d'une pneumonie. Aux dernières nouvelles, il souffre d'insomnie malgré les sédatifs. On ne lui donne pas longtemps à vivre.

Son fils, lui, ne ressortira jamais de prison. La police allemande a été coopérative. Son ADN correspond aux prélèvements recueillis chez Antony. La procédure d'extradition est en cours. Elle prendra un an, sinon plus. Claire a fait une déposition enregistrée de cinq heures pour Scotland Yard, la police française et Tynan. Un peu plus tard, elle a tenu à les revoir tous et leur a accordé deux heures supplémentaires d'entretien. Elle avait beaucoup observé. Lemon, elle, a pleuré toutes les larmes de son corps : son Georgy a été arrêté à Berlin. Tynan m'a tout raconté. Il me reste à mettre les points sur les i avec Elizabeth. Je n'ai pas remis les pieds chez Bentley & Newman – pas encore.

Dimanche dernier, nous sommes allés dans le Wiltshire pour la pendaison de crémaillère de Pearl. Pendant le trajet, Claire et moi avons parlé – en entrant pour la première fois dans le détail – de ce qu'il convenait de faire pour que la page soit complètement tournée. Le testament d'Antony est en cours d'homologation, mais j'ai d'ores et déjà fait part de ma décision aux autorités françaises et aux organisations qui représentent les familles juives spoliées pendant la guerre. Nul ne connaît encore le montant exact des sommes en jeu, car tous les biens immobiliers de Safft vont devoir être vendus. Il y en a vingt-neuf, et ils valent chacun plusieurs millions.

Le mois prochain, nous retournerons à Venise pour remercier personnellement Giacomo Ciorelli de nous avoir ouvert les portes cernées d'échafaudages du Pregadi, et aussi les ambulanciers qui nous ont transportés là-bas. Les chambres de l'hôtel n'étaient pas toutes en travaux. C'est là que nous avons passé la nuit après cette soirée de cauchemar. Nous y serions restés toute l'année s'il l'avait fallu pour ramener Claire à la conscience.

De Venise, nous avons pris à mes frais un vol privé à destination de Heathrow, Tynan s'étant chargé de régler par avance toutes les formalités de la police de l'air, des services de l'immigration et de la douane. Venu nous accompagner à l'aéroport Marco Polo, il nous a brièvement quittés pour revenir cinq minutes plus tard avec un bouquet de tulipes destiné à Claire.

— On en trouve de plus belles dans n'importe quel Sainsbury's, a-t-il dit. Dommage qu'il n'y en ait pas ici. J'imagine que c'est à cause des inondations.

Rendue somnolente par les médicaments prescrits la veille, Claire s'est contentée de sourire.

— Quant à vous, jeune homme, a ajouté Tynan

à l'intention de Pearl, il serait temps de reprendre l'entraînement.

Pearl, pour changer, est parti d'un grand éclat de rire.

Le débriefing n'a eu lieu que plusieurs jours après. Je ne voulais pas que Claire soit hospitalisée ; je ne voulais pas la perdre de vue, et je m'y suis tenu : je ne suis pas retourné à l'agence. Cette bataille-là peut attendre. Elle sera longue et sanglante. Si je la livre.

Il se pourrait bien que non. Elle m'a parlé de son passé et je lui ai parlé un peu du mien. Le reste, dit-elle, viendra plus tard. Elle se bat comme une lionne pour recouvrer la santé. Il semblerait que Pearl soit en partance pour l'Inter de Milan.

En attendant, nous sommes allés dimanche dernier dans le Wiltshire. Et nous avons reparlé du testament d'Antony. J'ai confié à Claire que je me sens coupable d'avoir bénéficié de ses opérations immobilières et que je ne sais pas trop comment m'y prendre, ni combien je vais devoir rembourser. J'ai quitté la A303 avant Stonehenge, et nous avons coupé à travers la campagne.

Claire ne disait plus rien, et j'espérais ne pas l'avoir choquée. Nous avons doublé des gamins qui faisaient du skate-board, puis ralenti derrière un groupe de filles à poney. Arriver par le sud permet de découvrir une vue imprenable sur la maison de Pearl. Elle est superbe, et tant pis si c'est moi qui le dis. Je continue de trouver extraordinaire que les images que nous avons générées par ordinateur aient pu donner un résultat aussi proche de la réalité finale.

Plusieurs voitures étaient stationnées devant, certaines munies de plaques étrangères, toutes plus rutilantes les unes que les autres : des Porsche, des Jaguar, une Ferrari. Derrière la maison, une minifête foraine était installée sur la pelouse, et des groupes de jeunes hommes musculeux et stylés s'amusaient à faire tomber des boîtes de conserve ou à toucher les cibles du stand de tir. Le buffet était réparti sous trois grandes tentes, où se pressait une foule d'invités ayant tous un verre ou une assiette à la main.

— Ça a dû lui coûter une fortune, ai-je dit à Claire.

Pearl est accouru dès qu'il nous a vus. Il a serré Claire dans ses bras et l'a couverte de baisers avant de me gratifier d'une accolade tellement vigoureuse que j'ai failli tomber à la renverse. Jamais je ne l'avais vu aussi excité. Sa mère nous a rejoints. Je me suis souvenu à cet instant que je n'avais jamais eu l'occasion de rencontrer sa « petite amie ». Comment l'appelait-il, déjà ? « Nicola », je crois. Je le taquinerais peut-être un de ces jours à ce sujet.

Elma Pearl m'a regardé droit dans les yeux :

— Merci pour tout. On m'a raconté ce que vous avez fait. Je ne me suis pas trompée sur votre compte. J'ai eu raison de vous demander de l'aide.

Je l'ai immédiatement présentée à Claire.

Pearl nous a conduits à l'intérieur, et j'ai moi-même été ébahi par l'exactitude avec laquelle nous avions réussi à reproduire la ferme de Noordwijk. Une lumière dorée baignait l'entrée, dont le parquet en orme renforçait l'ambiance paisible. J'ai montré la salle de bains à Claire, qui a lancé à Pearl :

— Je peux prendre un bain ? Là, tout de suite ?

Éclat de rire général.

Les invités parlaient à bâtons rompus tout autour de nous, mais la musique faisait encore plus de bruit qu'eux. Il y avait quelque chose de délicieusement incongru dans le spectacle de ces gamins archigâtés par la vie dans une maison tout droit sortie d'un tableau de vieux maître hollandais.

Attroupement à la porte. Apparition d'un agent de police.

— Je cherche un certain M. Newman. Il est ici ?

Pearl s'est décomposé.

— Oh ! non, man, ça ne va pas recommencer !

— Tout va bien, ai-je répondu en riant.

Je suis ressorti, en lui ordonnant de rester à l'intérieur.

Le monsieur que j'attendais était au volant de sa camionnette. Je l'ai guidé vers le côté de la maison, là où personne ne pourrait nous voir, et je lui ai ouvert la porte de l'étable : le monsieur a déchargé sa cargaison, avec de-ci de-là un petit mot affectueux.

Du fond de l'étable, j'ai frappé à la porte intérieure qui donnait sur la cuisine. J'avais mis Claire dans la confidence, et elle attendait avec Pearl juste derrière. Elle lui en a fait ouvrir le battant du haut, et il s'est retrouvé nez à nez avec une énorme vache pie qui le fixait intensément.

— Perle Noire, ai-je dit, permettez-moi de vous présenter Sonja.

Pearl a ri – pour changer.

— Vous vous êtes souvenu de ça !

En fin d'après-midi, j'ai eu l'occasion de reparler avec lui.

— J'ai quelquefois du mal à penser que c'est vraiment fini, man.

— Il y a une question que j'ai envie de vous poser depuis longtemps, Johann. Cet argent que votre famille et vous avez reçu d'Antony… Quel est votre sentiment là-dessus ?

Il m'a regardé, sachant parfaitement que je lui demandais s'il avait l'intention de le rendre.

— Je réfléchis. Je ne l'ai pas volé, Nicholas. La guerre doit bien finir un jour. Et vous, qu'est-ce que vous comptez faire ?

— Je suis en train de régler la question, ai-je dit avec un haussement d'épaules. Je vais certainement rendre une partie de ce que j'ai gagné. Il ne sera pas facile de définir la somme.

— J'ai un cadeau pour Claire.

Je l'ai appelée. Elle nous a rejoints. Elle a niché son bras sous le mien.

— Approchez, lui a dit Pearl. Prêtez-moi cette jolie main.

Il a sorti un écrin de sa poche et, dissimulant son contenu au creux de sa paume, il a passé une bague au doigt de Claire. Elle a retiré sa main pour étudier la bague – une perle noire parfaite, sertie sur un anneau. Fondant en larmes, elle nous a enlacés l'un après l'autre avant de s'éloigner.

Nous nous sommes dit au revoir. Nous resterons tous amis. J'ai adopté le football avec le zèle des convertis, je ne manque plus un match à la télévision. Nous irons voir jouer Pearl le plus souvent possible, même quand il sera en Italie.

Sur le chemin du retour, nous avons reparlé de la journée. Claire se fatigue encore vite. Pour la énième fois, elle a levé la main pour admirer sa bague. C'est alors qu'elle m'a dit, d'une voix nerveuse que j'ai appris à reconnaître :

— Il y a encore une chose que tu dois savoir, Nicholas. Et que personne ne sait.

Je me suis tourné vers elle. Elle avait une mine étrange et regardait droit devant elle.

— Tu sais déjà que je suis juive, je te l'ai dit. Mais es-tu prêt pour un summum d'ironie ?

Je crois que je savais déjà ce qui allait venir.

— Voilà. Les principales victimes de « l'interception » d'Antony ont été mes grands-parents. Je peux le prouver, il y a des documents qui l'attestent. Ils sont morts dans les camps. Seule ma mère a survécu. Et comme je te l'ai dit, je suis fille unique.

Je n'ai pu que lui tendre la main. Et je continuerai.

Imprimé en France par

CPI
BRODARD & TAUPIN

à La Flèche (Sarthe)
en octobre 2012

POCKET – 12, avenue d'Italie – 75627 Paris Cedex 13

N° d'impression : 70785
Dépôt légal : novembre 2012
S21045/01